도덕의
시간

도덕의
시간

오승호 장편소설

이연승 옮김

차례

2015년『도덕의 시간』으로 에도가와 란포상을 받았을 때 내 나이는 서른셋이었다.

열아홉 살에 고향을 떠나 예술대학에 입학해 영상 작가를 꿈꿨다. 간신히 졸업은 할 수 있었지만 좀처럼 싹을 틔우지 못한 채 꿈의 잔해만을 좇는 생활을 몇 년 하다가 타락이 극에 달했을 무렵부터 소설을 쓰기 시작했다. 인생 첫 작품은 원고지 9백 매가 넘는 대작 장편. 채 한 달도 되지 않아 작품을 완성했으니 아마 만사를 제쳐 놓고 집필에 골몰했던 것 같다.

내가 선택한 장르는 평소 아주 좋아하던 미스터리. 매우 과감하면서도 장난기가 다분한 작품이었다. 비록 상과는 연이 없었지만 그날 이후 집필은 자연스럽게 내 삶의 일부가 되었다.

그로부터 에도가와 란포상을 수상하기까지 여러 우여곡절이 있었다. 직장과 거주지 같은 사적인 변화는 물론이

거니와 사회가 변모하는 모습도 대단했다. 밑바닥 없이 추락하는 경제와 일상을 덮치는 재난과 테러리즘. 정치적 올바름 문제, SNS, 과격하면서도 난폭한 사상의 횡행. 그런 세상을 두 눈으로 접하며 내 작풍도 조금씩 변해 갔다. 딱히 사회파 미스터리를 쓰려고 한 것은 아니지만, 세상을 지켜보다 보니 쓰고 싶은 게 많아졌다. 안타깝지만 흐뭇한 계기와는 무관한 이유로.

　작가의 본질은 데뷔작에 깃들어 있다는 말을 종종 듣는다. 『도덕의 시간』도 그럴지 모른다. 삶을 짓밟는 부조리함에 대한 분노, 저항, 아슬아슬한 도덕성. 현실 사회를 기반으로 한 이야기와 대담한 트릭.
　나는 아마 앞으로도 이 모든 것을 집어삼킨 채 이야기를 써나갈 것이다.

2019년 12월
오승호

일러두기

본문의 각주는 전부 독자의 이해를 돕기 위한 옮긴이주입니다.

원서에서 강조한 부분은 고딕체로 표기했습니다.

늙은 현자는 물었습니다.
"왜 개를 잡아먹었느냐?"
소년은 대답했습니다.
"배가 고팠으니까요."

1

장례식장 장막만 보면 배가 고파진다.

이 천벌 받을 조건 반사를 다른 사람 앞에서 털어놓은 적은 없다. 바로 조금 전 함께 아침을 먹은 아내에게도.

"말미잘 같아."

아내 도모코가 길게 자란 머리카락을 잡아당겼다. 넌더리가 난다는 듯이 "수염도" 하고 덧붙였다.

"당신, 바른 몸가짐에 바른 정신이 깃든다는 말 몰라?"

"언제는 머리 모양 같은 걸 신경 쓰는 남자가 싫다며."

"그것도 정도가 있지."

도모코가 쌀쌀맞게 말하자 후시미 유다이는 어깨를 움

츠렸다. 반박하려고 해도 얼마 만인지 모를, 넥타이를 매느라 쩔쩔매는 삶에 찌든 40대 중년 남자를 거울에서 막 보고 온 참이다. 아내보다 늦지 않게 부지런히 다리를 움직이면서 '정리 해고당한 회사원 같군' 하는 자학 섞인 생각이 머리를 스쳤다. 한심한 이야기지만 최근 반년 동안 무기력증은 나아질 기색이 없다.

완만한 언덕길을 따라 희고 검은 장막에 둘러싸인 토담이 길게 뻗어 있다. 얄미울 정도로 강렬한 5월 둘째 주 토요일의 햇살을 맞으며 후시미의 쇠약한 몸은 지쳐 쓰러지기 일보 직전이었다.

언덕길 끝에 상복 차림의 사람들이 하나둘 보이기 시작해 안도의 한숨을 내쉬었을 때 집 안에서 "멍!" 하는 새된 울음소리가 들렸다.

"멍멍이다!"

아들 도모키가 고개를 번쩍 들고 옆에 있는 엄마에게 물었다.

"멍멍이가 있었어?"

"고양이도 있지. 다 선생님의 가족이야."

도모키는 엄마의 대답을 듣고 "야옹이도?" 하고 자그마한 등허리를 쭉 폈다.

아침부터 풀이 죽어서 나도 꼭 가야 하냐며 칭얼거리던

모습이 거짓말처럼 느껴지는 반응이다. 도모키는 아침밥을 먹을 때도 깨작거린 이유를 잠이 부족해서라고 했지만 휴일에 장례식장에 가야 해서 그런 것이라는 걸 후시미는 대충 눈치채고 있었다.

엄마가 존경하는 선생님이었단다. 도모코가 그렇게 설득하고 나서야 마지못해 몸을 일으켰는데 강아지 울음소리 한 번에 초등학생다운 발랄함을 되찾았다.

흐뭇한 한편으로 고개를 갸웃거릴 수밖에 없는 것은 개나 고양이에게 이렇다 할 애착이 없는 비뚤어진 나의 성격 때문일까. 후시미는 살짝 토라진 듯한 기분으로 떠올렸다. 도모키가 동물을 기르고 싶어 한다는 이야기를 아내에게 처음 들었을 때도 후시미는 아들의 마음을 이해 못 하고 지금껏 어중간하게 이야기를 묵혀 두고 있다. 그걸 떠나 지금 집안 사정에 동물을 기를 여유는 없다.

"집이 엄청 크네."

담장 높이를 보고 푸념인지 감탄인지 모를 말이 새어 나왔다.

"아오야기 집안의 본가니까 당연하지."

"그런데 규모에 비하면 좀 적적한데."

"난보 선생님 장례식이니까."

도모코가 쓴웃음을 지었다.

저녁 경야 의식*때도 조문객이 얼마 없었고, 참석하지 않은 상주 대신 대리인이 의식을 진행했다. 사정을 잘 알지 못하는 후시미의 눈에도 당황스러울 정도로 일 처리가 엉망이었다.

"도모코!"

멋들어진 정문을 지나자마자 접수대에 있던 노인이 가족을 맞았다. 경야 의식 때는 보지 못한 그를 향해 도모코도 활짝 웃는 얼굴로 인사를 건넸다.

"오랜만에 뵈어요."

"정말 오랜만이네. 얘는 아들이야?"

두 사람의 활기찬 대화를 들은 체 만 체하고 방명록에 이름을 적는 후시미는 인연이 없지만 아내 도모코는 중학교, 고등학교 학창 시절에 이번 장례식의 주인공인 도예가 선생이 운영하는 교실을 다녔다. 눈앞의 노인은 아마 그때 같은 수업을 들었을 것이다.

"설마 이런 일로 다시 만날 줄이야. 안타까운 일이지."

"네. 정말 깜짝 놀랐어요."

"응. 그런데 왠지 언젠가는 이렇게 될 것도 같았어."

뉴스 보도에 따르면 난보 선생 즉, 아오야기 후미이치는 집 안에서 독을 마셨다고 한다.

---

* 장례식 전날 식단 앞에서 고인을 기리며 밤샘을 하는 의식.

경찰의 소견은 자살이었다.

지루한 독경과 분향 시간이 끝나자 출관 의식이 시작됐다. 일단은 친족이 동반했지만 이번에도 본가 쪽 사람은 없어 보였다.

거실에서 조문객들의 식사가 시작됐다. 서른 명 남짓 되는 조문객 대다수가 난보의 제자라서 그런지 분위기가 마치 동창회 같았다. 이곳저곳에서 추억 이야기를 꽃피웠고 도모코도 저쪽에 갔다가 다시 이쪽에 불려왔다가 하며 정신없이 돌아다녔다. 도모키가 정원에 나가자 혼자 남은 후시미는 초밥을 몇 개 집어 먹고 맥주로 목을 축였다.

장례식장 장막이 초래한 공복감이 채워졌을 무렵 후시미는 버릇처럼 남이 하는 이야기를 엿듣다가 문득 사람들의 대화 속에서 오늘 장례식 주인공인 아오야기 난보의 이름이 언급되지 않는다는 것을 깨달았다. 서로 근황을 나누는 잡담에서는 물론이거니와 추억 이야기를 하며 소리 높여 웃는 사람들도 고인의 이름을 입에 담지 않았다.

후시미가 도모코는 어떤지 보려고 고개를 돌렸을 때 마침 장지문을 넘어온 남자와 눈이 마주쳤다.

"어? 후시미?"

후시미는 저도 모르게 얼굴을 찌푸렸다.

"오오."

거구의 남자는 육중한 몸을 이끌고 붙임성 있게 후시미의 어깨를 두드리더니 자연스레 후시미 옆에 앉았다. 앞으로 내민 잔을 무시할 수 없어서 후시미는 말없이 맥주를 따라 줬다.

술잔을 든 오소네 다카시는 단숨에 잔을 비우더니 "건강해 보이네" 하고 두 번째 잔을 직접 따라 마셨다.

"건강은 무슨. 내 장례식에 대비해서 사전 답사 중이야."

"됐다, 됐어. 네가 자살해 봐야 고작 신문 3면 구석에 실릴까 말까다."

마이아사신문 오사카 본사에 근무하는 이 되먹지 못한 옛 친구는 대학에서 처음 만났을 때처럼 수염투성이 얼굴로 활짝 웃으며 되먹지 못한 농담을 속삭였다.

"한때 트러블 메이커로 이름깨나 날리던 남자가 왜 이리 풀이 죽었어? 조금 이르지만 제법 긴 여름방학이라고 생각하면서 즐겨. 내 처지에서 보면 넌 부럽기 그지없는 팔자야."

예상한 대로 내 근황을 도모코에게 전해 들은 듯했다.

"조금 이른 건 상관없는데 제법 긴 건 곤란해."

"정 안 되겠다 싶으면 편의점에서 아르바이트라도 하면 되지."

"아르바이트는 지긋지긋해."

후시미는 학창 시절 오소네와 함께 아르바이트를 했던 기억을 떠올렸다.

"그때는 너 때문에 나까지 잘렸잖아."

부모의 돈으로 대학을 다니는 녀석 중에는 제대로 된 인간이 없다고 말한 점장에게 갖은 욕설을 퍼붓고 정확히 일한 지 이틀째 되는 날 쫓겨났다.

"먼저 화를 낸 건 너였지."

오소네가 유쾌한 듯이 말하자 후시미는 대답했다.

"거의 동시였어."

"네가 폭발하는 바람에 나도 거든 거야. 그때만 해도 죽이 아주 척척 맞았는데."

무슨 말도 안 되는 소리를. 후시미는 무심코 웃음을 터뜨렸다. 괜히 불편한 마음에 지금껏 일부러 피해 온 옛 친구도 막상 얼굴을 마주하고 나니 생각보다 어색하지 않아서 후시미도 왠지 동창회에 참석한 기분을 맛보았다.

"너야말로 참 한가하네. 베테랑 기자님이 올 곳은 아니지 않나?"

"취재가 아니야. 아직까지는."

의미심장한 말에 고개를 들자 오소네는 기뻐하는 얼굴로 후시미를 쳐다봤다.

"아오야기 난보는 시대를 풍미한 천재였어. 비단 도예뿐만 아니라 조각, 건축처럼 조형이라고 할 만한 분야에 전부 손을 뻗었고 높은 평가도 거머쥐었지. 뉴욕에서 개인전을 연 적도 있어."

"그런 것치고 언론사 기자들은 통 안 보이네."

"이미 과거 사람이라는 점도 영향을 끼쳤겠지만, 실은 아오야기 집안에서 요청했나 봐. 아오야기 난보는 집안의 장남이었는데도 후계를 잇지 않은 문제아였으니까. 장례식을 본가에서 치른 것도 가족 간의 끈끈한 정 같은 것 때문은 아니야. 최대한 풍파를 일으키지 않고 조용히 끝마치고 싶은 게 본심이겠지. 이 일대에서 아오야기 집안의 위세는 절대적이니까."

아오야기가家는 긴키 지역에서 이름난 동시에 이곳 나루카와시를 대표하는 명망가 집안이다. 시 의원과 현 의원이 줄지은 명문가의 장남 도련님은 지역 출신 유명인으로 주목받았지만 본가와 갈등이 끊이지 않았다. 유명해지기 전에는 방탕아, 가문의 수치라는 비난을 들으며 집안과 거의 연이 끊긴 상태나 마찬가지였다고 한다.

오사카, 교토와 인접한 T현에는 신도시인 데루마이시 등 일부를 제외하면 아직 오래된 폐쇄적 인습이 남아 있다. 강을 끼고 남북으로 갈린 나루카와시에서 후시미가 사는 고미네마치는 남동부에 있고, 아오야기 본가는 북부에 있어 버스로 총 세 정거장, 약 4킬로미터 정도 떨어져 있지만 그럼에도 아오야기 난보에 대한 소문이 들릴 때가 많았다. 그렇게 생각하면 참석자들이 난보의 이름을 입에 담기를 꺼리는 이유도 대충 짐작이 됐다.

"난보 선생이 이곳에 돌아온 뒤로도 이런저런 사건, 사고가 끊이지 않았다고 해."

경야 의식을 마치고 집에 돌아가는 길에 아내 도모코도 비슷한 말을 했다.

난보는 아내를 사고로 잃자 도쿄에서 고향에 내려왔다. 그러나 본가에는 가지 않고 나루카와시가 내려다보이는 히메산 중턱에 집을 구했다. 그곳에서 20여 년간을 홀로 조용히 살다가 호젓이 세상을 떠났다.

"그렇게 속세를 거스르며 살던 사람 장례식에 넌 뭐 하러 온 거야?"

"원래 사회부 기자는 말이지, 세상에서 일어나는 모든 사건을 눈여겨봐야 해. 인간의 마음속 어둠이나 현대 사회의 절망처럼 있는지 없는지도 불확실한 것들을 늘 주시해야 한다고."

핵심을 에둘러 가는 이야기를 듣고 후시미는 저도 모르게 오소네를 째려봤다.

"뭘 그렇게 째려보고 그래."

오소네는 익살을 부리며 의기양양하게 말하더니 "알고 싶나?" 하고 정보를 손에 쥔 자만 부릴 수 있는 여유를 보였다.

"아니, 됐어."

후시미는 조금 고민하다가 거절했다. 오소네의 태도도 거슬렸지만 그보다 내키지 않았다. 잠들어 있는 호기심이 다시 고개를 들까 봐 귀찮았다.

그런 후시미의 마음을 꿰뚫어 본 것처럼 오소네가 술을 따라 줬다.

"이봐, 후시미. 너무 깊게 생각하지 마. 우리 선배가 그러는데 사람은 원래 대충 살아야 한대. 어느 지점에서 적당히 타협하지 않으면 기자 짓도 못 해."

그때 핸드폰 벨 소리가 울리자 오소네는 "그럼 또 보자" 하고 즉시 자리에서 일어섰다.

거대한 그의 뒷모습을 바라보며 후시미는 김빠진 맥주를 마셨다.

얼마 후 "앗!" 하는 비명이 울려서 모두가 일제히 정원 쪽을 돌아봤다. 후시미는 가장 먼저 몸을 일으켰다. 그곳에 도모키가 보였기 때문이다.

"뭐야? 무슨 일이야?"

툇마루로 나가 상황을 살피자 도모키가 주먹을 꼭 쥐고 입술을 깨문 채 땅 쪽을 노려보고 있었다.

그곳에는 어떤 남자아이가 허리를 웅크리고 양손으로 코를 부여잡고 있었다. 새빨간 핏물이 그 아래로 뚝뚝 떨어진다.

"얀마! 무슨 짓이야!"

그때 갑자기 머리를 금발로 염색한 남자가 달려와 도모키의 어깨를 난폭하게 붙들었다. 위로 치켜든 그의 손목을 후시미는 냉큼 붙잡았다. 남자는 "어?" 하고 후시미를 노려봤다.

"넌 또 뭐야?"

"이 애 아빠입니다."

그러자 그는 "오" 하고 평가하듯이 후시미를 노려봤다. 취기로 눈이 붉게 충혈되었고 색이 빠져 얼룩덜룩한 금발 머리는 후시미보다 더 오랫동안 손질하지 않은 것처럼 보인다. 치열이 고르지 않은 입가를 그는 의기양양하게 일그러뜨렸다.

"그래, 난 얻어맞아서 코피를 쏟는 이 아이 아빠다."

"도모키. 네가 그랬나?"

입술을 꾹 다물고 고개를 끄덕이는 도모키를 보고 후시

미는 등줄기가 뻣뻣해졌다.

"이보쇼, 아저씨. 어떡할 거야?"

남자는 몸을 웅크린 채 끼이끼이 우는 아들에게 눈길 한 번 주지 않고 다가와 물었다.

"저것 좀 보라고. 우리 아들 마코토, 아무래도 코뼈가 부러진 것 같은데."

"구급차를 부르죠."

"경찰도 불러야 할 것 같은데?"

후시미는 "네, 그래야겠네요" 하고 대답했다.

"야! 지금 나랑 장난해? 네놈 아들이 지금 우리 애를 두들겨 팼잖아. 저 애가 안 보여?"

"그러니까 구급차를 부르자는 겁니다. 경찰도."

"자꾸 헛소리할래? 혼나고 싶어?"

그때 툇마루 쪽에서 누군가가 요시카와 씨, 하고 말리는 목소리가 들렸다.

후시미는 아들이 주먹을 휘두른 것 때문에 당황한 속마음을 애써 숨기고 키 작은 남자를 내려다보며 마주 섰다.

"먼저 사과부터 하는 게 도리 아니야? 앙?"

"죄송합니다."

후시미는 순순히 고개를 숙였다.

"지금 당신네 아들이 우리 아들을 때렸어. 맞지?"

"……네. 죄송합니다."

"좋아. 일단 사죄는 받아 주지. 나머지는 나중에 천천히 얘기하는 걸로 하고."

요시카와가 손을 내밀었다.

"명함 정도는 있겠지?"

후시미가 건넨 명함을 보고 요시카와는 또다시 입가를 올려 씩 웃었다.

"오, 영상 저널리스트라."

"저도 명함 한 장 받을 수 있겠습니까?"

"미안하지만 당신처럼 번듯한 직함이 있는 건 아니라."

"구급차는 어떡할까요?"

그러자 남자는 히죽 웃으며 대답했다.

"나중에 다시 연락할게."

그가 "이리 와!" 하고 소리치자 남자아이가 비실비실 일어서서 아버지를 뒤따라갔다. 옆을 지나갈 때 아이가 도모키를 돌아봤다. 이 모든 과정을 흰색 강아지와 검은 고양이가 정원 구석에 나란히 앉아서 지켜보고 있다. 도모코가 말하기를 이 궁상맞아 보이는 수컷 강아지와 암컷 고양이 커플은 죽은 난보가 기르던 것을 어쩔 수 없이 아오야기 집안에서 거뒀다고 했다.

두 마리는 인간들이 연기하는 촌극을 가만히 관찰하고

있었다.

"괜찮습니까?"

접수대에 있는 노인이 말을 걸었다. 그 뒤로 무슨 일인지 몰라 곤혹스러워하는 도모코가 보였다.

"시끄럽게 해서 죄송합니다."

"요시카와군요. 일이 더 커지지 않으면 좋을 텐데."

"어떤 사람이죠?"

노인이 목소리를 낮춰 대답했다.

"아주 질 나쁜 자식이죠. 이름이 요시카와 슌스케인데, 대체 무슨 일을 하며 먹고사는지 아는 사람이 없고 부인이 집을 나간 뒤로는 걸핏하면 다른 사람들한테 생트집을 잡아 돈을 뜯고 다닌다는 소문을 자주 들었습니다. 오늘도 저 녀석은 자기가 난보 선생의 이웃사촌이었다는 뻔히 보이는 거짓말을 하고 공짜 밥을 얻어먹으러 온 겁니다."

노인이 상냥하게 "아오야기 집안에 말씀드려 볼까요?"라고 물었지만 후시미는 정중히 거절했다. 보잘것없는 의지일지 몰라도 권력자의 힘을 빌리고 싶지는 않았다. 외톨이 저널리스트로서 몸에 지닌 관성이기도 했다.

버스 정류장으로 향하는 길에 도모키에게 무슨 일이 있었는지 물었다. 아들은 머뭇거리며 좀처럼 입을 열려고 하지 않았다. 부들부들 떨리는 어깨가 싸움에 익숙하지 않은 증거처럼 느껴져 후시미는 남몰래 속으로 안도했다.

잠시 후 도모키가 입을 열었다.

"마코토가 못된 짓을 했어."

"평소 알고 지내는 아이야?"

그러자 아버지와 아들의 대화를 걱정스러운 눈길로 지켜보던 도모코가 "같은 반 친구야"라고 알려 주었다.

도모키는 기어들어 가는 목소리로 말을 이었다.

"정원에 멍멍이랑 야옹이가 있었잖아."

후시미는 곧장 그 강아지와 고양이 커플을 떠올렸다.

"그 애들이랑 놀고 있었는데 마코토가 갑자기 다가와서 재미있는 놀이를 하자고 해서……."

"재미있는 놀이가 뭔데?"

"그게……."

도모키의 눈에 눈물이 맺혔다.

"얘네 둘을 교미시키자고……."

"뭐?"

"개랑 고양이의 새끼를 낳아 보자고 했어. 그럼 아무것도 모르는 이 집안사람들이 전부 놀랄 거라고. 그래서 힘으로 고양이의 몸을 누르더니, 강아지를 억지로……."

도모키가 끝내 울음을 터뜨렸다. 훌쩍거리느라 뒷말이

제대로 이어지지 않는다. 굳이 들을 필요도 없을 것이다. 오싹했다. 그때 도모키를 돌아본 소년은 코피가 흐르는 코를 손으로 누르며 웃고 있었다.

"그래서 때렸냐?"

후시미는 입을 꾹 다물고 있다가 조심스레 물었다.

"내가 잘못한 거야?"

"아니, 잘못하지 않았어. 그런데 옳다고도 할 수 없지."

순수하게 자신을 쳐다보는 아들을 향해 후시미는 대답했다.

"마코토의 행동을 말리려고 한 건 잘했어. 하지만 때리면 안 돼."

"왜? 멍멍이랑 야옹이가 엄청 싫어했는데."

"세상의 규칙이라는 거란다, 도모키."

도모키는 말없이 아버지의 뒷이야기를 기다렸다.

"이 세상에는 규칙이라는 게 있어. 모두가 안심하고 살아갈 수 있도록 다 함께 만든 규칙이지. 다른 사람을 때리는 건 규칙 위반이야."

"그럼 마코토가 한 짓은? 그건 규칙 위반이 아니야?"

"분명 동물 학대도 규칙 위반이기는 하지. 그렇지만 그걸 말리려고 사람을 때리는 건 더욱 해서는 안 될 짓이야."

도모키는 벅차오르는 감정이 잘 제어되지 않는지 "하지

만, 하지만……" 하고 연신 되뇌었다.

"그럼 내가 어떡해야 했는데?"

"설득할 수밖에 없지. 우리에게는 말이라는 게 있으니. 말로 마코토를 설득해야 했어."

"말했어. 마코토한테 말했다고. 그만하라고. 그런 짓을 하면 안 된다고 했어."

후시미는 동정심을 감추고 잘라 말했다.

"그래도 때리면 안 돼. 안 되는 건 안 되는 거야. 그렇게 정하지 않으면 이 사회는 돌아가지 않아."

어린아이에게 조금 어려울 이야기일 수 있다. 그러나 이 제는 초등학교 5학년이니 아빠가 하려는 말의 일부는 이 해해 주지 않을까 생각했다.

"물론 예외도 많아. 하지만 예외는 예외지. 이유가 있다 고 해서 네 폭력을 인정해 버리면 나중에 또 다른 사소한 이유로 너를 때릴 다른 누군가의 폭력도 허용해 줘야 해."

도모키는 입술을 깨물었다. 억울하고 부당하게 느껴서 마음이 흔들리는 게 훤히 보였다.

"……결국 설득이 안 통할 때는 어떻게 해야 해?"

"더 잘 전달할 수밖에 없지. 조금 더 상대의 마음에 와닿 도록, 통하도록."

후시미는 그렇게 말하며 아들의 손을 꼭 쥐었다. 도모키도 아빠의 손을 맞잡았다.

"우리 도모키는 틀리지 않았어. 그러니 앞으로 비슷한 일을 겪으면 폭력이 아닌 다른 방법으로 상대에게 네 마음을 전달할 수 있을 거야. 그럼 상대도 네 진심을 알게 될 거고. 친구라면 더욱더."

"……미안."

"이제 신경 쓰지 마라. 뒷일은 아빠한테 맡기고."

"정말 모범적인 아버지와 아들의 대화네."

도모코가 장난스럽게 말을 보태고 도모키의 다른 쪽 손을 잡았다.

세 사람은 함께 완만한 내리막길을 내려갔다. 강렬하게 빛을 내리쬐던 해는 어느덧 서쪽으로 뉘엿뉘엿 기울고 있었다.

2

저녁 식사를 마치고 집을 나서려는 찰나에 핸드폰이 울렸다. 등록하지 않은 번호에서 걸려 온 전화다. 후시미는 요시카와라는 그 건달이 건 전화라고 판단해 마음의 준비를 했다.

— 후시미? 나야, 나.

밝고 경쾌한 목소리를 듣자 몸에서 힘이 쭉 빠졌다. 아는 사람 중에 말투가 이렇게 경박한 사람은 한 명밖에 없다. 오사카에서 제작사를 운영하는, 떼려야 뗄 수 없는 악연의 주인공 다나베다.

— 전화번호를 바꿨는데 알려 주지 않은 것 같아서. 잘 지내지?

"용건이 뭐야?"

— 뭐긴, 안부 인사지. 뭐야. 나 미움받고 있는 거야?

후시미는 "널 좋아할 사람이 세상에 있겠냐" 하고 반은 농담 섞어 말했다. 평소 이 남자의 과격한 결정과 언동 때문에 많은 동업자들이 시달렸다. 절반이 농담이 될 수 있는 건 그로 인해 먹고사는 사람도 많기 때문이다.

— 가끔 목소리 정도는 들려줘도 괜찮잖아.

"난 별로 네 목소리를 듣고 싶지 않아."

수화기 너머로 짐짓 들으라는 듯한 한숨 소리가 들렸다.

— 네가 무뚝뚝함의 미학을 신봉하는 사람이었나? 요즘 세상이 막 나간다고 해서 알아주는 세상도 아니고 영업용 미소 정도 지어 주지 않으면 조만간 아무도 널 상대해 주지 않을 거야.

"설교는 됐고, 지금 외출하려는 참이야."

— 일?

"……동네에 볼일이 있어서. 휴가를 만끽 중이지."

— 휴가라, 부럽네. 나도 지금 딱 힐링이 필요한 시기인데. 이참에 알래스카로 날아가서 오로라라도 보고 올까?

끝이 보이지 않는 수다를 좀처럼 끊어 내지 못하는 것은 후시미가 아직 신참내기이던 20대 시절, 이름을 알릴 계기를 만들어 준 사람이 바로 이 다나베이기 때문이다. 근근이 연명하는 삶에서 벗어나게 해 준 은혜가 있다.

— 아니면 아리마 온천에라도 다녀올까.

"끊는다."

인정사정없이 전화를 끊으려 하자 다나베가 곧장 덜미를 잡아끌었다.

— 도쿄에서 사고 쳤다며?

상대를 방심하게 하고 느닷없이 스트레이트 직구를 날린다.

— 벌써 소문이 돌고 있어. 취재 상대에게 퇴짜를 맞고 쫓겨났다지?

후시미는 혀를 쯧 차고 싶은 기분을 참았다. 다나베의 귀에 들어갈 만큼 내 실수 이야기가 벌써 퍼진 걸까.

"용건이나 말해. 지금 급하다고."

— 실은 너한테 안성맞춤인 일이 하나 있어.

드디어 올 게 왔군. 후시미는 속으로 경계했다.

"휴가 중이라고 했지."

— 그렇게 말하면서 실은 집에서 근신 중인 거 다 알아.
휴가 같은 건 노후에 마음껏 즐기면 되지. 후시미, 너 지금
T현에 있는 나루카와에서 살지?

"뒷조사했나?"

— 호들갑스럽기는. 아무튼 모레 오사카에서 만나자. 신
후쿠시마에 괜찮은 새우 전문점이 있어. 시간은 6시 어때?
내가 쏠 테니 넌 의욕만 갖고 오면 돼.

"잠깐. 난 지금 일을 할 마음이 없어."

— 그럼 오랜만에 술이나 한잔하면 되겠네. 비용은 경비
처리 할 수 있으려나.

다나베는 그렇게 말하더니 "그럼 그때 보자" 하고 일방
적으로 전화를 끊었다. 걸려 온 번호로 다시 전화를 거니
'지금은 운전 중이라 전화를 받을 수 없습니다'라는 ARS
음성이 흘러 나왔다. 후시미는 속으로 '대체 뭐 하는 녀석
이야' 하고 분개했지만 마음은 이미 기울고 있었다.

벌써 반년 가까이 제대로 된 일을 하지 못했다.

프리랜서 영상 저널리스트라는 직함은 자극적인 피사
체를 찾아 지구 뒤편까지 달려가는 이들을 위해 존재한다.
후시미도 열심히 뛰어다닐 무렵에는 카메라와 몸뚱이 하

나에만 의지해 수도 없이 바다를 건넜다. 집에 틀어박혀 있을 만한 일이 아니었다.

일을 쉬는 계기가 된 그 실수는 언제쯤 해결이 될지, 아니 애초에 해결될 문제인지도 알 수 없지만 그동안에도 가족의 삶은 이어지고 도모키도 점차 성장하고 있다. 얼마 되지 않는 저축액이 사라지는 게 먼저일지 아니면 시간제로 일하며 살림을 꾸려 가는 아내의 인내심이 바닥나는 게 먼저인지 모를, 꿈도 희망도 없는 경주가 펼쳐지고 있다. 이제는 슬슬 결단해야 한다는 조바심은 분명 있었다.

복귀전이 펼쳐질 링에 오를 때 뒤를 봐줄 사람이 다나베가 될 것은 예상했다. 될 성싶은 기획을 물어 오는 재능은 인정하지만 결과에 걸맞게 중노동일 것이 분명하다. 기획 전문가를 자처하는 탓에 후방 지원은 고사하고 땀도 닦아 주지 않는다. 그래도 돈 하나만은 확실히 정산해 준다.

감이 무뎌질 대로 무뎌진 지금 내가 과연 해낼 수 있는 일일까.

다소 무리를 해서라도 해야 한다. 아니, 하지만……. 후시미는 이런 고민도 점차 지긋지긋해졌다. 고작 '젊은 신진기예'라는 평가를 받고 끝난 경력에 분에 넘치는 소리를 할 처지가 아니라는 것도 알고 있었다.

무엇보다 거들먹거리며 도모키에게 설교를 늘어놓은

지 얼마 되지 않았다. 언제까지나 머뭇거리는 아버지의 모습을 보여 주고 싶지는 않았다.

이야기 정도는 들어 볼까…….

그렇게 마음을 굳혔을 때 외출하려 했던 것을 떠올리고 서둘러 현관을 뛰어나갔다. 지각 상습범도 오늘 밤만큼은 제 시간에 마을 모임에 참석해야 했다.

밖은 이미 완전히 해가 저물어 있었다.

나루카와시 고미네마치는 인구 2만 명이 조금 넘는 작은 마을이다. 농업의 쇠퇴로 인구 과소화가 진행돼 한때는 도시 통폐합 이야기도 나왔다고 한다. 오랜 불황의 영향으로 많은 이들이 일자리를 찾아 마을을 떠났다.

그런 마을이 지금은 또다시 상승세를 타고 있다. T현은 현재 오사카와 교토의 베드타운으로 개발이 진행 중인데 나루카와시가 교통망 정비로 거점 중 하나가 되어 새 거주민을 모집하고 있는 것이다.

후시미는 간사이 지역 출신이지만 대학을 졸업한 후 줄곧 도쿄에서 살았다. 도모코와도 도쿄에서 처음 만나 결혼했다. 그리고 평소 무슨 일이든 남편의 뜻에 순순히 따르던 도모코는 아들 도모키의 초등학교 입학이 다가오자 처음으로 자기 의견을 제시했다.

도모키는 고향인 나루카와에서 키우고 싶어.

어느덧 도쿄의 삶에 익숙해졌고 평소 고향에 애착을 보이지 않았던 아내라 뜻밖이었다.

논의 끝에 후시미는 아내의 의견을 받아들였고, 이후 주말 부부는 고사하고 석 달에 한 번 만날까 말까 하는 생활이 시작됐다. 프리랜서 영상 저널리스트인 후시미는 끊임없이 일본 전국을 돌아다녔고 이따금 짬이 날 때만 나루카와에서 도모코, 그리고 나날이 성장하는 도모키와 시간을 보냈다.

불안정한 삶인 것은 물론 벌이가 넉넉하지도 않았다. 혼자 아이를 키우며 고생을 많이 했을 텐데도 도모코는 후시미를 만날 때마다 늘 미소 지어 주었다. 술자리에서 안주 삼아 이야기하는 후시미의 실수담을 듣고 천진난만하게 웃고 가끔 놀리기도 하는 아내의 모습을 보며 후시미는 이 여자에게만큼은 버림받고 싶지 않다고 진심으로 생각했다. 동시에 이런 나를 왜 남편으로 골랐을까 하는 의문도 들었다.

의문은 어느덧 불안감으로 바뀌었고, 그 불안감은 실패후 다시 일어서지 못하고 지내는 동안 마음속 그늘 안에서 점차 짙어졌다.

아파트와 단독주택 사이에 있는 좁은 길로 들어가자 모

임이 열리는 장소가 눈에 들어왔다. 같은 목적지로 향하는 거무스름한 피부의 중년 남자를 보고 후시미는 "안녕하세요" 하고 고개를 숙였다. 상대는 여어, 하고 눈짓으로만 인사했다.

도쿄에서 내려온 지 반년. 나루카와에 정착해서 살다 보니 지금껏 눈에 들어오지 않았던 것들이 보이기 시작했다. 그중 피부로 체감하게 된 것이 바로 주민 사이의 세력 싸움, 쉽게 말하면 원래 살던 이들과 새로 이주해 온 이들 사이의 물밑 알력 다툼이다.

한 달에 한 번 열리는 정례 모임에 처음 참석했을 때만 해도 후시미도 외지인 취급을 당했다. 노골적으로 "이곳에서 일어나는 일에 대해 자네는 모르네"라는 말을 들은 적도 있다. 어떻게든 따라잡을 수 있게 된 것은 전부 도모코 덕분이다. 빈말이 아니라 지금껏 아내를 싫어하는 사람은 만나 보지 못했다.

그래도 암암리에 느껴지는 차별은 있었고 특히 지금 고미네마치가 떠안은 문제는 그것을 더욱 부각시킬 염려가 있었다.

예상대로 모임 회장 안은 삼엄한 분위기에 휩싸여 있었다. 한 달 전에는 정면에 자리 잡고 앉은 이장의 긴 탁자 위에 맥주와 전통 술이 있었지만 오늘 밤에는 작은 간식

하나도 없다. 그들 사이에 평소에는 보기 드문 얼굴도 있었다. 나루카와 초등학교의 교장과 가장 끝자리에 앉은 파출소 순경이다.

후시미는 서둘러 와서 다행이라며 가슴을 쓸어내리고 잽싸게 주변을 둘러봤다. 고마이 유의 옆자리가 비어 있는 것을 보고 안도하며 그와 안녕하세요, 하고 눈인사를 나눴다. 이 마을에서 부담 없이 대화를 주고받을 수 있는 몇 안 되는 주민이다.

"분위기가 엄중하네요."

그렇게 귓속말을 건네자 뜻밖의 대답이 돌아왔다.

"난보 씨 일 때문이라고 합니다."

난보? 후시미는 하마터면 소리 내어 말할 뻔했다. 고마이는 나직이 설명을 이어 갔다.

"저도 자세한 건 모르지만 상황이 좀 이상하게 돌아가나 봐요."

고마이는 팔짱을 끼고 앞을 바라본 채로 그 이상은 알려 주지 않았다.

"음, 슬슬 시작할까요."

사회를 맡은 노인이 말문을 열자 마을 이장이 몸을 일으켰다. 짧게 인사말을 하고 곧장 본론에 들어갔다.

"다들 아시겠지만 얼마 전 우리 마을에서는 악의적인 경범죄가 연이어 일어났습니다. 이 사안에 대해 지금껏 내부적으로 이런저런 대책을 강구해 왔고 다행히 요즘 들어서는 발생하지 않게 됐지요."

나란히 앉은 이들 중 유독 체구가 좋아 보이는 사람이 가볍게 고개를 끄덕였다. 목수로 일하며 마을의 자경단 대표를 맡기도 하는 하마구치다.

고미네마치에서 일어난 연속 경범죄 사건은 애당초 사소한 일에서 시작했다. 버스 정류장 의자에 같은 색 페인트를 칠하거나 공중화장실 휴지에 접착제를 발라 못 쓰게 만드는 정도였다.

그때만 해도 마을 자경단과 경찰도 단순히 어린아이의 장난쯤으로 여겼다. 대책도 학교 조례 시간에 주의를 환기하는 수준이었다.

그러나 지난달, 사안은 마침내 사건으로 발전했다.

고미네마치를 가로지르는 현 도로의 교통사고가 빈발하는 급커브 출구 쪽 지점에 웬 골판지 상자가 놓여 있었는데, 상자를 발견한 운전자가 급브레이크를 밟았지만 운나쁘게도 상자를 밟아 버렸다고 한다. 그리고 좋지 않은 느낌이 타이어를 통해 전해졌다. 운전자는 부랴부랴 차에서 내려 엉망진창이 된 상자를 확인했는데 그 안에는 끔찍하게 변해 버린 토끼의 사체가 있었다. 이후 토끼는 도모키가 다니는 나루카와 초등학교에서 기르는 토끼였다는 것이 밝혀졌다.

"상자에는 빨간색 크레파스로 이렇게 적혀 있었습니다. '생물 시간을 시작합니다'."

그전까지 일어난 장난 수준의 일들과는 차원이 다른, 잔혹하면서도 선정적인 문구가 더해진 사건이었다.

이 사건을 기점으로 마을 전체에 경계심이 퍼졌다. 그리고 얼마 되지 않아 다음 사건이 일어났다. 유치원에 다니는 여자아이가 마을 공원에 있는 철봉에 매달린 채 엉엉 우는 모습으로 발견된 것이다. 철봉에는 공업용 접착제가 발려 있어 여자아이는 철봉에서 손을 떼지 못하고 있었고, 구출됐을 때 그 아이의 손바닥은 이미 너덜너덜해진 것으로 모자라 양어깨가 탈구되기 일보 직전의 상태였다고 한다.

그리고 아이의 등 뒤에는 찢어진 노트에 역시 빨간색 크레파스로 갈겨 쓴 '체육 시간을 시작합니다'라는 글씨가 붙어 있었다.

경찰은 마침내 사안을 형사 사건으로 보고 본격적인 수사에 나섰다. 그러자 사건 초기 화장실 휴지에 쓰인 접착제가 철봉에 발린 접착제와 일치하는 것으로 밝혀져 동일범의 소행일 가능성이 커졌다. 마을 안 공장에서 해당 공업용 접착제가 사라진 사실도 판명됐다. 그러나 공장의 관리 체계가 허술했던 탓에 입수 경로로 범인을 특정할 수는 없었다.

이후 경계가 더욱 강화돼 최근 2주 동안은 별일이 없었다고 들었지만.

"어제 아오야기 집안의 장남 후미이치 씨가 돌아가신 것도 다들 아실 겁니다. 니시구치 씨, 그에 대해 설명 부탁합니다."

그러자 스포츠머리의 순경이 몸을 일으켰다. 활력이 넘쳐 보이는 중년 남자다.

"네. 아직 별로 알려지지 않았으면 하는데 여러분을 믿고 말씀드릴 수 있는 범위에서 설명하지요. 물론 내일 신문에는 기사로 나올 것 같기는 한데……. 우선 아오야기 씨, 아니 후미이치 씨라고 부르는 게 좋을까요. 난보 선생…… 아니, 난보 씨라고 해야 하려나."

외모와 반대로 말투는 어눌하고 답답하다.

"네, 난보 씨라고 하죠. 난보 씨가 처음 발견된 곳은 히메산에 있는 자택이었습니다. 발견 시점은 어제 이른 아침. 이 안에도 경야 의식과 장례식에 참석한 분이 계신 것으로 압니다."

모임 회장 안이 기이한 분위기에 휩싸였다. 잔뜩 날이 선 팽팽한 침묵이다. 지역 유지 집안에서 미움받던 장남

이야기를 별로 입에 담고 싶지 않다는 것은 이해해도 조금도가 지나친 느낌이었다.

"사인은 독물에 의한 중독사였고 난보 씨는 평소 탁주를 즐기셨다더군요. 그 술병 안에 독이 들어 있었습니다. 당사자가 고령이기도 해서 안타깝게도 그대로 사망하신 듯합니다. 사망 시점은 짧게 잡아도 일주일 전입니다."

장내가 술렁였다.

"네. 다시 한번 말씀드리면 이렇습니다. 난보 씨는 독을 섭취해 사망했고 그로부터 일주일 뒤 발견됐다. 뭐 어떤 의미에서는 고독사 범주에 든다고 해야 할지 모르겠네요."

"골든위크* 무렵이라는 건가?"

청중들 사이에서 질문이 나오자 순경은 고개를 가로저었다.

"확실한 건 아직 모르겠습니다. 듣지도 못했고요."

니시구치 순경은 이마에 맺힌 땀을 닦으며 설명을 다시 시작했다.

"처음에는 경찰도 자살로 추정했습니다. 여러분도 아실지 모르겠지만 최근 난보 씨는 집 안에만 틀어박혀 있었고, 가끔 왕진을 위해 찾아간 병원 의사 말로는 제법 오래 전부터 우울증을 앓고 있었다더군요. 입버릇처럼 죽고 싶

* 4월 말부터 5월 초까지 공휴일이 모인 일본의 황금연휴 기간.

38

다는 말을 꺼냈다고 합니다. 뭐 그런 연유로 저희도 사건을 그렇게 매듭지으려 했습니다만."

그는 거기서 말을 한 번 끊고 심호흡을 하더니 모두를 둘러보고 다시 입을 열었다.

"오늘 현장을 다시 한번 조사했는데 집 안에서 낙서가 발견됐습니다. '도덕 시간을 시작합니다. 죽인 사람은 누구?'라고 적힌 낙서가요."

순식간에 회장 안이 고요해지더니 잠시 후 또다시 술렁이기 시작했다.

"조용! 조용히 해 주세요!"

이장이 버럭 소리치고 나서야 겨우 소란이 잦아들었다.

"형사님. 전에 경범죄들을 저지른 그 사람이 난보 씨를 독살했다는 말인가요?"

나이가 서른 조금 넘어 보이는 여자가 손을 들고 물었다. 슈퍼인가 주류 전문점 계산대에서 본 기억이 있는 여자다.

니시구치는 "글쎄요. 전 교통경찰이라……"하고 우물쭈물 대답했다.

"아무튼 아직은 뭐라고 할 수 없는 단계입니다. 낙서에 대해서는 이 마을에 사는 어린아이부터 노인까지 전부 알고 있고 글씨체도 불분명한 상황이라서요."

"모방범의 소행일 수도 있다는 뜻인가요?"

후시미의 옆에 앉은 고마이가 물었다.

"네, 가능성은 있지요. 그러니 아직 뭐라고 할 수 없는 단계라고 한 겁니다. 살인으로 확정된 건 아니에요."

또다시 술렁거림의 파도가 몰아쳤다. 살인이 아니라면 누가, 왜 그런 메시지를 남겼을까.

설명할 수 있는 범위 안에서 설명하겠다고 했지만 순경은 제법 상세한 부분도 언급했다. 자치회에서 정보 공개를 강하게 요구했을 테지만 그 이상으로 모임 회장 안에 조성된 압력에 굴복당하고 있다. 후시미는 침착하지 못한 그의 행동에서 배어나는 초조함을 그렇게 해석했다.

"어쨌든" 하고 이장이 목소리를 높였다.

"비상사태인 것만은 틀림없어요. 앞으로 우리도 사건이 해결될 때까지 경찰과 협력하며 최대한 주의를 기울여야 합니다."

이장이 눈길을 주자 옆에 앉은 자경단 대표 하마구치가 말을 받았다.

"앞으로 우리가 경찰과의 소통 역할을 맡을 겁니다. 다들 주변에서 수상한 일이 일어났거나 앞으로 보게 된다면 주저 없이 저한테 말해 주십쇼."

그러자 앉은 사람들 사이에서 "뭐야, 서로 밀고라도 하라는 건가?" 하는 소리가 새어 나오는 것을 듣고 하마구치가 화를 벌컥 냈다.

"어이, 거기. 뭐? 밀고? 이게 지금 그런 차원의 문제로 보이나? 사람이 죽었다고, 사람이. 이다음 당장 우리 가족이 당할지도 모르는데 사리 분별도 못하고 지금 그런 말이 입에서 나와?"

회장 안에는 열기를 머금은 흥분과 차가운 의심이 섞인 공기가 흘렀다. 서로가 서로를 힐끗거리고 있다.

"자자, 그럼 앞으로 순찰 당번을 말씀드리겠습니다."

모임은 평소보다 배 이상 시간이 걸려 9시쯤이 돼서야 끝났다. 뒤풀이 자리도 없이 살벌한 분위기 그대로 해산하자 참가자들이 하나둘 집에 돌아갔다.

후시미는 집에 가는 방향이 같은 고마이와 함께 걸으며 입을 열었다.

"뭔가 일이 되게 커진 것 같군요. 설마 이런 코딱지만 한 동네에서 살인 사건을 맞닥뜨리게 될 줄은 몰랐습니다."

"그런데 전에도 나루카와에서 떠들썩한 살인 사건이 일어나지 않았나요? 초등학교라고 들은 것 같은데."

"10년쯤 전에 전국 신문 1면에 실린 그 사건 말이군요."

"후시미 씨는 프로로서 어떻게 생각하세요?"

후시미는 전에 고마이에게 자신이 저널리스트임을 알렸다. 그 외의 다른 사람들에게는 출판업에 종사한다고만 했다.

"아이를 가진 부모이다 보니 자꾸 최악의 사태가 떠올라서요."

후시미와 비슷한 연배에다가 도모키 또래의 아들이 있는 고마이가 진지한 얼굴로 말했다.

"솔직히 모방범의 소행이면 차라리 나을 것 같네요."

"난보 선생 한 명만이 목적이었다는 건가요?"

고마이는 "네" 하고 대답했다. 그는 현재 대형 보험사 지점에서 지점장으로 일하고 있다.

"그 경범죄 사건을 이용해 난보 씨를 살해한 거죠. 목적을 달성했으니 사건도 한 번으로 끝나지 않을까요? 그럼 우리는 경찰이 범인을 붙잡아 주기만을 기다리면 되고요."

그렇다. 자경단 활동은 어디까지나 범죄 예방이 목적이지 범인을 찾는 건 주민이 할 일이 아니다.

"하지만 그럴 경우 전에 경범죄를 저질렀던 범인은 결국 못 잡게 되겠죠."

"그럴까요?"

가로등에 비친 고마이의 옆얼굴이 왠지 달아오른 것처럼 보였다.

"난보 씨에 대한 소문은 아시죠?"

후시미는 말없이 고개를 끄덕였다. 도쿄에서 활약하던 난보를 아오야기 집안이 내친 진짜 이유는 그가 장남이면서도 후계를 잇기를 거부했다는 과거의 응어리 때문만은 아니다. 오히려 고향에 돌아오고 나서, 그리고 도예 교실의 문까지 닫게 된 일련의 의혹이야말로 진짜 원인일 거라고 후시미는 짐작했다.

"이렇게 생각해 볼 수는 없을까요? 전에 그 경범죄들을 저지른 범인이 실은 난보 씨였다. 그리고 그의 악행을 알게 된 사람이 난보 씨를 죽였다."

무심코 웃음이 새어 나왔다. 이런 촌구석에서 살인 사건으로 모자라 명탐정과 맞닥뜨릴 줄이야.

"그렇군요. 그럼 범인은 아오야기 집안사람이겠네요."

"다른 사람들 앞에서는 절대 못 할 이야기지요."

이주해 온 지 5년째인 고마이가 희미하게 미소 지었다. 이 지역 사람들은 아오야기 집안에 대한 험담을 농담으로도 하지 않는다. 그리고 그것이 나루카와의 불문율이라는 건 이곳에 온 지 얼마 안 된 후시미도 알고 있다.

"하지만 그 역시 좀 앞뒤가 안 맞는 것 같네요. 만약 난보 선생 한 명만이 목적이었다면 그 메시지가 이상하지 않나요? 꼭 범인인 나를 찾아보라는 듯이 도발하는 글이었잖습니까. 군이 경찰을 자극할 필요는 없을 것 같은데요."

"애초에 자살로 처리됐다면 아무 문제 없었겠죠."

고마이에게 추리 소설을 좋아하느냐고 물으면 분명 네, 라는 대답이 돌아올 것이다.

"그리고 후시미 씨. 웬만하면 그분을 부를 때 선생이라는 호칭은 안 붙이는 게 좋을 겁니다."

"네?"

"야간 순찰 당번을 돌 때 다른 주민과도 함께하니까요."

앞으로 당분간 매일 밤 순찰을 하기로 정해졌는데 주민이 3인 1조로 한 주에 한 번씩 돌기로 했다. 후시미와 고마이는 금요일을 맡았다.

충고가 무슨 뜻인지 묻기도 전에 고마이가 "마음이 무겁습니다" 하고 입을 열었다.

"자경단의 하마구치 씨가 왠지 저를 탐탁지 않아 하는 것 같아서요."

하마구치는 태어나고 자란 곳이 전부 나루카와인 토박이 중의 토박이다. 게다가 손꼽히는 강경파이기도 하다.

"전 그분과 별로 말을 섞어 본 적이 없네요."

"저도 그렇고 후시미 씨도 마녀사냥을 조심하는 게 좋을 겁니다."

후시미는 쓴웃음을 지으며 "휴, 그렇군요" 하고 대답했고 그 뒤로 대화는 더 이어지지 않았다.

3

나루카와에서 JR 전철로 갈아타고 30분 남짓. 약속한 가게는 신후쿠시마역에서 그리 멀지 않은 골목 안에 있었다. 카운터석만 있는 1층에서 테이블석이 있는 2층으로 안내받았다. 인도풍 음악이 흐르는 점내 가장 안쪽 자리에 다나베와 몸집이 작은 여자의 뒷모습이 보였다.

"어이, 어이. 여기야, 여기."

벌써 한잔을 걸친 듯이 손짓하는 다나베는 기억 속 모습과 전혀 달라진 게 없었다. 넓은 이마와 두꺼운 눈썹. 한없이 명랑한 일본인 버전의 우디 앨런* 같은 얼굴은 보는 것만으로 웃음이 절로 나온다. 이런 싹싹한 모습이 그의 무리한 부탁을 어쩔 수 없이 받아들이게 되는 이유 중 하나인 것만은 틀림없었다.

둥근 테이블을 둘러싸고 남자 두 명 사이에 낀 여자의 얼굴이 눈에 들어왔다.

"처음 뵙겠습니다. 오치 후유나라고 해요."

---

* 미국의 유명 영화감독.

짧게 자른 머리에 어려 보이는 얼굴은 아무리 많게 잡아도 20대 중반, 아직 학생이라고 해도 어색하지 않을 외모였다.

"이쪽은 후시미 유다이. 마음은 좁쌀만 하지만 이름은 웅대*하지."

후시미는 다나베의 재미없는 소개를 무시하고 눈앞의 여자를 쳐다봤다. "안녕하십니까" 하고 답례 인사를 건네자마자 후회했다. 정체를 모르는 사람과 갑자기 동석하게됐다고 해도 너무 무뚝뚝한 첫인사다. 이럴 때야말로 영업용 미소가 필요한 법인데.

여자는 그런 후시미의 인사를 쾌활하게 받아들였다.

"이야기는 많이 들었어요. 잘 부탁합니다."

지나치게 주눅 들지도 허물없지도 않은 당당한 태도다. 얌전해 보이는 첫인상과 달리 눈빛에서 힘이 느껴졌다.

"자자, 빨리 친해집시다. 맥주 마실래? 희귀한 외국 맥주도 있어."

다나베가 연이어 음식을 주문했다. 전화로 들은 대로 새우 요리에 특화된 가게인 듯하다.

"마음껏 시켜도 돼."

"갑각류를 별로 안 좋아해서."

* 일본어로 읽으면 '유다이'와 발음이 같다.

"뭐? 그럼 처음부터 말했어야지!"

운전 중 모드로 해 놓고 전화를 안 받은 사람이 누군데.

"자, 어쨌든 세 사람의 첫 만남을 기념하며 건배!"

다나베가 꿀걱꿀걱 맥주를 마셨다. 원래부터 밥을 맛있게 먹는 걸로 유명한 녀석이었다. 덩달아 젓가락을 들다가 맨 마지막에 튀어나오는 부탁을 거절하지 못 한 경험도 여러 번 있다. 후시미는 예의상 맥주를 한 모금 마시고 페이스를 무너뜨리면 안 된다며 스스로 되뇌었다.

"그래서, 오치 씨는 하시는 일이?"

겉치레를 버리고 솔직히 묻자 다나베가 따분해하는 표정을 지었다.

"야, 넌 그래서 안 돼. 일 이야기가 우선인 건 알겠는데 그보다 사람과 사람 사이 인연이 더 중요한 법이잖아. 게다가 우리는 실력 하나로 먹고사는 만큼 다른 사람보다 더 인간관계를 넓히는 노력을 해야 한다고."

반박할 도리가 없는 정론을 듣고 후시미는 "됐어" 하고 자포자기하며 맥주를 마셨다.

"오치. 이 아저씨는 말이지. 일하다가 어떤 실수를 저지른 탓에 지금 불안정한 생활을 하는 중이라 정서가 다소 불안한 것도 이해해 줘야 해."

"전 괜찮아요."

새침한 얼굴의 본심을 알고 싶어도 태도에 빈틈이 없다. 후시미는 약간 당혹해하면서 동시에 흥미도 느꼈다.

"반하면 안 된다."

다나베의 농담을 계속 상대해 주기보다 곧장 본론에 들어가는 게 좋아 보인다.

"이번에는 또 무슨 짓을 저지를 작정인데?"

"또, 또 그런 식으로 말한다."

그때 마침 음식이 나와서 대화의 맥이 끊겼다. 후시미는 초조해하면서 속살이 드러난 바닷가재를 덥석 깨물었다. 맛이 절묘하다. 그런 후시미를 보고 다나베가 맥주를 더 주문했다.

"원래 기자 나부랭이들은 잘 먹고 잘 마시는 게 철칙 아니겠어?"

"난 기자가 아니야."

"하지만 밥 먹을 때랑 거사를 치른 다음에 가장 입이 가벼워지는 건 상식이지."

다나베의 저속한 이야기를 듣고도 오치는 반응하지 않았다. 눈썹 하나 까딱하지 않는다.

"할 얘기가 있으면 빨리 해. 그냥 공짜 밥을 사 주는 거면 달갑게 먹고 가겠지만."

"오케이. 후시미. 다큐멘터리를 한 편 찍을 건데 네가 카메라를 맡아 줬으면 해."

"카메라?"

"응. 할 수 있잖아? 명색이 영상 저널리스트님이신데."

"뭘 찍는데?"

"나루카와 제2초등학교 사건."

후시미는 무심코 기쁨의 휘파람을 불 뻔했다. 그러지 않아도 마을 자치회가 열린 날 밤에 고마이와 그와 관련된 이야기를 나눈 터였다.

"내가 나루카와에 살아서 시키는 건가?"

"아니, 네가 거기 사는 건 그저 우연이야. 그야말로 운명 같은 거지."

"그럼 왜 나한테 부탁하는데?"

"네 힘이 필요해서 그래. 일을 쉬는 지금이라면 거절하지도 않을 것 같았고."

후시미는 "약점을 이용하다니" 하고 다시 맥주잔을 입에 가져갔다. 벌써부터 페이스를 잃고 있다.

"그런데 나도 그 사건에 대해서는 잘 몰라. 나루카와에서 산 지 이제 고작 반년 됐고 사건이 일어났을 때는 외국에 있었으니까. 물론 기억은 있지만 잘 기억나지도 않고."

"거짓말하지 마. 반년이나 놀았는데 그 사건에 대해 알아보지 않았다고? 나루카와 역사상 최대의 사건인데?"

"정말 모른다니까."

아무리 일을 하고 싶어도 신문 기사 요약본을 아는 수준에서 사건에 대해 안다고 할 수는 없다.

"흐음. 정말로 팽팽 놀기만 했구나."

맥주잔을 내려놓는 손놀림이 저도 모르게 거칠어졌다. 저널리스트답지 않게 태만한 일상을 보내는 건 사실이지만 콕 집어 지적당하면 기분이 상하기 마련이다.

"뭐 됐어. 그럼 재활 훈련 겸해서 한번 맡아 봐. 카메라맨이 되어 사건을 캐다 보면 예전 실력도 돌아올 거야."

"캐다니? 그 사건 범인은 이미 붙잡혔잖아."

"재판도 이미 끝났죠. 범인으로 지목된 남자는 현재 나가노 교도소에서 복역 중이고요."

음식에는 손도 대지 않고 두 남자의 대화를 옆에서 듣던 오치 후유나가 짧게 덧붙였다.

"응, 맞아. 그렇게 끝난 사건을 뭘 더 캔다는 거야? 설마 그 사건이 억울한 무죄 사건일 리는 없을 테고."

"현시점에 그럴 가능성은 작죠."

"그럼 수사 방식을 비판하려는 건가? 아니면 피해자에 대해 다루는 거야?"

그러자 새우를 먹던 다나베가 만족스러운 듯이 말했다.

"오치. 이 아저씨한테 설명 좀 부탁해."

오치가 후시미를 지그시 바라봤다. 겁먹은 기색이라고는 없는 의젓한 눈빛이다.

"사건이 일어난 건 13년 전인 2001년 9월 9일. 장소는 당시 나루카와 제2초등학교였어요."

예전에 나루카와 시내에는 나루카와 이름이 붙은 초등학교가 제1초등학교부터 제4초등학교까지 있었다. 그러나 인구가 감소하면서 먼저 제1초등학교와 제3초등학교, 뒤이어 제2초등학교와 제4초등학교가 통합됐고 8년 전 남은 두 학교가 통합해 지금의 나루카와 초등학교가 되었다. 도모키가 다니는 학교다.

사건이 일어난 건 나루카와 제2초등학교가 제4초등학교를 흡수 통합한 지 얼마 안 됐을 무렵이었다.

"그날 나루카와 제2초등학교 강당에서 마사키 쇼타로라는 남자가 학생과 학부모들을 상대로 강연했어요. 강연 제목은 '모두 함께 살아가는 법'. 마사키 쇼타로는 나루카와에서 선생님으로 오랫동안 근무했고 교육 위원회 임원 등을 역임하기도 한 사람이에요. 교육에 대해 직접 저술한 책이 전국에서 화제를 불러 모으기도 했어요. 인품도 뛰어나서 많은 이들이 그의 삶의 태도나 철학에 깊은 신뢰를 보냈죠."

당시 이미 교직을 떠나 있던 마사키는 강연을 하러 전국

각지를 돌아다녔다고 한다. 옛 일터인 나루카와 제2초등학교 무대 위에 오른 것도 그 일환이었다.

"강연은 오전 10시에 시작됐어요. 그리고 강연이 시작된 지 한 시간 5분 뒤 청중들 사이에 있던 청년 한 명이 천천히 몸을 일으켜 마사키에게 다가갔죠. 참석자들이 다들 무슨 일인지 몰라 어안이 벙벙해 있는 사이 그는 미처 제지할 새도 없이 마사키에게 달려갔다고 해요. 그리고 거의 동시에 나루카와 제2초등학교들이 교원들이 뛰어가 마사키 옆에서 그를 떼어냈어요. 그러나 그때 이미 마사키의 가슴에는 칼이 꽂혀 있었죠. 경찰은 그의 죽음을 쇼크에 따른 즉사로 판명했습니다."

"잠깐만."

후시미는 부랴부랴 설명을 중간에 잘랐다.

"설명이 너무 자세한데? 한 시간 5분 뒤? 오치 씨가 혹시 그 사건을 목격이라도 했나?"

"네, 맞아요."

후시미는 소스라치게 놀랐다. 나이대로 보면 그럴 수도 있을 것이다.

"나도 봤어."

다나베가 새우 껍데기를 이로 떼어 내며 말을 보태자 후시미는 눈이 휘둥그레져 그를 쳐다봤다.

"후시미 씨. 실은 이 사건은 관계자가 촬영한 비디오테이프가 남아 있답니다."

후시미는 그제야 모든 것을 이해했다. 동시에 의문도 생겼다.

"청년은 그 자리에서 제압당했어요. 그의 이름은 무카이 하루토. 향할 향向에 갤 청晴, 사람 인人 자를 쓰죠."

후시미는 고개를 끄덕이고 뒷이야기를 재촉했다.

"범행 당시 그의 나이는 스물넷. 그는 나루카와 제2초등학교 졸업생이고 마사키 쇼타로의 제자이기도 했어요. 현장에 들이닥친 경찰에게 무카이는 묵비권을 행사했다고 해요. 그리고 현행범으로 체포됐지만 그는 조사를 받을 때도 전혀 입을 열지 않았어요. 경찰은 당연히 정신 감정을 청구했고 무카이는 감정을 거부했는데 그때만은 또박또박하게 '나는 정상이다'라고 진술했다고 해요."

그러나 사건의 동기와 배경에 대해서는 일절 입을 다물었다.

"본인의 의사가 어떻든 간에 변호사는 그의 정신 감정을 요청했고 법원도 이를 받아들였어요. 그리고 실시된 감정 결과는 정상. 무카이에게는 책임 능력이 있다는 판단이 나왔습니다."

후시미는 말없이 오치의 설명에 귀를 기울였다.

"결국 자백을 얻지 못한 상태에서 재판이 시작됐어요. 무카이는 재판정에서도 일절 입을 열지 않았죠. 해명은 고사하고 반성의 한마디조차 입에 담지 않았다고 해요. 그리고 판결을 내리기 직전 재판장은 무카이에게 이렇게 물었어요. '마지막으로 마사키 쇼타로 씨의 죽음에 대해 뭔가할 말 없습니까?'. 그러자 그는 이렇게 대답했습니다."

눈동자가 유독 큰 오치의 눈이 열기를 머금은 것처럼 빛났다.

"'이것은 도덕 문제입니다'. 그게 바로 무카이 하루토의 유일한 증언이었답니다."

후시미는 저도 모르게 숨을 집어삼켰다.

무카이가 항소하지 않아 그대로 징역 15년형이 확정됐다. 이후 그는 감옥 안에서도 무죄를 주장하지 않고 고분고분히 형을 살고 있다고 한다.

"여기까지가 사건의 개요예요. 혹시 질문 있나요?"

"전과는?"

"없었어요."

"죽은 사람은 마사키 쇼타로 한 사람뿐이고 따로 강도나 방화를 저지른 것도 아닌데 징역 15년은 제법 무겁군."

"재판 당시 가장 문제시됐던 게 바로 범행이 아이들의 눈앞에서 이뤄졌다는 점이에요. 게다가 무카이의 태도는 법정을 모독하는 행위로 받아들여졌죠. 검찰이 보통보다 약간 무겁게 청구한 구형량이 그대로 통과된 경우예요."

그리고 무카이도 거기에 이의를 제기하지 않았다.

후시미는 오치를 바라보던 시선을 허공으로 향했다. 무카이 하루토의 내면을 상상해 보려고 했지만 생각보다 잘되지 않았다.

"……무카이가 그렇게 행동한 이유를 잘 모르겠군. 꼭 스스로 중형이 내려지기를 바라기라도 한 것 같잖아. 정말로 정신 질환 같은 건 없었나?"

"감정 결과에서 그는 사건에 대해 설명하기를 거부하면서도 자기 행동에 책임질 능력이 있다는 내용이 여러 번 언급돼요."

도저히 이해하기 어려운 말과 행동이다. 자살을 기도하는 사람과 비슷한 심정이었을까. 아무리 그래도 너무 이상하지 않은가.

"마사키가 살해된 이유는? 두 사람 사이에 스승과 제자 관계 이외의 다른 접점이 있었나?"

"그런 건 확인되지 않았어요. 마사키가 무카이를 가르친 기간은 초등학교 5학년, 6학년의 2년. 그동안 두 사람 사이에 갈등이 있었다거나 혹은 그 뒤 어떤 접점이 있었는지는 무엇 하나 제대로 밝혀지지 않은 상태예요. 그런데 홍미로운 사실이 있어요. 사건 당시 무카이는 대학생이었습니다. 전공은 교육학이었고요."

후시미는 흐음, 하고 신음을 내뱉었다.

"마사키라는 사람이 그쪽 세계의 권위자라고 하지 않았나?"

"맞아요. 마사키가 쓴 책을 그가 읽었을 가능성도 있죠."

그러나 그 점에 대해서도 물증은 나오지 않았다고 한다. 당시 무카이가 살던 원룸에는 생활필수품을 제외하고 이상하리만큼 살림이라고 할 만한 게 없었다. 주변 이웃에게서도 유력한 증언은 나오지 않았다. 무카이 하루토라는 사람은 속내를 감추는 데 있어 타의 추종을 불허할 만큼 철저한 성격인 걸까.

"무카이의 집안 사정도 말씀드릴까요?"

"아니. 그 얘기는 나중에 해 줘. 물론 나중이 있다는 전제지만."

"뭐? 이렇게까지 잘 설명해 줬는데 설마 거절하겠다는 거야?"

넌 그저 먹고 마시고 있었을 뿐이잖아.

후시미의 의식은 다른 곳으로 새지 않고 오로지 오치에게 쏠렸다. 그만큼 무카이 하루토의 이야기가 흥미진진했다. 하지만.

"비디오테이프가 있다고 했는데, 거기에 범행 장면도 찍혔나?"

"아마추어가 찍은 영상이라 중간에 화면이 흔들리고 각도도 바르지 않아요. 그렇지만 범행 전후 상황은 대부분 확인할 수 있어요."

"즉 무카이가 범인인 건 확실하군."

그 말에 오치는 대답하지 않았다.

"그런데 무카이가 범인이라면 이제 와서 뭘 더 캐려는 거야?"

오치의 설명만 들으면 당시 무카이에게 강압적인 수사가 이뤄졌다고 보기 어렵다. 만약 다나베와 오치가 무카이 하루토의 인간성만을 기록할 심산이라면 후시미는 거절할 생각이었다.

있는지 없는지 불확실한 것. 옛 친구 오소네는 인간의 마음속 어둠을 그렇게 표현했다. 후시미는 또 다른 이유에서도 그런 것과 얽히고 싶지 않았다. 어둠의 정체를 직시할 자신이 없었다.

"후시미 씨 말씀대로 무카이의 형은 확정됐어요. 하지만…… 이 테이프는 어떤 사정 때문에 경찰의 손에 넘어가지 않았어요."

"뭐?"

"오치가 바로 그걸 확보한 거야. 난 그 영상을 바탕으로 이 다큐멘터리를 엔터테인먼트 영화로 제작할 계획이고."

"영화?"

"내가 말 안 했나? 이건 영화야. 개봉 후 전국의 독립 영화관을 싹쓸이하는 게 목표지."

"감독은 누군데?"

"저예요."

그 말을 듣고 후시미는 진심으로 놀랐다.

"잠깐만 이리 와 봐."

후시미는 억지로 다나베를 일으켜 세우고 화장실 옆으로 데려갔다.

"저런 어린 여자애한테 다큐멘터리 영화 감독을 시키겠다고? 혹시 영업용 미소를 너무 많이 날리고 다니느라 머릿속에 나사 하나가 풀렸나?"

후시미가 몰아붙이자 다나베는 짐짓 한숨을 내쉬어 보였다.

"여성 멸시에 연공서열주의. 후시미, 넌 쉬는 동안에 머릿속이 썩어 버린 거야?"

"진심으로 저 여자애가 감독을 할 수 있을 것 같아?"

"너만 옆에 있어 준다면."

착각이다.

"다나베. 난 직업 카메라맨이 아니야. 그저 내 마음대로 찍고 싶은 걸 찍고 다녔을 뿐이라고. 천지 분간 못하는 어린 아가씨의 **감독 놀음**을 상대해 줄 만큼 아량이 넓은 것도 아니야."

"준비부터 스폰서까지 전부 스스로 해결한 사람한테 그 말은 너무 실례 아닌가?"

"기껏해야 세뱃돈 정도 될 예산으로 뭘 하겠다고?"

"3천만."

뭐라고?

"다큐멘터리라고 하지 않았어? 무명 감독이면 천만 엔도 파격적인데, 뭐? 3천만 엔?"

"그래. 그러니까 제작비 문제는 걱정 안 해도 된다는 소리야."

"……너, 지금 사기당하고 있는 거 아니지?"

"사기는 무슨. 이미 돈도 다 받았어."

믿기 어려웠다. 요즘 같은 시대에 다큐멘터리 영화는 팔리지도 않는다. 또 지명도가 바닥인 아마추어 감독이 만드는 독립 영화에 3천만 엔이라는 거금이 들어올 리 없다. 아무리 머리를 굴려도 수지타산이 맞지 않는다.

"돈을 누가 대는데?"

"그건 말할 수 없어. 일단 밝히지 않는 조건이라."

곧장 머릿속에 떠오른 것은 정치나 종교 단체다. 설마 폭력단은 아니겠지. 해외 공작기관 같은 말도 안 되는 가능성도 스치기는 했다.

"안심해. 이곳 점원도 알 만한 우량 기업이니."

그렇다면 그것대로 또 의문이다. 이런 기획에 선뜻 거금을 투척할 우량 기업은 존재하지 않는다.

"대체 저 여자는 누구야?"

후시미가 오치에 대해 묻자 다나베는 호들갑스럽게 고개를 흔들었다.

"나사가 풀린 건 너 같네. 오치가 누구냐고? 그런 걸 발 벗고 조사하는 사람이 바로 후시미 유다이 아닌가?"

그 말은 틀릴 게 없다. 그러나 후시미는 일단 고개를 흔들었다.

"난 안 해."

"후시미."

"미안. 지금 나한테는 무리야."

후시미는 오치에게 인사도 하지 않고 계단을 뛰어 내려갔다. 대답은 이미 정했다.

— 이것은 도덕 문제입니다.

그 말의 울림은 너무도 시의적절해서 경제 사정을 잊게 할 만큼 무시무시하고 불길했다.

후텁지근한 한밤의 거리를 걸어 우메다 방면으로 향했다. 집에 곧장 가지 않은 건 밥과 술이 부족했고 무엇보다 생각을 정리하고 싶었기 때문이다.

13년 전 나루카와 제2초등학교 강당에서 수많은 학생을 포함한 사람들이 지켜보는 곳에서 교육계의 권위자가 흉기에 찔려 살해됐다. 피해자는 마사키 쇼타로. 가해자는 무카이 하루토. 무카이는 범행에 대해 시종일관 묵비권을 행사했고 결국 검찰에 송치, 기소돼 재판을 받았다. 그리고 검찰의 구형대로 징역 15년이 선고됐다.

체포에서부터 최종심에 이르기까지 그의 주장은 오직 두 가지.

1. 나는 완전히 정당한 판단력과 책임 능력을 지녔다.

2. 마사키 쇼타로의 죽음은 '도덕 문제'다.

첫 번째는 정신 감정 결과가 무카이의 주장을 뒷받침하고 있다. 그러나 정신 감정을 거절했다는 사실부터가 이상하다. 무카이는 감정 결과대로 자신은 정상이라 어차피 쓸데없으니 거절했을까. 아니면 역시 어떤 증상이 원인인 선택이었을까. 어쨌든 전문가의 눈을 속이기는 쉽지 않았을 것이다.

두 번째는 마사키 쇼타로의 죽음에 관한 무카이의 대답이다.

— 이것은 도덕 문제입니다.

의미심장한 것을 넘어서 후시미는 그 말에서 연상되는 게 있었다. 물론 고미네마치에서 일어난 연속 경범죄 사건이다. 아오야기 난보가 독을 마시고 사망한 자택에 남아 있었다는 낙서.

— 도덕 시간을 시작합니다. 죽인 사람은 누구?

둘을 도무지 같은 선상에 두고 떠올리지 않을 도리가 없다. '도덕'은 모두가 알 만한 단어이지만 평소 귀로 듣거나 입에 담을 일이 별로 없는 단어이기도 하다.

그런 단어가 나루카와라는 이 절대 넓지 않은 지역에 많지도 않을 불길한 사건을 수놓고 있다.

한신 고속도로 고가를 지나자 번화가가 눈에 들어오기 시작했다. 후시미는 심사숙고하며 발걸음을 이어 갔다.

관련이 아예 없지는 않겠지만 어느 정도 관련됐는지 알 수 없다. 무카이 하루토는 현재 나가노 교도소에 복역 중이라 그가 마을에서 일어난 경범죄 사건의 범인일 수는 없다. 경범죄 사건의 범인은 무카이가 어떤 말을 했는지 아는 상태에서 그의 발언을 흉내 낸 걸까. 그럴 수는 있다. 도덕 문제. 흔한 듯하면서도 어쩐지 끈적거리는 듯한 불길함이 느껴지는 단어다. 경범죄를 저지른 범인은 그런 울림에 매료됐을까.

아니, 지나친 생각인가.

두 사건 사이에는 13년이라는 세월이 있다.

미로 같은 오사카역을 지나 약속 상대를 기다리는 젊은
이와 귀갓길 회사원으로 붐비는 헵파이브 건물 앞으로 나
갔다. 헵파이브는 관람차로 잘 알려진 곳이다. 밤 9시가 넘
어도 도시는 휘황찬란하다. 후시미는 그곳을 지나 인파들
에게서 멀어졌다. 오사카 순환선을 지나 자야마치 방면으
로 향했다. 모퉁이를 몇 번인가 돌자 후시미의 단골 바가
나타났다.

가게 안에는 가늘고 긴 타원형 유리 카운터가 있고 수조
를 연상하게 하는 푸른 조명이 마음을 묘하게 가라앉혔다.
시끄럽게 떠드는 손님이 없는 것도 장점이지만 무엇보다
바텐더가 과묵한 것이 마음에 든다. 눈에 띄는 손님 대다
수는 혼자서 술을 즐기고 있다.

혼자 마시는 술의 필요성을 느끼게 된 것은 도쿄에서 도
망치듯 나루카와에 돌아오고 나서부터다. 그전까지는 누
군가와 함께 즐기지 않는 술자리는 시간 낭비라고 생각했
다. 그런데 우연히 불쑥 찾아온 이 가게에는 첫 방문 이후
벌써 열 번 이상 왔다. 오직 혼자서, 아무 생각도 없이 천천
히 몽롱해져 가는 의식을 즐긴다. 그런 행위가 목적이 되
어 가는 현실에 위기감도 느꼈지만 이런 시간이 정신의 균

형감을 유지하는 데 좋은 영향을 미치는 건 사실이었다.

늘 주문하는 샌디가프 맥주를 주문했다. 1분도 되지 않아 눈앞에 나온 잔의 삼 분의 일을 단숨에 비웠다. 취기의 조짐을 느꼈고 그 기운은 후시미를 정처 없는 사고의 길로 이끌었다.

오소네와의 재회. 마을 모임 회장 내부의 모습. 아오야기 난보의 장례식. 아들의 눈물. 코피. 경범죄 사건. 나루카와에 돌아온 나를 맞으러 나온 도모코의 얼굴. 그리고 마흔을 눈앞에 둔 몸집이 큰 어느 여자가 떠올랐다.

우치노 사토미.

후시미가 뒤쫓고, 궁지에 몰아넣고, 끝내 놓친 여자다.

시종일관 생글생글 웃고 있었지만 눈은 웃고 있지 않았다. "아이참, 곤란해요" 하는 혀짤배기소리. 애교 넘치는 목소리가 그녀의 무기였다.

우치노는 사이타마현에서 의료 사무원으로 일했다. 직장 내 평가는 훌륭했다. 그곳에서 3년 근무하다가 돌연 직장을 관뒀다. 사유는 결혼. 그러나 직장 동료들은 아무도 그 사실을 몰랐다. 그녀는 상사에게 퇴사 이유를 집안 사정 때문이라고만 했다. 우치노가 채 서른이 되기 전에 일어난 일이다.

이후 그녀는 10년간 총 세 번의 결혼을 반복했다.

그녀는 지금 뭘 하고 있을까.

사라진 여자의 행방을 머나먼 서쪽 땅에서 떠올려 봐야 소용없다. 그러나 떠올리지 않을 수 없다. 그녀에 대한 해답을 찾지 못하는 한 나는 다시 일어설 수도 없다.

핸드폰이 울렸다. 이곳에서 울리는 전자음은 꼭 잠수함의 무선 표지판 소리를 연상케 한다. 후시미는 화면에 기계적으로 늘어선 번호를 지그시 바라봤다. 등록되지 않은 번호로 전화가 걸려 온 건 최근 들어 두 번째다. 첫 번째 주인공이 다나베였던 것을 떠올리자 나열된 숫자가 왠지 불길하게 느껴졌다. 하지만 그때 전화를 받은 이유를 떠올리고 후시미는 통화 버튼을 눌렀다. 요시카와가 건 전화일지 모른다.

—안녕하세요. 오치예요.

안도감과 함께 권태가 몰려왔다.

"다나베에게 전해 줘. 개인 정보는 조심히 다루라고."

—후시미 씨. 둘이서 한잔하실래요?

둘이서 한잔이라. 후시미는 쓴웃음을 짓는 동시에 약간 친근감을 느꼈다.

"늙은 아저씨랑 한잔해 봐야 나올 것도 없을 텐데."

—그건 제가 판단해요.

역시나 시원시원하다.

"네가 사는 건가?"

— 네.

지금 있는 곳을 알리자 "20분 안에 도착할 거예요" 하는 말과 함께 전화가 끊겼다.

정확히 20분이 지나 오치 후유나가 바에 찾아왔다. 후시미는 세 잔째 맥주를 비우고 네 잔째로 미지근한 브리티시 에일을 마시고 있었다.

"기다리게 해서 미안해요."

오치는 무뚝뚝하게 말하고 후시미 옆에 앉았다.

"다나베는?"

"기타신치에 간다고 했어요. 제가 후시미 씨를 찾아온 건 비밀로 해 주세요."

"비밀이라. 뭔가 로맨틱한데."

"이미 혼자 제법 드셨나 봐요."

말하는 속도가 느려질 정도로 취기가 도는 게 사실이긴 했다.

"마시지 않을 도리가 있겠어? 따분한 모임에 불려 가 쓸데없이 시간을 낭비했는데."

"쓸데가 있을지 없을지는 아직 모를 텐데요."

"그런 걸 쓸데없다고 하는 거야. 자, 너도 마셔."

오치는 샌디가프를 주문했다.

"이거 엄청난 우연이군. 나도 첫 잔이 그거였는데. 맥주를 좋아하나?"

"그러면 안 되나요?"

흥. 차갑기는.

"사회생활을 하려면 이럴 때 적당히 맞장구도 쳐 줘야 해. '이야, 취향이 비슷하네요'처럼 아저씨가 좋아할 만한 말을 해 줘야지. 그 정도 기술도 없이 이 업계에서 먹고살 수 있을 것 같아?"

"여자인 걸 무기로 삼으라는 뜻인가요?"

"남자도 남자인 걸 무기 삼고 있어. 체력과 힘. 똑같지 않나?"

"상대를 고를 뿐이에요."

오치는 후시미의 말을 태연하게 받아넘겼다.

"후시미 씨 앞에서 여자인 걸 내세워 봐야 소용없다. 그때그때 분위기에 맞춰 줘 봐야 어차피 우습게 볼 게 뻔하다. 제 생각이 틀렸나요?"

후시미는 말문이 막혀서 오치를 빤히 쳐다봤다. 오치는 그런 후시미를 아랑곳하지 않고 앞을 바라본 채로 턱을 살짝 치켜들었다.

"전 후시미 씨와 친구가 되고 싶은 게 아니에요. 파트너가 돼 주었으면 하는 거죠."

그야말로 결연한 말을 들어도 불쾌하지는 않았다.

"너, 몇 살이야?"

"스물여덟이에요."

예상보다 많았다.

"지금껏 어디서 뭘 했지?"

"관심이 생겼나요?"

"질문에 질문으로 답하는 건 좋지 않아."

"간사이에서 태어났어요. 일해서 번 돈으로 도쿄에 있는
대학에 들어갔죠."

그녀가 입에 담은 대학은 유명한 국립대였다.

"그리고 5년 뒤 졸업했어요."

"유급했나?"

"처음부터 그곳에 5년은 있을 생각이었어요. 학비를 벌
며 학교에 다니려면 시간이 부족하니까요."

현명한 선택이다. 뭔가를 진지하게 배우려면 5년은 너
무 짧은 데다가 사회에 진출한 다음 공부할 환경을 유지하
는 것은 상상 이상으로 어렵다.

"그 뒤로 2년간 영상 제작 회사에서 일하면서 현장 경험
을 쌓았어요."

"대학에서 배운 건?"

"필요한 것들을 배웠죠."

"간판만으로 충분하지 않았나?"

"필요성이라는 건 목적에 기인해요. 전 목적을 위해 배워야 할 것을 선택했고요."

"약았군. 그 목적이라는 게 대체 뭐지?"

오치는 말없이 잠시 허공을 바라봤다.

"……살아가는 것, 이라고 해야 할까요."

후시미는 순간 웃음을 터뜨렸다. 빈정거릴 생각은 없지만 마치 서툰 연기처럼 느껴졌다. 오치의 말에 뒷덜미를 붙잡힌 듯한 느낌이 들었다.

"살아가기 위해서라면 그냥 회사에 다니면 됐잖아. 굳이 힘들게 매스미디어의 세계에 진출한 것으로 모자라 다큐멘터리 영화라니. 어리석기 짝이 없군."

오치는 대답하지 않았다.

"2년이나 업계에 있었다면 대충 알지 않나? 독립 미디어니 뭐니 허울 좋은 말로 자신을 소개하는 녀석들은 대부분 자기 앞가림도 못한다는 걸. 다들 이런저런 부업을 해가며 입에 풀칠을 하고 있어. 재능 없는 프리랜서 저널리스트의 세계 같은 건 거지굴이나 마찬가지야."

"비겁한 말씀이시네요."

"다 경험에서 우러나온 이야기지."

다나베와 협업한 일로 방송 협회가 주최하는 신인상을 수상하며 후시미의 이름이 처음 업계에 알려지게 됐다. 덕분에 대형 방송국에서 일을 받을 기회와 집필 의뢰도 늘었다. 그래도 안정적인 삶과는 거리가 멀었고 도쿄와 나루카와 두 곳에 셋집을 얻기도 해서 유복한 생활 같은 건 꿈도 꾸지 못했다. 만약 낭비벽이라도 있었다면 돈도 제대로 모으지 못했을 것이다.

"넌 미디어 일에 낭만이나 사명감 같은 걸 느낄 수도 있지만 실상은 그렇게 고상하지 않아. TV를 한번 틀어 봐. 다른 사람의 안색을 살피느라 어떤 사안에 대해 어물쩍 넘기는 모습을 뉴스에서 자주 보지 않나? 보도의 자유 같은 말은 기만일 뿐이야. 그런데 비판하려고 하는 말은 아니야. 다들 그래야 할 사정들이 있으니까. 먹고살려면."

후시미는 별말 없이 투정을 들어주는 오치의 당당한 얼굴을 보고 이야기를 더욱 멈출 수 없었다.

"생각해 봐. 재벌들의 악행을 하나부터 열까지 다 폭로하면 어떻게 될까? 스폰서의 심기를 거스르는 바람에 회사가 어려운 상황에 빠지게 될 테고, 회사가 어려워지면 그곳에 다니는 직원들이 잘리고 하청 업체에는 싸구려 일감도 들어오지 않게 돼. 우리가 진실을 밝힐 수 있는 건 오로지 우리에게 불똥이 튀지 않을 무력한 일반 시민의 범죄 정도야. 살아가기 위해서라고? 오히려 제대로 살아가고 싶은 사람일수록 제대로 된 건 만들 수 없어."

후시미는 한바탕 불만을 토하고 잔을 비웠다. 한숨을 내쉬자 몸속이 텅 비는 듯한 공허감에 사로잡혔다.

"일반론으로 들을게요."

대범한 걸까, 둔감한 걸까. 후시미는 자조 섞인 미소를 지었다.

"그 일반론에서 벗어나면 나처럼 되는 거야."

그러자 처음으로 오치의 얼굴에 미소가 떠올랐다. 새삼 다시 보니 아름다운 외모다. 그림으로 그린 듯한 깔끔한 느낌이 있었다.

"미디어나 언론이 비판할 수 있는 건 개인뿐이다. 정말 흥미진진한 이야기네요."

"비꼬는 건가?"

오치가 후시미를 보고 고개를 살짝 기울였다.

"내가 지금 어떤 상황인지 알지 않아?"

"다른 뜻은 없어요. 개인적인 공감이에요."

이 여자는 남에게 갑작스레 따귀를 얻어맞아도 안색 하나 변하지 않고 '아파요'라고 하지 않을까.

"후시미 씨. 〈볼링 포 컬럼바인〉과 〈A〉. 둘 중에 뭐가 더 잘 만든 작품이라고 생각하세요?"

느닷없는 질문이었다.

"이번에는 다큐멘터리론을 설파할 작정인가. 잘 만들었다는 게 구체적으로 뭘 뜻하지?"

"작품이 지닌 힘, 그러니까 영향력과 설정이라고 하면 될까요."

후시미는 잠시 생각에 잠겼다. 〈볼링 포 컬럼바인〉은 마이클 무어가 감독한 다큐멘터리 영화로서 과격한 소재와 대중적인 서사 기법이 잘 맞물려 유례없는 흥행을 기록했다. 한편 〈A〉는 옴진리교 안에서 살아가는 이들의 모습을 옴진리교의 시선에서 찍은 문제작이다.

세기를 넘어 연이어 발표된 두 작품은 성격과 방향성이 많이 다르지만 근래 다큐멘터리 영화를 언급할 때는 빠트릴 수 없는 작품이 되었다.

"난 〈A〉."

"전 〈컬럼바인〉이요."

후시미는 "왜지?" 하고 물었다.

"마이클 무어의 방식은 지나치게 자의적이야. 작품이 지닌 힘은 인정해도 다큐멘터리라고 하기는 어려워."

"다큐멘터리에는 다양한 표현 방식이 있다. 〈A〉의 감독이 아마 그런 말을 했던 것 같은데요."

현실을 현실 그대로 보여 줄 수는 없다. 편집, 언어의 취사선택. 영상이든 글이든 제작자의 의도가 개입될 수밖에 없다는 점에서 다큐멘터리, 그리고 뉴스 보도조차 넓은 의미의 창작이다. 이런 인식은 현대 다큐멘터리론의 표준이라고 해도 과언이 아니다.

그래도 후시미는 반론했다.

"관객의 인식을 유도하는 방식이 강제적인지 아닌지가 문제야. 한마디로 관객을 제어하는 방식이 공정한가. 예를 들어 〈컬럼바인〉은 필요한 정보를 일부러 숨긴 채 끝까지 밝히지 않고 관객에게 해결을 납득시키는 미스터리 같은 형식을 띠고 있어. 반면 〈A〉에는 여백이 있지."

후시미는 〈A〉가 작품에서 제시하는 것이 단순한 결론이 아니라고 생각했다. 특수한 환경 아래에 있는 이들의 평범한 일상을 찍어 관객의 가치관이 바뀌기를 기대하는 실험으로 봤다.

"〈컬럼바인〉이 창작자의 다양한 의도를 섞어 만든 미스터리라면 〈A〉는 순문학 같은 거지."

"후시미 씨. 평소에 문학 쪽에 관심이 있나요?"

"그냥 예를 든 것뿐이야."

후시미는 쑥스러움을 감추며 물었다.

"네가 마이클 무어를 지지하는 이유를 알려줘 봐."

오치는 맥주로 입술을 한 번 적시고 이야기를 시작했다.

"어디까지나 개인적인 느낌을 말씀드릴게요. 〈A〉는 〈A〉를 볼 필요가 없는 사람들을 위해 만들어진 작품 같다는 느낌이에요."

"뭐?"

"극장에서 〈A〉를 선택해 보는 사람들은 그 시점에 이미 〈A〉를 보지 않아도 되는 사람들인 거예요."

"무슨 말인지 모르겠군. 말장난하는 건 아니지?"

"〈A〉를 본 이후 생길 가치관의 반전과 전환에 대해 잠재적으로 인식하는 이들만 〈A〉를 관람한다는 뜻이에요."

그제야 오치가 무슨 말을 하려는지 대략 느낌이 왔다.

"그러니까 〈A〉를 볼 정도로 문화 수준이 높은 사람이라면 이미 〈A〉에 담긴 함의를 이해한다는 뜻인가."

"수준 운운하는 건 지나친 것 같아요."

"하지만 마이클 무어는 다르다?"

"그건 엔터테인먼트잖아요."

오치가 또다시 미소 지었다.

"엔터테인먼트 작품을 즐길 생각으로 보러 오는 관객이 가치관의 반전과 전환까지 된다는 건가."

"〈볼링 포 컬럼바인〉의 흥행 수입은 전 세계적으로 4천만 달러. 일본에만 한정하더라도 관객 수는 〈A〉를 뛰어넘어요."

"힘이라는 건 결국 매출을 뜻하는 거였나."

"얼마나 많은 이들에게 창작자의 뜻을 전할 수 있는가. 그리고 얼마나 잘 전할 수 있는가. 그로써 얼마나 많은 사람에게 영향을 끼치고 또 그들을 바꿀 수 있는가. 그게 바로 작품이 지닌 힘 아닐까요?"

후시미는 팔짱을 끼고 오치의 말을 곰곰이 되새겼다. 얼마나 잘 전할 수 있는가. 바로 얼마 전 자신이 비슷한 말을 입에 담은 기억이 있다. 그러나 곧장 그때가 떠오르지는 않았다.

머릿속 한쪽에서 세상 물정 모르는 철부지라고 생각한 이 여자와 같은 필드 안에서 이야기를 나누는 자신을 발견했다.

오치가 귓속말을 하듯 속삭였다.

"'퀘스천 오브 모럴리티Question of Morality'."

"……도덕의 문제."

"우리가 찍을 영화 제목이랍니다."

일방적으로 오치의 페이스에 끌려가고 있다. 그래도 묻지 않을 수 없었다.

"설마 나루카와 제2초등학교 사건을 엔터테인먼트 작품으로 찍을 작정인가?"

후시미는 오치의 무표정한 얼굴을 향해 물었다.

"그런 것치고는 임팩트가 너무 부족하지 않아? 비디오 테이프의 가치는 인정하지. 그게 진짜라면."

"보시면 알 거예요."

"그래도 무카이를 무죄로 돌릴 증거는 없지 않나? 나루카와 사건은 어차피 촌구석에서 일어난 일개 살인 사건에 불과해. 컬럼바인 학교의 무차별 총기 난사나 옴진리교 사건 따위와는 차원이 다르지."

"그러니 내용으로 승부해야죠."

"내용으로 관객을 모을 수 있다고 생각할 만큼 낭만주의자였나?"

오치가 술잔을 기울였다.

"무카이 하루토는 올가을 가석방이 정해졌어요. 확실한 정보예요."

"……그래서?"

"그를 직접 출연시킬 생각이에요. 본인에게 승낙도 받았고요."

순간 후시미는 할 말을 잃었다. 범행의 처음부터 끝까지를 찍은 비디오테이프와 범행을 저지른 장본인. 이 여자는 두 가지 패를 호주머니 속에 숨겨 두고 있었다.

"그렇게 해서 스폰서를 구슬린 건가?"

"그때는 여자인 걸 무기로 삼기도 했죠."

오치가 또다시 미소 지었다. 농담인지 아닌지 구분하기 어렵다.

후시미는 침묵했다. 조사와 판결에서 모두 묵비권을 고수한 징역수의 출연. 그것이 불러올 효과를 최대한 냉정하게 떠올렸지만 답은 나오지 않았다.

대신 물었다.

"왜 나지?"

왜 하필 도망치듯 도쿄를 떠나 가족 곁에서 빈둥거리는 남자를 골랐을까.

"후시미 씨의 작품 중 볼 수 있는 건 전부 찾아봤답니다. 〈아프리카 람보〉. 그건 보통 사람은 찍을 수 없는 작품이었어요."

목소리에서는 비아냥거림이 아닌 진심이 묻어났다.

몸뚱이 하나에만 의지하며 전 세계를 돌아다닐 무렵 후시미는 어떻게든 이름을 알리고 싶어서 위험 지대라고 불리는 곳들도 거리낌 없이 찾아갔다. 보스니아, 중동, 브라질의 슬럼가 등. 다나베를 처음 만난 것도 그 무렵이다.

후시미의 출세작이 된 〈아프리카 람보〉는 20대 나이에 무기 상인이 된 어떤 남자를 다룬 다큐멘터리 영화다. 대립하는 양쪽 부족에 동시에 무기를 팔아치우던 '봇코'라는 이름의 청년을 1년 동안 쫓아다녔다. 다나베는 그 작품을 언론에 소개했고 후시미는 방송 협회 신인상을 받았다. 과장이 아닌 절찬이 쏟아졌다.

스스로도 기적 같은 작품이라고 생각한다. 소재와 완성도가 뛰어났거니와 무엇보다 살아서 일본에 돌아온 게 기적처럼 느껴지는 작품이었다. 후시미는 당시 모든 것을 잊고 오로지 작품에만 몰두했고 바늘구멍을 억지로 크게 벌려 목숨을 부지한 거나 마찬가지였다.

"작품을 보면서 후시미 씨의 무모한 도전 정신을 느꼈죠. 이런 작품을 찍은 사람이라면 저와 겨룰 수 있겠다고 생각했어요."

오치는 진지하게 말했다. 함께 겨뤄 보자는 어감이 아니라 마치 자신을 쓰러뜨려 보라는 도발처럼 들렸다.

"배짱이 대단하군."

"어중간한 건 성미에 맞지 않아서요."

건방지기는. 그러나 후시미는 마음이 끌렸다.

"……〈전진하라, 신의 군대〉를 만들 생각인가?"

기이한 신념을 지닌 어느 범죄자를 집요하게 쫓은 걸작 다큐멘터리 영화가 머릿속에 떠올랐다. 영상 속 포커스를 맞춘 남자가 괴물이라면 그를 찍은 사람 역시 괴물이다.

"그런 엄청난 작품을 만들고 싶은 건 아니고 그저 궁금할 따름이에요. 무카이 하루토가 했던 말. 그가 입에 담은 도덕에 대한 해답이요."

— 이것은 도덕 문제입니다.

취기가 가시는 느낌이었다.

텅 빈 마지막 전철 안에서도 오치와 무카이 하루토의 말이 머릿속을 떠나지 않았다. 후시미는 현란한 주간 잡지 광고판을 올려다보며 나루카와 제2초등학교 사건을 어렴풋이 되짚었다.

오치의 권유를 즉석에서 받아들이지는 않았다. 생각할 시간을 조금 더 달라고 얼버무리고 도망쳐 나왔다.

오치에 대한 불신도 있었다. 교묘하게 호기심을 자극하는 화법에 감탄하면서도 한편으로 그 안에서 풍기는 불순한 계획의 냄새를 맡았다.

아니, 변명에 불과하다. 그냥 내가 겁쟁이라서 그럴 수 있다.

나는 두려워하는 것이다. 또다시 실수를 저지를 가능성을. 어설프게 오판하는 상황을.

이런 겁쟁이 같으니라고. 속으로 아무리 욕지거리를 내뱉어도 자학은 어설픈 위안일 뿐이었고 초조함과 자기혐오만 늘었다.

답답함을 느끼며 아파트 부지 안에 발을 들였을 때 가로

등 아래로 그림자 두 개가 보였다.

"여, 아저씨. 잘 왔어."

후시미는 놀라서 잠시 멍하니 있었다. 요시카와 슌스케가 구깃구깃한 스카잔*을 걸친 채 조롱하듯 웃고 있었다.

"절 기다린 겁니까?"

"그냥 지나가다가 잠깐 들렀어. 왜? 그럼 안 돼?"

그때 건네준 명함에 주소는 없었다. 물론 아이들이 같은 반이니 찾기는 어렵지 않았을 것이다. 후시미는 위장 부근에서 찌릿한 통증을 느꼈다.

"이런 시간까지 술 마시고 쏘다니다니. 팔자 좋군. 저널리스트라는 양반들은."

후시미는 최대한 감정을 자제하고 물었다.

"용건이?"

"이것 좀 봐."

그러자 요시카와의 다리 옆에 앉아 있던 소년이 몸을 일으켰다. 까까머리가 가로등 불빛을 반사했다. 새하얗다. 소년은 얼굴 절반 이상이 하얀 붕대에 가려져 있었다.

"……이게 뭐죠?"

"이게 뭐죠? 이런, 이런. 얼른 술부터 깨야겠는데. 뭐겠어. 당연히 당신 아들내미가 저지른 짓이지."

* 광택이 있는 합성섬유로 만든, 등에 크고 화려한 자수가 놓인 점퍼.

말도 안 되는 소리. 후시미는 순간 그렇게 내뱉을 뻔했다. 소년의 머리에 감긴 붕대가 진짜인 것은 확실하다. 붕대 사이로 언뜻 보이는 맨살이 퍼렇게 부어올라 있었다.

"이렇게 크게 다칠 정도는 아니었을 텐데요."

"텐데요? 이봐, 지금 나랑 장난해? 네놈 아들이 우리 애를 때린 건 그때 이미 인정했잖아. 자꾸 이랬다저랬다 하면 곤란해."

아무리 생각해도 이렇게 될 리는 없다. 다친 정도가 언뜻 봐도 열 살 남자아이가 한 대 때린 수준을 훨씬 뛰어넘는다. 성인이 온 힘을 다해 때리지 않은 이상 이렇게 되지 않는다.

"두 눈으로 직접 보니 알겠지? 코가 부러졌고 이도 나갔어. 어떻게 이런 일이 생길 수 있나?"

요시카와가 내뱉는 말의 이면에는 사냥감을 가지고 노는 쾌감이 훤히 보였다.

"진단서도 이미 전부 떼어 놨어. 어엿한 상해 사건이 되겠지."

후시미는 주먹을 꾹 쥐었다. 손톱이 손바닥 살을 파고들었다.

이 자식이 저지른 짓이다. 제 손으로 자기 아들을 때린 것이다.

처음부터 이럴 계획이었을 것이다. 그때 구급차를 부르지 않고 데려간 것도 부상 진단을 받지 않을 목적이었다. 그러니 이틀 뒤인 오늘 밤 찾아온 것이다.

……이런 인간쓰레기 자식.

주먹이 튀어 나가려는 것을 간신히 자제했다. 여기서 이 남자를 때리면 나의 패배다.

"치료비가 얼마입니까?"

그러자 요시카와는 "자" 하고 영수증을 내밀었다.

"이런 푼돈은 별것도 아니야. 문제는 합의금이지."

후시미는 숨을 깊숙이 들이마셔서 냉정함을 유지하고자 했다.

"당신 덕분에 우리 아들 마코토는 지금 학교도 못 나가고 있어. 일상생활이 제대로 굴러가지 않고 있지. 그리고 더 큰 문제는 혹시 PTSD라고 아나? 그날 이후 비슷한 또래 남자애만 봐도 벌벌 떨면서 어쩔 줄 몰라 한다고."

요시카와는 "정말 큰일이지?" 하고 히죽 웃으며 말을 이었다.

"상태가 이 모양이니 상담 치료 같은 것도 좀 받아 봐야 할 것 같고. 아무튼 앞으로 진짜 힘들게 생겼어."

"다음에 변호사를 대동하고 논의해 보죠."

"뭐? 변호사아? 그야 당신이 전부 돈을 내주는 거면 상관없기는 한데."

도모키가 마코토를 때린 건 사실이다. 한 대였는지 여러 대였는지는 아이들만 안다. 그렇다면 마코토가 그때 얼마나 다쳤는지를 정확히 증언해 줄 제삼자는 없을까. 아이는 그때 코피를 줄줄 흘리며 양손으로 얼굴을 감싸고 있었다.

아무리 봐도 이미 익숙해 보이는 수법이다. 후시미의 예상을 뛰어넘는 인간쓰레기가 눈앞에서 미소 짓고 있었다.

"요시카와 씨. 둘이서만 대화합시다."

그러자 요시카와는 "둘이라, 좋지" 하고 손짓해 아들을 멀리 보냈다.

후시미는 옷을 대충 걸쳐 입은 남자를 정면에서 마주 보고 물었다.

"얼마를 원해?"

그러자 요시카와가 키득키득 웃음을 터뜨렸다.

"역시 인텔리들은 이야기가 빨라서 좋다니까. 실용적이라고 해야 하나."

"얼마를 원하냐고."

후시미가 거듭 묻자 그는 기뻐하는 얼굴로 "그럼" 하고 잠시 말을 끊었다.

"둘 다 성가셔지는 상황은 최대한 피하는 게 좋겠지. 그런데 앞뒤 안 가리고 막 나갈 심산이면 나한테도 계획이 있어."

"응? 뭐야, 세게 나오네?"

"경찰을 찾아갈 거야. 물론 가해자라고 하면서. 병원에 보내기에도 아직 늦지 않았고 그때 목격자를 찾아서 증언도 들어야겠지. 정확한 증언을."

그러자 요시카와의 얼굴에서 웃음기가 사라지더니 이내 일그러졌다.

"그래. 좋게 좋게 해결하는 게 좋아. 나도 귀찮은 건 사절이니까. 우리 애가 싸우다가 얻어터진 것도 쪽팔린 일이기도 하고."

후시미는 말없이 그를 노려봤다.

"백만. 어때? 저렴하지?"

예상한 범위였다. 조금 전의 나였다면.

"미안하지만 곧바로는 안 돼."

"뭐? 이 양반이 지금 장난하나. 나도 많이 양보해서 제시한 액수라고. 깽판 내고 싶어?"

"아니. 정말 지금 당장은 무리야."

"당장 되는 건 얼만데?"

"……절반."

그러자 요시카와는 "아이 씨, 진짜 장난하나!" 하고 가로등을 걷어찼다.

"말도 안 되는 소리 작작 하지? 아, 됐어. 그쪽 마음대로 해. 그런데 날 우습게 보다가는 큰코다칠걸. 나도 여기저기 줄 댈 곳이 많거든. 각오해 두는 게 좋아."

그저 허세로는 들리지 않았다. 폭력단 조직을 통하면 이런 방면의 프로가 나설 가능성이 있다. 법의 허점을 악용하는 데 도가 튼 녀석들이다. 물론 그들의 도움을 받으면 요시카와가 가져갈 몫이 줄겠지만 이런 녀석들은 대부분 실리를 챙기기보다 충동으로 움직인다. 손해보다는 자신의 체면을 우선한다.

"조금만 기다려 줘."

"조금이라면 몇 분? 몇 초?"

"일주일이면 돼."

요시카와는 잠시 침묵하다가 입을 열었다.

"그래. 그럼 여기에 사인해."

꼼꼼하게 백만 엔 동의서까지 준비해 왔다. 이미 어떤 방법이 가장 좋을지 다른 쪽에 자문을 구했을 것이다. 후시미는 금액과 내용을 훑어봤다. 어딘가에 덫이 있을지 모른다.

"그리고 집에 갈 택시비 내놔. 당신을 기다리느라 막차도 놓쳤으니까."

지갑에서 1만 엔 지폐를 뽑아 들자 그는 난폭하게 빼앗아 갔다.

"일주일이야. 약속 꼭 지켜."

그렇게 말하고 돌아보는 요시카와에게 후시미는 등 뒤에서 말했다.

"저 아이한테 또 손대면 땡전 한 푼 없다는 거 알아 둬."

그러자 요시카와는 돌아보더니 입꼬리를 올려 히죽 웃었다.

아버지와 아들이 한밤의 고미네마치 거리를 걸어갔다. 얼굴이 퉁퉁 부은 아이는 아버지의 그림자를 밟으며 필사적으로 쫓고 있다.

분노는 사라지고 대신 애처로운 감정이 온몸을 서서히 채웠다.

4

후시미는 나루카와 제2초등학교 사건을 조사하기 위해 데루마이시 도서관으로 향했다.

요시카와가 사라진 후 다나베에게 전화를 걸었다. 함께 일하는 대신 돈을 선불로 줬으면 한다고 하자 다나베는 군말 없이 "그럼 계약 성립이네" 하고 취기 어린 목소리로 밝게 대답했다. 일주일 안에 백만 엔 정도를 보내 줄 수 있겠냐는 부탁에도 "생각해 볼게" 하는 긍정적인 대답이 돌아왔다.

스스로도 어리석다고 생각했다. 순리대로 하면 도모키의 잘못을 인정하고 경찰서를 찾아야 할 것이다. 그러지 않은 것은 도모키를 배려해서가 아니라 그저 나 자신의 사정 때문이었다.

다시 일어설 만한 계기가 필요했다. 마음을 다잡을 만한 극약이 필요했다.

빈둥거리던 후시미에게 오치의 야심은 달콤하게 다가왔고, 요시카와의 악의는 강력한 발차기가 되어 날아왔다. 시끄러운 알람 소리를 듣고 간신히 이불에서 기어 나갈 계기가 되었다.

도모키에게는 뭐라고 하기는커녕 오히려 미안한 감정을 느꼈다. 갈피를 못 잡는 아버지에게 이용당했다고 나중에 웃으며 대화하고 싶었다.

그러려면 이번 일을 반드시 성공시켜야 한다. 좋지 않은 결과로 끝나면 저널리스트로서 마지막 남은 자존심마저 잃고 말 것이다.

후시미는 가슴에 갖다 댄 주먹에 힘을 꼭 주고 나루카와 사건을 보도한 당시 신문 기사를 훑어보기 시작했다.

전국지와 지방지까지 모두 한 번씩 보고 오치가 말한 내용을 확인했다. 사건을 대략 시간 순으로 정리한 다음 눈에 두드러지는 고유 명사를 메모하기 시작했다. 관계자 이름, 기자 이름, 관련 단체 이름 등. 일단 대략적인 개요와 등장인물 표를 완성했을 때는 도서관 자리에 앉고 다섯 시간이 지난 오후 3시 무렵이었다.

집중하느라 허기도 잊고 있었다. 슬슬 한숨 돌리고 싶었지만 좀처럼 몸을 일으킬 수 없었다. 후시미는 오로지 자신만 읽을 수 있는 갈겨 적은 노트를 바라보며 다시 한번 사건을 되짚어 봤다.

2001년 9월 9일 일요일. 나루카와 제4초등학교와 통합된 제2초등학교 강당에서 같은 학교의 전직 교원 마사키 쇼타로가 강연을 했다. 참가자는 당시 5학년, 6학년 학생과 학부모, 교원, 학교 관계자 등을 포함해 총 3백 명 정도. 외부인들도 와서 강의를 들었다. 근처에 사는 노인과 교육 문제에 관심이 있는 일반인. 그리고 그중에는 무카이 하루토도 있었다. 당시 그는 간사이 지역 명문 대학 교육학부 4학년 학생이었다.

'모두 함께 살아가는 법'이라는 제목으로 오전 10시부터 시작된 강연은 11시를 넘어설 무렵 이변이 생겼다. 강당 뒤쪽에 있던 무카이 하루토가 천천히 몸을 일으키더니 앞으로 걸어가기 시작한 것이다.

사건이 일어난 강당을 찍은 사진이 실려 있었다. 여기저기 쓰러진 간이 의자에서 당시의 혼란한 상황이 엿보인다. 강당 가운데에 출입로 같은 길이 있었는데 무카이는 그곳을 지나 유유히 마사키를 향해 걸어갔다고 한다.

이후 마사키에게 돌진한 무카이를 나루카와 제2초등학교 교원 미야모토 유키오가 제지했을 때는 이미 마사키의 가슴에 칼이 꽂혀 있었다. 미야모토에게 제압당한 무카이는 저항하지 않았다. 그는 잠자코 경찰이 오기만을 기다렸다가 현행범으로 체포됐다. 그리고 그때부터 그의 오랜 침묵이 시작됐다.

동기 불명. 자백 없음. 정신 감정 거부. 책임 능력 있음. 끝없는 묵비.

그러나 3백 가지의 목격 증언은 너무도 강력한 증거였다. 무카이는 검찰에 송치됐고 기소됐다. 이케다 마사히로라는 국선 변호인이 붙었고 재판이 시작됐다. 거기서부터 기사는 잠시 공백기를 가지다가 해가 바뀔 무렵 '나루카와 제2초등학교 살인 사건에 판결'이라는 제목의 건조한 결말을 기록했다.

몇 가지 신경 쓰이는 점이 있었다. 우선 무카이 하루토를 다룬 엄청난 양의 기사는 그의 평소 생활이나 성격에 대해서는 전하지 않았다. 4월 8일생, 24세, 대학생. 나루카와 제2초등학교 출신에 마사키 쇼타로의 제자. 연극부 소속. 초·중학교 같은 반 친구와 담임 교사들의 평판은 '똑똑했다', '조용했다', '문학 소년 같았다' 등이었고 개중에는 '매사에 초연했다' 같은 멋들어진 평가도 있었다.

집안 사정 때문에 고등학교에 진학하지 않고 아르바이트를 하며 살았다는 시기를 다룬 기사는 없었다. 그리고 혼자 힘으로 입시를 치러 입학한 대학에서는 '얌전하고 성실했다', '공부를 열심히 했다', '마이 페이스', '범죄를 저지를 학생으로는 보이지 않았다' 등 하나같이 일반적인 평가가 대부분이었고 그와 유독 친하게 지낸 사람은 없는 듯했다.

흉악범의 가족이 나서지 않는 건 흔한 일이다. 범행 2주 전쯤에 그가 핸드폰을 해지 후 처분했고 집 안 살림도 전부 정리했기 때문에 수사의 손길이 미치지 못한 탓도 있을 것이다. 그의 집 안에는 몇 안 되는 생활용품 외에 오래돼서 너덜너덜해진 두꺼운 사전만 있었다고 한다.

그의 가족을 다룬 기사 내용도 조잡했다. 부모와 여동생으로 구성된 4인 가족. 빈곤층. 당사자들의 인터뷰 같은 건 없었다.

그리고 또 하나. 범행 순간이 담긴 비디오테이프를 신문 기사는 이렇게 기록했다. '현장에 사건의 양상을 찍은 것으로 추정되는 비디오카메라가 있었다'. 엄청난 사건이다. 탐욕스러운 매스컴이라면 무릇 영상의 행방을 좇았을 것이다. 그러나 추적 기사는 어디에도 없었다. 경찰이 영상을 줄곧 숨기고 있었다고 가정해도 이유를 알 수 없다. 비디오테이프의 존재는 사건에서 별로 중요하지 않은 요소다. 이미 너무도 많은 목격자가 있었으니까.

누군가가 들고 사라졌다? 그렇다면 대체 누가?

오치 후유나가 확보한 비디오테이프가 진짜일 가능성은 크다. 적어도 표면적인 기사 내용보다는 그녀가 더 많은 것을 알고 있었다.

오치는 이 사건을 어떻게 요리할 심산일까.

후시미는 다시 한번 무카이 하루토의 흑백 사진을 들여다봤다. 학생증을 찍은 사진이다. 사진 속 무카이 하루토는 무표정하게 후시미를 바라보고 있었다. 오뚝한 콧날이 눈에 띈다. 쌍꺼풀이 없는 눈에는 청결한 느낌과 냉정한 느낌이 섞여 있다. 얇은 입술과 날카로운 턱선. 부드러운 인상이라고 하기는 어렵지만 남자답게 생겼다. 툭 불거진 광대뼈는 병적이고 왠지 기이한 느낌도 줬다. 후시미는 그가 주연 배우로서 합격점이라고 생각했다.

'무카이, 넌 대체 무슨 속셈이지?'

그에 대한 관심이 부글부글 샘솟았다. 그동안 잊고 있던, 잊으려 한 감각이었다.

후시미의 호기심을 되살린 '퀘스천 오브 모럴리티'의 감독은 신문 기사보다 나루카와 사건과 무카이 하루토에 대해 더 잘 알고 있었다.

그러므로 그전에 반드시 해 둬야 하는 일이 있다. 일방적으로 정보를 받는 것은 후시미의 자존심이 허락하지 않았다.

옛 친구의 일정에 맞춰 목요일에 만나기로 약속했다. 장소는 알아서 정하라고 하자 "그럼 데루마이에서 보자"라는 대답이 돌아왔다. 그의 직장인 오사카와 거주지인 교토에서 한 시간이나 걸리는데도 부탁을 듣고 직접 이곳까지 행차하는 건 무슨 바람이 불어서일까.

통칭 '밤의 도시'라고 불리는 데루마이시 일대는 술집과 유흥업소가 가득해 T현에서 제일가는 환락가다. 지방 도시 특유의 어설픈 느낌도 있지만 제법 휘황찬란하다. 후시미는 도쿄에 살 때도 긴자나 롯폰기 등지를 약속 장소로 정할 때가 가장 곤란했다. 자타가 공인하는 짠돌이라 술보다 비싼 봉사료가 이해되지 않았다. 그러나 이번에 옛 친구가 직접 고른 번화가 한구석에서 조용히 영위하는 가게의 분위기는 싫지 않았다.

약속 시각 15분이 지나자 오소네가 가게 안에 들어왔다. 다소 좁기는 해도 2인용 칸막이 좌석이 많아 밀담을 나누기 좋은 곳이었다.

"이 시간에는 손님도 별로 없네."

후시미와 오소네를 제외하고는 커플 한 쌍이 대각선 맞은편 칸막이석에 앉아 있을 뿐이다. 후시미가 건배하고 "교토에서 만나도 됐는데"라고 운을 떼자 수염이 덥수룩한 오소네의 얼굴에 미소가 떠올랐다.

"일을 쉬는 친구더러 오라고 할 만큼 매정하지는 않아."

"그래. 여기도 물론 네가 사겠지?"

그러자 "날 뭘로 보고" 하는 대답이 돌아왔다.

"그런데, 이제야 드디어 일할 마음이 생겼나?"

"어쩔 수 없이 그렇게 됐어. 재정상의 위기가 코앞에 닥쳐와서."

"원래 그런 거야. 다들 어쩔 수 없으니 일하지. 어쩔 수 없다고 느끼는 게 제대로 살아간다는 증거이기도 하고."

뚱딴지같은 위로에 절로 미소가 지어졌다. 한심한 모습을 보이고 싶지 않아 일부러 피해 다녔지만 친구는 역시 친구다.

"실은 나루카와 제2초등학교 사건에 대해 묻고 싶은 게 있어. 2001년이면 우리가 대학을 졸업한 지 5년이 지났을 때인데 그때 난 해외에 있어서 자세한 건 잘 몰라. 그런데 오사카에 있던 너라면 당연히 관심이 있었겠지?"

"그래. 관심은 있었지. 그런데 그때는 나도 아직 애송이 시절이어서. 선배 꽁무니를 졸졸 쫓아다니며 길 안내만 했었지."

"거짓말하기는. 네가 그럴 위인이야?"

그러자 오소네가 싱긋 웃었다. 선배 눈치를 볼 사람이면 아르바이트를 하던 곳의 점장을 울릴 정도로 몰아붙이지도 못했을 것이다.

"겸손의 미덕이란 거지. 실은 마음대로 하라고 하더라. 그때는 무엇보다 어리기도 했고."

"심층 취재라도 했나?"

"할 생각이었어. 하지만 얼마 안 돼 계획이 깡그리 날아가 버렸지."

과거 보도된 뉴스 기사를 살피고 온 지 얼마 안 돼서 그 말의 의미를 이해할 수 있었다. 나루카와 제2초등학교 사건은 사건성 측면에서는 전국적인 가치가 있었지만 어느 순간을 기점으로 신문지상에서 존재감을 잃었다. 정확히 말하면 딱 이틀 만이다.

"9·11 때문에."

이슬람 원리주의 과격파가 온 세계를 뒤흔들었다. 미국에 동시다발 테러를 일으킨 것이다.

"그래. 너나 할 것 없이 모든 기자가 국제부와 정치부를 돕느라 눈코 뜰 새 없었지. 나루카와 사건 따위에 눈길을 줄 여력이 없었어."

극동 아시아의 촌구석도 같은 지역 안에서 일어난 살인 사건보다 세계의 대형 재난에 전율했다. 당시 혈혈단신으로 캄보디아로 떠난 후시미도 비행기가 세계 무역 센터로 돌진하는 영상을 보고 세계 종말 전쟁의 시작을 진지하게 걱정했을 정도였다.

"그리고 막상 나루카와 사건을 다시 취재하려고 할 때는 이미 늦었더라. 혼잡한 상황을 틈타 무카이의 가족이 자취를 감춰 버렸거든. 경찰도 따돌리고 홀연히 사라졌지. 지금도 아마 행방불명 상태일걸. 그전에 부모가 조폭이니 뭐니 하는 소문이 돌았으니 세상에 드러나면 안 될 사정 같은 게 있지 않았을까?"

그렇게 나루카와 사건은 시의성 있는 뉴스 기사로서 가치를 잃었다. 뒤늦게 나온 후속 기사들도 겉핥기 수준에 그쳤다.

"아무튼 그런 이유로 무카이에 대해 네가 기뻐할 만한 정보는 없어."

그러나 고작 이런 이야기를 하려고 오소네가 굳이 이곳까지 왔을 리는 없다. 뒷이야기가 조금 더 있을 것이다.

"무카이가 아닌 쪽이면 조금은 알려 줄 게 있을지도."

"무카이가 아닌 쪽이라니?"

"살해된 마사키 쇼타로 말이야."

사망했을 당시 마사키 쇼타로의 나이는 61세. 무카이가 나루카와 제2초등학교를 졸업하고 몇 년 지나지 않아 그는 교육 위원회에 초빙됐다. 52세 때였다.

"흥미로운 건 마사키가 교육 위원회 임원 자리까지 올랐는데도 정년이 되기 전 퇴임했다는 사실이야. 쉰일곱인가 여덟 무렵이었을 거야."

"사정이 있었나?"

"있었지. 그렇다고 해서 뭐 문제 될 만한 짓을 저지른 건 아니고, 선생 일을 그만두고 따로 교육 기관을 차렸어. 그게 바로 '교육자 육성회'고."

사망하기 전 마사키 쇼타로의 직함이 '교육자 육성회 대표'였다는 것은 후시미도 조사해서 알고 있었다. 그러나 협회에 대한 자세한 기사는 찾을 수 없었다.

"그 협회가 만들어진 지 2년 정도 만에 사건이 터졌지. 본격적으로 활동을 펼치기도 전에 대표가 죽어 버렸으니 협회도 결국 해산돼 버렸고. 관계자 말에 따르면 마사키는 높은 포부를 갖고 그 교육자 육성회 즉, '교성회'를 만들었다고 해."

"구체적으로 뭘 목적으로 하는 협회였지?"

"간략히 설명하자면 건전한 교원 육성을 위한 교육 프로그램 책정과 실시가 목적이었다더군. 마사키는 교토의 제법 좋은 집안에서 자란 도련님이었어. 부모가 남긴 유산도 꽤 돼서 굳이 짓궂게 말하면 선생 일이 어쩌면 반쯤은 취미 생활이었을지도 몰라."

그러므로 이상을 좇을 수도 있었을 것이다.

"그때 마사키가 세운 협회는 '일본 교직원 조합' 계열이었나?"

"아니. '일교조'와는 직접 관련이 없는, 어디까지나 사적 교육 기관이었어."

일본 교직원 조합은 교원들로 구성된 노동조합이다. 좌익의 대표 조직이라는 평가와 그것은 어디까지나 편견이라는 평가로 대중의 평판이 갈리는 조직이다. 후시미는 그 정도로만 알고 있었다.

교육은 결국 현장을 뛰는 교원의 인간성에 의존하는 부분이 많지 않을까. 평소 그렇게 생각하는 후시미는 그때만 해도 마사키의 활동에 어떤 판단도 내릴 수 없었다.

그러나 부모로서 요즘 학교 선생들의 행태를 보며 고개

를 갸웃거린 적은 있었다.

"존경받는 폭력 교사를 경험한 건 아마 우리 세대가 마지막일걸."

오소네가 중얼거려서 후시미도 고개를 끄덕였다. 이른바 학교의 '명물 선생님' 같은 별명으로 불리던 이들이다. 후시미와 오소네의 머릿속에 선생님이라는 존재는 학생을 때려도 되는 존재로 각인돼 있었다.

"선생님한테 한 대 맞았다고 고소하느니 어쩌느니 하는 말을 꺼냈다면 비웃음만 샀겠지."

"그전에 엄마한테 얻어맞았을 수도."

후시미가 "2차 가해네" 하자 오소네가 또다시 웃음을 터뜨렸다.

"그런데 우리 아랫세대부터는 바뀌기 시작했어. 이제는 학생과 선생님의 관계가 역전됐다고 봐야 해. 꼬맹이들 입장에서는 선생님이 화를 내도 그냥 웃어넘기면 되지만, 선생들이 섣불리 화를 내거나 손이라도 뻗었다가는 직장에서 쫓겨날 수도 있게 된 거야. 먹고사는 문제가 걸렸기 때문에 예삿일이 아니게 되었어. 아이들은 고객, 학부모들은 신이 되는 것도 어쩔 수 없는 상황이야."

정말로 그럴까. 학교가 붕괴되는 방식이 과거에는 교내 폭력이라는 알기 쉬운 형태였다면 이제는 수업 거부로 바

꿰었다는 이야기는 후시미도 들었다. 요즘 아이들은 문제가 될 만한 짓을 하지 않고 그저 호의적인 태도를 보이지 않는 식으로 어른들을 깔본다. 그리고 이 소극적인 반항을 어른들이 교정하기는 몹시 까다롭다. 호의는 강요할 수 없기 때문이다.

그러나 실제로 도모키에게 그런 느낌을 받은 적은 없었다. 아니면 아들은 도쿄에서 도망치듯 돌아온 아버지 하나쯤은 쉽게 속일 만큼 연기에 능한 걸까.

"불안해?"

오소네가 물었다. 저도 모르게 상대의 표정을 읽는 것이 기자의 직업병이다.

"5년 동안이나 떨어져 지냈으니까."

"도모코가 잘해 왔으니 문제없지 않아? 결함투성이 아버지 따위는 없는 게 오히려 나았을지도. 그냥 내버려 둬."

오사카에서 태어난 오소네는 어린 시절 부모가 이혼하는 바람에 어머니와 함께 간토 지역으로 이사했다고 들었다. 이 녀석은 무슨 생각으로 여기에 있는 대학을 선택해 아버지와 함께 살던 오사카에서 직장을 구했을까. 그리고 난……. 후시미는 그렇게 생각하다가 그만두었다. 인생 상담을 하러 온 것은 아니다.

후시미는 화제를 돌렸다.

"마사키 쇼타로에 대해 조금 더 알려 줘."

"그래, 라고 하고 싶지만 실은 정보가 별로 없어."

"말도 안 돼. 고작 그 정도 이야기를 하려고 데루마이까지 왔다고?"

무심코 비난조로 타박했지만 오소네는 아랑곳하지 않았다.

"미안하지만 오늘은 내 목적을 위해 널 만난 거야."

무슨 뜻인지 이해하지 못하고 있자 오소네는 간략히 말했다.

"오늘 밤 신세 좀 질게."

"뭐? 다투기라도 했어?"

"아니. 부부관계는 원만 그 자체야. 걱정 안 해도 돼."

알고 싶지도 않은 정보다.

"그럼 뭔데?"

"당연히 취재지."

"……난보 사건 때문인가?"

오소네가 히죽 웃었다. 오소네가 아오야기 난보의 장례식에 참석한 이유가 이제야 명백해졌다.

"'도덕 시간'. 맞지?"

"그래. 내일 하루 나루카와를 돌아다닐 거야. 그전에 나루카와에서 일어났다는 그 연속 경범죄 사건에 대해 알려 줬으면 해."

역취재인가. 후시미는 어이가 없었다.

"말도 안 돼. 집에서 신세 지는 것으로 모자라 정보까지 뜯어 가려고?"

"왜? 그러면 안 되나? 여기는 내가 살게."

후시미는 "그건 당연하지" 하고 되받았다.

"대신 내가 취재로 알아낸 건 하나도 숨기지 않고 알려 줄게. 너도 그곳에 사는 주민으로서 궁금하잖아?"

"입만 살아가지고선."

"너무 그러지 마. 너도 다른 사람들보다 더 궁금해하는 주제에. 너도 느끼지 않았나? 그 사건과 나루카와 제2초등 학교 사건의 연관성을."

어느새 기자의 얼굴이 된 오소네가 말없이 친구를 바라 봤다.

도덕. 흔하디흔한 그 단어가 두 가지 사건을 기묘하게 연결하고 있다.

"나루카와 제2초등학교 사건의 범인은 지금 교도소에 복역 중이야."

"알아. 나도 직접 관계됐다고는 보지 않아."

"그럼 왜?"

"……분위기라고 해야겠지."

오소네가 어정쩡하게 말했다. 후시미는 그냥 듣고 넘길 수 없었다.

"먼저 마사키 쇼타로에 대해 남은 정보들을 알려 줘."

"나머지 정보도 흥미로운 게 많아. 마사키 본인에 대한 건 아닌데, 실은 사건 관계자 중에 마사키의 교성회에 속해 있던 남자가 있었어."

"그야 대표가 연 강연회니 당연히 있었겠지."

"마사키는 그 바닥에서 유명한 교육자였다더군. 카리스마가 있었다고 해야 할까. 그가 만든 교성회에는 현역 교사도 여럿 참여했다고 해."

오소네는 술을 한 모금 마시고 설명을 이어 갔다.

"그중 한 명이 바로 미야모토 유키오. 현장에서 무카이를 제압한 그 선생이야."

순간 후시미는 등줄기에 소름이 돋았다.

"강연 자체가 미야모토가 주도해서 기획한 거라더군. 미야모토는 마사키의 열렬한 신봉자였어. 근속 2년째였던 그 신입 교사는 마사키의 교육 이론을 실현하려고 학교 측에 이런저런 제안을 하기도 했대."

"열혈 교사라고 불리는 선생이었나."

"그래. 학부모회의 평판도 좋았나 봐. 미야모토의 자세를 높이 사서 학교 측에서도 마사키의 강연을 열기로 한 거고."

그리고 무카이 하루토에 의해 그 주인공이 살해되었다.

"실은 미야모토가 마사키를 신봉하는 데는 이유가 있었어. 그 사람도 마사키 쇼타로의 예전 제자였거든."

"뭐?"

"혹시 눈치챘나? 내가 아까 근속 2년째라고 했지? 당시 미야모토는 24세. 즉 미야모토 유키오는 나루카와 제2초등학교 시절 무카이 하루토의 같은 반 친구였던 거야."

어때? 흥미롭지?

의기양양해하는 표정을 보고 후시미는 아무 말도 하지 못했다.

도모코는 집을 찾은 오소네를 환영해 주었다. 무엇보다 오소네가 양손에 든 비닐봉지 속 가득 찬 술병을 보고 기뻐했다. 도모코는 둘째가라면 서러운 애주가다.

"오소네 씨, 오랜만이네."

"실은 얼마 전 난보 선생 장례식에도 갔는데."

"그래? 그럼 말이라도 걸어 주지."

"노친네들의 아이돌을 혼자 독점하면 안 될 것 같아서."

나루카와에 돌아온 뒤로 오소네의 가족과는 자주 만난다. 그러나 그 안에는 후시미가 없을 때가 많았다.

"앗, 오소네 아저씨다!"

"여, 도모키. 너도 한잔할래?"

"이런 못된 아저씨를 봤나. 적당히 해."

"딱딱하게 굴지 마. 이것도 다 경험이라고, 경험. 그렇지, 도모코?"

"일리는 있네."

말이 끝나기가 무섭게 오소네는 사이다에 소주를 몇 방울 집어넣은 스페셜 불량 음료를 만들어 도모키에게 내밀었다. 도모키는 음료가 든 잔을 핸드폰 카메라로 찍었다.

"초등학생 주제에 핸드폰이라니."

"요즘은 다 갖고 있어요. 아저씨도 사 주세요."

"시끄러워. 건방진 꼬맹이 같으니."

오소네가 배를 꼬집으며 핀잔을 주자 도모키가 까르르 웃었다.

"부탁이니 소음만은 삼가 줘."

"노래도 안 되나?"

"안 돼."

아쉽네, 하고 중얼거리는 사람이 도모코라서 후시미는 더욱 할 말이 없어졌다.

아마도 밤을 지새울 술자리 준비를 두 사람에게 맡기고 후시미는 발코니로 나갔다. 핸드폰을 귀에 갖다 대고 신호음을 들으며 한밤의 나루카와를 바라봤다.

작은 동네다. 휘황찬란한 네온사인이 없는 대신 가로등과 편의점, 주유소가 잠들지 않는 불빛을 어렴풋이 발산하고 있다.

나루카와에서 도모키를 키우고 싶어. 도모코가 왜 그렇게 생각했는지 후시미는 지금껏 이해하지 못하고 있다. 도쿄가 꼭 최고의 환경이라고 할 수는 없지만 나루카와에서 살다가는 도모키의 가능성을 좁히지 않을까. 아내에게 그렇게 물은 적도 있다. 좋든 싫든 도모키에게 다양한 경험을 쌓게 해 줘야 하지 않겠냐고 따졌지만 도모코는 물러서지 않았다. 후시미의 말을 이해하는 듯하면서도 나루카와에서 살기를 원했다.

지금은 그것이 정답이었다는 생각이 들지 않는 것도 아니다. 도모키는 올바르게 자라고 있고 나는 도망치듯 돌아온 도시에서 자리를 잡았다.

─여보세요.

잠시 생각에 잠겨 있던 후시미를 차가운 목소리가 멈춰 세웠다.

"나야, 후시미. 늦은 시간에 미안."

그러자 아뇨, 하고 오치 후유나가 대답했다.

"다나베에게 이미 들었겠지만 일을 하기로 했어."

네, 하는 역시 기계적인 대답.

"만나서 자세한 이야기를 듣고 싶어. 영화와 사건에 대해서 전부."

— 알겠어요. 그런데 시간을 좀 주세요.

"뭐 볼일이라도 있나?"

— 많죠. 이 작품은 거의 제가 제작하는 거나 마찬가지니까요.

"설마 다른 스태프가 한 명도 없는 건 아니겠지?"

제작비 3천만 엔의 다큐멘터리 영화를 고작 둘이서 찍으려는 것은 용기가 아닌 만용이다.

— 한 사람 더 있어요. 그가 합류하는 시점이 아무리 빨라도 며칠 뒤예요.

"아직 확정된 건 아닌 것 같은데 괜찮겠어?"

— 후시미 씨보다 높은 확률로 수락해 줄 거라고 믿어요. 하지만 상대에게도 사정이 있으니 자세한 이야기는 모두 모인 자리에서 할게요.

일부러 두 번 수고를 들일 필요는 없다.

"그전까지 내가 할 일은?"

— 체력 승부가 될 거예요. 준비해 두세요.

무심코 아픈 곳을 찔려서 후시미는 "달리기 연습을 해 둘게" 하고 대답했다.

— 그리고 사건에 대해서는…… 일단 조사하지 말아 주세요.

"뭐?"

해서는 안 될 일을 지시할 줄은 예상 못 했다. 굳이 따지면 조사도 해야 할 일 중 하나로 생각했기 때문이다. 실제로 후시미는 내일 무카이와 미야모토의 관계를 다시 한번 훑어볼 계획이었다.

— 괜한 선입견이 생기지 않았으면 해서 그래요. 사건의 자세한 내용은 제가 확실히 설명할 거예요. 그 비디오테이프도 물론 보여 드릴 거고요. 그전까지는 너무 깊이 파고들지 말아 주세요.

'지금 내가 우습게 보여?'라는 말이 목 끝까지 차올랐을 때 또다시 오치의 목소리가 들렸다.

— 부탁드릴게요.

그렇게 기선을 제압당하고서야 이번에 자신은 고용된 카메라맨이라는 사실을 새삼 깨달았다.

"……알겠어. 어차피 최종 결정권자는 너야. 방해하지 않을게."

— 후시미 씨.

"어?"

— 일을 받아들여 주셔서 고마워요. 감사드려요.

그럼 끊을게요, 하고 오치는 전화를 끊었다. 후시미는 말없이 잠시 밤바람을 맞았다. 침착한 오치의 말투 속에 있는 것은 조바심이 아닌 투쟁심이었다.

재미있군. 그래, 네가 준비한 링에서 싸워 주지.

웃음소리가 들리는 집 안으로 들어가며 후시미는 속으로 오히려 내가 상대를 우습게 본 건 아닐까 생각했다. 오치 후유나는 단 한 번의 만남으로 후시미의 성격까지 꿰뚫어 봤다.

그녀를 깔보는 마음은 이미 완전히 사라졌다.

5

다음 날 아침, 후시미는 약속을 지키기 위해 운동을 하러 집을 나섰다.

일찍이 떨어져 나간 후시미를 아랑곳하지 않고 술자리는 새벽까지 느긋하게 이어진 듯했다. 소파에서 코를 골며 잠든 오소네와 거실에 엎드려 잠든 도모코를 곁눈질하며 후시미는 현관문을 지났다.

나루카와시를 정확히 둘로 쪼개며 흐르는 강 이름은 도시 이름을 그대로 딴 나루노카와강이다. 시내 북서부에 있는 히메산에서 시작하는 강 상류는 T현을 넘어서는 지점까지 흐른다. 이 강변은 주민들에게 친숙한 조깅 코스다. 후시미는 준비 운동으로 근육을 풀고 천천히 달리기 시작했다.

강 위에 걸린 야에 다리까지 얼마 안 되는 거리를 달렸을 뿐인데도 목 언저리가 후끈 달아올랐다. 예상보다 몸이 더 녹슬었다. 호흡의 리듬을 유지하려고 숨을 짧게 두 번 내쉬고 한 번 들이마셨다. 속도를 낼 필요는 없다. 잠들어 있는 감각을 깨우기만 하면 된다.

두 번째 다리이자 교통량이 많은 구쓰 다리를 지났다. 그때쯤 되자 폐가 약한 소리를 내기 시작했다. 신경 쓰지 않고 땅을 박차고 팔을 앞뒤로 흔들었다. 세 번째 다리인 도카 다리를 지났다. 나루노카와강은 폭이 2백 미터가 되지 않는다. 후시미는 강 건너편에 도착해 다시 온 길을 되돌아갔다. 슬슬 온몸의 근육이 무거워져도 오히려 속도를 높였다.

지치면 지칠수록, 고되면 고될수록 자신을 더욱 막다른 곳에 몰아붙이는 버릇이 있었다. 조깅이 마라톤이 되고 어느덧 철인 경기로 변신한다. 전신 타박상을 입은 듯한 근육통에 시달리는 내일이 예상돼도 스위치가 켜진 뒤에는 한계까지 내달리지 않고서는 직성이 풀리지 않았다.

몸으로 쏟아지는 바람이 열기를 부채질했다. 후시미는 폭주하듯 숨을 헐떡였다. 구쓰 다리, 야에 다리를 지나도 가속도가 멎지 않았다. 정신을 잃은 경주마 같다. 미련한 팔다리에 분노를 느꼈고 입에서는 으으 하는 신음이 새어 나왔다.

시야 끝으로 나나지 다리가 보였다. 후시미는 골인 지점에 뛰어들듯 몸을 내던졌다.

쿨 다운의 여유도 없이 그 자리에 주저앉았다. 팔과 다리를 땅바닥에 붙인 채 뜨거운 숨결을 연이어 토해 낸다. 경련하는 근육을 필사적으로 달래며 천천히 몸을 일으켜 하늘을 우러러봤다. 상쾌한 느낌 따위는 없었다. 쇠퇴한 육체에 화가 치밀어 후시미는 "젠장!" 하고 난간을 손으로 때렸다. 분했지만 무엇이 분한지는 알지 못했다. 그저 이기지 못했다는 실감만이 들었다.

호흡이 안정될 무렵 '됐어' 하고 생각했다. 지고 싶지 않다는 어린아이 같은 반항심이 되살아난 것만으로 충분하다. 내일도 이곳에 나올지는 근육통과의 싸움에 이기는지에 달렸다.

나나지 다리를 걸어 나루노카와강을 건넜다. 다른 세 다리와 달리 나나지 다리는 보행로가 없는 폭 좁은 일차선 다리다. 지어진 지도 오래돼서 좋게 말하면 특유의 분위기가 있지만 정확히 말하면 낡고 녹슬었다.

천천히 다리를 걷고 있자 맞은편에 낯익은 아버지와 아들의 모습이 눈에 들어왔다.

"안녕하세요."

트레이닝복을 입은 고마이 유가 후시미에게 인사를 건넸다.

후시미는 답례 인사를 하고 옆에 선 소년에게도 "안녕" 하고 말을 걸었다. 아버지를 꼭 닮은 소년은 기어들어 가는 목소리로 "안녕하세요" 하고 중얼거렸다.

"다쿠. 제대로 인사해라."

아버지가 말해도 짧은 머리에 안경을 낀 고마이 다쿠는 부루퉁하게 고개를 돌렸다. 나루카와 초등학교에 다니는 다쿠는 도모키보다 한 살 어리다고 들었다.

"죄송합니다. 낯가림이 심한 아이라."

"고마이 씨도 조깅 중이신가요?"

"전 그냥 가볍게 산책 중입니다. 아들이나 저나 운동에 약해서 후시미 씨처럼 그렇게 잘 뛰지 못합니다."

우스꽝스럽게 뛰는 모습을 들켰다고 생각하니 얼굴이 달아올랐다.

"이런, 부끄러운 모습을 보였군요. 그냥 기분 전환 삼아 나왔는데 뛰다 보니 갑자기 의욕이 붙어서요."

"부럽습니다. 전 그런 쪽에 동경 같은 게 있습니다."

조롱하는 듯한 말투가 아니어서 되레 쑥스러웠다.

"무리하지는 마십시오. 오늘 밤 야간 순찰 당번이니까요. 다치거나 해서 못 오시기라도 하면 저 혼자 아주 힘들 겁니다."

"못 가면 따끔하게 한마디 듣는 건가요?"

후시미가 농담조로 말해도 고마이는 웃지 않았다.

"그 정도로 끝나면 다행이죠."

고마이는 이맛살을 살짝 찌푸렸다가 다시 온화하게 "그럼 오늘 밤에 뵙겠습니다" 하더니 아들과 나란히 후시미가 달려온 길을 걸어갔다. 문득 다시 한번 뛰고 싶은 충동을 느꼈지만 이성이 가로막았다.

집에 돌아가니 오소네는 보이지 않고 도모코가 혼자 바쁘게 아침 식사 준비를 하고 있었다. 그녀에게 숙취란 남의 입을 통해서만 들을 수 있는 괴담일 뿐이다.

땀을 뻘뻘 흘리는 후시미를 보고 도모코는 "오늘 해가 서쪽에서 떴나?" 하고 물었다.

"언제까지나 폐차 상태로 지낼 수는 없잖아."

팔 굽혀 펴기를 시작하는 후시미에게 도모코는 쓴웃음을 지어 보이며 "응, 정말 폐차만은 안 됐으면 해"라고 했다. 후시미도 쓴웃음을 지었다.

일에 대한 자세한 설명이나 요시카와 슌스케와의 일은 도모코에게 이야기하지 않았다. 숨기면 안 된다는 생각도 들었지만 지금은 그저 움직이기 시작한 나를 환영해 주면 그걸로 충분하다.

팔 굽혀 펴기를 스무 번을 넘게 하자 양팔이 후들거려서 바닥에 볼을 맞댔다. 재활 훈련을 시작한 첫날치고는 그럭저럭 괜찮다고 되뇌며 샤워하고 거실에 돌아가자 식탁에 음식이 차려져 있었다.

"잘 먹겠습니다."

가족 세 사람이 동시에 입을 모아 말했다. 매사 대범한 아내지만 식사하기 전과 후의 예절에는 민감하다. 절제되지 않은 유소년기를 보낸 후시미에게 그런 습관은 없었던 탓에 함께 살기 시작할 무렵에는 아내에게 자주 잔소리를 들었다.

"내일부터 도모키도 같이 뛰면 어때?"

"당신 혼자 집에서 한숨 더 자려고?"

"이 몸매를 더 가꿀 필요가 있겠어?"

틀릴 게 없는 말이라 반박할 수 없다. 도모코는 마른 체형을 타고났다.

"도모키, 어떡할래? 물론 뛰는 게 영 굼뜨면 그냥 두고 갈 거야."

농담 섞어 말하자 아들은 입을 비쭉 내밀었다. 학교에서 미술부인 아들은 어머니를 닮아 운동은 젬병이다.

"그러고 보니 오늘 다쿠랑 만났어. 그러다가 조만간 다쿠한테도 지게 될걸."

"다쿠는 이길 수 있으니 괜찮아."

후시미가 "뭘로?" 하고 묻자 도모키에게서 "장기"라는 대답이 돌아왔다.

나루카와 초등학교에는 동아리 활동과 별개로 주 1회 학생 교류 시간이 있다. 이는 매주 목요일 5교시에 4학년부터 6학년 학생들이 저마다 좋아하는 활동을 선택해 학년과 상관없이 교류하는 것이 목적이다. 그야말로 한가로운 촌 동네다운 커리큘럼이다.

"방과 후에는 그림을 그리고 일주일에 한 번은 장기? 너 그러다가 뚱뚱하게 살찌면 어떡할래?"

"난 엄마 닮았으니까 괜찮아."

한마디도 지지 않는 것까지 꼭 닮았다.

"공부는 다쿠한테 지지?"

이번에는 어머니에게 듣기 싫은 말을 듣자 도모키는 토라진 듯이 빵을 덥석 물었다.

"다쿠는 한 살 어리지 않나?"

"당신은 정말 아무것도 모르네. 걔는 데루마이까지 학원을 다닌대. 초등학교 과정은 이미 오래전에 끝냈을걸?"

"오, 그래? 우리 도모키는 어떠려나?"

"당연히 끝냈겠지."

도모코가 익살을 부리며 말하자 도모키는 "잘 먹었습니다" 하고 밥을 절반이나 남겨 놓고 자리에서 일어섰다.

"이런, 이러면 곤란한데."

전혀 곤란해 보이지 않는 아내를 향해 후시미는 저도 모르게 입을 열었다.

"도모키는 얼마나 끝냈어?"

"우리 집안 사정만큼이나 절망적이야."

단순히 농담으로는 들리지 않았다.

"그럼 좀 더 심각하게 생각해야 하지 않나? 운동도 못하는데 공부까지 못하면 큰일이잖아. 학원에 보내야 하나."

"어머. 학원비 벌어다 줄 거야?"

도모코가 역시 농담조로 말했다. 반년이나 변변한 수입이 없는 남편을 보며 웃어넘기는 정신력에는 고개가 절로 숙여지지만 도모키 문제에서만은 그런 여유를 이해할 수 없었다.

"뭐 괜찮겠지. 언젠가 화가나 만화가라도 되면 우리 노후를 책임져 주지 않을까?"

프로 장기 기사의 길도 있겠지만 그보다는 로또 복권 당첨 쪽이 가능성이 더 커 보인다.

"당신이야말로 내 입에서 끝났다는 말을 듣지 않도록 조심해."

"됐어."

뒤이어 튀어나오는 잔소리에 후시미는 입술을 쭉 내밀었다.

아침 식사를 마치고 촬영 기자재를 확인하기 위해 다나베에게 소개받은 오사카 업자를 찾아갔다.

비디오카메라 성능은 놀랍도록 빠르게 진화하고 있다. 일반 가정 TV에 나오는 뉴스 영상 중 몇몇은 휴대 전화로 찍은 동영상인 시대다.

오치는 어떤 카메라로 영화를 찍을 생각일까. 다큐멘터리 영화의 화질은 의외로 선택하기 까다롭다. 마냥 화질이 깨끗하다고 좋은 게 아니라 현실감을 중시하는 다큐멘터리 영화만의 질감 같은 것이 있다. 지나치게 깨끗한 화질의 영상은 오히려 관객에게 인위적인 느낌을 주고 만다.

영상 기재자를 취급하는 가게의 청년이 웃으며 말했다.

"저도 그렇게 생각하지만 오히려 시대에 뒤처진 생각일지도 모릅니다."

청년의 말에 따르면 요즘 젊은 사람들은 한때 영화계에서 왕 대접을 받은 35밀리미터 필름을 '화질이 흐릿해서 보기 힘들다'라고 잘라 말하고, 오히려 음영이나 특유의 정취도 없는 비디오카메라 영상을 '또렷해서 좋다'라고 평가한다고 한다.

"태어날 때부터 플레이스테이션 게임 영상을 보며 자란 아이들의 감성을 저희가 알 수는 없죠."

리얼리티란 무엇인가. 그것이 시대에 좌우되는 것은 필연이다.

후시미는 잡담을 마치고 눈에 들어오는 카메라를 직접 들어 보고 조작법과 기능 설명을 전해 들었다. 반년의 공백이 조금씩 채워져 갔다.

"요즘 프리랜서 기자 손님은 보기 드물더라고요. 대부분 시판 제품으로도 충분하다고 생각하니까요."

"그렇겠죠. 우리처럼 한물간 사람들은 돈도 없고."

"이번에 맡으신 건 대단한 일인가요?"

"글쎄요, 아직 모르겠네요. 그리고 전에 쓰던 카메라는 이미 제 손을 떠났어요."

"또 무슨 일이에요?"

"아까 말했잖습니까. 연중무휴로 돈이 없다고."

젊은이가 웃음을 터뜨려서 후시미도 덩달아 웃어 줬다.

후시미가 오랫동안 들고 다니며 애용하던 카메라.

그 카메라는 우치노 사토미의 손에 파괴됐다.

우치노 사토미는 항상 붙임성이 좋았다. 취재를 요청할 때부터 귀찮아하면서도 거부하지 않았다. 얼굴을 마주할 때마다 "정말 곤란해요" 하고 혀짤배기소리를 냈지만 자신을 향한 카메라를 뿌리치려 하지는 않았다. 인터뷰에도 곧잘 응해 주었다. 쇼핑하고 돌아오는 길에는 청춘 시절의 추억 이야기를 들려주기도 했다. 그러나 절대로 세 남편에 대해서는 이야기하지 않았다. 그리고 후시미를 집 안에 들이려고 하지도 않았다.

그날 우치노가 외출하는 타이밍을 노려 후시미는 그녀가 사는 아파트를 찾았다. 초인종을 누르고 함께 사는 사람이 나오기만을 기다렸다. 그에게 직접 이야기를 전해 들을 생각이었다. 그러나 아무리 기다려도 집 안에서는 헛기침 소리 한 번 들리지 않았다. 좋지 않은 예감에 휩싸인 채 천천히 문손잡이를 돌렸다. 지금 다시 생각하면 그때는 뭔가에 씌었다고 할 수밖에 없다.

손잡이는 스르르 돌아갔다. 열린 문을 통해 집 안을 들여다봤다. 어두침침했다. 낮인데도 햇빛이 들지 않았고 불도 꺼져 있어 꼭 흑백의 그림 같았다. 조심스레 집 안에 발을 들였다. 안에서는 한기가 돌았다. 가을이 깊은 10월의 어느 날 오후. 희미한 향내가 코끝을 간질였다.

실례합니다, 하고 안으로 들어갔다. "혹시 아무도 안 계시나요?"라고 물었지만 아무런 대답이 없었다. 현관 복도를 지나 거실과 부엌으로 갔다. 말끔히 정리된 실내에는 왠지 서먹한 기운이 가득 차 있는 것처럼 느껴졌다. 그때 후시미의 귀에 으윽, 하는 신음 소리가 들렸다. 바로 거실 옆에 있는 장지문 안에서 난 소리였다. 비지땀이 볼을 타고 흘러내렸다.

"실례합니다."

그렇게 말하고 후시미는 장지문을 열었다. 서쪽 해가 드는 방 안에 이불이 깔려 있었다. 그리고 그 주변에는 어마어마하게 많은 꽃이 피어 있었다. 눈부실 정도로 휘황찬란한 색채와 달콤한 향기가 감돌았다.

이불 속에 한 남자가 누워 있었다. 주름이 자글자글한 노인이었다. 눈을 감고 있는 그는 말라비틀어진 나무처럼 여위었고 목덜미에는 툭 불거져 나온 뼈가 보였다. 주변을 둘러싼 꽃으로 장식된 그는 마치 장례식 공물을 연상시켰다. 무심코 손에 든 핸디카메라 렌즈를 그에게 향한, 바로 그때였다.

느닷없이 카메라를 빼앗겼다. 카메라를 빼앗아 간 사람

은 즉시 거실로 달려갔다. 서둘러 뒤쫓았다. 그녀는 거실에서 발코니로 나가 10층 높이에서 아파트 정원을 향해 내동댕이치듯 카메라를 집어 던졌다. 후시미는 어안이 벙벙해져서 그 모습을 가만히 지켜볼 수밖에 없었다.

뒤돌아본 우치노 사토미는 믿을 수 없을 만큼 평소 모습 그대로였다. 격한 감정은 완전히 자취를 감추었고 평소 후시미에게 보이는 곤란해하는 듯한 싹싹한 미소를 머금고 있었다.

"정말 곤란하네요. 멋대로 집 안에 들어오시다뇨."

혀짤배기에 나사가 빠진 것 같은 말투도 그대로였다.

40대에 몸집이 약간 큰, 미소가 어울리는 여자.

후시미는 부드러운 역광 속에 선 여자 앞에서 꼼짝하지 못하고 우두커니 있었다.

설마 하는 의문이 머리를 스쳤다. 저널리스트로서 지금껏 길러 온 자신감이 와르르 무너져 산산조각이 난 순간이었다.

보름이 지나 여자와 남자는 아파트에서 사라졌다. 노인은 우치노 사토미의 세 번째 남편이었다.

6

"아이의 장래요?"

고마이 유가 눈을 휘둥그레 떴다. 두 사람은 지금 고미네마치 만남 센터 버스 정류장 앞에서 다른 사람을 기다리고 있다. 고마이는 양복 차림이었다. 직장 일을 마치고 야간 순찰을 돌기 위해 바로 온 것이다.

"글쎄요. 아직 깊이 생각해 본 적이 없네요."

"다쿠를 데루마이에 있는 학원에 보내신다던데요. 명문 사립학교를 노리시는 거 아닌가요?"

"에이, 과장입니다. 일주일에 겨우 목, 금 이틀 다니고 있을 뿐인데요."

고마이는 완곡히 부정했다.

"동아리 활동을 하는 것도 아니라 그 시간에 학원에 가겠냐고 물으니 가겠다더군요. 아이가 공부하고 싶어 하는데 방해할 이유도 없으니까요."

"그래도 데루마이까지 왕복 한 시간은 걸리지 않나요?"

"그 이야기도 아들이 먼저 꺼내더군요. 가까운 곳에 있는 학원에 다니기는 싫었던 모양입니다. 좋게 보면 열심히 한다고 할 수 있겠지만 부모의 눈을 피해 다른 동네에서 어슬렁거리는 게 목적일 수도 있죠."

고마이의 말투에서는 아들을 향한 신뢰와 애정이 묻어 났다.

"혼자 군것질을 하거나 오락실에 가는 것 정도는 허락해 주고 있습니다. 다쿠는 성격이 싹싹한 편도 아니어서 혼자 있을 시간이 필요하겠죠. 일부러 이동 시간이 오래 걸리는 곳을 선택했는지도 모릅니다. 전철 안에서는 늘 도서관에서 빌린 책을 읽는 것 같더군요."

고마이는 "가끔은 제가 사 놓은 소설도 들고 나갑니다" 하고 기쁜 듯이 덧붙였다.

오늘 아침 도모코가 말한 아들의 현재 상황은 카메라를 사러 갈 때와 돌아오는 길에도 비디오 가게에 들러 다큐멘터리 영화를 뒤질 때도 머릿속 한구석을 떠나지 않았다.

"실은 도모키가 공부에 영 흥미를 못 붙인다고 해서요. 한심하게도 지금껏 신경도 못 쓰고 있었습니다."

후시미는 오래전부터 아들의 학교 성적에 관해서는 도모코에게 일임하고 관심을 두지 않았다. 함께 살기 시작한 최근 반년 동안에도 오로지 자기 일과 우치노 사토미 일만을 떠올렸다.

"그런데 그 정도로 괜찮지 않을까요? 부모 둘 다 잔소리가 심하면 아이도 힘들지 않겠습니까."

"실은 말이죠. 아내야말로 전혀 걱정이 없는 것 같아서요. 그런 이야기를 하면 웃어넘기기만 해서 오히려 제가 정말 괜찮은 거냐고 묻고는 합니다."

고마이가 쓴웃음을 지었다.

"부럽네요. 저희는 아내가 워낙 잔소리가 심해서 옆에서 아들을 볼 때마다 짠합니다."

"그래도 다 아이를 위해 그러는 거 아닌가요?"

그러자 고마이는 "아이를 위해서 말인가요" 하고 중얼거렸다. 엘리트 회사원처럼 보이는 남자의 예상 밖의 너그러운 교육 방침에 후시미는 내심 놀랐다.

"목요일 밤에 다쿠가 학원에서 돌아와 이러더군요. '오늘도 도모키한테 못 이겼어'라고."

"장기 말이겠죠. 별 쓸데도 없습니다."

"그렇게 따지면 결국 인수분해 같은 것도 다 마찬가지 아닐까요?"

후시미는 속으로 '그런가' 하고 의아해했지만 곧장 생각을 고쳤다. 장기와 인수분해는 교과목이라는 틀 안에서 큰 차이가 있다.

"아, 왔네요."

그때 길 건너편에서 티셔츠와 청바지를 입은 호리호리한 청년이 다가왔다. 10분 늦게 도착해서인지 그는 고개를 꾸벅 숙이고 다가왔다.

"자, 그럼 가 볼까요."

고마이의 그 말을 신호로 세 사람은 마을 자치회에서 빌린 자경단 점퍼를 입고 순찰을 시작했다.

순찰이라고 해 봐야 특별한 활동을 하는 것은 아니다. 경범죄를 저지른 범인을 맞닥뜨릴 가능성을 기대하기보다는 범죄 예방이 목적이다. 세 사람은 긴장하지 않았다. 고미네마치를 동서로 분담해 3인 1조로 한 시간씩 천천히 순찰하기로 했는데 빠르게 걸으면 아마 두 바퀴는 돌 수 있을 것이다. 후시미는 늦은 산책이라고 여기며 느긋하게 돌아다녔다.

세 사람이 순찰하는 동쪽 지구의 핵심 구역은 공원과 공장가 두 곳이다. 경범죄에 쓰인 접착제를 도난당한 공장도 이 구역 안에 있다. 세 사람은 우선 마을 동쪽 끝에 있는 공장가로 갔다. 낮에는 대형 트럭이 끊임없이 오가고 기계 소리가 멈추지 않는 지역이지만 이 시간에는 불빛도 드문드문했다. 오로지 대형 택배사의 집배소만이 24시간 영업하고 있었다.

순찰하는 동안 자치회 모임에서 얼굴을 마주했던 사람을 만났다. 뜬금없이 한잔하지 않겠느냐고 권해서 거절했다. 이 일대에서 일하는 사람들은 토박이가 많아서 상황에 따라 권유에 응할 사람도 있을 것이다.

"너무 조용해서 맥이 빠질 지경이네요."

후시미가 중얼거리자 고마이가 대답했다.

"경범죄가 발생한 곳은 서쪽 지역이고 난보 씨 집도 나루카와 북쪽이니까요."

연속 경범죄 사건은 범인의 메시지가 추가되어 사건이 악질적으로 변한 뒤부터는 서쪽 지구에서만 일어났다. 토끼가 차 바퀴에 깔린 현 도로와 소녀가 철봉에 매달려 있던 공원도 전부 서쪽 지구에 있다.

"그쪽에는 학교가 있으니까요."

고마이의 말은 경범죄 사건의 범인이 어린아이일 가능성을 암시했다. 후시미도 같은 생각이었다. 난보 사건을 제외하고 현장에 남아 있었다는 메시지에서는 왠지 모를 유아적인 분위기가 느껴졌다.

잠시 후 접착제를 도난당한 공장 앞에 도착했다. 쇠붙이를 다루는 '마쓰다 금속'이라는 영세 공장이다. 고요한 정적에 휩싸인 건물은 한눈에 봐도 관리 체계가 느슨해 보였다. 셔터가 없는 문이 활짝 열린 채 방치돼 있다.

"위기의식의 결여를 나타내는 사례로 이토록 훌륭한 표본도 없겠네요."

"훔쳐 가면 곤란한 물건도 없다는 뜻이겠죠."

고마이는 그렇게 말하고 공장에서 등을 돌렸다.

뒤이어 공원으로 향했다. 북쪽에 한 곳, 남서쪽에 한 곳. 북쪽 강변 공원은 넓이가 농구 코트보다 좁다. 벤치와 모래밭, 그리고 타이어를 파묻은, 놀이 기구라고 부르기 어려운 것만 덩그러니 있다. 낮에는 햇볕을 쬐러 나온 노인, 자녀의 모래 장난을 지켜보는 주부의 휴식 공간이다. 집이 가깝다면 도모키도 데려왔을지 모르지만 놀 거리가 많은 요즘 초등학생들에게는 따분하기만한 장소일 것이다.

주택가를 지나 고미네 공원에 도착했다. 강변 공원과 달리 초등학교 운동장 정도 되는 넓이의 부지가 서쪽 지구까지 걸쳐 있다. 근처에는 나무에 둘러싸인 산책로도 있다. 메인 광장은 자유롭게 쓸 수 있는 공터와 놀이 기구가 있는 공간으로 나뉘어 있었다.

고마이가 자판기에서 인원수만큼 캔 커피를 사 와서 잠시 휴식했다. 시간은 아직 8시가 되지 않았지만 고요한 공원 안에는 개미 새끼 한 마리 보이지 않았다.

"왜 그러시죠?"

"너무 적적해서요."

후시미의 눈은 놀이 기구가 있는 쪽을 향해 있었다. 암흑 속에 철골 덩어리가 우두커니 놓여 있다. 문의 형태를 한 그네인데 정작 앉는 부분인 밑싯개가 없다.

"적적하기도 하지만 좀 으스스하기도 하네요."

"맞습니다. 도쿄에서도 비슷한 걸 가끔 본 적이 있습니다. 저런 그네 없는 그네."

고미네 공원에는 그네 외에도 회선탑의 잔해로 보이는 쇠기둥과 시소 잔해 등이 있었다. 원래 기능을 상실한 그 것들이 무엇인지는 이곳의 과거를 아는 사람들만 알 것이다. 형태를 유지하고 있는 건 적당한 높이의 미끄럼틀뿐이었다.

놀이터의 그네, 시소, 정글짐 철거는 전국 각지에서 진행 중이다. '아이들의 안전을 고려한다'는 이유 때문이라고 한다.

후시미가 어렸을 때도 그네에서 뛰어내리는 놀이가 유행해 뼈와 이가 부러진 친구가 있었다. 정글짐에서 추락하는 아이도 적지 않았다. 당시에는 그런 게 당연한 일이었고, 일상다반사였다. 그러나 지금은 아이가 다치면 부모는 구청 등에 안전 관리가 소홀하다는 민원을 제기한다. 그런 이유로 소송도 일어나고 있다.

언뜻 말도 안 되는 것 같지만 철거를 반대한다고 해서 다친 아이를 책임져 줄 수 있는 것도 아니다. 그러니 철골만 남은 그네를 보며 말로 표현하기 어려운 공허감을 느끼는 것이다.

그러나 고미네 공원, 더 나아가 나루카와 시내에서 현

재 진행 중인 놀이 기구 철거는 그런 것과는 사정이 조금 다르다. 철거의 원인을 제공한 사람은 다름 아닌 아오야기 난보였다.

옆에서 고마이가 "제 생각이지만……" 하고 중얼거렸다.

"그 메시지를 쓴 사람은 난보 씨 본인 아니었을까요?"

"'도덕 시간을 시작합니다. 죽인 사람은 누구?' 메시지 말인가요?"

고마이가 "네" 하고 대답했다.

"자살이라고 생각하시나요?"

"경찰도 지금껏 자살설을 뒤집지 못한 것 같더군요."

바람이 다소 섞이기는 했지만 명탐정의 추리는 합리적이다. 난보에게는 **전과**가 있기 때문이다.

"그럼 경범죄 사건도 전부 난보 선생의 짓이라고 생각하십니까?"

"억측일까요?"

후시미는 "글쎄요" 하고 대답했다. 도통 알 수 없었다.

"구로다 씨는 어떻게 생각하십니까?"

고마이의 눈이 시종일관 입을 다물고 있는 존재감 없는 청년에게 향했다.

구로다 겐이치는 나직하게 "글쎄요"라고만 대답했다.

한 바퀴 더 돌고 싶지는 않아서 결국 고미네 공원에서 해산하기로 했다. 후시미는 고마이와 함께 집으로 향했다.

"엄청 얌전한 분이던데요."

후시미가 조금 전 헤어진 구로다 겐이치에 대해 평가하자 고마이는 앞을 바라본 채로 대답했다.

"저희가 대하기 어려운 나이대죠."

"스물은 넘었겠죠?"

"스물둘이라더군요. 대학을 자퇴하고 여기로 돌아왔다고 합니다."

고마이는 보험 일을 해서인지 마을 주민들의 사정을 잘 안다.

"정규직으로 취직하지 못했나 봐요."

"저랑 똑같네요."

후시미는 농담 섞어 말했지만 물론 상황은 사뭇 다르다. 구로다 겐이치의 아버지는 나루카와에서 유명한 대형 슈퍼를 경영하고 있어서 그에게는 미래가 보장돼 있다.

"혹시 좀 무례하다고 느끼지 않았습니까?"

고마이가 물어서 후시미는 "속마음을 들켰군요" 하고 머리를 긁적였다. 약속 시각보다 늦게 나타났을 때, 그리고 고마이에게 캔 커피를 받았을 때 후시미는 청년을 유심히 관찰했다. 그는 사죄는 물론 감사 인사도 하지 않았다. 눈을 마주치지 않고 무뚝뚝하게 입만 다물고 있었다. 그런 태도를 보고 후시미는 불쾌해졌다.

"유토리* 세대니까요. 어쩌면 당연하다고 할 수 있겠죠."

"세대로 나누는 건 너무 편협하지 않나요. 후시미 씨, 저 널리스트시면서."

"젊은이들에게 적당히 조언해 주는 것도 나이 든 사람의 특권이라고 봅니다."

그러자 고마이는 "그건 그럴지도 모르겠네요" 하고 인정하며 말을 이었다.

"그런데 좀 딱하기도 합니다."

후시미가 "토요일이 전부 휴일이었는데도요?" 하고 장난 섞어 농담을 건네자 고마이는 온화하게 받아넘겼다.

"유토리 교육의 이념이 틀렸다고는 생각하지 않습니다. 방법이 옳은지는 별개로 하고요."

"주입식 교육에 대한 반감인가요?"

"단지 그것만은 아니고 '학력'이라는 획일화된 평가 기준에 대한 반성이라고 해야겠죠. 공부와 시험 성적의 영향력이 지나치게 강한 탓에 아이들에게 치열한 경쟁을 강요한 건 사실이니까요. 유토리 교육은 그런 평가 기준을 다각적으로 보기 위한 시도였다고 생각합니다. 운동, 예술,

---

* '여유 있는 교육'이라는 의미의 일본 공교육 방침. 2002년 도입됐다가 2010년 폐지됐다.

그리고 장기 같은 것도 평가하자는 거죠."

"에이."

후시미는 그 말에는 반론하고 싶어졌다.

"이건 농담이 아니라 진심입니다. 그런 점수를 매기기 어려운 특기를 살리는 것. 그리고 그것들을 종합해서 한 인간의 '인간력'을 평가하는 것. 그런 시도는 일정 부분 공감할 가치가 있다고 봅니다. 그러나 정작 중요한 부분에서 유토리 교육은 성공하지 못했습니다. 아니, 성공할 수 없었던 겁니다."

"무슨 뜻이죠?"

"사회가 그 이념에 발맞춰 가지 못한 거죠. 학교에서는 학력과 비슷하게 운동, 예술, 장기 등으로 기를 수 있는 장점과 감수성 등을 평가할 수 있었을지 모릅니다. 하지만 실제 사회는 다르죠. 학교를 떠난 아이들을 기다리는 건 여전히 고학력자들이 고수입을 얻을 가능성이 큰 사회였던 겁니다."

고마이는 후시미가 느낀 인수분해와 장기의 차이를 알아맞힌 듯했다.

"그리고 전 그게 당연하다고도 봅니다. 학력이라는 건 실체 이상으로 사회에서 부여한 과제를 고분고분하고도 효율적으로 대응하는 능력을 가늠하는 기준이라고 생각하니까요. 거기서 뛰어난 능력을 발휘한 사람을 선택하는 건 합리적입니다."

입시 경쟁이라는 시스템이 오랫동안 이 경제 대국을 지탱해 온 것만은 사실이다.

"반면 문제도 있습니다. 주어진 과제를 해결하는 것에만 익숙해지면 스스로 과제를 만들 수가 없죠. 모든 것을 그 범위 안에서 해결할 수밖에 없게 됩니다."

"그래서 창조력과 유연한 사고 같은 것을 단련하려고 했다. 다시 말해 인간력이라는 것을. 그러나 결국 실패로 끝났다."

"어렵죠. 학력은 숫자로 나타나니 모두 공평하고 알기 쉽게 평가할 수 있습니다. 하지만 인간력을 누가, 어떻게 평가할 수 있을까요?"

의문은 그대로 도모키와 다쿠의 교육 환경에 대입할 수도 있을 것이다. 무엇이 정답일까. 자녀 교육에 관심이 많은 고마이 역시 고민스러울 것이다. 그리고 아내에게 모든 것을 일임한 후시미가 답을 알 리는 없었다.

밤이 깊어 갔다. 슬슬 두 사람이 헤어지는 지점이 가까워졌다. 회사원인 고마이는 왼쪽으로, 외톨이 늑대인 후시미는 오른쪽으로 향했다. 도모키는 장래에 어떤 길을 걷게 될까.

어째서인지 조금 전에 본 그네 없는 그네가 후시미의 머릿속을 스치고 지나갔다.

집에 돌아가자마자 화들짝 놀랐다. 여어, 하고 후시미를 맞아 준 사람은 오소네였다.

"뭐야. 여기 눌러앉을 작정이야?"

"나 같은 애처가에게 무슨 소리를."

거들먹거리며 말하는 오소네를 보고 후시미는 어이없어하며 식탁 앞에 앉았다. 새 소주병의 뚜껑이 열려 있다. 후시미도 맥주를 한 잔 마셨다. 도모코가 음식이 담긴 접시를 식탁에 내려놨다.

"도모키는?"

"자고 있어. 체육 시간에 마라톤을 했는데 힘들었대."

상태를 보아하니 내일 약속한 아버지와 아들의 조깅은 아무래도 연기될 듯하다.

도모코가 씻겠다고 하며 거실을 나가 욕실로 향하자 후시미는 오소네에게 물었다.

"지역 안전을 위해 순찰을 하는 나 대신 가족의 화목을 돕기로 한 건가? 고마워서 눈물이 나올 지경이네."

"나한테 고마워할 필요는 없으니 안심해. 도모코라면 모를까."

뭘 안심하라는 말인가.

"그런데 약속은 지켰어. 나도 녹초가 될 때까지 돌아다니다 왔으니."

"약속?"

"내가 이런 촌구석에 눌러 있어야 할 이유를 벌써 까먹었나?"

아오야기 난보의 죽음에 관해 조사한 걸까.

"난보의 집에 다녀왔나?"

"그래, 다녀왔지. 안에는 못 들어갔지만 아주 흥미롭더군. 반가운 것도 봤고."

"뭐야? 반가운 거라니."

"일단 먹을지 들을지부터 정해."

도모코가 솜씨를 발휘한 탕수육에 미련이 있었지만 후시미는 듣는 쪽을 택했다.

"우선 경찰서를 조금 돌아다니다가 신문사를 찾아갔어. 잘 아는 곳이 있어서."

T현에 있는 지역 신문사다.

"이런저런 정보를 들었지. 나루카와 경찰서에도 친한 형사가 있고."

"여전히 발이 넓군. 내 예상이 틀리지 않았어."

"흥, 칭찬해 주다니 영광이네."

오소네는 못마땅한 얼굴로 소주를 마셨다. 그는 납대대한 얼굴이 콤플렉스다.

"결론부터 말하면 경찰은 그 사건을 자살로 보고 있어."

"그래? 증거라도 있나?"

"자살 증거가 있다기보다는 타살 증거가 없다더군. 난보를 죽여서 이득 볼 녀석도 없었다고 하고."

"되게 소극적이네. 그럼 집에 남아 있었다고 하는 그 메시지는?"

"제삼자의 장난. 경찰의 견해는 그래."

"근거는?"

"난보가 타살이고 낙서를 범인이 쓴 것으로 보면 몇 가지 이상한 점이 생기거든. 난보가 죽은 시점은 5월 초순 골든위크 무렵으로 보여."

발견 당시 시신은 부패가 상당히 진행돼 있었다. 사후 일주일 이상은 지난 것 같은데 정확한 날짜는 좁히지 못했다.

"그런데 그 메시지가 적힌 지는 그 정도로 오래되지는 않았대."

후시미는 팔짱을 끼고 신음했다.

"확실한 정보겠지?"

"현대 과학 수사는 일반인들 눈에 SF나 마찬가지야. 심지어 기자들도 예상 못해서 놀랄 때가 많아. 메시지가 적힌 곳은 난보가 죽은 거실 맞은편에 있던 불단. '도덕 시간을 시작합니다'라는 문장이 빨간색 스프레이로 큼지막하게 적혀 있었대. 그 옆에는 펜으로 쓴 '죽인 사람은 누구?'라는 글자가 있었고."

"스프레이와 펜? 서로 다른 걸로 썼다는 건가?"

"그래. 그 점도 신경 쓰이지만 더 이상한 건 맨 처음 난보의 시신을 발견한 경찰은 그 글자를 못 봤다는 거야."

후시미는 무슨 말인지 이해할 수 없었다.

"방금 큼지막하게 적혀 있었다고 하지 않았나?"

"그래. 엄청 크게. 특히 스프레이로 쓴 문장은 유독 컸다더군. 펜으로 쓴 건 구석에 적혀 있었고. 어쨌든 경찰이 못 보고 넘어가기에는 너무 큰 글자였어."

"집 안을 제대로 조사한 거 맞나?"

"자살 혐의가 짙다고 해도 변사체였어. 현장을 꼼꼼히 둘러보기 마련이지."

현장에서는 물론 수상쩍은 인물도 발견되지 않았다.

"다시 말해 난보의 집 안에 남겨져 있던 그 메시지가 시신 발견 이후에 적혔다는 말인가?"

과학 수사는 무슨 놈의 과학 수사. 후시미는 그런 불만을 내뱉을 뻔했다.

"그렇게 봐야겠지. 아무리 촌구석 경찰이라고 해도 그런 걸 못 보고 넘어갈 리는 없으니까. 그러니 시신 발견 시점에 그런 낙서는 없었고 다음 날이 되기 전 누군가가 그 집에 들어가 낙서를 남겼다. ……그런데 이야기가 그렇게 단순하지 않아. 평범하지도 않고. 우선 가장 이상한 게 바로 당시 난보의 집 안은 어마어마한 물량의 잡동사니로 가득했다는 점이야."

"쓰레기장 같은 상태였나?"

"그랬나 봐. 난보의 자택. 아니, 집이라고 하기에는 거의 산속 오두막이나 마찬가지지만, 아무튼 그 안에는 난보가 만든 작품이 발 디딜 곳 없이 가득 채워져 있었대. 밖에서도 보일 만큼. 항아리 같은 것만이 아니야. 오히려 그보다 더 큰 물건들이 많았대. 넌 뭔지 알겠지?"

"……놀이 기구인가."

조금 전 '반가운 것'이라고 한 것도 그 얘기였나.

아오야기 난보는 도예뿐만 아니라 조형의 전반적인 분야에서 활동했다. 나루카와에 돌아온 뒤로는 구청의 의뢰를 받아 직접 어린이용 놀이 기구를 만들어 공원과 학교 등지에 기부했다. 철봉, 회선탑, 시소, 곤돌라, 그네 등이 그러하다.

그 모든 것이 몇 년 사이에 철거됐다. 결함에 따른 사고가 잇달아 일어났기 때문이다.

불량품이었다면 그나마 다행일 것이다. 그러나 일류 조형가가 과연 그런 실수를 반복할 수 있을까. 자연스럽게 의도적으로 불량 기구를 만들었다는 의심이 제기됐고 구청도 어쩔 수 없이 대응에 나섰다. 그리고 그 일을 기점으로 난보의 도예 교실은 문을 닫았고 난보는 지역 커뮤니티에서 이탈했다. 아오야기 집안과의 연도 완전히 끊겼다.

그런 자신의 작품을 그 예술가는 집 안에 전부 소장하고 있었다는 말인가.

"그러니까 말이지. 글자가 엄청 크게 적혀 있었지만 그보다 더 큰 것들이 집 안을 가득 채우고 있었어. 그것도 대단히 많이. 불단 앞도 마찬가지였고. 나루카와 경찰서 형사도 못 보고 넘어갔을 가능성을 인정했어."

난보의 자택은 히메산 속에 있다. 오소네는 산 중턱부터 길이 포장되지도 않아 차로 오가기 쉽지 않았다고 했다.

집 안을 점거한 놀이 기구들을 치우려면 상당한 인력과 시간이 필요할 것이다. 시신 발견 당시에는 그럴 여유가 없었다.

그리고 그때가 바로 과학 수사가 나설 타이밍이었다. 수사 결과 낙서가 적힌 정확한 날짜는 불명확하지만 아무래도 일주일은 지나지 않은 비교적 최근이라는 답이 나왔다.

이로써 낙서를 남긴 사람을 난보 본인으로 의심한 고마이의 추리는 부정됐다.

"발견 당시 상황부터 순서대로 설명할게."

오소네가 사건을 설명하기 시작했다.

시신의 최초 발견자는 동네 의사였다. 5월 9일 금요일 이른 아침. 한 달에 한 번인 왕진을 가기 전 일정을 확인하려고 전화했지만 아무도 전화를 받지 않았다. 난보는 집 안에만 틀어박혀 은둔 생활을 하고 있었으니 의사는 왠지 수상쩍은 마음에 그 길로 히메산 속 그의 자택을 찾았다.

"구조는 현관 왼쪽에 거실, 오른쪽에 불단이 있어. 안쪽에는 부엌과 욕실이 있고 침실은 2층, 그리고 정원 별채에 화장실이 있는 형태야. 집 안에는 철 조각과 쇠 부스러기가 쌓여 있어서 주거지로서의 기능은 이미 오래전에 잃었다고 해."

시신은 거실에 있었다. 거실에는 작은 밥상이 있었는데 그 주변에만 간신히 사람이 앉을 공간이 있었다고 한다.

"난보는 거기서 일상적으로 술을 마셨던 것 같아. 숙식을 오로지 그곳에서 해결한 거지. 탁주가 담긴 호리병도 여러 병 있었다는군."

집을 찾아간 의사는 시신을 발견하고 혼비백산해 경찰에 신고했다. 파출소 경찰이 달려와 현장을 보존했고 나루카와 경찰서에서 온 형사가 자살 소견을 끌어내기까지는 그리 오래 걸리지 않았다.

"무엇보다 최초 발견자인 의사가 이렇게 주장했어. 생전에 난보는 노인성 우울증 때문에 걸핏하면 죽고 싶다는 말을 꺼냈다고. 거기에 이런저런 간섭도 들어왔고."

"간섭?"

"아오야기 집안 말인데, 난보의 사망 소식을 듣자마자 곧장 시신을 거둬 가겠다고 연락해 온 모양이야. 나루카와 경찰서장에게 직접 전화했다는데 거의 명령조였다는 소문이 돌더군."

점심이 되기도 전에 아오야기 집안의 대리인이 난보의 자택과 관할 경찰서에 나타나 모든 절차를 꼼꼼히 밟았다. 누구도 그를 막아서지 않았고, 막아설 이유도 없었다. 상대는 지역의 거물 중 거물인 아오야기 집안이다. 정황상 자살이라는 결론에 미심쩍은 부분도 없었다.

"그래서 금세 경야 의식을 치렀군."

"그래. 다음 날에는 장례식. 순식간에 해치워 버렸지."

난보의 죽음은 완전한 자살로 신속히 처리된 것이다.

그러나 다음 날 아오야기 본가에서 장례식을 치르고 있을 때 난보의 자택에서 메시지가 발견됐다. 낙서를 처음 발견한 사람은 난보의 집을 정리하던 청소 하청 업자였다.

그들은 소식을 듣고 몹시 당황했을 것이다.

후시미는 거의 실시간으로 그 이야기를 전해 들었다는 오소네의 정보원에게 감탄하며 물었다.

"술병에 독이 들어 있었다지?"

"그래. 난보는 평소에 술을 마실 때 병나발을 부는 습관이 있었다고 해. 시신 옆에 있는 호리병에서 독이 검출됐어. 다른 술병들에서는 나오지 않았다더군."

"자살설이 더 설득력을 지니게 됐네."

"정황상으로는 그렇지."

"독은 무슨 독인데?"

"농약."

농약이라면 나루카와에서는 일반 가정에도 흔하다.

"경로는?"

"난보의 집에 있던 농약이라고 해. 성분을 분석 중이라고 하는데 뭐 동일하다고 나올 확률이 높겠지."

역시 자살의 유력한 상황 증거다.

"당연한 말이지만 그렇다고 해서 타살 가능성을 아예 배제할 수는 없지 않나? 유서가 있으면 모를까."

"유서는 없었어."

"그럼 누가 난보의 집에 찾아와 그가 마시는 술병에 집에 있던 농약을 넣었을 수도 있다는 말이잖아. 그리고 다음 날 낙서를 남길 수도 있었고."

오소네는 "그 말이 맞아" 하고 고개를 끄덕이며 설명을
이어 갔다.

"하지만 문제가 있어. 술에 독은 누구든 탈 수 있지만 낙
서는 아무나 할 수 없었거든."

한 번 듣고서는 무슨 말인지 이해하기 어려웠다.

"잘 들어 봐. 우선 집 안을 어떻게 드나들었는지 알려면
발자국부터 확인해야 할 텐데 누구의 발자국인지 확실히
밝혀낼 수는 없었다고 해. 시간이 흘렀고, 더 성가신 사정
도 있고."

"간략하게 설명해 줄래?"

"응. 그런데 어렵지만 중요한 이야기야. 조금 전에도 말
했지만 당시 난보의 집 안은 잡동사니로 가득 차 있었어.
발 디딜 곳도 없는 상황이었지. 유일하게 자유롭게 집 안
을 드나들 수 있는 경로가 정원에서 툇마루를 통해 거실로
들어가는 경로야. 의사도 그곳을 지나서 갔고."

"현관을 통해서 갈 수는 없었나?"

"없었어. 그리고 거실에서 불단에 가는 것도 힘들다고
해. 그러니 낙서를 처음 발견한 청소 업자들도 주변에 있
는 잡동사니들을 치우며 불단으로 향한 거고."

"당연히 그랬겠지. 뭐가 문제야?"

"서두르지 말고 들어 봐. 그러니까 현장 보존이 충실하게 이뤄지지 않았다는 뜻이야. 철골을 하나하나 치우는 갖은 고생을 해 가며 집 안을 지나갔으니까."

그제야 오소네가 무슨 말을 하려는지 조금씩 이해되기 시작했다.

"발자국과 지문 모두 쓸 만한 건 없었다는 말인가?"

"그래. 원형을 전부 잃었다고 해. 게다가 범인이 술병에 독을 집어넣었다면 일주일 이상 흘렀다는 이야기야. 유력한 증거는 하나도 없겠지."

"잠깐만. 그럼 낙서를 한 범인도 상황은 마찬가지였잖아? 그 자식도 불단에 갈 때 고철 덩어리들을 치우면서 가야 했을 텐데."

"당연하지. 그런데 말이야. 그게 아니었나 봐."

후시미는 "뭐?" 하고 목소리를 높였다.

"경찰은 그 우수한 과학 수사 기법을 통해 적어도 불단, 그러니까 낙서 앞에 방치된 잡동사니들은 한 달 이상 위치가 바뀌지 않고 그 자리에 그대로 있었을 거라고 추측하고 있어. 다다미 위에 생긴 자국 등으로 판명했다고 해."

"그럼 그 범인은 대체 어떻게 낙서를 남긴 건데?"

낙서는 일주일이 되기 전에 쓰였는데 그곳 사이에 있는 방해물은 한 달 이상 그대로 방치돼 있었다니. 그 말이 사실이라면 불가능한 상황 아닌가.

"실은 그 문제에 관해 흥미로운 견해를 제시한 형사가 있었어. 내 정보원이자 실력이 아주 뛰어난 베테랑 형사인데, 그가 이러더라. 난보 선생의 집은 정글짐이나 마찬가지였다고."

"정글짐?"

"그래. 철골들이 엉터리 퍼즐처럼 조립돼 있어서 꼭 하나의 놀이 기구처럼 보였을 거라고 했어."

"야, 설마……."

후시미는 머릿속에 어떤 장면이 떠올라 순간 섬뜩해졌다. 지금껏 생각지도 못한 불길한 가능성이었다.

수염을 기른 오소네는 고개를 세차게 끄덕였다.

"그러니까 어린아이라면 그걸 굳이 치우지 않고도 불단 벽 앞까지 갈 수 있지 않았을까. 형사의 말을 난 그렇게 해석했어."

7

오사카시 주오구. 다니마치 9번지에 있는 살풍경한 주상복합 빌딩 4층에 다나베가 경영하는 제작사 '프런티어 플래닝'이 있다. 다나베는 간토 지역에서 태어나 도쿄에 있는 광고 대리점에서 일했지만 독립의 근거지로 택한 곳은 오사카였다. 그것이 회사 이름답게 프런티어 스피리츠, 즉 개척 정신 때문이었는지는 나로서는 알 수 없다.

사무실과 회의실이 있고 오디션을 볼 때 쓰는 큰방은 기자재 창고를 겸한다고 했다. 안내를 받아 들어간 회의실에는 다나베, 오치와 낯선 청년이 있었다. 나이는 20대 정도로 보이니 오치와 같은 세대일까. 똑똑해 보이는 외모는 문과 계통의 미용사 같은 특이한 인상을 줬다.

"처음 뵙겠습니다. 하네 요라고 합니다."

하네가 익숙하게 손을 앞으로 내밀어서 후시미도 손을 맞잡았다.

"녹음과 진행 같은 잔일들을 도맡을 예정입니다."

오치와 마찬가지로 싹싹한 느낌이라고는 없는 의젓한 태도였다.

"젊은 사람들뿐이라 뭔가 위축되는군, 이거."

후시미가 그렇게 말하자 후시미보다 두 살 어린 다나베가 "동감" 하고 어깨를 움츠렸다.

회의실 안에는 소파가 있었다. 다나베의 사무실답게 내부 인테리어가 수수하다. 후시미는 입구 쪽에 앉았다. 오른쪽에 다나베, 왼쪽에 하네가 있었다.

"그럼 시작하죠."

하네 옆에서 오치가 몸을 일으켜 A4 용지를 나눠줬다. '퀘스천 오브 모럴리티'. 약칭 'QM'의 기획서였다.

후시미는 기획서를 대충 훑어봤다. 그럴싸한 내용이다. '시종일관 묵비권을 지킨 무카이 하루토의 마음속 어둠은 어쩌면 현대 사회를 비추는 거울이 될 수도 있다' 같은 문장이나 그 무카이 본인이 출연을 승낙했다는 내용, 지금껏 공개되지 않은 비디오테이프 영상 같은 마케팅 포인트도 확실히 적혀 있었다.

그러나 끝까지 다 읽고서 이 기획서는 남에게 보여 주기 위해 만들었다고 느꼈다. 일부러 진의를 모호하게 기술한, 혹은 기술하지 않은 기획서다. 취재를 하든 촬영을 하든 일단 촬영대상에게 양해를 구할 때 이런 것을 보여 주고는 한다. 처음부터 억울한 무죄 사건을 취재한다고 하면 달갑게 응할 경찰 관계자는 없다. 그러나 그전에 기획서를 보여 주고 사건을 검증한다거나 재현 취재, 더 나아가 수사 기관의 실력을 시청자에게 보여 주고 싶다고 하며 허락을 받는다. 그리고 나서 무죄 가능성은 그 뒤에 떠오른 겁니다, 즉 '**결과적으로** 이런 영상이 나와 버렸습니다'라면서 잡아떼는 것이다.

지나치면 문제가 될 수 있고 보도 윤리를 고려해도 위험한 수법이지만 때와 장소, 상대에 따라 쓸 수 있다고 생각하는 이들도 많을 것이다.

"어떤가요?"

"잘 썼네. 재미없는 기획서의 아카데미상 감이야."

"그럼 재미있는 구체적인 이야기를 해 보죠."

오치가 화이트보드 앞에 서서 기본적인 사건의 개요를 설명하기 시작했다. 나루카와 사건의 정황, 무카이 하루토의 체포, 송검, 기소, 재판 흐름 등.

"무카이의 가정환경은 빈말로라도 결코 좋다고 할 수 없었어요. 부모가 제대로 된 일을 하지 않아서 무카이는 결국 고등학교 진학을 포기했죠."

'이것은 도덕 문제입니다'라는 무카이의 말을 마지막으로 언급하고 소개가 끝났다.

"재밌네요."

하네의 감상은 진심일 것이다. 그러나 여기까지는 신문 기사에 적힌 내용과 별반 차이가 없다.

"무카이는 왜 끝까지 입을 다물었을까요?"

"이유는 밝혀지지 않았어요. 적어도 재판을 유리하게 끌고 갈 속셈은 아니었다고 보고 있어요."

유리하기는커녕 오히려 역효과였다고 해야 할 것이다.

"살해 동기도 불명이라. 이유 없는 범행일까요."

147

묻지 마 살인 사건을 일컫는다. 그런 범죄는 대표적으로 가해자가 피해자를 죽여 봐야 어떤 이익도 없다는 특징이 있다. 살해 동기 대부분이 타인과 공유할 수 없는 바람과 만족, 욕구 등에 기반을 둔다.

그러나 후시미는 나루카와 사건에서 그것과는 다른 느낌을 받았다.

"무카이는 교육학부 학생이었어. 그리고 피해자는 그 세계의 권위자인 무카이의 예전 담임 선생이었지."

하네가 후시미를 봤다.

"묻지 마 살인이 아니라는 말씀이세요?"

"무카이는 정확히 마사키를 표적으로 삼았어. 그건 틀림없다고 봐."

"그 선택이 합리적인가 아닌가를 떠나서 말이군요."

후시미는 하네의 이해력에 감탄하며 덧붙였다.

"그날 강연을 주최한 미야모토 유키오가 무카이의 같은 반 친구였다는 사실도 신경 쓰이는 점 중 하나야."

오, 하고 놀라는 하네의 반응을 보고 후시미는 오치를 쳐다봤다.

"물론 넌 알고 있겠지?"

설명을 생략한 장본인은 "일단은 그래요" 하고 쌀쌀맞게 대답하더니 "그런데 사건에 대해 조사하지 않기로 한 것 같은데요" 하고 덧붙였다.

"모든 정보를 공개한다는 약속도 있었던 것 같은데."

"모든 걸 공개하려면 시간이 아무리 많아도 부족해요. 그들의 관계가 얼마나 중요했는지를 판단할 근거도 부족하고요."

"선입견을 가지지 말라는 뜻인가."

"괜한 편견이 생기는 건 좋지 않으니까요."

그러나 깊이 캐 보고 싶은 것도 사실이다.

"우리를 조금 더 믿어 줘도 되지 않을까? 1분이면 할 수 있는 이야기를 숨기는 걸 보면 네가 우리를 믿는다는 자신 감도 사라져."

"앞으로 주의할게요."

오치는 속내를 읽기 어려운 무표정한 얼굴로 말했다.

"그래서 정작 넌 어떻게 생각해? 무카이가 의도적으로 마사키 쇼타로를 노렸다고 보나?"

"그게 타당한 추론이겠죠."

말투가 왠지 거슬리지만 지적하지 않았다. 오치가 후시미를 다루는 법을 깨달은 것처럼 후시미도 그녀를 어떻게 대해야 하는지 배웠다. 신경 쓰지 않는 게 최선이다.

"이 따분한 기획서에 나온 대로 찍으면 관객들이 무카이의 마음속에 깃든 어둠을 이해할 여지를 주는 것에 불과하지 않나?"

"우선은 사실관계를 좀 더 말씀드릴게요."

오치는 표정 없는 얼굴로 설명을 이어 갔다.

"무카이는 마사키 쇼타로를 표적으로 선택했어요. 그 근거 중 하나가 바로 흉기로 쓴 칼이에요."

"학교 미술실에 있는 칼이었다더군."

도서관에서 읽은 기사에는 무카이가 마사키를 찌를 때 쓴 흉기가 나루카와 제2초등학교 미술실에 있던 작은 목공용 칼이라고 적혀 있었다. 날 길이 약 10센티미터. 무카이가 언제 이 칼을 입수했는지는 불명확하지만 당시 보안 수준이라면 미술실에 몰래 들어가기는 그리 어렵지 않았을 것이다. 사건 당일이나 며칠 전에 학교 안에서 흉기를 물색했다는 점은 의미심장하다.

"굳이 학교 안에 있던 흉기를 택한 것을 보면 학교에 마사키가 온다는 것을 무카이는 알고 있었다고 해석하는 게 자연스럽겠죠."

오치의 말에 반대 의견은 나오지 않았다.

"당시 나루카와 제2초등학교에서는 교원 미야모토 유키오를 중심으로 마사키의 강연을 준비했어요. 강연은 한 달 전 고지됐고 지역 주민들에게도 열심히 홍보했다고 해요. 그러니 무카이도 소식을 접할 기회가 있었을 거예요. 그는 범행 전 자신이 살던 원룸을 깨끗이 정리했어요. 마사키에 관한 건 당연하고 개인적인 물건들까지 모든 걸 치웠죠."

무카이는 사건 2주 전 핸드폰을 해지했다고 한다.

"계획 범행의 요건이 갖춰졌군."

"형량에도 영향을 끼쳤겠죠."

계획성은 책임 능력을 검증할 때도 불리하게 작용했을 것이다.

"그런 상황에 3백 명의 목격 증언까지. 무카이를 둘러싼 포위망은 튼튼하기 그지없었어요. 그리고 가장 결정적인 게 바로 이거예요."

오치의 손에는 DVD 디스크가 들려 있었다.

"보시겠어요?"

당연히 봐야지. 후시미가 대답하자 화이트보드가 옆으로 치워졌고 그 뒤에 있던 액정 TV가 모습을 드러냈다. 회의실 안에 불이 꺼졌다.

나루카와 제2초등학교 강당의 모습이 비친다. 화질이 조악하다. 가정용 캠코더일까. 열화도 진행됐는지 화면 군데군데 노이즈가 보였다.

와이드 시점, 수평 화각에서는 역시 아마추어 냄새가 풍긴다. 왼쪽에서 정면을 찍은 탓에 각도가 이상하고 촬영

위치도 너무 낮다. 학생들 뒤에 있는 학부모석에서 찍은 모양인데 화면 아래 절반 부분이 성인들의 어깨와 검은 머리카락으로 채워져 있다. 이런 상태에서는 강연하는 주인공이 잘 보이지 않는다. 화면도 조금씩 흔들린다. 무슨 이유인지는 몰라도 삼각대가 아닌 일각대를 쓴 것으로 보인다. 어쨌든 기록 영상으로는 낙제점이다.

화면 가운데에서 간신히 얼굴을 알아볼 수 있는 마사키 쇼타로가 마이크를 한 손에 들고 몸짓과 손짓을 섞어 가며 유창하게 떠들고 있다. 그러나 조악한 화질처럼 음성도 알아듣기 어렵다.

— 그래서, 뭐…… 해도 잘 모르겠죠. '모두'라는 건……인지. 혹시 무슨 뜻인지 아는 학생 있나요?

유심히 귀를 기울여 보니 마사키의 목소리는 자상하고 억양은 간사이 출신처럼 들린다. 마음씨 좋은 할아버지라는 표현이 잘 들어맞는다. 환갑인 실제 나이보다 더 들어 보이는 것은 단순히 세월이 아닌 연륜 때문일까.

마사키가 손을 든 학생을 지목하자 아이는 일어서서 뭔가를 말했다.

— 그렇군요. 그럼 마사오…… 유카를 모르는 전 ……유카가 말하는 '모두'에는 들어갈 수 없겠네요.

당황한 듯한 소년의 뒷모습.

"제…… 라는 사람이 있습니다. 벌써 수십 년 가까이 친하게 지내는 남자…… 씨도…… 의 '모두'에 들어갈 수 없다니 안타깝죠?"

거기서 마사키는 온화한 몸짓으로 소년에게 다시 자리에 앉도록 권했다.

— 이것 참…… 어렵네요. '모두'라는 것은 정…… '모두'인데 그…… 그게 누군지 우리는…… 지요. '모두'와 함께 살아가는…… 는 건 정말로 어려울까요?

"뒤로 넘길게요."

오치가 반론은 허용하지 않겠다는 듯이 영상을 넘겼다.

"여기서부터예요."

영상이 다시 정상 속도로 재생되자 마사키의 목소리가 들렸다.

— ……래서 '모두'라는 것은 '모두'다…… 아니, 조금 다를까요. '모두 씨'라는 친구. '모두 씨'라는 이름의…….

그때 화면 왼쪽의 마사키와 아슬아슬하게 겹치는 곳에서 누군가가 천천히 몸을 일으켰다. 짧은 머리카락에 호리호리한 체구. 흰색 티셔츠에 연한 파란색 청바지. 남자는 학부모석을 빠져나와 통행로로 향하더니 망설임 없이 앞으로 뚜벅뚜벅 걸어갔다. 무카이 하루토다. 마사키가 남자를 알아보고 그쪽으로 눈길을 돌렸다. 표정은 보이지 않는다. 주변이 술렁거리기 시작할 때는 이미 무카이와 마사키 사이의 거리가 몇 미터 되지 않았다.

갑작스럽게 영상이 오른쪽으로 크게 흔들린다. 마사키 와 무카이가 화면 밖으로 벗어난다. 놀라서 일어서는 학부 모들의 뒷모습이 비친다. 여기저기서 터지는 비명. 화면이 원위치로 돌아가자 강당 안쪽에서 마사키와 겹쳐 선 무카 이의 뒷모습이 보인다. 그 옆에는 미야모토 유키오로 추정 되는 머리카락이 긴 교사의 모습도 보인다. 몸싸움을 벌이 는 세 사람을 찍는 화면이 이번에는 반대쪽으로 쓰러지더 니 그 뒤로는 다시 세워지지 않았다. 패닉 상태가 된 사람 들의 허둥지둥하는 모습이 음성과 다리를 찍은 영상으로 부터 전해진다. "구급차를!", "경찰!" 하고 소리치는 목소리. 그리고 잠시 후 영상은 끊겼다.

회의실 안에 무거운 침묵이 흘렀다. 침묵을 깬 사람은 하네 요였다.

"이 영상은 누가 찍은 거죠?"

"자원봉사자라고 해요."

"학교 관계자가 아니라?"

"네. 미야모토의 지인인데 가지무라라는 남자예요."

"카메라에서 테이프를 꺼낸 사람은?"

후시미가 물었다.

"그건 모르겠어요. 사건이 발생해 촬영자가 얼어 있는 동안 누가 몰래 꺼내 간 것 같아요."

그렇다면……. 후시미는 머릿속에 어떤 의문이 떠올랐지만 일단 넘어갔다.

"다시 한번 범행 순간을 보여 줘."

마사키에게 걸어가는 무카이의 뒷모습. 화면이 오른쪽으로 흔들리고 다시 돌아왔을 때 마사키와 무카이는 몸싸움을 벌이고 있었다. 옆에는 미야모토도 있다.

"……칼은?"

후시미의 질문에 오치가 암흑 속에서 왠지 희미하게 미소 짓는 듯했다.

"걸어가는 무카이의 손에는 칼이 들려 있는 것 같지 않은데."

"제 눈에도 그렇게 보여요. 무카이는 오른손잡이라죠. 그러니 칼도 오른손에 쥐었겠죠?"

"조금만 천천히 재생해 봐."

온 신경을 화면에 집중했지만 좀처럼 구분이 가지 않았다. 사람들의 머리가 무카이의 몸을 가려 오른손이 비치는 순간이 찰나에 불과했다. 하물며 각도도 좋지 않다.

"미묘하네. 당연히 쥐었을 테지만……."

"게다가 찌르는 순간이 찍혀 있지 않죠."

오치가 말한 대로 촬영자가 당황해서인지 카메라를 다른 곳으로 돌리고 말았다.

그 틈에 무카이가 칼을 꺼냈을 수도 있지만.

"과연 이걸 결정적인 증거라고 할 수 있을까?"

대답보다 먼저 회의실 안에 불이 켜졌다.

"솔직히 말씀드리면 결정적 증거라고 하기는 어렵겠죠. 이 영상은 무카이가 범인이라는 것을 암시하지만 강력한 물증이라고는 할 수 없어요. 무카이가 진범인 것도, 무죄라는 것도 알려 주지 않죠. 그렇지만 하나의 역설을 끌어 낼 수는 있어요. 당시 무카이의 범행을 입증한 건 3백 명의 목격자뿐이다."

억지스러웠다. 그러나 이 테이프에는 분명 핵심 장면이 찍히지 않아서 무카이 범인설을 뒤집을 가능성을 내포하고 있다.

후시미는 확실히 해야겠다고 생각했다.

"넌 이 테이프를 어디서 구했지?"

"기업 비밀이에요."

"이봐."

신경 쓰지 않을 수 없다. 경찰도 언론도 찾지 못한 증거품이다. 현시점에 이런 증거품을 넘길 수 있는 사람은 현장에서 테이프를 빼돌린 사람밖에 없을 것이다.

"관계자에게서 입수한 거예요. 지금은 그 정도만 알고 계세요."

"이건 우리가 찍을 영화의 근간과 관련된 문제라고."

"후시미 씨."

오치가 고개를 꾸벅 숙였다.

"부탁드릴게요."

그렇게 허를 찔렸을 때 재빨리 다나베가 옆에서 후시미를 거들었다.

"지금은 일단 오치의 말을 믿어 주자. 취재원을 보호해야 한다는 건 너도 알잖아."

후시미는 전혀 납득할 수 없었지만 그래도 꾹 참고 다시 물었다.

"이 사건을 무고한 사람이 기소된 사건으로 보는지 아닌지, 그것만 대답해 줘."

허리를 다시 세운 오치가 평상시의 무표정한 얼굴로 말했다.

"가능성이 아예 없지는 않다고 생각해요."

"밀고 당기기는 사절이니 솔직히 말해. 이 테이프 외에도 무카이의 무죄를 암시하는 증거가 더 있나?"

"명확한 증거는 전무해요. 그런데 보기에 따라서는 상황이 아주 미묘하죠."

"여러 번 말하게 하지 마. 너랑 흥정할 생각은 없어."

"이건 흥정이 아니에요. 거짓 없는 제 소견일 뿐이죠."

후시미는 저도 모르게 오치를 노려봤지만 오치는 아랑곳하지 않았다.

"범행 순간은 찍히지 않았지만 그렇다고 무카이가 무죄라고 할 수는 없겠죠?"

하네가 침착한 목소리로 수습하고자 끼어들었다.

"무카이와 마사키가 몸싸움을 벌인 건 사실로 보여요. 그건 영상에도 찍혔어요. 오히려 그 전후 무카이의 행동을 통해 역시 그가 마사키를 찔렀다고 보는 게 타당하지 않을까요?"

"그건 나도 알아. 난 진실은 뭐든 상관없어. 마사키 쇼타로는 칼에 찔려 죽었고, 무카이는 현장에서 체포됐지. 재판에서 유죄 판결을 받았는데도 불만 한마디 없이 순순히 복역 중인 것도 사실이야. 하지만 말이야. 감독인 네가 작품에 임하는 태도를 다른 스태프와 공유하지도 않는 이런 판국에 어떻게 나더러 카메라를 맡으라는 거야?"

후시미가 못마땅하게 의자에 등을 기대자 오치가 후시미를 내려다보며 대답했다.

"무카이를 과연 진범으로 볼 수 있는가. 제가 포커스를 맞추고 싶은 건 그 부분이에요."

"즉 무카이는 무고하다는 거군."

"그건 아니죠. 후시미 씨가 아까 말씀하신 대로예요. **진실은 뭐든 상관없다.** 문제는 도덕…… 그러니까 법률과 도덕 문제죠."

망설임이라고는 느껴지지 않는 오치의 눈빛을 보고 후시미는 되받아칠 수 없었다.

"무카이가 마사키를 죽였다는 판결, 그리고 무카이 하루토의 죄를 판가름한 것은 과연 법이라는 이름의 규칙일까요? 아니면 도덕일까요?"

점심이 지나 시작된 회의는 저녁까지 이어졌다. 후반부에는 주로 구체적인 촬영 일정과 역할 등을 재확인했다. 감독 오치 후유나. 촬영 후시미 유다이. 녹음, 촬영 보조 하네 요. 현장 진행은 오치가 겸하는 최소한의 인원 구성이다. 다나베가 라인 프로듀서로서 예산과 제작을 맡는다. 촬영은 6월에 크랭크인해 두 달 일정으로, 개런티는 두 달치를 미리 받고 작품 완성 시 한 달치가 더 지급되는 조건이었다. 급전이 필요한 후시미의 사정에 맞추기도 했을 것이다. 후지급은 성공 보수와 작품을 다 찍지 못했을 경우 추가 촬영에 대비한 것이다. 편집권과 저작권은 오치 후유나에게 귀속된다고 못을 박았다.

오치가 QM을 어떤 식으로 찍을 건지는 아직 불투명하다. 법률과 도덕. 무카이 하루토를 판가름한 기준은 과연 둘 중 무엇인가. 다만 오치가 듀 프로세스 오브 로due process of law, 즉 정당한 법의 절차를 언급하려는 것만은 확실했다.

근대 형법에서는 '입증'을 피고가 범행을 저지를 수 있었다는 증명이 아닌, 피고가 아니면 범행이 일어날 수 없다는 증명으로 해석한다. 상황 증거와 자백도 엄밀히 말하면 가능성을 보강하는 것에 지나지 않는다.

예컨대 인적 없는 거리에서 칼에 찔려 사망한 사람을 우연히 발견한 남자가 있다고 가정해 보자. 그 거리를 지나던 최초 발견자는 놀란 나머지 남자의 몸에 박힌 칼을 뽑아 버린다. 그것도 모자라 저도 모르는 사이에 당황해서 사정射精까지 하고 만다. 그런 상황에서 나타난 형사에게 남자는 사건이 자신과 상관없는 일이라고 주장하지만, 상황만을 놓고 보면 그의 유죄 가능성은 너무도 크다. 엄격한 수사 과정 중에 형사가 남자에게 속삭인다. '일단 죄를 인정해라. 그럼 편해질 수 있고 뒷일은 재판에서 다투면 된다'. 이미 몸과 마음이 피폐해진 남자는 형사의 설득에 넘어가 결국 죄를 인정하고 만다.

그야말로 투박한 예시지만 이렇게 기소된 남자가 '범행

을 저지를 수 있었다'라는 것은 명백하다. 흉기를 손에 쥔 상황, 사정한 상황, 자백한 상황. 모든 것이 남자를 **범인답게** 만들고 있다. 그러나 반대로 말해 남자에게 그 이상의 범인성은 인정되지 않는다.

흉기를 구입하는 모습이 방범카메라에 찍히는 것처럼 객관적인 동시에 움직이기 어려운 증거. 다시 말해 '물증'이 없는 한 아무리 의심스러워도 범인성을 인정하지 않는 게 원칙이다.

그러나 현실 세계에서 원칙은 그저 명분일 뿐이라고 주장되고는 한다. 현실에서는 가능성의 천칭이 얼마나 기울었느냐에 따라 판결이 내려지는 사례가 드물지 않다.

그렇다면 나루카와 제2초등학교 사건은 어떨까.

무카이 하루토는 마사키 쇼타로를 죽일 수 있었다. 마사키의 강연을 접할 기회도 있었다. 그가 범행 전 자신이 살던 집을 정리한 정황도 있다. 비디오카메라 속 영상은 그가 칼을 찌르는 순간을 포착하지는 못했지만 마사키에게 직접 걸어갔다는 증거가 된다. 그 밖에 강력한 물적 증거가 또 있을까? 있다. 바로 3백 명의 목격 증언이다. 그리고 무카이는 수사와 재판 과정 내내 범행에 대해 입을 다물었다. 자신의 범인성을 부인하지 않았다.

이 모든 것을 고려해 무카이에게 내려진 유죄 판결을 두고 법 절차가 충분치 못하다고 호소하는 이는 세상을 퍼즐 게임으로 보는 인간이라고 비난당해도 할 말이 없을 것이다. 무카이는 차고 넘칠 만큼 명확하게 범인인 동시에 유죄인 것이다.

그러나 오치는 무카이를 판가름한 것이 논리적인 '법'이 아닌 감정적인 '도덕'일 수 있다며 이의를 제기하고 싶은 듯하다.

과격한 자유주의 사상에서나 있을 법한 완전성에 대한 집착. 국가라는 필연적 폭력 장치에 대한 지나친 거부 반응. 후시미는 이데올로기를 토대로 한 그런 억지 이론에 발을 담그는 것은 사절이었다.

사무적인 회의를 마치고 다나베가 앞장서서 모두 함께 뒤풀이 자리로 향했다. 2층 선술집의 방 하나를 빌려 술잔을 맞부딪혔다. 그 자리에서도 후시미는 오치를 향한 의심을 버리지 못하고 있었다.

하네가 후시미 옆에 다가와 술을 따라 주었다.

"함께하게 되어 영광입니다. 후시미 선배님께서 만드신 〈헌신의 대상〉은 정말 충격적이었죠. 지금까지 제가 즐겨 보는 작품 중 하나예요."

3년 전 대형 방송사의 의뢰로 감독을 맡았던 그 다큐멘터리는 봉사 활동에 몰두하는 어느 남자의 삶을 좇은 작품으로 처음에는 '봉사 활동의 현황'이라는 무난한 기획으로 시작했다.

그러나 촬영대상이 된 남자는 봉사 활동에 지나치게 골몰한 나머지 가족과 불화를 일으켰고 끝내 가정 폭력까지 휘둘렀다.

"대놓고 선정적이지는 않은데 엄청난 박력이 느껴지는 작품이었죠."

"운이 좋았을 뿐이야. 피사체 복이 있었지."

그 고지식한 회사원은 비뚤어진 것을 싫어했으며 완고할 만큼 언행일치에 집착했다.

— 모든 것을 보여드리지요.

촬영 전에 그가 했던 말대로 열심히 봉사에 전념하는 모습과 그에게 쏟아진 미소와 칭찬, 그리고 아내와의 말다툼, 폭력까지. 남자는 촬영을 거부하지 않았다. 언젠가부터는 다른 스태프를 배제하고 후시미는 혼자 카메라를 짊어진 채 남자의 그림자가 되어 그의 모습을 계속해서 기록했다.

"이야기가 그렇게 전개될 줄은 꿈에도 예상 못 했지."

"운도 결국 실력이라고 하지 않나요. 그리고 무엇보다 그걸 처음부터 끝까지 찍어 낸 배짱이 대단하죠."

"사방에서 그러다 고소당할 수도 있다는 위협이 쏟아지

기는 했어."

"그래도 당당히 작품을 발표하셨죠. 저널리스트로서 끝까지 책임을 완수하신 것 아닌가요?"

책임이라.

후시미는 말없이 술을 마셨다.

괜찮은 것을 건졌다는 만족감은 있었다. 평가는 나쁘지 않았고 고소도 당하지 않았다.

그러나 나는 그 남자가 그 뒤로 어떻게 됐는지 알지 못한다.

"진실을 앞에 두고 두려워하지 않고 기죽지도 않는다. 역시 후시미 유다이 선배님답습니다."

"요즘은 다들 물러졌다고 하던데."

도모키가 태어난 후 외국에서 돌아와 국내에 자리 잡은 후시미에게 실망했다는 의견은 많았다. 그들은 후시미가 조금 더 위험한 곳에 가서 조금 더 비참한 영상을 찍어 주기를 원했다.

"나보고 엄니가 몽땅 뽑혔대."

"대중은 선정적이고 자극적인 걸 좋아하니까요. 〈아프리카 람보〉가 너무 엄청난 탓도 있었겠죠."

과대평가라고 생각하지는 않았다. 분명히 〈아프리카 람보〉는 사회적, 그리고 개인적으로도 후시미 유다이라는 저널리스트에게 미친 영향이 대단했다.

〈아프리카 람보〉에서 후시미가 추적한 대상은 봇코라는 무기 상인이었다. 그는 머리가 똑똑한 데다가 유머러스한 것은 물론 문학과 시를 즐겼지만 한편에서는 인간을 죽이는 도구를 팔아 먹고살았다. 그런 봇코에게 후시미는 깊숙이 반응했다. 어떤 작품에 몰두할 때는 장점이 있고 단점도 있지만 그때는 모든 일이 술술 잘 풀렸다.

봇코가 했던 말 중에 지금껏 잊지 못하는 것이 하나 있다. 주민들이 학살당한 마을을 찾았을 때 그는 미소 지으며 후시미에게 이렇게 말했다. "절망은 누구에게나 평등하다"라고.

봇코가 죽었다는 소식을 들은 건 영상 편집이 끝나기 직전이었다. 민간 게릴라군의 총탄에 맞아 맥없이 세상을 떴다고 했다.

그는 전부 터득했을 것이다. 듣기 좋은 말, 허울 좋은 양식 뒤에 숨겨진 진실, 모순과 기만, 악의, 이 세상의 진정한 모습.

그와의 만남이 후시미를 바꾸었다. 그저 유명해지기 위해서만 내달렸던 야심이 형태를 바꿔 봇코의 눈에 비친 절망의 파편을 프레임으로 도려내 폭로하고 싶다는 낭만을 좇게 되었다.

그로부터 약 10년 후 우치노 사토미와 만나기 전까지 그랬다.

하네는 도쿄에 있는 유명 사립대학에 다니는 대학생이지만 수업은 뒷전으로 하고 어느 프리랜서 기자의 개인 사무소에서 아르바이트를 한다고 했다. QM에 참가하게 된 계기도 그의 소개 덕분이었다.

"그분은 오치와 어떻게 알게 됐지?"

그러자 하네가 고개를 흔들었다.

"그냥 얼굴만 안다고 하셨어요. 스승님은 뼛속부터 자유주의자신데 오치 씨는 다를 수 있다고 하더군요. 스승님이 말씀하시기를 속을 알 수 없는 여자라 관심이 생긴다고도 하셨어요."

후시미도 그의 의견에 동감했다.

후시미는 하네에게 얼굴을 들이밀고 나직이 물었다.

"넌 어떻게 생각해?"

하네는 역시 눈치가 빨랐다.

"왠지 위태로워 보여요."

후시미는 고개를 끄덕였다. 그렇다. QM은 위태롭다. 다나베의 수다를 흘려들으며 말없이 술을 마시는 오치 후유나도 마찬가지다.

"잠깐만. 너 자꾸 하네한테 집적거리는데, 그러다가 성희롱으로 경찰에 신고해 버린다."

다나베가 농담 섞어 다그치자 하네가 싱글벙글 웃으며
"다 합의한 거예요" 하고 대답했다.

신이 나서 떠드는 다나베를 센스 있는 하네에게 맡기고
후시미는 혼자 연거푸 술을 마셨다. 대각선 맞은편에 앉은
오치도 후시미처럼 조용히 술잔을 기울이고 있다. 그 표정
에서는 아무것도 읽히지 않았다.

크랭크인을 하기 전 요시카와 슌스케 일을 마무리 지을
필요가 있었다.

후시미는 요시카와에게 전화를 걸어 원하는 건 돈과 동
의서를 교환하는 것이고 장소와 시간은 알아서 정하라고
했다. 그러자 그는 침묵을 지켰다. 그가 정한 기한인 일주
일보다 이틀 정도 늦게 연락했지만 요시카와는 별 불만 없
이 잠시 후 "나루가미 부근이 어때?" 하고 물었다.

"괜찮습니다. 지금 바로 갈까요?"

─올 수 있어?

네, 지금 가죠. 그렇게 전화를 끊고 후시미는 서재를 나
가 현관으로 향했다. 도모코와 도모키가 깨지 않게 조용히
밖으로 나갔다.

밤 10시의 고미네마치를 북쪽으로 걸었다. 강가에서 왼

쪽으로 꺾어 구쓰 다리를 지난다. 남과 북을 잇는 주요 도로가 지금은 한산하다. 맞은편에 도착해 더 북쪽으로 걸어갔다. 북서쪽 방향으로 10분 정도 걷자 주변 풍경이 바뀌었다. 경사로가 늘고 집과 집 사이 간격이 넓어진다. 가옥의 크기도 한층 커졌다. 부유층이 사는 지역이다. 아오야기 본가도 이 일대에 있다. 후시미는 그곳을 지나 히메산 아래 숲으로 향했다. 그곳에 있는 나루가미 신사는 예로부터 지역 커뮤니티의 중축을 맡아 온 곳으로 지금도 매해 가을 축제가 열린다. 도모코가 말하기를 어린 시절에 느낀 것과는 축제 분위기가 제법 달라졌다고 한다. 요즘은 이른바 전통 축제가 아닌 바자회 같은 분위기라고 했다.

도모코의 느낌이 정말로 맞는지는 알 도리가 없지만 시대와 함께 바뀌어 가는 고향의 모습에 실망감을 느끼는 아내를 부러워한 적은 있다. 어릴 때부터 이사를 반복해 온 후시미는 고향에 대한 애착이 전혀 없었기 때문이다.

짧은 돌계단 끝으로 신사의 기둥 문이 보였다. 한밤중에 이곳을 찾기는 처음이다. 달빛에 희미하게 비치는 기둥이 왠지 신기루처럼 보였다. 갈 때는 즐겁지만 올 때는 무섭다는 현 상황과 별로 어울리지 않는 옛말이 떠올랐다.

자갈길 위에 서서 앞을 보니 경내에 누군가가 앉아 있었다. 요시카와 슌스케가 담배를 피우고 있다. 후시미를 보고 그는 곧장 몸을 일으켰다. 후시미는 속으로 '어라?' 싶었다. 그의 모습이 왠지 이상했다. 아니, 별로 이상할 건 없나. 아니다, 이상하다……. 달빛 때문일 수도 있다.

요시카와는 주변을 두리번거렸다. 이런 시간대에 이런 곳에서 만나면 남의 눈에는 그야말로 수상한 밀회처럼 보일 것이다. 그러나 그런 걸 신경 쓸 사람 같지는 않았다.

"안녕하세요."

후시미가 먼저 말을 걸었다. 요시카와는 심각한 표정을 풀지 않았다.

"혼자 왔어?"

"당연하죠."

몇 미터를 사이에 둔 대치. 돈을 주고받을 만한 거리는 아니다.

"잔꾀를 부리지는 않았겠지?"

"잔꾀? 무슨 뜻이죠?"

그러자 요시카와가 "시끄러워!" 하고 침을 튀겼다. 후시미는 속으로 당황했다. 돈을 위해 자기 아들을 손찌검하는 악당의 모습과 눈앞에 있는 겁쟁이의 모습이 일치하지 않았기 때문이다.

그렇다. 처음부터 이상하기는 했다. 전화 통화를 할 때부터다. 그가 간절히 원했을 백만 엔. 그 돈을 준다고 하는

데도 요시카와는 으스대지 않았다. 그에게서는 오로지 경계심만이 배어났다. 그는 지금 두려워하고 있다.

"빨리 끝내죠. 서로를 위해."

후시미는 한 발짝 앞으로 나아갔다. 돈을 건네는 데 망설임은 없었다. 불합리한 악의를 바라보는 혐오감은 들었지만 인생에 필요한 경비로 받아들이고 체념했다. 그러므로 더욱 뒷걸음질 치는 공갈범이 이해되지 않았다.

"……더러운 짓을 하다니."

후시미는 어안이 벙벙해져 "네?" 하고 되물었다.

"그게 무슨 말이죠?"

"촌놈이라고 무시하다가는 큰코다친다."

"그쪽이야말로 절 무시하는 겁니까?"

후시미는 그가 속으로 돈을 더 뜯어낼 수작이라고 생각해 강하게 나갔다. 반신반의하며 말을 이었다.

"전 지금 솔직하게 상대하고 있습니다. 이상한 트집을 잡으며 무시하는 건 오히려 그쪽 같은데요."

그가 후시미를 바라보는 눈빛에는 이글거리는 격정과 나약한 기운이 뒤섞여 있었다.

"여기요."

후시미는 봉투를 앞으로 내밀었다. 그러나 요시카와는 손을 뻗지 않았다.

"필요 없어요?"

그러자 요시카와가 그제야 사냥감을 붙잡아 뒤로 잡아당겼다. 후시미는 봉투에서 손을 떼지 않고 말없이 무언가를 요구했다. 요시카와는 조금 주저하다가 동의서를 후시미에게 던졌다. 후시미는 동의서를 집어 내용을 확인했다. 복사본 따위를 가져왔다면 잠자코 있을 수 없었다.

마지막으로 다시 한번 확인했다.

"이걸로 끝이죠?"

"그래. 끝."

"마코토 말인데요……."

후시미는 목소리에 힘을 집어넣었다.

"저도 앞으로 주시할 겁니다."

"뭘?"

"보다가 심해지는 것 같으면 문제시할 생각이에요."

"다, 당신이랑은 상관없는 일이야."

후시미가 노려보자 요시카와는 얼굴을 찌푸린 채 고개를 숙였다.

아쉽지만 후시미가 지금 할 수 있는 건 여기까지였다. "그럼 이만" 하고 등을 돌리자 뒤에서 걸걸한 목소리가 들렸다.

"야. 정말로 끝난 거다."

후시미는 이번에야말로 혼란스러워졌다. 그건 오히려 이쪽이 할 말 아닌가.

"요시카와 씨. 대체 왜 그러십니까?"

진심에서 우러난 질문이었다. 남자는 술에 취하거나 약 같은 걸 복용한 것 같지도 않다. 대체 이 기이한 두려움의 정체는 무엇일까.

"알겠지? 진짜 끝이야!"

노란 머리 남자는 그렇게 툭 내뱉고 도망치듯 숲속으로 사라졌다.

여우에 홀린 듯한 기분이었다.

8

6월 2일, 크랭크인.

일본 고교 야구 대회의 첫 경기를 찍으려면 시합이 열리는 날까지 마냥 기다려야 하는 것이 다큐멘터리 영화의 특징이지만, 과거 사건 검증에 주안점을 둔 QM은 다큐멘터리 영화보다 극영화에 가까운 계획을 세웠다. 6월 촬영 일정은 출연자의 일정을 고려해 세웠다. 촬영은 T현을 중심으로 간사이 지역의 좁은 범위 안에서 이뤄지며 멀리 원정을 떠나는 일정은 없다. 거점은 프런티어 플래닝으로 잡았고 오치와 하네는 촬영 기구들과 함께 그곳에서 새우잠을 잔다고 해서 후시미도 함께하기로 했다.

후시미는 출연 교섭부터 촬영 장소 허가까지의 모든 절차를 오치가 이미 끝마쳤다는 이야기를 듣고 깜짝 놀랐다. 단 한 명이 1년 이상 시간을 들여 준비한 것으로 모자라 스폰서까지 확보한 것이다. 매사 초연해 보이는 태도에서는 상상할 수 없는 이 기이한 열정의 원천은 무엇일까. 후시미는 이번 촬영을 통해 그것을 꿰뚫어 보는 것도 하나의 과제로 삼았다.

하네는 또 하네대로 스릴을 즐기는 성격처럼 보였다. 그는 쾌활한 얼굴로 프런티어 플래닝의 법인 차량인 도요타 하이에이스를 운전하며 조수석에 앉은 감독에게 시시껄렁한 잡담을 던졌다. 만약 차가 귀여운 경차나 스포츠카였다면 또래인 두 남녀가 사이좋은 커플처럼 보였을 것이다.

후시미는 뒷좌석에서 카메라를 들고 있었다. 오치가 원한 캐논 비디오카메라인데 빠른 반응 속도와 준수한 내구성이 장점이다. 64기가바이트 SD카드를 넣으면 대략 여섯 시간을 연속해서 촬영할 수 있고 트윈 카드 방식이라 거의 무한으로 찍을 수도 있다. 그리고 무엇보다 화질이 뛰어나다. TV용 카메라에 비해 음영 표현이 또렷해 디지

털 캠코더 특유의 날카로운 느낌을 살릴 수 있고 인물 촬영 모드도 있다. QM을 단순한 다큐멘터리 영화가 아닌 엔터테인먼트 작품으로 만들고 싶어 하는 오치의 의지가 담긴 것으로 보였다.

반년 만에 하는 촬영이라 조금 긴장됐다. 감을 찾을 수 있을까. 해 보지 않고서는 알 수 없다.

오사카에서 T현으로 진입해 나루카와로 향했다. 사무실에서 출발한 지 약 한 시간 반 정도 지났을 무렵 목적지가 눈에 들어왔다. 지금은 폐교가 된 나루카와 제2초등학교 건물이었다.

"의외로 크네요."

20대인 하네에게 이런 촌구석에 초등학교가 무려 네 개나 있었고 각 학교마다 천 명이나 되는 아이들이 다녔다는 사실은 믿기 어려운 옛날이야기겠지만 당시만 해도 일본 전국에는 아이들이 넘쳐났다. 아동의 수는 70년대 중반 반환점을 돌아 점차 줄기 시작했다. 후시미가 초등학생이던 80년대에는 이미 전국 각지에서 학교 통폐합이 진행됐고 시대의 흐름에 따라 나루카와 제2초등학교도 제4초등학교와 통합됐다.

"사건이 일어난 해가 2001년이고 나루카와 제2초등학교가 폐교된 해가 2006년이었죠."

그로부터 8년이 흘렀지만 나루카와 제2초등학교 건물은 그대로 방치돼 있다. 벽촌에 있는 학교라 막대한 철거 비용을 소화하지 못한 걸까.

"그런데 인구 감소가 정말로 그렇게 문제인가요? T현에서는 요즘 개발 붐이 일잖아요. 매년 이주민이 늘고 있다던데요."

"덕분에 마을 전통 축제가 바자회로 변해 버렸지."

후시미의 말을 듣고 하네가 이해가 안 된다는 표정을 지었지만 후시미도 아내에게 들은 이야기를 전했을 뿐이라 자세히 설명할 수는 없었다.

"전 도쿄에서 태어나고 자라서 지역 토착 문화라고 할까요. 지역 커뮤니티 같은 게 뭔지 잘 모르겠어요."

"나도 마찬가지야. 이곳저곳을 전전했지."

"오치 씨는요?"

"저도 같아요."

오치의 말이 이해가 되는 건 오치와 나 사이에 공통점이 있다고 느끼기 때문일 것이다.

"넌 어디를 전전했지?"

"후시미 씨는요?"

"난 중심이 간사이였어. 대학을 마칠 때까지는 긴키 지역을 벗어난 적이 없지."

"저도 서일본에서 자랐어요."

오치는 완벽한 표준어 억양으로 말했다.

"부모님은 뭘 하시지?"

"평범한 회사원이세요. 중학교 무렵부터 전근을 자주 다녀서 이사를 여러 번 했죠. 후시미 씨는요?"

"우리 집은 형편이 그리 좋지 않았어. 돈이 없어서 일감이 많은 지역을 전전했지."

이사할 때는 매번 거의 야반도주와 같았다.

중년에 접어들어 아이까지 있는 지금도 후시미는 자신의 아버지를 구제 불능이라고 욕할 수 있었다. 아니, 그는 인간쓰레기였다. 술, 도박, 여자 삼박자를 갖춘 것으로 모자라 근면 성실함과 끈기도 없었다. 거기에 폭력까지 행사했다. 후시미가 철이 들 무렵 어머니는 이미 집을 나가고 없었고 고등학교를 졸업할 때는 후시미마저 아버지에게 두 번 다시 얼굴 볼 일이 없을 거라고 선언하고 집을 뛰쳐나갔다. 두 살 많은 누나는 후시미보다 먼저 아버지를 버렸다. 그날 이후 단 한 번도 얼굴을 마주한 적이 없다. 살아 있는지 알지 못하고, 알고 싶지도 않았다.

적어도 그런 남자는 되지 않겠다. 그렇게 다짐한 후시미는 지금껏 아내와 아이 앞에서 손을 올린 적이 단 한 번도 없다.

"고등학생 시절부터 내 힘으로 돈을 벌어서 대학을 졸업했지."

아르바이트를 하던 편의점에서 부모의 돈으로 학교에 다닌다며 조롱한 점장을 용서하지 못한 이유이기도 하다. 그때는 내 쪽에서 먼저 부모와 연을 끊었다는 자부심이 있었다. 그게 없었다면 살아가지도 못했다. 의지할 것은 오로지 몸뚱이 하나뿐인 상황에서 심적으로 버틸 수 있는 긍지가 필요했던 것이다. 돌이켜보면 쑥스럽고 풋내 나는 자의식이었다.

"역시 저와 닮았네요."

역시라. 오치도 후시미를 보며 통하는 게 있다고 느꼈을 것이다.

"왠지 저만 왕따 같네요."

하네가 입술을 비쭉 내밀었다.

전에는 정문이었던 곳 앞에 하이에이스를 세우고 차에서 내렸다. 크랭크인 첫날인 오늘 일정은 전경 촬영이다. 기념할 만한 퍼스트 컷으로 나루카와 제2초등학교 건물 외에는 떠오르지 않았다.

하늘이 쾌청했다. 장마 전선이 다가온다는 일기예보가 거짓말처럼 느껴질 정도였다.

흔히 볼 수 있는 가로로 긴 3층 높이 건물. 왼쪽에 체육관, 오른쪽에는 사건의 무대인 강당이 있다. 이 강당 건물의 존재가 나루카와 제2초등학교의 특징이라고 하면 특징이다.

울타리에 둘러싸인 학교 앞에는 먼저 온 손님이 있었다. 파란색 경차에서 내려 종종걸음으로 다가오는 모습이 꼭 고무공이 통통 튀어 오는 것 같았다.

"안녕하세요. T현 로케이션 서비스 담당 니무라입니다."

활짝 웃는 얼굴로 인사한 젊은이는 곱슬거리는 머리카락이 타고난 것인지 파마한 것인지 아니면 자다가 그대로 나온 까치집인지 구분하기 어려운 남자였다.

로케이션 서비스란 요즘 전국 지방 자치 단체에 하나둘 생기고 있는 조직으로 주로 영상 작품의 로케이션 알선 업무를 맡는다. 지역 발전을 노린 시도인데 비단 상업 영화뿐 아니라 독립 영화에도 협력적이다. 이번에 폐교된 나루카와 제2초등학교의 촬영 허가를 얻는 데도 니무라가 관할 부서와 대신 교섭해 주었다고 한다.

"설득하느라 힘드셨죠? 폐교된 것으로 모자라 그런 사건까지 일어난 곳이니."

후시미가 묻자 니무라는 낙천적인 미소로 화답했다.

"그럴수록 더 보람이 있습니다. 나루카와 제2초등학교

사건은 당시 화제에 오른 것에 비해 급속도로 잊힌 사건이
죠. 지금은 제대로 된 기록도 남아 있지 않고요. 책으로 내
고 싶다는 이야기도 나왔지만 잘 풀리지 않았다고 합니다.
사건 직후 그 세계적인 사건이 일어난 데다 목격자 대다수
가 어린아이들이라는 점도 작용했겠죠. 실제로 트라우마
가 생긴 아이들이 많았다고 하고요."

니무라는 땀을 닦으며 "그리고……" 하고 말을 이었다.

"그때부터 나루카와는 인구 유동성이 활발해지기 시작
했죠. 나가는 주민과 새로 들어오는 주민. 특히 이 일대는
나가는 사람이 많아서 학교도 결국 문을 닫아 버렸습니다.
실은 저도 사건 당시에 이 학교를 다녔습니다."

"그게 정말인가요?"

"네. 사건이 일어난 그때 그 자리에는 없었지만요. 4학년
이었죠. 사건이 1년만 늦게 일어났어도 저도 목격자 중 한
사람이 되었을 겁니다."

니무라는 하하, 하고 밝게 웃었다.

"그런 개인적인 추억도 있고 해서 이 기획만큼은 꼭 성
사시키고 싶었습니다. 저도 미약하지만 최대한 도울 테니
마음껏 활용해 주십쇼. 폐교된 곳이라 촬영할 때 늘 옆에
있어야 하긴 하지만요."

가장 큰 걸림돌인 구청의 협력을 운 좋게 얻어 낼 수 있

었다. 될 성싶은 작품에는 행운이 뒤따르기 마련이다.

"저건 무슨 용도로 지은 건물인가요?"

하네가 마이크를 준비하면서 물었다. 손가락이 학교 건물 오른쪽 옆에 있는 강당을 향해 있다. 실은 후시미도 잘 이해되지 않았다. 시골 초등학교에 어울리는 건물이 아니다. 어린 시절을 돌이켜봐도 전교생 집회나 합창 경연 대회 등은 전부 교내 체육관에서 열렸다.

"다목적 홀 같은 장소라고 할까요. 학부모회의 요청으로 학교 건물을 지은 다음 추가로 건립했다고 합니다."

"70년대에 그런 게 가능했습니까?"

후시미가 묻자 니무라가 고개를 끄덕였다. 사전에 나루카와 사건을 조사하는 건 금지됐지만 후시미는 대신 학교 교육의 변천사에 대해 조금 공부했다.

전후戰後 교육이 시작된 지 약 30년. 안보 투쟁 등을 거친 당시 일본 교직원 조합이 민주적 교육 이념을 주도해 그 목표를 학급, 학년, 학교로 넓혔고 지역 커뮤니티도 사정권에 넣었다. 아이들과 시민의 손으로 자주적이고 공동적인 교육이 가장 활발했던 것도 60년대에서 70년대였다. 학교와 학부모는 바람직한 파트너십을 모색했고 일부 선진 지역의 학교는 아동 교육의 장을 뛰어넘어 지역 커뮤니티의 중추 역할을 맡았다.

나루카와 제2초등학교의 강당도 그런 시대의 유물일 것이다.

"전체 풍경을 담아 주세요."

오치의 지시에 후시미는 말없이 고개를 끄덕이고는 카메라를 봤다. 위치를 고르다가 정확히 들어맞는 지점을 찾았다.

화면 아래 절반을 차지하는 금이 간 잿빛 건물. 바로 앞에 울타리, 교정이 있고 좌우에 있는 체육관, 강당도 위치가 절묘하다. 하늘에는 왼쪽 위에서 안을 향해 흐르는 한 줄기 구름. 줄곧 이 땅 위에 있었지만 모두에게서 잊힌 풍경을 찾아내고 맞닥뜨린 듯한 감각이었다.

경험상 이는 이번 일이 단순 반복 작업에 그치지 않을 것이라는 예언이기도 했다.

REC.

기나긴 두 달 일정의 막이 올랐다.

"학교 건물이 지어진 건 1967년. 강당 착공은 1973년이고 그로부터 1년 뒤 완성됐습니다."

니무라의 안내를 받으며 교내를 걸었다. 학교 건물과 강당을 잇는 연결 통로 지붕은 이미 오래전에 비를 막는 기능을 잃었다.

"강당 덕분인지 나루카와 제2초등학교는 문화 활동에도 적극적이었죠. 그중 특히 연극에 중점을 뒀습니다. 1년에 두 번 정도 강당에서 연극을 공연했어요. 당시 꽤 유명한 극단도 왔었다고 합니다."

생각지도 못하게 만난 산 증인은 본격적으로 촬영을 시작한 후시미의 렌즈를 신경 쓰지도 않고 막힘없이 당시를 회상했다.

"연극부도 시골 초등학교 연극부답지 않을 만큼 위세가 대단했죠. 연극부의 간판 배우는 교내에서 스타가 됐습니다. 학교의 얼굴로 보고 다들 동경했어요."

"니무라 씨는 어땠나요?"

인터뷰어가 된 오치가 물었다.

"에이, 저와는 상관없는 일이었습니다. 예나 지금이나 가장자리가 어울리는 인간이라서요."

니무라는 시종일관 웃는 얼굴이었다. 그에게 나루카와 제2초등학교 시절은 좋은 추억인 듯했다.

연결 통로 끝에 거무칙칙한 문이 있었다. 창문 유리 파편에 주의하면서 녹슨 철문의 비명을 들으며 안에 발을 들였다. 내부는 엉망진창이었다. 곳곳에 정체불명의 쓰레기가 놓여 있다.

체육관의 절반 크기로 조금 큰 집회 장소라고 해야 할

까. 전기가 들어오지 않아서 실내에는 유리 없는 창틀 사이로 자연광만 비쳤다.

"저기 있는 정면 무대에서 연극과 콘서트가 열렸습니다. 강연회도 열렸고요."

니무라의 목소리를 듣고 그곳으로 카메라를 향하자 마침 오치의 어깨 너머로 니무라가 비쳤다.

감독이 질문을 던졌다.

"이 정도 크기라면 전교생이 들어오기에는 부족할 것 같은데요."

"학생이 가장 많았던 시기에는 그랬을지도 모르겠네요. 70년대 후반이었다고 들었는데 천 명 정도 됐을까요. 발디딜 곳 없이 꽉꽉 들어찼겠죠."

"니무라 씨가 다니던 시절에는 어땠나요?"

"저희 때는 한 반에 30명이었습니다. 한 학년에 백 명, 전교생은 6백 명. 충분히 들어갈 수 있죠."

"마사키 선생님의 강연에는 당시 5학년과 6학년만 참여했다죠?"

"네. 왜 그렇게 됐는지는 잘 모르겠지만 아무튼 아쉬워한 기억이 있습니다."

"보통 그 나이대 아이들은 어른들의 이야기에 관심이 없을 텐데요."

"보통은 그렇죠. 실은 나루카와 제2초등학교에서는 의외로 자주 강연회가 열렸습니다. 참석자들은 대부분 고학년 학생과 학부모들이었죠. 사건 이후 제가 5학년 때는 강당을 못 쓰게 됐지만 6학년이 되자 강연회가 다시 부활했습니다. 그때는 분명 따분했던 것 같네요."

니무라는 "강연 내용 중에 기억나는 게 거의 없으니까요" 하고 쑥스러운 듯이 덧붙였다.

"그렇지만 마사키 선생님의 강연은 꼭 듣고 싶으셨던 건가요?"

"마사키 선생님은 유명한 분이었거든요. 평소에도 그분의 이름을 자주 들었습니다. 부모님과 선생님께 이야기를 전해 듣고 대체 어떤 분일까 어린 마음에 궁금해했죠."

"명물 선생님이었던 건가요?"

"음, 그분이 교사로서 어땠는지는 잘 모르겠네요. 제가 초등학생일 때 마사키 선생님은 이미 나루카와 제2초등학교에 없었거든요."

"그렇다면 왜?"

"연극 때문입니다."

그의 말을 듣고 오치는 말없이 뒷이야기를 재촉했다.

"나루카와 제2초등학교 연극부를 맡은 첫 번째 고문 선생님이 바로 마사키 선생님이었습니다. 이 학교에서 연극은 유서 깊은 전통 문화여서 모든 학생이 한 번쯤은 발을 담그게 됩니다. 3학년 이상이면 각자 다른 학년 학생과 짝지어 축제에서 자작극을 선보였죠. 몇 개월 동안 대본부터 무대 세팅까지 전부 학생들이 직접 준비했습니다. 축젯날이 다가오면 누가 주인공을 맡아야 할지 매일매일 회의할 정도였으니까요. 물론 중심축은 연극부였지만 연극부가 아닌 학생도 도왔고 엑스트라로 출연하는 아이도 있었습니다. 저도 연극의 미술 관련 일을 도운 적이 있죠. 그때는 꽤나 멋들어진 성 세트장을 만들었습니다."

후시미는 가슴을 펴고 말하는 니무라의 모습을 찍으며 무카이 하루토도 연극부였다는 사실을 떠올렸다.

"그때 도와주러 온 졸업생 선배에게 마사키 선생님 이야기를 들은 겁니다. 대단한 분이라고 입을 모아 칭송하더군요. 교사로서도 그렇지만 인간적으로 재밌는 분이었다면서요. 무엇보다 연극 지도가 아주 훌륭했다고 합니다. 마사키 선생님이 제작한 연극 사진도 본 적이 있는데 얼마나 멋지던지요. 프로 극단으로 생각될 만큼 질 높은 세트와 의상, 게다가 연기하는 아이들의 얼굴이 아주 반짝반짝 빛났습니다."

"일종의 동경 대상이었군요."

"심정적으로 가까웠던 만큼 친근감도 있었고요."

그러더니 니무라는 "그래서 더욱" 하고 그날 처음으로 표정이 어두워졌다.

"왜 그런 사건이 일어났는지 저도 지금껏 이해가 잘 안 되기도 합니다."

그렇게 중얼거리는 니무라의 표정을 보며 후시미는 렌즈 너머에서 **아주 좋은 그림**이 나올 것을 확신했다.

강당을 나와 다시 학교 건물로 향했다. 학교 내부 구조는 평범했다. 신발장이 활짝 열려 있는데 지금이라면 도난 위기 관리를 못한다고 질타당할 것이다. 1층에 1, 2, 3학년 교실, 교무실, 보건실이 있고 2층에 4, 5학년 교실, 이과실, 도서실 등이 있다. 3층에는 6학년 교실과 방송실, 그리고 미술실이 있었다.

각 구역을 둘러보며 걷다가 원래 가기로 한 미술실 앞에 도착했다. 학교 건물 왼쪽 끝으로 체육관 바로 옆이었다.

"아, 제가 다닐 때 모습은 하나도 남아 있지 않네요."

미술실 안은 다른 곳과 마찬가지로 폐교된 학교에 걸맞은 모습이었다.

"흉기로 사용된 칼이 어디 있었는지 아시나요?"

그러자 니무라는 흐음 하고 신음을 내뱉었다.

"당시 미술 담당은 다키타라는 선생님이었는데 이분도

학교의 명물 선생님이었죠. 나루카와 제2초등학교에 근무한 지 수십 년이 된 분이었는데도 참 독특했어요. 지금도 축제 전날 다키타 선생님의 모습이 기억납니다. 제가 3학년 때였을까요. 친구와 무대 세팅 때문에 늦게까지 학교에 남아 있었는데 세팅을 마치자 선생님이 느닷없이 술을 권하시더군요. 너희도 마시겠냐고 하면서요. 믿지 못할 이야기죠?"

"지금이라면 확실히 징계감이군요."

"저 때도 헤이세이* 시절이었으니 별반 다르지 않았습니다. 그래서 그런지 선생님은 '우리끼리 비밀로 하는 거다'라고 덧붙이셨죠. 생각해 보니 그게 그분과의 가장 큰 추억인지도 모르겠네요."

니무라는 감개무량한 듯이 미술실 안을 둘러보다가 천천히 구석을 가리켰다.

"저쪽에 유화 도구와 캔버스 같은 게 있었는데 아마 그 안에 칼도 있지 않았을까요. 미술실 안에서는 마음대로 써도 된다고 했죠. 칼이든 조각칼이든. 그리고 드릴 같은 것도 있었습니다."

"위험했을 것 같은데요."

"그야 당연히 위험했죠. 하지만 다키타 선생님은 그런

* 1989년 1월부터 2019년 4월까지를 일컫는 일본의 연호.

쪽에 대담하다고 해야 할까요, 자유분방하다고 해야 할까요. 아무튼 특이한 분이어서 그런 쪽에는 무관심, 요즘 말로 하면 무책임하셨지만 어쨌든 뭐든 일단 부딪쳐 보라는 식이었습니다. 도구를 쓰다가 다치면 그건 또 그때 가서 생각할 문제인 것처럼 말씀하셨어요."

웃음을 터뜨리는 니무라의 모습에서는 다키타 선생을 향한 친근감이 넘쳤다.

"그래서인지 다른 선생님들과는 궁합이 잘 맞지 않는 것 같기도 했습니다. 사건이 일어날 무렵에는 몸 상태가 좋지 않아 일을 쉬고 계시는 상황이었고 이후 그대로 퇴직하시지 않았을까요? 아무튼 다키타 선생님이 안 계실 때도 주변 선생님들은 별 신경 쓰지 않는 듯했습니다."

"거리를 뒀던 건가요?"

"오히려 다키타 선생님 쪽에서 벽을 치신 걸 수도 있습니다. 특히 연극부 선생님에 대해서는 '저 사람 옆에는 가지 말라'라고 조언하신 적도 있었고요."

"문제가 될 만한 발언이군요."

"그렇죠? 소도구나 세트를 만들 때 협력해 주기는 했지만 연극 자체는 싫어하셨던 것 같습니다. 아니, 연극보다 연극부를 싫어하셨던 걸까요."

"그때 연극부 선생님이셨던 분이 마사키 쇼타로 선생님

은 아니었죠?"

"네. 당시 연극부 선생님은 따로 계셨죠."

"그분의 성함은?"

니무라는 웃는 얼굴 그대로 대답했다.

"미야모토 유키오 선생님입니다."

이번 촬영은 예정된 촬영 종료 시각을 훨씬 넘길 정도의 수확은 있었다.

니무라를 통해 사건 전후 나루카와 제2초등학교의 분위기를 대략 알게 되었다. 학교는 세기가 바뀌어도 지역 커뮤니티의 중추 기능을 수행해 온 듯하다. 적어도 입시 전쟁 때문에 아이들이 스트레스를 받거나 극성 학부모와 학교 사이의 갈등처럼 요즘 빈발하는 문제들과는 거리가 멀었다. 그 상징이 바로 강당이다. 실제 학교 강당은 지역에서 주최하는 행사에도 사용되며 주민과의 가교 역할을 했다. 한편으로 그렇게 공개된 장소였던 만큼 무카이라는 이단자의 침입을 막을 수 없었다.

세 사람은 오후 6시가 넘어 프런티어 플래닝으로 돌아가 회의실에서 오늘 찍은 영상을 확인하면서 회의를 시작했다.

"대단한 우연이네요."

화면에 비친 니무라를 보며 하네가 중얼거렸다. 후시미도 동감했다.

처음에는 생각지도 못한 행운에 놀랐고 오치에게 그런 행운이 찾아온 사실에 동업자로서 살짝 질투도 느꼈지만 그 뒤 니무라의 태도를 보며 인식이 바뀌었다. 니무라는 너무도 이상적인 증언자였다. 카메라를 거부하지 않고 이야기에도 막힘이 없었다. 지나치게 적나라하다고 느꼈을 정도다. 느닷없이 합류한 아마추어로는 보이지 않았다.

알고 있지 않았을까.

사전에 논의하지는 않았지만 오치는 니무라의 정체를 미리 조사하고 그에게 안내를 의뢰한 게 아닐까.

두 사람의 눈길을 한 몸에 받는 감독은 "그러네요" 하고 별다른 반응을 보이지 않았다.

"조금 묘하기도 했어."

이번에는 후시미에게 눈길이 쏠렸다.

"미술실 위치."

그러자 하네도 "맞아요" 하고 동의했다.

"흉기를 가지러 가기에는 너무 멀어요. 강당과 가장 멀리 있는 곳이니까요."

"당일에 충동적으로 흉기를 가지러 갔을 가능성은 작지 않을까? 그런데 사전에 준비했다고 해도 이상하기는 해.

아니, 그걸 떠나서 애초에 흉기를 굳이 학교에서 조달한 의미를 모르겠어. 살해할 계획이었다면 직접 준비하면 될 텐데."

"그 의미가 바로 열쇠 아닐까요?"

"의미?"

"무카이에게 있어서의 의미요. 미술실에 있는 칼로 마사키 선생을 찌르는 행위에 무카이 나름대로 의미가 있었을지 모르죠."

"흠. 이상 심리인가."

"글쎄요. 증오하는 사람을 죽이는 데 걸맞은 흉기를 고르는 건 부자연스러운 감정은 아닐 것 같아요. 예를 들어 부모의 원수라면 부모가 평소 애용하던 등산용 칼로 찌르고 싶지 않을까요?"

그렇다면 무카이는 마사키 쇼타로에게 구체적인 증오를 품고 있었다는 말이 된다. 수사 과정에서 그것이 떠오르지 않았다는 걸 이해하기 어렵다.

"동기 자체는 어쩌면 제삼자가 이해할 만한 게 아니었을 수도 있어요. 그렇다고 무카이를 정신 이상자로 보는 건 너무 나간 것 같아요. 사실상 대다수의 살인 자체가 부조리하고 불합리하죠. 살인을 통해 얻는 이익과 리스크를 천칭 위에 올려 보면 더 확실하고요."

"그럼 정신 이상과의 차이가 뭐지?"

"실은 전 책임 능력이라는 단어를 별로 좋아하지 않아요. 자신의 목적을 달성하기 위해 행동하는 사람의 어디가 심신 상실이죠? 목적이 이상하냐 정상적이냐는 단순한 취향의 문제예요."

하네는 담담하게 말했다.

"그러니 굳이 꼽자면 연속성이 있는지 없는지가 가장 큰 문제 아닐까요? 그 인물의 연속성에서 벗어난 돌발적인 상태. 거기에 원래는 일어날 수 없는 실수 같은 게 있었다면 정상 참작의 여지도 있지 않을까요."

"무카이에게는 연속성이 있었나?"

"있었겠죠. 무카이는 범행에 맞춰 주변을 정리했으니까요. 목적과 행동이 명확하게 일치해요."

무카이는 체포된 뒤에도 자신은 정상이라고 호소했다.

"논리적인 행동이었다는 말인가."

"그렇다고 해서 우리 같은 사람들이 이해할 만한 논리였는지는 알 수 없죠. 그래도 무카이 나름의 이유는 있지 않았을까요?"

아무래도 출구 없는 논의처럼 느껴졌다.

"마사키 쇼타로는 나루카와 제2초등학교 연극부의 중심 인물이었고, 그런 마사키를 동경해 교사가 된 미야모토도 연극부와 얽혀 있었다. 그리고 미야모토와 동갑인 무카이 역시 초등학생 때 연극부였다…….”

표면적인 인간관계를 훑으면 무카이가 마사키를 표적으로 삼았다는 가설이 현실성을 띤다. 그러나 무카이가 그를 증오했다면 왜 재판에서 밝혀지지 않았을까. 무카이는 왜 끝까지 묵비권을 행사했을까.

“어떻게 생각해?”

교도소 안에 있는 무카이와 편지를 주고받는다는 오치에게 묻자 그녀는 감정 없이 잘라 말했다.

“무카이의 현재 정신 상태는 안정돼 있어요. 그는 냉정하게 사건을 이해하고 있고 사건이 일어난 지 10년이 더 된 지금도 혼란스러워하는 기색은 없어요.”

“편지에 범행 동기와 배경에 대한 언급은 없었겠지?”

“네. 그런 내용은 전혀.”

후시미는 몸을 앞으로 뻗어 물었다.

“무카이는 QM에 출연해 그걸 털어놓을 계획인가?”

“아직 모르겠네요.”

이번에도 오치는 사무적으로 대답했다.

오치는 1년 전 무카이가 복역 중인 교도소에 QM 기획서를 보냈다고 했다. 후시미와 하네는 오치가 무카이와 서로 주고받은 편지나 무카이가 출연을 받아들인 자세한 경

위, 오치가 작품 속에서 무카이에게 무엇을 시킬지에 대해
서는 아직 모르는 상태다.

"무카이가 정말 출연하는 건 맞지?"

애초에 그의 출연 허락이 사실인지도 확인하지 못했다.

"걱정하지 않으셔도 돼요."

오치는 무표정한 얼굴 그대로 말했다.

"언젠가는 확실히 설명해 드릴게요."

기이했다. 후시미는 작품의 핵심을 계속해서 숨기는 오
치에게 강하게 나가지 못하고 있다. 평상시라면 당장 자리
를 박차고 일어났을 텐데 그러지 못하고 있다. 감이 무뎌
져서일까? 상대가 여자라서일까? 아니면 돈이 필요해서?

아니, 그렇지 않다.

QM 자체에 끌리고 있기 때문이다.

"니무라 씨 이야기를 듣고."

후시미는 마음을 가다듬고 화제를 바꿨다.

"출연자에 반드시 추가해야 할 인물이 늘었다고 보는데,
다들 어떻게 생각해?"

"다키타 선생 말이군요."

고개를 끄덕일 새도 없이 오치가 말을 이었다.

"다키타 선생이 나루카와 사건에 직접 관련됐다고는 생
각하지 않아요. QM이 주안점을 두는 건 어디까지나 무카

이 하루토죠. 괜히 추가했다가 옆길로 샐 가능성도 있다고
봐요."

"다키타는 줄곧 나루카와 제2초등학교 한곳에서만 근무
하지 않았나? 당연히 무카이를 가르쳤을 테고 마사키 쇼
타로에 대해서도 알고 있을 거야."

오치는 대답하지 않았다.

"정 뭐하면 내가 맡을게."

"후시미 씨. 절 곤란하게 하지 말아 주세요."

"곤란하다?"

"후시미 씨가 자꾸 나서면 감독으로서의 제 자신감이 흔
들려요."

속이 빤히 들여다보이는 거짓말이다. 후시미는 그렇게
생각하면서도 한발 물러섰다.

"알겠어. 내 멋대로 움직이지는 않을게. 하지만 그쪽도
눈여겨봐야 한다고 생각해."

그러자 오치가 "네" 하고 순순히 대답했다.

오치가 나눠 준 출연자 목록에는 이름 옆에 촬영 승낙
여부도 있었다. 그중 미야모토 유키오는 공백 상태였다.

미야모토는 사건이 일어난 해에 교단을 내려왔고 지금
은 어디 사는지도 불분명하다고 했다.

9

인물 촬영을 다음 날 앞두고 있어서 그런지 후시미는 집에 돌아가기가 내키지 않았다.

촬영 현장인 나루카와 제2초등학교에서 후시미가 사는 아파트까지는 걸어서 이동할 수 있지만 동료들과 조금이라도 시간을 함께 보내는 게 낫다고 생각했다. 시시껄렁한 잡담에서도 아이디어를 얻을 수 있고 호흡도 더 잘 맞출 수 있다. 특히 생생함이 중요한 다큐멘터리에서는 호흡이 조금만 엇나가도 큰 실수를 할 수 있다. 최소 인원으로 구성된 팀이지만 만들어진 지 얼마 되지 않았고 후시미 혼자 나이가 많다는 점도 신경 쓰였다.

풍경을 중심으로 간단한 촬영을 이틀 했을 뿐인데 하네는 빈틈이 없고 오치의 지시도 정확한 데다 막힘이 없다. 첫 감독을 맡다 보면 의욕이 넘쳐서 말도 안 되는 요구를 하거나 불안감 때문에 우유부단해지기도 하지만 오치는 촬영이 시작돼도 매정해 보일 만큼 당당하고 냉정했다.

그러나 핵심은 내일부터다. 게다가 상대는 연기자가 아닌 일반인들이다. 기대를 벗어나는 것은 다반사고 심지어 촬영 도중 돌아가겠다고 하는 사람도 드물지 않다. 갑자기 약속을 취소하는 경우도 있다. 그런 돌발 사태를 수습하며 나아가는 것이 바로 실력이다. 그런 의미에서 오치와 하네 모두 아직 미지수다. 가능하면 요 이틀간의 흐름을 끊지 않고 내일을 맞이하고 싶었다.

하지만 쉽지 않았다.

촬영을 마치고 도모코에게서 전화가 걸려 왔다. 도모코는 웬 형사가 찾아와 남편을 만나고 싶다고 했다고 했다.

후시미는 가슴에 불안감을 품은 채 동료들과 헤어지고 고미네마치까지 택시를 타고 갔다. 배웅하겠다는 하네의 호의를 뿌리친 것은 사생활에 그들을 끌어들이고 싶지 않았기 때문이다.

집 안에는 도모코만 있었다.

"도모키는?"

이미 한참 전에 돌아왔어야 할 시각이었다.

"동아리. 이제 곧 가을 경연 대회라고 해서."

"열심히 하네. 산수도 그렇게 열심히 하면 좋을 텐데."

"경연 대회가 끝나면 다음은 축제. 연극에서 미술을 맡는다고 해."

후시미는 오, 하고 흠칫 놀랐다. 나루카와 제2초등학교의 연극 문화는 그대로 나루카와 초등학교에도 전수된 듯하다.

"그럼 공부는 잠시 쉬는 건가. 지금 마침 초등학교 축제

때 연극 세트를 만들었다는 사람과 함께 움직이는데."

"응? 그럼 도모키의 선배 아니야? 다음에 만나게 해 주는 게 어때?"

전부터 도모코는 남편의 일 문제에 간섭하지 않았다. 우치노 사토미 때 실수를 저질렀을 때도 캐묻지 않고 "힘들겠네"라고만 했다. 그리고 머리도 식힐 겸 나루카와에 들르라고 했다.

무려 반년이나 계속된 휴식 기간을 아내 도모코는 너그럽게 이해해 주었다. 남편을 대하는 태도에 변화는 없지만 그래도 남편이 일에 집중하는 모습을 가장 좋아하는 듯했다. 아내의 표정과 목소리는 후시미를 움직이게 하는 숨은 연료였다.

그러나 지금은 왠지 대화도 분위기도 어색했다.

"저기. 강아지랑 고양이 일 말인데."

느닷없이 도모코가 입을 열었다.

"강아지?"

"그, 난보 선생님이 기르던 강아지랑 고양이."

후시미는 "아아" 하고 아오야기가 정원에 있던 두 마리를 떠올렸다.

"그게 왜?"

"아오야기 집안에서 길러 줄 사람을 찾고 있나 봐."

"오."

"지금은 선생님의 주치의였던 의사 선생님이 맡고 있다고 해."

후시미는 흐음 하고 적당히 맞장구를 치고 물었다.

"그건 그렇고, 형사는 무슨 일이래?"

그러자 도모코는 언짢은 듯이 한숨을 내쉬었다.

"당신을 직접 만나서 대화하고 싶대. 곧 올 것 같은데, 그전에 뭐라도 좀 먹을래?"

이것저것 하는 동안 초인종이 울렸다. 집에 찾아온 사람은 50대 정도로 보이는 남자 형사였다. 그는 온화한 미소를 지으며 야마가타라고 자신의 이름을 밝혔다.

"바쁘신데 죄송합니다. 여쭐 게 좀 있어서요."

형사의 태도는 부드러웠다.

"혼자 오셨나요?"

"네? 아, 그렇습니다. 원래는 파트너와 2인 1조로 움직이는 게 원칙인데 오늘은 수사하러 온 게 아니어서요."

"사적인 조사인가요."

"아뇨, 아뇨. 정말로 수사나 조사 같은 것과는 다릅니다. 음, 그냥 대화를 나누고 싶습니다."

형사가 신분을 밝히고 하는 대화가 곧 수사 아닐까. 그런 생각이 머리를 스쳤지만 입 밖에 내지는 않았다. 어쨌든 그가 하는 말을 들어 보기로 했다.

"도모키는 아직 집에 안 왔습니까?"

"네. 열심히 동아리 활동 중입니다."

그러자 그는 "훌륭하군요" 하고 마음에도 없는 말을 했다. 후시미는 그보다 형사가 아들 이름을 알고 있다는 사실에 위화감을 느꼈다.

"무슨 동아리죠?"

"미술부입니다……혹시 도모키에게 무슨 일이라도?"

"아뇨. 후시미 씨, 갑작스럽게 죄송하지만 고미네마치에서 일어난 연속 경범죄 사건을 아시죠?"

"네. 자치회에 참석 중이니까요."

"혹시 야간 순찰을 돌고 계십니까?"

"그렇습니다. 그래 봐야 지금껏 두 번 참가했을 뿐이지만요."

QM 촬영이 시작된 이후 후시미는 야간 순찰을 나가지 않고 있다. 대신 도모코가 마을 집회에 나가서 공백을 메워 주고 있다.

"아오야기 난보 씨 일도 알고 계시겠군요."

"난보 선생 말이군요. 물론입니다."

"사망한 현장에 그 경범죄 사건과 비슷한 메시지가 남아 있었다는 것도?"

후시미가 고개를 끄덕이자 야마가타는 흠, 하고 잠시 뜸을 들였다. 후시미는 조금씩 초조해지기 시작했다.

"어떻게 생각하십니까?"

"어떻게라고 하시면?"

"그 경범죄 사건과 난보 선생의 자살의 관련성에 대해."

"그건 형사님들이 파악하실 문제 아닌가요. 전 그저 평범한 주민입니다. 난보 선생과 같은 동네에 사는 것도 아니고요."

"장례식에 참석하셨다더군요."

"이미 아시지 않나요? 저희 아내가 선생의 도예 교실에 다닌 걸."

"그렇군요. 면식은 없었던 건가요?"

"전 없었습니다."

"도모키도?"

갑자기 질문의 칼끝이 도모코에게 향했다.

"네. 도모키도 이곳에 돌아오고 나서 선생님과 만난 적은 없어요. 도예 교실은 문을 닫았고 어디 사는지도 몰랐으니까요."

도모코의 말투에서는 자신감이 느껴졌다.

"형사님. 확실히 말씀해 주시겠습니까? 난보 선생의 일에 저희 가족이 관련됐다고 보시는 건가요?"

"당치도 않습니다. 그럴 리 없겠죠. 선생은 스스로 목숨을 끊었으니까요. 경찰도 그렇게 보고 있고요."

"형사님의 견해는 어떤가요?"

그러자 야마가타는 빙그레 웃었다.

"역시 기자 선생님이라 그런지 세게 들어오시는군요."

"기자는 아닙니다만."

"아뇨. 대단한 분이라고 들었습니다."

"……오소네가 그러던가요?"

"그 수다쟁이가 아주 덮어놓고 칭찬하던데요."

야마가타가 유쾌하게 말하자 분위기가 약간 누그러졌다. 오소네가 자랑하던, 알고 지내는 형사가 눈앞에 있는 이 중년 형사였나.

"야마가타 형사님. 역시 경찰은 난보 선생 사건을 살인 사건으로 보고 있지 않습니까?"

"아뇨, 자살입니다. 난보 선생은 자살. 그건 뭐 거의 틀림없어 보입니다."

"근거는?"

"거기까지는 말씀드리지 못 하는 걸 양해해 주십시오. 다만 그 집 안에 남아 있던 낙서는 조금 묘하긴 합니다."

— 도덕 시간을 시작합니다. 죽인 사람은 누구?

"전 그 낙서를 어린아이가 썼다고 추측합니다."

202

마치 정글짐처럼 겹겹이 쌓여 있던 철골 잔해들. 낙서가 적힌 불단까지 가려면 그걸 치우고 가든지 틈새를 지나서 가야 했다. 성인은 그렇게 할 수 없다는 것이 이 형사의 추리였다.

"그런데 그런 낙서를 남긴 이유가 영 석연치 않습니다. 게다가 고미네마치에서 일어난 경범죄 사건과의 관련성도 아직 잘 모르겠고요. 그냥 평범하게 생각하면 그 경범죄 사건의 범인이 우연히 난보 선생의 집에 들어가 시신을 발견해서 또 일을 저질렀다고 볼 수도 있겠지만, 글쎄요. 과연 그럴까요."

"분명 이상하기는 하네요. 살인 용의자 취급을 받으면 그놈도 곤란할 테니까요."

"그렇죠. 그래서 어린아이의 충동적인 호기심 같은 동기가 자연스럽게 떠오르는 겁니다."

후시미는 한숨을 푹 내쉬고 다시 물었다.

"도모키를 의심하시는 겁니까?"

야마가타는 대답하지 않고 후시미를 지그시 바라봤다. 후시미도 말없이 그를 쳐다봤다. 잠시 후 형사가 표정을 풀고 말했다.

"범인이 어린아이라면 나루카와 초등학교에 다니는 학생들은 모두 용의자겠죠. 나루카와 중학교도 마찬가지겠지만 현장 상황을 고려하면 중학생도 어렵지 않을까 싶습니다."

도모키의 체격은 빈말로라도 좋다고 하기 어렵다.

"물론 다 제 보잘것없는 공상입니다. 수사도 아니고요. 하지만 제 성격이 이상해서 그런지 영 자잘한 것들이 신경 쓰이네요."

형사는 투덜거리며 머리를 긁적였다. 시치미를 떼는 모습도 방심할 수 없다. 오소네가 실력이 뛰어난 형사라고 했으니 그 말이 맞을 것이다.

"도모키와는 관련 없는 일입니다."

"그렇겠죠. 저도 그러면 좋겠습니다."

형사는 몸을 일으키더니 명함을 내밀었다.

"무슨 일이 생기면 이곳에 연락 부탁드려도 될까요?"

"취재가 필요할 때 연락드리겠습니다."

그러자 형사는 "아, 취재는 사절인데요" 하고 익살을 부리며 어깨를 으쓱했다.

"아 참."

야마가타 형사는 돌아가려다가 말고 뒤돌아 말했다.

"난보 선생 집에 낙서할 때 쓰인 스프레이 말입니다만, 시중에서 흔히 구할 수 있는 제품이라고 하네요."

"범인을 체포하는 데 도움이 되지 않겠네요."

"네. 수많은 사람들이 샀을 테니까요. 이를테면 나루카 와 초등학교 미술부 같은 곳에서도."

말을 마치고 형사는 "그럼 이만 실례하겠습니다" 하고 집을 나갔다.

10

"제가 앉아 있던 곳이 아마 이 주변일 겁니다. 아, 네. 간 이 의자였죠. 대부분 강연회를 할 때는 맨바닥에 앉아 들 었는데 그때는 간이 의자가 있어서 꼭 입학식이나 졸업식 같은 분위기였습니다. 그래서 오늘은 대단한 분이 오시는 구나 생각했던 기억이 나네요."

나루카와 제2초등학교의 허물어진 강당 안에서 여자는 손짓, 발짓을 섞어 가며 열심히 그날을 설명했다. 여자는 가끔 입을 다물고 기억을 더듬는 것처럼 입술을 손가락으 로 문지르기도 했다. 후시미는 그 모습을 핸디카메라로 찍 었다. 하네가 마이크를 들이댔고 오치는 뒤에서 가만히 지 켜보고 있다. 함께 온 니무라를 비롯해 여자 외에는 입을 여는 사람이 없다.

"마사키 선생님의 강연이 아주 재미있었던 기억이 나요.

잘 기억나지는 않지만 집중해서 들었던 것 같아요. 이야기 자체도 흥미로웠지만 일방적으로 떠드는 느낌이 아니고 청중들을 휘어잡는다고 해야 할까요? 이따금 저희에게 질문을 던지고 의견을 교환하기도 해서 엄청 들뜬 상태로 들었던 것 같네요."

처음에는 더듬거리던 설명이 시간이 갈수록 술술 나오기 시작했다. 증언자가 자유롭게 설명하게 하는 방침이 지금까지는 장점을 발휘하고 있다. 숙련되지 않은 느낌이 생생한 느낌을 한층 살렸다.

"이후 약 한 시간 정도 지나자 앞에 있던 6학년 학생과 저희 반 남자아이가 갑자기 다투기 시작했어요. 그때 마사키 선생님은 두 아이를 말리다가 '이걸로 화해한 거다?' 같은 말씀을 하셨죠. 바로 그때였어요. 뒤쪽에서 술렁거리는 소리가 들리길래 저는 '무슨 일이지?' 하고 고개를 돌렸었어요."

실제로 여자는 뒤를 돌아봤다. 후시미도 카메라를 그쪽으로 향했다. 입구에 서 있던 니무라는 사라지고 없었다. 미리 분위기를 감지하고 다른 곳에 갔을 것이다.

"그랬는데 그 사람이, 범인이 이렇게 걸어오더니."

약간의 동요. 여자는 손가락이 아닌 손바닥으로 입술을 감쌌다.

"공포를 느끼셨나요?"

오치가 처음으로 입을 열었다.

"아뇨. 그런 건 못 느꼈던 것 같아요. 뭐랄까, 아주 평범했거든요."

오치는 입을 다물고 뒷이야기를 재촉했다.

"그 사람은 아주 평범하게 걸어왔어요. 저는 속으로 '응?' 하고 영문도 모르고 그 사람의 얼굴을 봤는데 얼굴도 정말로 평범했어요. 딱히 무서운 얼굴이었다거나, 이상한 느낌도 없었죠."

여자는 "그리고" 하더니 다시 강당 안쪽으로 고개를 돌렸다.

"역시 평범하게 제 옆을 지나쳐서 그대로 일직선으로 뚜벅뚜벅 걸어갔고, 그제야 전 뭔가 이상하다고 생각했던 것 같네요."

조금씩 설명의 문맥이 어긋나기 시작한다. 살인이라는 결말 때문에 10년도 더 된 옛날 기억에 선입견이 들어가 있다. 사고나 사건의 목격자들에게는 흔한 사례다.

사전 회의를 할 때 오치는 여자를 집요하게 설득했다. 그날 일어난 일, 느낀 것들을 있는 그대로 고백해 달라고 했다.

여자의 태도에서는 오치의 바람에 호응하려는 자세가

엿보였다. 그녀는 잠시 입을 다문 채 예전 마사키 쇼타로가 서 있던 곳, 무카이 하루토가 범행을 저지른 곳을 지그시 바라보고 있다. 눈도 깜빡이지 않고 응시하는 모습을 후시미는 카메라로 계속 찍었다.

"……마사키 선생님이 그분을 알아보고 그 뒤로 몸이 굳은 듯했고, 이후 그분이 그대로 마사키 선생님께 몸을 부딪치더니…… 옆에서 미야모토 선생님이……."

여자는 답답한 것처럼 고개를 절레절레 흔들었다.

"음, 아닌가. 미야모토 선생님이 먼저 마사키 선생님을 감싸려고 했고…… 아, 잘 기억이 안 나네요."

여자는 오치를 향해 힘없이 말했다.

"그 뒤에는 어떻게 됐죠?"

"누군가가 비명을 질렀고 아니, 여기저기서 비명이 터졌고 전 그냥 멍하니 있었던 것 같아요. 몸을 움직일 수 없겠더라고요. 대체 무슨 일이 일어난 건지 그때는 이해가 안 됐어요. 하지만 비명과 노성을 듣고 엄청난 일이 벌어졌구나, 그 정도는 느껴서……."

여자는 또다시 범행 현장을 봤다. 후시미는 위치를 바꿔 그녀의 뒷모습과 범행 현장을 한 프레임 안에 담았다.

"미야모토 선생님이 그분을 제압했고 아마 다른 선생님들도 마사키 선생님께 달려가 '구급차!' 하고 외쳤던 것 같아요."

여자의 표정에서 괴로워하는 기색이 늘었다.

"잘 모르겠어요. 지금은 그냥 그러지 않았을까 싶을 뿐이고……. 자신이 없네요. 무엇보다 저곳에 사람들이 우르르 몰려가서 잘 보이지 않았고 학생들은 곧장 교실에 돌아가라는 말을 들어서요. 마사키 선생님이 돌아가셨다는 소식을 들은 건 집에 돌아간 다음이었어요."

"감사합니다."

오치가 감사를 표하자 여자는 어깨를 축 늘어뜨렸다. 후시미는 카메라를 아직 내리지 않았다.

"몇 가지 좀 여쭙고 싶습니다. 그때 마사키 선생님이 누군지 아셨나요?"

"이름 정도는 알았어요. 당시 나루카와 제2초등학교에서는 유명인이었으니까요."

"연극부 선생님으로서 말이죠?"

"네. 저희 학교는 연극부가 유명했거든요."

"선생님이 그때 무슨 이야기를 하셨는지는 기억하시나요? 돌이켜보면 어떤 느낌이었는지."

여자는 "단편적이지만" 하고 미리 운을 뗀 다음 말을 이었다.

"인간관계에 대해 말씀해 주셨던 것 같아요. 친구나 부모, 자녀의 관계 이야기를 하셨죠. 그러면서 선생님은 끊임없이 '모두'라는 단어를 입에 담으셨어요."

"강의의 제목이 '모두 함께 살아가는 법'이었죠."

"네. 그때는 제목을 몰랐지만 아마도 주제에 맞는 이야기였을 거예요."

"이야기를 한마디로 표현하자면?"

"음, 도덕적인 이야기였다고 할까요."

후시미는 하마터면 저도 모르게 혀를 찰 뻔했다. 마침 카메라가 아주 **좋은** 그림을 프레임에 담은 것도 거슬렸다.

"다음으로 사건에 대해 확인할게요. 이곳에 앉아서 남자가 마사키 선생님을 향해 가는 모습을 보셨다고 하셨죠?"

"네. 아마도 이 부근에서."

"당시 남자의 손이 어땠는지 기억하시나요?"

"손 말인가요?"

"마사키 선생님은 칼에 가슴을 찔렸죠. 그 남자의 손에는 칼이 들려 있었나요?"

그러자 여자는 입에 손을 대고 잠시 생각에 잠겼다.

"있었던 것 같기도 하고, 없었던 것 같기도 하고……."

"혹시 그때에도 경찰이 이런 비슷한 질문을 하지는 않았나요?"

"그…… 경찰은 남자가 마사키 선생님께 몸을 부딪치는

모습을 봤냐고 물었어요. 그 질문은 기억나네요. 집까지 찾아오셔서 부모님과 함께 대화했죠. 그래서 '네, 맞아요' 라고 대답했어요. 학교에서도 한동안 그 이야기 때문에 떠들썩했던 것도 기억나네요."

"다른 아이들은 어땠나요? 칼을 봤다고 한 친구가 있었나요?"

"있었던 것 같은데, 잘 모르겠어요. 저희는 6학년 뒷줄에 있느라 보지 못했어도 어쩔 수 없을 거예요."

여자는 불확실한 기억을 지적당했다고 생각했는지 목소리에 힘이 들어갔다.

"그 말씀이 맞겠죠."

오치가 상냥하게 인정했다. 완급을 잘 조절하고 있다.

"그리고 초등학생이 한 말이니까요. 어디까지 믿을 수 있을지. 아, 이건 당시의 저도 포함해서 하는 이야기예요."

여자는 세심한 성격일 것이다. 이런 성격의 사람은 남의 부탁을 잘 거절하지 못한다.

"실제로 그 남자가 마사키 선생님을 칼로 찌르는 모습은 보였나요?"

"듣고 보니 여기에서는 아마 보이지 않았던 것 같네요. 남자의 뒷모습에 가려져서."

여자는 말하면서 고개를 기울였다.

"참 희한하죠. 이렇게 말하면서도 꼭 그 순간을 두 눈으로 똑똑히 본 것 같은 기분이 드니까요."

오전 중 여자의 촬영을 마치고 오후에 또 한 명, 이번에는 남자가 강당에 찾아왔다. 오치는 여자 때와 똑같이 남자 혼자 마음껏 떠들게 했다.

"여기였던 것 같네요. 응? 이쪽인가. 아, 역시 여기다."

왠지 미덥지 못한 분위기다. 당시 6학년이었다고 하는 청년의 자리는 입구에서 보면 오른쪽 끝에 있었다. 그 옆에는 교원들이 줄지어 앉아 있었다고 한다.

"강연에는 전혀 관심이 없어서 거의 안 들었던 것 같네요. 그래도 바로 옆에 선생님들이 있어서 졸 수는 없었죠. 얼마나 힘들던지 원."

외모처럼 말투도 건들거린다. 우등생 증언자 바로 뒤에 봐서 그런지 더 그렇게 느껴졌다.

"그냥 착한 척하는 어른이 와서 따분한 이야기를 늘어놓는 모습이 재수 없다고 생각했던 것 같네요. 얼른 축구 연습을 하고 싶었고요. 음, 네? 아, 그 남자요? 전혀 눈치 못 챘습니다. 멍하니 있었거든요. 그런데 갑자기 주변이 시끄러워져서 속으로 '뭐야?' 싶었죠. 그러더니 어느새 선생들이 우르르 몰려가 '구급차!' 하고 외치더군요."

오치는 오전 때와 똑같은 질문을 던졌다.

"칼이요? 당연히 갖고 있지 않았을까요? 없으면 못 찌르 잖아요."

"직접 보신 건 아니군요."

"네. 모든 일이 전부 끝나고 나서야 그나마 정신을 차렸 으니까요. 결정적인 순간을 못 보고 놓쳐 버렸죠."

"마사키 선생님에 대해서는 어떻게 생각하시나요? 전부 터 선생님을 알고 계셨나요?"

"아마도. 근데 다들 알지 않았을까요?"

이 남자가 나루카와 제2초등학교에 다녔다는 이야기만 은 사실인 듯하다.

"강의에 대해서는 하나도 기억이 안 난다?"

"'모두 함께' 어쩌고였죠?"

"기억하시나요?"

"제목 정도는. 그런데 그 아저씨, 자꾸 '모두', '모두' 노 래를 불러서 솔직히 짜증났는데, 그 뒤에 조금 이상한 말 도 꺼내더라고요."

"이상한 말?"

"네. 그래서 조금이나마 궁금해했던 것 같아요. 그런데 그 뒤에 바로 그 사달이 일어나서."

"그 이상한 말이라는 게 뭐죠?"

"'모두 씨'."

오치가 "모두 씨?" 하고 되물었다.

"이상하죠? 그때 그 선생님은 느닷없이 "'모두'라는 게 대체 누굴까요?'라고 묻더니 '이건 여러 명이 모였다는 뜻의 '모두'가 아니라 '모두 씨'를 지칭하는 겁니다'라더군요. 들어도 무슨 소리인지 모르겠죠? 어쨌든 그런 말을 했던 것만은 기억합니다."

오치는 뭔가 생각에 잠긴 모습이었지만 잠시 후 질문을 바꿨다.

"조금 전 강의에는 전혀 관심이 없어서 사건이 일어난 것도 눈치 못 챘다고 하셨죠."

"네."

"그런데 사건 직전에 그 '모두 씨' 이야기가 나와서 관심이 조금 생겼다."

"네. 뭐, 아주 조금. 살짝요."

"옆에는 선생님들이 앉아 있었다."

"네. 없었으면 아마도 잤을 겁니다."

"그 안에 미야모토 선생님도 있었나요?"

"유키오요?"

남자의 얼굴에 갑자기 미소가 번졌다.

"당시 학생들은 미야모토 선생님을 유키오라고 불렀었

나요?"

"네. 유키오요. 그러고 보니 그 자식, 얼굴이 벌게져서 뛰쳐나가더군요. 소리가 들렸습니다. 아, 갑자기 뭔가 떠오르네요. 전 그 '모두 씨' 이야기 때문에 고개를 조금 들었는데 그때 바로 쿵 하는 소리와 함께 유키오가 뛰어나가는 바람에 깜짝 놀라 유키오의 뒷모습을 눈으로 좇았습니다."

"미야모토 선생님이 마사키 선생님이 있는 곳으로 향했군요."

"맞아요, 맞아요. 하지만 제가 그쪽을 봤을 때는 이미 모든 게 끝나 있었습니다. 몸싸움을 벌이고 쓰러진 뒤였으니까요."

"그럼 미야모토 선생님이 있었던 곳이 어딘지는 기억하시나요?"

남자가 손가락으로 가리킨 곳으로 후시미는 카메라를 향했다. 그 뒤로 마사키가 찔린 곳으로 화면을 돌린다. 거리상 15미터 정도일까. 전력으로 뛰면 2초도 걸리지 않을 거리다.

"미야모토 선생과 그 범인 남자. 둘 중 누가 먼저 마사키 선생님에게 도착했는지 기억하세요?"

"아까 제가 봤을 때는 이미 다 끝났다고 했잖아요."

남자에게서 얻을 수 있는 정보는 여기까지였다.

"이걸로 전국에 제 얼굴이 까발려지는 건가요?"

"멀티플렉스에 걸리지는 않을 거예요."

"그래도 영화가 개봉되고 스카우트 제의 같은 게 들어올 수도 있겠죠?"

"그러겠죠. 기대하셔도 됩니다."

오치는 센스 있게 상대를 띄워 줬다.

"젊은 녀석들을 상대하다 보면 역시 피곤하다니까."

후시미가 돌아가는 차 안에서 투덜거리자 운전대를 잡은 하네가 "대단히 죄송합니다" 하고 싹싹하게 말했다. 정확히 말하면 13년 전에 초등학교 고학년이었던 그들의 현재 나이는 스물넷, 다섯이다. 오치와 나이 차가 별로 나지 않고 하네는 그보다 더 어리다.

"제가 얼마나 착실한지 알게 되시지 않았나요?"

"첫 번째 여자와 두 번째 남자 중간 정도 되는 것 같군."

그러자 하네는 "너무해요" 하고 투덜거렸다.

오늘 증언에 나선 두 사람은 모두 어엿한 사회인이다. 여자는 오사카에서 사무 담당 직원, 남자는 T현에서 공사 현장 작업원으로 일한다고 했다. 남자는 고등학교를 졸업한 뒤로 계속 같은 일을 해 왔다고 하니 겉보기와 달리 의외로 성실한 성격일 수도 있다.

"감독. 오늘 성과는 어떤 것 같아?"

"예상했던 것보다 수확이 많았네요."

"방식이 아주 감탄스럽더군."

"방식이라고 하시면?"

"유도 전술. 결국 '도덕'이라는 말을 끌어냈잖아."

오치의 입가에 미소가 번지다가 다시 사라졌다.

"그럴 의도는 없었어요."

"질문도 거의 유도 신문처럼 들리던데."

증언자에게 모든 것을 맡기는 전반부와 질문을 퍼붓는 후반부. 질문의 의도는 크게 두 가지로 압축된다.

무카이의 손에는 칼이 들려 있었나.

무카이와 미야모토 유키오 중 누가 먼저 마사키에게 다가갔나.

사건을 객관적으로 기록한 비디오테이프 영상에서도 확인하지 못한 사안이다. 무카이는 정말로 그날 흉기를 갖고 있었을까. 만약 미야모토가 먼저 마사키에게 도착했다면 무카이는 범행을 저지를 수 있었을까. 그리고 정말로 오직 무카이만이 마사키를 죽일 수 있었을까. 이 의문들은 곧 무카이가 범인성을 완벽히 충족하는지를 묻는다.

"뭘 궁금해하는지는 알겠어. 그런데 만약 무카이가 범인이 아니면 어떡하려고 해? 마사키 쇼타로가 칼에 찔려 죽은 사실을 어떻게 설명할 건데?"

"검증이 먼저예요. 검증 없이는 어떤 말을 해도 탁상공론이죠."

"난 그 탁상공론을 듣고 싶어."

그러자 오치는 포기한 것처럼 한숨을 내쉬었다.

"우선 가장 중요한 게 그 칼이에요. 만약 칼을 무카이가 들고 있지 않았다면 다른 누군가가 들고 있었다는 말이 되겠죠. 무카이와 미야모토가 서로 몸을 맞부딪힌 시점에 마사키의 가슴에는 이미 칼이 꽂혀 있었어요. 여러 관계자도 증언한 확정 사안이에요."

그렇다면 남은 불확정 요소. 오치가 집착하는 두 번째 의문. 마사키에게 먼저 도착한 사람은 누구인가.

그제야 머릿속에서 오치의 의도가 어렴풋이 보이기 시작했다. 만약 무카이가 흉기를 들고 있지 않았다면 흉기를 들고 있었을 다른 인물. 무카이보다 먼저 마사키에게 달려갈 수 있었을 인물.

"미야모토 유키오인가."

나루카와 제2초등학교에서 근무했으니 미술실에 있는 칼을 쉽게 입수할 수 있다. 그리고 그는 당연히 마사키 쇼타로가 학교에 온다는 것도 알고 있었다.

"전 아무 말도 하지 않았어요."

"혼잣말이야. 그런데 미야모토가 범인이라면 동기는 뭐지? 미야모토는 마사키를 존경하지 않았나? 아니, 일단 그건 논외로 하더라도 무카이의 행동도 이해가 안 돼. 녀석은 그럼 왜 강연 도중에 갑자기 마사키에게 달려든 거지?"

"예를 들자면……."

잇달아 튀어나온 질문에 오치는 냉정한 목소리로 대답했다.

"당시 무카이가 취한 행동은 **마사키를 죽이려고 달려든 미야모토를 제지하는 행동**이었다. 그렇게 해석할 수도 있겠죠."

후시미는 순간 앗, 하고 소리칠 뻔했다. 살해하는 사람과 말리려는 사람이 뒤바뀔 수 있다는 것을 깨닫고 온몸에 소름이 돋았다.

무카이가 범인일 가능성에 의문을 제기하는 것으로도 부족해 미야모토 유키오를 진범으로 지목할 작정이라면 QM은 단순한 다큐멘터리 기획으로 끝나지 않을 가능성이 크다.

"그 추론이라면 무카이가 미야모토의 살의를 눈치채고 움직였다는 건가? 그러니까 먼저 움직인 사람은 미야모토였다는 말이군. 그런데 두 사람이 마사키에게 도착한 건 거의 동시. 거리상으로는 문제가 없나?"

"아마 먼저 움직인 사람은 무카이였겠죠. 문제는 왜 움직였는가예요. 범행 직전까지 미야모토는 영상에 찍히지 않았어요. 그러니 그가 어떤 행동을 취했는지는 불명확하죠. 무카이는 미야모토의 모습에서 왠지 수상한 기운을 느끼고 몸을 일으켰을지 몰라요."

"그런 직감만으로 강연이 중단될 수도 있는 행동에 나섰다는 말인가?"

"만약 미야모토가 품에서 칼을 꺼내는 모습을 봤다면?"

그렇다면 예삿일이 아니라고 판단해 일어섰다는 뜻이 된다.

"어쨌든 중요한 건 칼이에요."

누가 칼을 들고 있었나.

그전에 오치의 진의를 확인해야 한다. 영화의 내용에 따라서 미야모토와 법정 다툼까지 각오해야 할 것이다.

그러나 후시미는 정작 다른 말을 입에 담았다.

"미야모토 유키오는 반드시 만나야겠네."

"물론이죠."

대화가 끊긴 차 안에서 후시미는 QM에 출연하기로 했다는 무카이를 떠올렸다. 13년 동안 교도소에 있었던 남자는 공개 석상에 모습을 드러내 과연 무슨 말을 꺼낼 것인가.

— 마사키 선생님을 찌른 사람은 미야모토입니다.

하지만.

그렇다면 무카이는 왜 경찰 조사나 재판 때 진실을 털어놓지 않은 것일까.

그것이 바로 무카이가 입에 담은 '도덕 문제'일까…….

"오치."

"네?"

"아니, 아무것도 아니야."

후시미가 말을 멈춘 건 주머니에서 핸드폰이 울렸기 때문이다.

— 미안. 어제는 집에 늦게 왔어.

오소네의 걸걸한 목소리가 귀에 들어왔다.

"네가 바쁜 걸 보니 또 세상이 불행해졌나 보군."

— 사람을 잡신 취급하지 마.

"잡신이 아니라 형사라면?"

후시미는 어젯밤 집에 찾아온 야마가타가 돌아가자마자 오소네에게 연락했다.

— 무슨 일인데?

"너무하는 거 아냐? 알아낸 건 하나도 감추지 않고 알려 주겠다고 한 건 결국 거짓말이었나?"

— 일일이 알려 주기는 귀찮아. 한꺼번에 몽땅 털어놓으려고 했지.

"진전이 있나 보군."

— 보채지 마. 내가 그 일만 하는 것도 아니고. 게다가 난 보 선생 건은 어디까지나 내 독자 취재야.

"그렇다면 더 자세한 부분들까지 알려 줘야 하는 거 아 닌가?"

후시미는 목소리를 낮췄다.

"어젯밤에 야마가타 형사가 찾아왔어. 너한테서 내 이야 기를 들었다고 하면서."

— 뭐? 와서 뭐랬는데?

자세한 이야기는 할 수 없다. 주변에 다른 귀가 있기 때 문이다.

"도모키 때문에 왔대."

— 도모키?

뭔가를 숨기거나 연기하는 것처럼 들리지는 않았다. 남 을 속이는 게 서툰 신문기자는 눈치 하나만은 빨랐다.

— 경범죄 사건 때문인가?

"네가 부추긴 거 아니야?"

— 말도 안 되는 소리 하지 마. 내가 왜 부추기겠어. 설마 도모키가 그 경범죄 사건의 범인일 수 있다고 내가 형사에 게 고자질했다고 의심하는 거야?

진심으로 화내고 있다. 아이가 없는 오소네는 평소 도모키에게 친구 아들 이상의 정을 쏟았다.

"그런 의미가 아니야. 미안. 경솔했어."

— 아니, 경솔한 건 오히려 나일지도 모르겠네. 야마가타 형사한테 이야기한 건 맞아. 그 사람이 먼저 물었거든.

"뭘?"

이번에는 후시미가 놀랄 차례였다.

"후시미라는 저널리스트를 아느냐고 묻더라고. 난 그때 난보 선생 장례식에 네가 참석한 걸 확인하려고 그런다고 생각했어. 숨길 이유도 없으니 솔직히 대답했지. 대학 시절 친구고 바로 얼마 전까지 도쿄에서 활동했다고."

오소네의 말은 문제 될 게 없다. 중요한 건 야마가타가 왜 나에 대해 물었느냐는 점이다.

— 도모키한테는 이야기했어?

"아니, 괜한 걱정을 끼칠 필요는 없을 것 같아서."

"응, 잘했어" 하고 단언하는 오소네의 목소리에는 힘이 들어가 있었다. 그러나 억지로 그러는 것 같기도 했다.

— 그 사람이 능력 있는 형사인 건 맞지만 의외로 자잘한 것에 집착하는 면이 있어. 너무 신경 쓰지 마.

"본인도 그렇게 말하더군."

— 아무튼 조만간 보자. 몇 가지 알아낸 사실이 있어. 나도 좀 더 파고들어 볼게.

후시미는 "그래, 부탁해" 하고 전화를 끊었다.

가슴에 먹구름이 스며든 기분이었다. 배 속 깊숙한 곳에서 파도가 일렁였다.

"무슨 문제라도 있나요?"

"그냥 사적인 일이야."

오치는 "그런가요" 하고 그 이상 묻지 않았다.

11

당시 나루카와 제2초등학교를 다닌 5학년, 6학년 학생인 동시에 13년 전 사건을 목격했다는 190명 중 출연을 승낙한 사람은 23명이었다. 5학년이 10명, 6학년이 13명. 처음 두 증언자 때 했던 방식 그대로 촬영은 순조롭게 이어졌다. 나흘 동안 총 10명. 주말 양일에 4명씩 촬영해 첫날 포함 총 12명의 촬영을 마쳤다.

"전 당시 제일 뒷자리에 있어서 거의 안 보였어요. 죄송합니다."

"미야모토 선생님이 달려갔다고요? 그래요? 정말로요? 전 지금껏 다른 선생님이라고 생각했는데."

당시 학생들의 증언에는 미묘한 차이가 있지만 큰 줄기

는 비슷했다. 무카이는 통행로를 걸어 마사키에게 갔고 미야모토와는 거의 동시에, 즉 세 사람이 거의 몸을 맞부딪힌 상태에서 범행이 이뤄졌다.

마사키를 향해서 간 무카이의 모습에 대해서는 증언이 갈렸다. 걸음걸이가 빨랐다, 평범했다, 꼭 순간 이동을 하는 것 같았다. 그러나 그가 걸어가는 장면은 영상에도 찍혔다. 지금부터 사람을 죽이러 가는 흥분이나 망설임, 살인을 막으러 간다는 초조함도 읽히지 않는 지극히 평범한 걸음걸이 같았다. 증언자들의 기억이 얼마나 불확실한지를 나타내는 증거였다.

표정에 대해서도 물었다. 평범했다, 기억나지 않는다, 화를 내는 것 같았다, 못 봤다, 무서웠다, 웃고 있었다. 역시 각각 나뉘었다.

그다음은 칼에 대해. 여자 한 명이 기억한다고 증언하자 오치가 즉시 물었다.

"오른손이었나요? 왼손이었나요?"

"……오른손이었던 것 같은데."

칼에는 분명 무카이의 오른손 지문이 남아 있었다. 또한 무카이는 오른손잡이다. 그러나 증언한 여자는 사건 당시 왼쪽 뒷자리에 앉아 있던 탓에 그녀가 정말로 칼을 보고 기억하는 건지 의심스러웠다.

미야모토와 무카이 중 누가 먼저 마사키에게 도착했는지에 대해서도 명확한 증언은 없었다. '기억나지 않는다', '보이지 않았다', '거의 동시였던 것 같다', '범인이 더 빠르지 않았다면 이상하지 않나요?'까지 나왔다.

후시미는 증언자를 촬영하는 순서에서도 작위적인 느낌을 받았다. 우선 초반에는 5학년이 많았다. 여덟 명이 그에 해당했다.

당시 통행로를 가운데에 두고 그 오른쪽에는 남학생, 왼쪽에는 여학생이 앉았다. 6학년 1반부터 2반, 3반, 뒤이어 5학년 순으로 가로 30명, 세로 6열로 앉았다. 따라서 5학년 학생은 6학년 학생들보다 멀리 있던 목격자들이다. 그리고 증언자 대다수가 바깥쪽 또는 가운데에 앉아 있었다.

핵심이 될 증언자는 안쪽과 가장 앞줄에 앉았던 학생들이다. 왼편 안쪽에 있었다던 첫 번째 여성 증언자 외에 핵심 증언자는 촬영 초반에 없었다.

일부러 일정을 이렇게 잡았을 것이다. 이미 성인이 된 이들을 상대로 일정을 짜야 하니 마음대로 할 수 없다고 해도 오치는 서서히 핵심을 파고들어 가는 방식으로 영화를 찍으려 하고 있다. 오른편 안쪽에 앉아 있던 남학생이라면 무카이가 오른손에 들고 있었다는 칼을 기억할지도 모른다. 가장 앞줄에 앉은 학생이라면 미야모토와 무카이 중 누가 먼저 마사키에게 도착했는지 봤을 테고, 혹은 범인이 마사키를 찌른 순간도 직접 목격했을지 모른다.

얼른 사실을 알고 싶었다.

오치의 목적이 서서히 긴장감을 높일 의도라면 성공적이라 할 수 있다. 옆에 있는 하네도 시간이 갈수록 흥분하는 것처럼 보였다.

그러나 거기서 일단 예전 학생 증언자들의 촬영이 중단됐다. 6월 12일 목요일과 다음 날 13일에는 사건 당시 성인이었던 사람들이 나루카와 제2초등학교에 초대됐다.

첫 번째로는 당시 무카이의 대각선 뒤에 앉아 있었다는 노인.

두 번째로는 당시 무카이 앞쪽에 앉아 있었고 무카이와 어깨가 닿았다고 하는 중년 여성.

세 번째로는 당시 미야모토와 나란히 앉아 있었다고 하는 교원.

면도 자국조차 보이지 않는 완벽한 대머리는 전에도 본 적이 있었다. 오치가 수집한 당시 뉴스 영상에서 증언자로 나왔던 노인은 13년이 지난 지금도 정정했다. 피부에 새겨진 깊은 연륜과 태도에서 품격이 배어났다.

"그날 일은 똑똑히 기억하지."

노인은 그렇게 힘주어 말하고 당시 앉아 있던 곳에 가서 섰다.

"아침을 먹고 곧장 이곳에 왔네. 자리가 아직 남아 있더군. 적당히 괜찮은 자리에 골라서 앉았네. 아내도 오고 싶어 했지만 허리가 좋지 않아서 결국 못 왔어."

"그럼 부부가 두 분 다 마사키 선생님의 강연을 기대하셨나요?"

그러자 노인이 오치를 향해 대답했다.

"우리 아들이 전에 선생에게 신세를 진 적이 있었거든. 선생은 젊은 시절부터 아주 성실한 교사였네. 사적으로 술잔을 기울인 적도 있지. 그때 선생은 나에게 자기는 '인간을 키우고 싶다'고 했네. 자신의 사명에 대해 진지하게 고민하고 실천하는 사람이었지. 그에게 교육이란 삶이나 마찬가지였을 거야."

나루카와에서 줄곧 살아왔다는 노인은 "40년 전 대학에서 투쟁 분위기가 무르익던 시절의 이야기지" 하고 그때를 그리워하듯 먼 곳을 바라봤다.

"범인이 어느 자리에 앉았는지 기억하시나요?"

"아니, 그건 잊었네. 별로 눈에 띄는 외모도 아니었으니. 평범한 젊은이였어. 일어서기 전까지는 전혀 눈에 띄지 않았네."

앞에 있는 학생석과 조금 거리가 떨어진 뒤쪽 학부모석에는 의자가 같은 간격으로 배치돼 있었다. 노인이 앉았던 자리는 학부모석 가운데에서 약간 뒤쪽이었다.

"10시쯤에 학부모석이 거의 들어찼지. 서서 강의를 듣는 사람도 있었던 것 같네. 젊은 선생이 마이크로 마사키 선생을 소개하자 선생이 통행로를 지나 무대 쪽으로 걸어가더군. 그러더니 학부모들에게 몸짓으로 인사를 건네며 무대 정면에 섰네."

"어떤 모습이었죠?"

"아주 활기찼지. 힘이 넘쳐 보였네. 말도 어찌나 잘하던지. 그래서 강연 뒤에 예정된 학부모들과의 뒤풀이 자리도 기대했어."

그러나 뒤풀이는 실현되지 않았다.

오전 11시 5분. 학부모석 세 번째 줄에 앉아 있던 무카이 하루토가 몸을 일으켰다.

"일어서는 속도가 아주 느렸던 것 같네. 별로 이상한 느낌도 못 받았어. 그는 그대로 일어나 의자 사이를 지나갔네. 처음에는 화장실에라도 가는 건가 싶었는데 그대로 일직선으로 통행로를 걸어가더군. 화장실로 가려면 오른쪽으로 꺾어 가야 하는데도 말이야. 뒤늦게 이상하다는 걸 눈치챈 뒤로 그가 마사키 선생에게 도착하기까지 몇 초쯤

걸렸으려나."

비디오테이프를 통해 측정한 정확한 시간은 3초다. 이 짧은 시간 안에 무카이는 학생들 옆을 지나쳐 갔다.

"범인이 교원들과 몸싸움을 벌이자 순식간에 강당 안이 소란스러워졌지. 난 얼이 빠져서 그 모습을 지켜봤네."

"무카이를 제압한 사람이 미야모토 선생님이었다죠?"

"이름까지는 모르겠지만 젊은 선생이었지. 처음 무대에 서서 마사키 선생을 소개했던 바로 그 선생이었어."

"범인과 그분, 둘 중 누가 먼저 마사키 선생님에게 도착했나요?"

"거의 동시에 도착한 것처럼 보였네. 아무도 몸을 움직이지 못했지. 황급히 뛰쳐나간 건 오로지 그 선생 한 명뿐이었어."

"범인의 손에는 칼이 들려 있었나요?"

"안 그래도 경찰에게도 그 질문을 받았었는데, 나는 못 봤네."

"어깨가 닿았다고 해도 아주 살짝. 밀치거나 한 것도 아니라 난폭한 느낌 같은 건 전혀 못 받았어요."

오후에 강당에 찾아온 주부가 사건 당시 앉아 있던 곳은 학부모석 가운데의 가장 앞줄이었다. 정확히 무카이가 앞을 지나친 길목이다. 당시 2학년인 자녀가 있었고 교육 문제에 관심이 있어서 강연에 참석했다고 했다.

"솔직히 말이죠. 다행이라고 생각해요. 만약 전교생이 참석해야 하는 강연이었다면 우리 아이도 현장에 있을 수 있었잖아요."

"범인의 모습을 어떻게 기억하시나요?"

"조금 전에 말씀드린 대로예요. 옆을 지나갈 때 어깨가 살짝 부딪혔죠. 그런데 곧바로 지나가 버린 터라 뭐라 할 새도 없었고 얼굴도 못 봤어요."

통행로를 뚜벅뚜벅 걸어가는 뒷모습을 보고 이상한 느낌을 받았다고 했다.

"한창 강연 중이었는데 이상하잖아요. 그러더니 곧장 그런 일이 일어났어요. 정말 놀랐죠."

설명에 거침이 없다.

"아마도 보안이 문제였던 것 같아요. 신경을 안 쓴 거죠. 평소에도 거의 마음대로 드나들 수 있는 곳이었고 신분 확인 같은 건 안 했답니다. 그래서 사건 이후 저는 학부모회에 건의했어요. 학교에 방범카메라를 달아야 한다고요. 여러분 같아도 그러셨겠죠?"

그러나 방범카메라를 다는 것보다 먼저 학교가 아예 폐교돼 버렸으니 아이러니한 이야기다.

"남자는 손에 칼을 들고 있었나요?"

"그러지 않았을까요? 아휴, 정말 무시무시해요. 칼이라뇨. 어쩌면 저도 찔렸을 수 있다는 생각에 그날 이후 며칠 동안 잠도 제대로 못 잤답니다."

별로 의미 있는 증언을 해 줄 사람은 아닌 듯하다.

"남편한테 시골은 안전하다는 말을 듣고 왔는데 순 거짓말이었어요. 살인 사건이 일어나질 않나, 정신 상태가 안 좋은 남자가 이상한 놀이 기구를 만들질 않나."

"난보 씨 말입니까?"

후시미는 긴장이 풀려서 저도 모르게 말을 보탰다.

"맞아요, 맞아요. 얼마 전 세상을 떴다죠? 자살? 어휴, 정말 말도 못 해요. 우리 남편은 진짜 안목이 없다니까요."

실컷 남편에 대한 불만을 떠들고서야 여자의 차례가 끝났다.

하네가 여자를 바래다주고 오자 아니나 다를까 오치가 후시미에게 한마디 했다.

"쓸데없는 말은 삼가세요."

"미안."

카메라맨이 필요 이상으로 설쳤으니 사과할 만하다.

"그런데 난보 씨가 누구죠?"

"웅? 누군지 몰라?"

오치가 고개를 끄덕였다. 생각했던 것보다 알려지지 않았나 싶어 후시미는 유일한 지역 거주민에게 물었다.

"니무라 씨는 아시죠?"

"경범죄 사건의 그분 말이죠?"

"네? 그렇게 통하나요?"

"아닌가요? 집 안에서 메시지가 나왔다던데요."

그제야 후시미는 속으로 '그런가' 하고 이해했다. 아오야기 난보의 집에서 발견된 메시지가 그 자신이 경범죄 사건의 범인이라는 증거로써 주민들에게 알려진 것이다. 그가 연속 경범죄 사건을 저질렀고 평소 노인성 우울증을 앓던 끝에 스스로 목숨을 끊었다. 그 이야기는 전에 고마이가 들려준 추리와 일치한다. 단 한 가지, 난보는 그 메시지를 쓸 수 없었다는 사실을 제외하면 말이다.

순간 도모키 일이 머릿속을 스쳤다.

경찰은 제삼자가 낙서를 남겼다는 것을 알고 있다. 그러지 않았다면 야마가타가 나를 찾아올 일도 없었을 것이다.

"무슨 메시지였는지도 아세요?"

"'도덕 시간을 시작합니다'였다죠?"

"그 밖에는?"

"그 밖?"

'죽인 사람은 누구?'. 신문도 난보의 집에 남겨진 메시지에 대해서는 기사로 내지 않았다. 자치회 때 밝혀진 건 당시 참석한 경찰의 말실수였고 애당초 경찰은 자세한 내용을 공개할 생각이 없었을지도 모른다.

비공개로 하려고 한 이유는 범인이 어린아이일 가능성이 커서일까.

역시 도모키에게 의심이 쏠리는 걸까. 그러나 근거가 뭔지 알 수 없다.

나루카와 제2초등학교 사건과 고미네마치 연속 경범죄 사건은 '도덕'이라는 한 단어로 기묘하게 교차하고 있다. 거기에 더불어 이해되지 않는 동기도 똑같다.

명망 높은 교육자와 세상에서 버림받은 도예가라는 차이는 있지만 두 사건에서 두 사람을 향한 범인의 강렬한 증오의 그림자는 찾을 수 없다. 그들을 죽임으로써 얻을 수 있는 이점도 없었다.

범인은 단지 뒤틀린 이야기의 주인공이 되고 싶어서 도덕이라는 단어에 도취됐을까. 아니면 인터넷 등에 비상식적인 동영상을 올려서 자아실현을 꾀하는 이들처럼 충동적인 인정 욕구 때문이었을까.

아니, 너무 나간 상상이다. 구체적인 증오나 이익도 없이 남을 죽일 사람이 흔할 리 없다. 그런 어린아이 같은 망상 때문에…….

어린아이.

"후시미 씨."

오치의 냉랭한 목소리 때문에 사고가 끊겼다.

"오늘 밤은 집에 돌아가시나요?"

후시미는 "그래" 하고 대답했다. 오소네와 간신히 약속을 잡을 수 있었다.

지난번에 간 가게로 갈 줄 알았더니 오사카로 오라고 했다. 그럼 촬영용 차량을 타고 가면 되는데 왜 더 일찍 말해주지 않았나. 그렇게 잔소리를 하려 했지만 가게 안에 들어가자마자 잊고 말았다.

"안녕하세요. 가쓰라라고 합니다."

몸집이 여윈 남자였다. 오랫동안 수면 부족에 시달리고 알코올에 의지한다는 것을 알 수 있는 외모다. 선술집보다는 대폿집 같은 곳이 더 어울리지 않을까.

"무려 20년 넘게 한 길을 걸어온 베테랑이시지."

남자는 T현의 지방 신문 소속 기자라고 했다.

"오사카까지 오시게 해서 죄송합니다. 지역에서 만나면 또 무슨 소리가 나올지 몰라서요."

첫인상과 달리 말씨는 정중했다.

"실은 난보 선생 사건을 가쓰라 씨와 협력해서 취재하고 있어. 혼자 힘으로는 한계가 있고 가쓰라 씨는 지역 사정에 정통하니."

"다른 건들과 함께 진행하고 있습니다. 열심히 추적하는 건 아니고요."

"T현 안에서만큼은 큰 사건 아닌가요?"

후시미는 속을 알 수 없는 남자를 향해 물었다.

"살인이라면 물론 그렇습니다만."

"경찰은 자살로 확신하고 있습니까?"

"네. 나루카와 경찰서도 이미 수사를 끝냈죠. 남은 문제는 집에 남겨진 그 낙서뿐입니다."

"자살 증거라도 나온 건가요? 아니면 역시 타살 이유가 없으니?"

후시미는 저도 모르게 취조하듯 물었지만 가쓰라는 침착하게 대답했다.

"그것도 그렇지만 무엇보다 집안의 의향이 컸죠."

"아오야기 집안의 의향 말인가요?"

그는 "네" 하고 고개를 끄덕이고 소주를 마셨다.

"아오야기 집안에서는 그 일을 크게 만들고 싶어 하지 않았습니다. 오히려 말썽꾸러기 장남이 죽어서 안심하는 모양새였죠. 살인 의혹이 터져 나와 가족들에게까지 수사의 손길이 미치는 상황을 당연히 꺼리지 않을까요?"

난보의 시신 발견부터 자살 판정, 경야 의식, 그리고 장례식까지 서둘러 마친 이유가 뚜렷해졌다. 살인이라는 확고한 증거가 있으면 모르지만 자살이 유력한 상황이다. 피해자 유족이 강하게 요구한다면 경찰도 쓸데없는 수고를 들이고 싶지 않을 것이다.

"언론 보도도 그렇습니다. 지역에서 위세 있는 아오야기 집안의 눈치를 살피는 게 실정이죠."

"그 낙서에 대해서도 보도되지 않았는데요."

"그건 경찰의 스톱 사인도 들어와서요."

자살로 매듭짓고 싶어 하는 아오야기 집안 입장에서도 낙서 이야기가 퍼지면 좋지 않은 영향을 미칠 거라 판단했을 것이다. 양쪽의 마음이 일치하는 것이다.

"그래도 가쓰라 씨는 사건을 계속 좇고 계시는군요."

"오소네에게 얹혀 가고 있죠."

"무슨. 정작 부추긴 사람은 그쪽이면서."

가쓰라가 얼굴을 찌푸렸다. 그 표정이 미소임을 알아차리기까지 한 박자 늦었다.

"나루카와 경찰서가 고미네마치의 연속 경범죄 사건을 조용히 조사 중이라는 걸 알려 준 사람도 가쓰라 씨야. 이건 여기서만 하는 이야긴데, 범인이 누군지도 대략 알아챈 모양이야."

"그게 정말이야?"

그러자 가쓰라가 "네" 하고 대답해서 후시미는 그쪽을 쳐다봤다.

"현재 용의자가 두 명으로 좁혀졌다더군요. 경범죄 사건은 물증이 많으니 의외로 용의자가 빠르게 떠오른 듯합니다만 결정적인 한 방이 없는 상황이었죠. 그래서 그때 다친 여자아이가 회복하기만을 기다렸다고 합니다."

접착제가 발려져 있었다는 철봉에 매달린 여자아이다.

"고작 네 살밖에 안 된 아이라 사건 이후 충격 때문에 한동안 말을 하지 못했다고 합니다. 그러다가 5월 중순이 돼서야 간신히 입을 열기 시작했죠. 아이는 어떤 남자아이가 다가와 철봉을 타고 같이 놀자면서 몸을 들어 올렸다고 했습니다. 그 뒤로 범인은 보지 못했다고 했죠."

"뭔가 이상하지?"

오소네가 물어서 후시미는 고개를 끄덕였다.

"응, 모순되네."

"그래. 철봉을 타고 놀자고 한 건 어린 남자아이였어. 네 살 아이의 증언이니 백 퍼센트 정확하다고 하기는 어렵지만 아마도 비슷한 또래 정도로 보였던 것 같아. 그런데 몸을 들어 올렸다고 했지? 그 여자아이의 키로는 점프해도 철봉에 손이 닿지 않았을 거야. 철봉에 닿게 하려면 힘을 확실히 써서 번쩍 들어 올려야 하지. 과연 어린 남자아이가 그럴 수 있었을까?"

"기억이 불확실할 가능성은?"

"있겠지. 그렇다면 철봉에서 놀자고 한 사람이 어린아이가 아니라고 판단하는 게 자연스러워. 비슷한 또래 아이 힘으로는 그렇게 들어 올릴 수 없으니. 아무리 어리게 잡아도 중학생 정도는 되겠지."

그렇다면.

"경범죄 사건의 범인이 성인이라는 말인가."

오소네가 검지를 세워 보였다.

"적어도 그 여자아이 건은 그렇다고 봐야겠지."

"모방범일 수도 있겠군."

"그래. 토끼가 차에 밟혀 죽고 '생물 시간을 시작합니다'라는 낙서가 나왔다는 소식은 고미네마치 전체에 퍼졌어. 그걸 흉내 냈을지도 몰라."

"낙서 외에 동일범일 가능성을 암시하는 증거는 없나?"

그러자 가쓰라가 "그게 좀 미묘합니다" 하고 대답했다.

"화장실 휴지에 접착제가 묻어 있었던 사건과 철봉 사건에 쓰인 접착제는 동일 제품이었습니다. 다만 토끼 사건 때 낙서와 여자아이의 등에 적힌 낙서는 글씨체가 전혀 달랐다고 하더군요."

"의미가 있을까요?"

"없다고 잘라 말할 수도 없는 상황이죠. 둘 다 같은 제조사의 크레파스로 쓰여 있었거든요."

후시미는 신음을 내뱉었다. 어떻게 된 일일까. 고의로 글씨체를 바꿨을 — 오른손, 왼손으로 나눠 적었을 — 가능성도 있겠지만 잘 납득이 되지 않는다. 낙서를 남긴 것 자체가 연속해서 범행을 저지르고 있다는 범인의 주장이 틀림없고 그렇다면 글씨체를 바꿀 이유도 없다.

"용의자로 떠올랐다는 두 사람은 어떤 근거로?"

"한 명은 여자아이와 면식이 있다고 합니다. 이웃에 사는 사람인데 듣자 하니 평소에도 어린 여자아이를 선호하는 취향이 있다고 하더군요. 또 한 명은 접착제를 도둑맞은 공장에 드나든 남자인데 얼마 전 직장에서 잘렸고 평판도 좋지 않다고 합니다. 경찰은 둘 중 한 명이 틀림없다고 보고 두 사람을 여자아이와 대면시킬 계획이었습니다."

그러나.

"난보 사건으로 모든 것이 뒤집혔다."

"이유는 어린아이만 그곳에 낙서를 남길 수 있었으니, 겠죠?"

"그렇습니다. 게다가 그 뒤로 여자아이가 용의자 남자 두 명을 전부 모르겠다고 증언하기도 했고요."

사건이 또다시 원점으로 돌아간 셈이다.

"거기에 또 하나. 난보 선생 집에 남겨진 낙서의 글씨체 역시 일치하지 않았습니다."

후시미는 저도 모르게 "네?" 하고 되물었다.

"그쪽은 스프레이 아니었나요?"

"'도덕 시간을 시작합니다'는 스프레이였죠. 그 뒤로 이어진 말, 그러니까 '죽인 사람은 누구?'라는 글자는 펜으로 썼습니다. 붓펜이요. 그 글씨체가 서로 일치하지 않았던 겁니다."

서로 다른 사람들이 이 좁은 지역에서 연속적으로 경범죄를 저질렀다? 사건에 편승했다고 볼 수도 있겠지만 도가 너무 지나치다.

"다만 나루카와 경찰서는 철봉 사건의 용의자를 상해로 입건할 계획이니 그 사실만으로 두 용의자를 놓아주지는 않겠죠. 네 살 아이가 받은 충격도 크고요. 기억에 의존한 진술을 중시하지 않고 있습니다. 그럼 자연스럽게 그 성가신 가능성도 염두에 둬야 하는 거죠. 난보 선생이 실은 살해됐을 가능성."

경범죄 사건을 답습한 어린아이의 손에.

"그렇지만 역시 이상하지 않나요? 경범죄 사건의 범인에게 죄를 덮어씌워야 하니 낙서를 해야 했다. 그리고 그 낙서는 어린아이만 남길 수 있었다. 그러니 살인범은 어린 아이다. 맥락은 이해하겠는데, 과연 어린아이가 그렇게까지 깊이 생각하고 행동할까요? 더욱이 난보 선생을 죽이기까지 하는 건……."

"후시미 씨. 요즘 아이들은 무슨 짓을 저지를지 정말 모릅니다."

그건 인정하지만 그래도 납득되지는 않았다. 도모키가 의심받고 있다는 불안감이 냉정한 판단을 방해하는 걸까.

"애초에 난보 선생 일은 그냥 두면 자살로 처리될 안건 아닙니까? 낙서를 남길 이유가 없는 것 같은데요."

"그건 결과론입니다. 어린아이라 더 충동적으로 그랬다고 해석할 수도 있지 않을까요?"

후시미는 침묵할 수밖에 없었다. 용의자로 꼽히는 두 남자에 대해 물었지만 베테랑 기자조차도 그들의 이름은 모른다고 했다.

대화가 거의 끝나 갈 무렵 후시미는 다시 가쓰라에게 물었다.

"이건 다른 이야기인데, 혹시 13년 전 나루카와 제2초등학교 사건을 기억하시나요?"

"오랜만에 듣는군요. 물론 기억합니다. 전국 각지에서 기자들이 몰려왔는데 그런 일은 전에도 앞으로도 없을 겁니다. 전 깊이 파고들지는 않았습니다."

"9·11 때문인가요?"

"물론 그것도 영향을 미쳤습니다. 하지만 일개 시골의 지방지 기자가 전 세계적 대 사건을 앞에 두고 왈가왈부할 여지가 있었겠습니까. 실은 저희 쪽에 나루카와 제2초등학교 사건을 전담하는 기자가 있었습니다. 제 선배인 이와시로라는 기자였죠."

도서관에서 읽은 기사에서 이름을 접한 기억이 있다.

"혹시 그분을 소개해 주실 수 있나요?"

그러자 가쓰라는 얼굴을 찌푸렸다. 이번에는 미소가 아니라는 것을 알 수 있었다.

"소개해 드릴 수는 있지만 이미 은퇴했고 별로 환영하시지도 않을 텐데요."

"혹시 뭔가 사정이라도?"

"사정이라고 하면 역시 그 나루카와 초등학교 사건이겠지만……."

가쓰라가 단숨에 술잔을 비웠다.

"그 사건의 범인이 어떤 남자였는지는 아시죠? 표면적인 평판과 그간의 삶 외에는 어떤 정보도 얻지 못한 듯하더군요. 회사 안에서 비난이 거세져서 결국 제대로 된 기사는 쓰지도 못하고 선배는 회사를 관두게 됐습니다. 이미 오래된 이야기예요."

가쓰라가 술집을 나가자 후시미는 오소네와 마주 보고 앉았다.

"일이 제법 복잡해진 것 같네."

후시미가 솔직한 심정을 말하자 오소네가 이맛살을 찌푸렸다.

"경범죄 사건이 동일인이 연속으로 벌인 일인지 밝혀지지 않았으니. 하지만 가쓰라 씨가 말한 대로 경찰은 철봉 사건을 상해죄에 초점을 맞춰 수사할 거야. 일단 그 사건의 범인을 검거하고 나머지 일에 대해서도 자백받을 심산이겠지."

원죄*라는 단어가 머리를 스친 것은 QM의 영향일까.

"난보가 정말 살해됐다면 동기가 뭘까?"

"범인은 쾌락 살인범 아니면 난보의 피해자 아닐까?"

"놀이 기구 때문에 피해를 본?"

오소네는 "그렇겠지" 하고 떨떠름하게 대답했다.

"난보 선생이 왜 나루카와에 돌아왔는지 알아?"

"아내와 아이를 사고로 떠나보내서 아닌가?"

"맞아. 그래서 완전히 의욕을 잃고 집 안에 은거하기 시작했지. 실은 난보가 일부러 불완전한 놀이 기구들을 만들

* 억울하게 뒤집어쓴 죄.

었다는 의혹도 그 사고 때문에 생겼어."

"그게 무슨 말이야?"

"아내가 사망한 원인이 아이들 장난 때문이었거든."

오소네가 조사한 바에 따르면 난보의 아내는 한밤중에 차를 운전하며 가다가 도로에서 미끄러졌고 가드레일에 부딪혀 차가 크게 파손됐다고 한다.

"도로 자체는 평탄했다고 해. 그런데 그날 밤 그 도로 위에 폭죽이 깔려 있었다더군."

"폭죽?"

"장난기 많은 초등학생이 저지른 짓이었어. 아무것도 모르는 난보의 아내는 폭죽이 터지는 소리 때문에 소스라치게 놀라서 핸들을 확 꺾어 버렸고."

범행을 저지른 초등학생들은 얼마 안 돼 붙잡혔지만 죄를 물을 수는 없었다.

"소년법 때문이기도 했지만 애초에 단순한 장난이었으니까. 살인을 목적으로 저지른 짓이 아니었던 거야. 어떤 의미에서 비참한 결말을 떠안게 된 아이들도 딱하다고 할 수 있지. 하지만 그렇다고 난보가 그 아이들을 용서했다고 보기는 어려워. 나 같아도 용서 못 할 것 같거든."

"나도 마찬가지야."

말도 안 되는 장난 때문에 가족을 잃는다. 살의를 품은 누군가에게 살해된 것 이상으로 분노했을 거라고 봐도 이상하지 않다.

"그래서 일부러 그 일을 복수하려고 불완전한 놀이 기구들을 만들었다?"

"거기까지는 모르겠지만 만약 그랬다고 해도 놀랍지는 않을 것 같아."

독립된 공방 안에서 놀이 기구 제작에 몰두하는 아오야기 난보를 떠올렸다. 누군가가 자신의 창작물을 타면서 놀다가 언젠가 다치는 순간이 찾아오기를 음흉하게 바라는 노인의 뒷모습……

가문으로부터도 버림받은 남자는 자신의 장례식 자리에서조차 사람들 입에 오르내리지 않았고 이제는 '선생'이라고 불리지도 않는다.

"하지만 난보의 놀이 기구를 타다가 크게 다친 아이가 아직 없기는 해."

오소네가 그렇게 말하고 소주를 마셨다. 마치 감상을 술잔에 담아 마셔 버리는 듯했다.

"……도모키가 의심받아야 할 이유를 모르겠어."

후시미는 가쓰라 앞에서는 입에 담지 못한 화제를 꺼내 들었다.

"애초에 도모키가 의심받고 있다는 생각 자체가 착각일

수도 있어."

"그냥 가정해서 하는 이야기야."

"미술부라는 사실 때문 아닐까?"

야마가타 형사도 암시한 바 있다. 스프레이의 출처로 미술부를 들었다.

"그것만으로는 약하잖아."

"어쨌든 내 생각은 그래. 나머지는 뭐 목격 증언이겠지."

"목격자가 있었다고?"

"나도 몰라. 나름 조사도 해 봤는데 나온 건 없어. 그런데 왠지 가능성은 있어 보여. 꼭 사건 당일이 아니어도 난보의 집 주변에서 자주 놀았다거나."

"나루카와 초등학교에서는 꽤 먼 곳이야. 등산을 좋아하는 아이도 아니고."

"나도 가정해서 하는 이야기야."

그렇게 말하면 할 말이 없다.

"미안. 나도 모르게 열이 좀 올랐네."

"괜찮아. 그보다 혹시 뭐 기억나는 거 없어?"

"기억?"

"들어 봐. 난보의 집에 있던 그 낙서는 사건이 발각된 이후에 쓰였을 가능성이 있어. 그러니까 장례식 전날. 그날 밤에 도모키는 집에 있었나?"

사건이 발각된 건 금요일. 그날 도모키가 학교에서 돌아온 건.

"아마도 6시 전이었던 것 같아. 저녁밥을 먹을 때 도모코가 전화로 난보가 죽었다는 소식을 들었고."

그때 아내는 안색이 변했고 전화기를 내려놓는 손이 떨렸다.

"그 뒤에는?"

"내일 장례식에 가야겠다는 말을 꺼냈고 경야 의식에 참석했어."

"너도?"

"어."

도모코를 혼자서 보내기가 신경 쓰였다. 아오야기로 가는 길에 도모코는 그와의 추억을 후시미에게 이야기했다. 특별히 드라마틱한 추억은 없었다. 난보는 늘 기분이 언짢아 보였고 과묵했으며 가르치는 방식도 친절과 정중 같은 단어와는 거리가 멀었다고 한다. 지금도 집에서 쓰는 커플 찻잔을 만들 때도 도모코가 완성한 걸 보여 줬더니 그는 코웃음을 쳤다. 도모코는 "그때는 역시 화가 좀 나더라" 하고 회상했는데 후시미는 아내의 청춘 시절 스승이 도대체 어떤 사람인지 감이 잘 잡히지 않았다.

아오야기 집 안 객실에서 도모코는 눈물도 흘리지 않고

난보의 영정 사진을 물끄러미 바라봤다. 그리고 집에 돌아갈 무렵에는 평소의 웃는 얼굴로 돌아와 끊임없이 수다를 떨었다.

그때 오소네의 목소리가 귀에 꽂혔다.

"그래서, 도모키는?"

혼자 집에 남아 있었다.

그렇게 대답하자 오소네가 잇달아 물었다.

"네가 집에 돌아간 시간은?"

"아마 10시가 넘었을걸."

"그때 도모키는 집에 있었어?"

"확인하지는 않았지만 방 안에 있었겠지."

"그래. 너희 집은 6층이니 창문으로 들어가거나 할 수는 없었겠지."

"이봐. 설마 우리가 경야 의식에 가 있는 동안 도모키가 난보의 집에 메시지를 남기러 갔다는 거야? 말도 안 돼. 시간이 부족하다고."

"도모키는 자전거가 있댔지?"

"그건 그렇지만……."

오소네의 말을 듣는 동안 점차 그럴 수도 있었겠다는 생각이 들기 시작했다. 난보의 집까지 거리는 고작 6, 7킬로미터다. 자전거를 타면 초등학생도 못 갈 거리는 아니다.

"너희의 대화를 듣고 도모키는 난보의 죽음을 알게 됐어. 그래서 메시지를 남기러 가야겠다고 떠올린 거고."

"잠깐만. 도모키가 대체 왜 그런 짓을 하겠어? 그리고 집이 어디에 있는지 알 리도 없잖아."

"전자는 대답할 수 없겠지만 후자는 얼마든 대답할 수 있지. 알고 있었다. 단지 그랬던 거야."

그렇다. 알고 있었다는 한마디로 해결될 문제다.

"지금 너까지 도모키를 의심하는 거야?"

"아니. 그런데 야마가타 형사가 도모키를 주목하게 된 이유를 알아내지 못하면 대처할 수도 없잖아."

"무려 시신이 발견된 날 밤에 그런 집에 몰래 들어가다니. 말도 안 돼."

"벌써 까먹었어? 난보는 애당초 자살로 처리됐어. 타살 가능성이 제시된 건 다음 날, 즉 그 낙서가 발견된 이후야. 시신을 유족이 곧장 거둬 가는 바람에 수사는 제대로 할 수도 없었고."

지역의 권력자인 아오야기 집안의 의향으로 그렇게 됐다. 그랬다면 기회는 있다.

"그리고 어린아이라는 점도 있지."

이번에도 '어린아이니까'라는 조건이 붙었다.

"실은 그 밖에도 신경 쓰이는 점이 있어. 바로 낙서가 적힌 장소야."

"불단 말인가? 거기가 왜?"

"왜 하필 불단이었을까? 메시지를 남길 거면 거실에 남겨도 되잖아. 불단에 낙서한 이유가 뭐라고 생각해?"

시신이 있던 거실과 불단은 서로 맞은편에 있었다. 그러나 불단에 가려면 얼기설기 쌓인 철골 잔해들을 뚫고 가야한다. 그러니 비로소 범인이 어린아이일 수 있다는 추리가 성립하는 것이다.

"글쎄. 잘 모르겠네. 왜일까?"

"간단해. 난보의 시신이 발견된 곳이 거실이니 그런 거야. 당연히 형사들이 드나들 수도 있는 곳이지. 그러니 거실에 낙서를 남기면 언제 낙서했는지 즉시 밝혀지지 않겠어?"

"……그래서 불단을 택했다는 건가."

"그래. 낙서가 적힌 건 사건이 발각된 날 밤이었어. 그게 아니면 일부러 불단에 낙서한 이유를 설명할 수 없지. 그리고 이 추론에서 도출되는 건, 그 메시지를 남긴 메신저가 난보의 죽음을 당일까지 알지 못했다는 점이야."

"난보의 죽음과는 관련이 없다?"

"그렇게는 말하지 않았어. 사전에 계획해서 술병에 독을 집어넣었을 수도 있으니까."

후시미는 머릿속으로 오소네의 논리를 검증해 봤다. 손

쉽게 메시지를 남길 수 있는 거실을 택하지 않은 이유는 범인이 난보의 죽음을 당일까지 알지 못한 데다가 언제 메시지를 남겼는지 감추기 위해서였다. 앞뒤가 잘 맞는다. 그게 아니고서는 굳이 고생해서 불단까지 갈 이유가 없어 보였다.

"그래서 금요일의 알리바이가 중요한 거야."

"하지만 도모키에게는 알리바이가 없다……."

"나루카와 안에 알리바이가 없는 녀석들은 수도 없이 많겠지."

위로의 한마디가 고맙지만 그 말이 무죄를 증명하진 않았다.

불현듯 불쾌한 두근거림이 치밀어 올랐다. 생각지도 못한 방향에서 고개를 드러낸 공포였다.

도모키가 만약 난보의 집 위치를 알았다면 이유는 평소 히메산 부근에서 자주 놀아서일 것이다. 어린아이에게 무차별적인 복수심을 품고 있었을지 모를 노인의 바로 코앞에서 아들은 무방비하게 놀았던 걸까.

"……만약 도모키가 저지른 일이라고 해도 동기를 전혀 모르겠어."

"그건 나도 동감이야. 그런데 범인이 꼭 도모키가 아니어도 현시점에 동기는 알 수 없겠지. 어쩌면 영원히 알지 못할 수도 있고."

모든 게 밝혀진다고 해도. 오소네는 그렇게 끝맺었다.

후시미는 프런티어 플래닝으로 향했다. 집에 가면 어떤
얼굴로 도모키를 대해야 할지 알 수 없었다. 도모코도.

사무실 안에는 다나베만 남아 있었다.

"응? 곧장 집에 가는 거 아니었어?"

"이런저런 사정이 있어서."

"또 아내랑 싸웠나? 멋지네. 사랑의 아수라장. 노래 가사
로 써도 되겠다."

"사장님이야말로 늦게까지 고생 많으시네."

"명색뿐인 사장한테 야근은 일상이지 뭐."

다나베는 평소에도 자만하는 모습을 일절 보이지 않는
다. 오랫동안 그와 알고 지내 온 이유 중 하나이기도 하다.

다나베는 "마실래?" 하고 후시미에게 차가운 캔 맥주를
내밀었다.

"오치는?"

"글쎄. 편집이라도 하고 있지 않을까."

"잠은 제대로 자 두라고 해. 막상 중요한 순간에 판단이
흐려질 수 있으니."

"네가 직접 말해. 네 말은 잘 들으니까."

"흥. 오늘도 한 소리 듣고 왔는데 무슨."

오늘 있었던 일을 간략히 설명하자 다나베는 진심으로 우스운 듯이 웃음을 터뜨렸다.

"저기, 나한테 이 일을 의뢰한 진짜 이유가 뭐야?"

"뭐야, 갑자기. 한 소리 들어서 기죽었어?"

후시미는 속으로 네가 신경 쓸 일은 아니라고 생각했다.

"이유는 전에도 말했잖아. 네 힘이 필요하다고."

"기죽어서 어깨도 제대로 못 펴는 사람의 힘이? ……실은 오치에게는 자기와 겨룰 수 있는 상대라 선택했다는 말을 들었어."

"오치답군. 나한테 의뢰한 것도 꼭 간사이에 있는 회사라서가 아니라 너와의 관계를 알고 있었으니 했겠지. 그 아이를 처음 만나 널 소개해 달라는 말을 들었을 때도 너처럼 다루기 어려운 사람이 어울릴 거라고 납득했고."

"내가 다루기 어렵다고? 아니, 그걸 떠나 그냥 말 잘 듣는 사람으로는 부족한가?"

"좋은 작품을 만들려면 어쩔 수 없는 선택 아니었을까? 필요 이상 띄워 주면 방심할 수도 있으니 굳이 이 말은 안 하려고 했는데, 오치가 네 실력을 칭찬했어."

"칭찬?"

"그래. 촬영 첫날 갑작스레 인터뷰가 진행됐는데도 자기가 원하는 그림을 영상에 제대로 담아 줬다더군."

니무라를 찍었을 때를 말할 것이다.

"특히 증언자의 표정을 담는 실력이 아주 발군이라며 기뻐했어."

후시미가 말없이 맥주 캔을 보고 있자 다나베가 놀리듯 말했다.

"쑥스러워?"

"의심 중이야. 그도 그럴 것이 일정이 너무 급했잖아. 제대로 준비할 시간도 없이 바로 크랭크인이었어. 주도면밀한 오치의 평소 모습과 어울리지 않게."

"마음에 들지 않나 보네."

"일하는 태도와 방식도 좀 그래."

"실력은 인정하지?"

인정하니 더욱 곤란한 것이다. 단순히 실력이 부족하고 입만 산 사람이라면 인내하거나 조언할 수도 있겠지만 오치에게 느끼는 반발심은 뛰어난 능력 이면에 숨겨진 위태로움 때문이었다.

"사실 검증은 아랑곳하지 않고 그저 자기가 원하는 방식으로 이야기를 억지로 끌고 가지는 않을까 걱정돼."

"그래도 그럴싸하게 만들 것 같은데."

"그것도 정도가 있지."

다나베는 흐음, 하고 신음을 내뱉더니 맥주 캔을 입에 가져갔다.

"오치가 용의주도하기는 해. 어디까지가 계산된 행동이고 어디까지가 진심인지 모르겠지만."

"끝까지 침묵을 지킨 징역수의 출연 허락을 받는 것으로 모자라 스폰서까지 알아서 물어 오는 녀석이니."

"그것도 그렇지만 오치는 왠지 좀 더 속내가 깊은 느낌이 들어."

"속내가 깊다고? 너와는 인연이 없는 표현이군."

"응, 나도 그렇게 생각해. 하지만 그런 느낌이 드는데 어쩌겠어……. 여기서만 하는 이야긴데, 실은 난 조금 두렵기도 해."

후시미는 깜짝 놀라서 "뭐?" 하고 되물었다.

"병이라도 걸렸나?"

"병에 걸린다면 알츠하이머보다는 말기 암이 낫겠지."

평소처럼 또다시 얼렁뚱땅 넘어갈 수는 없다. 후시미는 진지하게 물었다.

"혹시 오치가 뒤에서 뭔 일이라도 꾸미고 있나?"

"그런 건 아니야. 그게 아니라 뭐랄까, 이건 범죄나 사상 같은 데서 오는 공포가 아니야. 이를테면……."

"이를테면?"

"도덕 문제라고 해야겠네."

"지금 장난하는 거지?"

다나베의 느긋한 미소에서는 왠지 어두운 기운이 느껴졌다.

"QM의 스폰서가 대체 어디야?"

전에는 대답해 주지 않았지만 오늘 밤 다나베는 순순히 알려 주었다. 모두가 한 번쯤은 이름을 접했을 법한 대형 출판사였다.

"엄청 큰 곳이네."

"응. 무슨 연줄이 있는지는 모르겠지만 아무튼 그곳에서 뒤를 봐주고 있어."

"출판계도 불황이 심하지 않나? 신인 감독의 다큐멘터리에 3천만 엔이라는 거금을 턱 하니 내 준다고? 혹시 책으로 낼 작정인가?"

"책은 낼 것 같아. 그곳은 원래 주간지 기자들의 입김이 강한 곳이거든. 화제로 삼기에 아주 좋은 소재잖아. 내가 오치라면 편집권과 저작권만 확보하고 인세는 제로여도 승낙했을걸. QM이 무사히 만들어지기만 하면 성과는 확실할 테니."

"어떤?"

"명성."

천재적인 기획꾼은 그렇게 잘라 말했다.

"오치가 생각 중인 QM은 스케일이 꽤 큰 것 같아. 스폰서 출판사와 광고 기획사가 함께 움직인다는 소문도 있어. 기획명은 이름하여 '프로젝트 M'. 자세한 건 모르겠지만 다큐멘터리 영화 한 편을 찍고 끝날 생각이 아닌 것만은 확실해."

후시미는 또다시 의문스러워졌다. 무카이 하루토의 출연이라는 비장의 무기가 있다고 해도 오치 후유나는 경력도 없는 일개 여성 감독이다. 요즘은 책을 낸다고 해서 무조건 팔리는 시대도 아니다. 다나베가 말한 소문이 사실이라면 지나치게 스케일이 큰 게 아닐까.

아니, 그보다.

오치는 정말로 돈과 명성 같은 것을 원할까.

"잘 붙어 다니다 보면 우리한테도 국물이 떨어질 수 있어. 이건 서로에게 득 되는 장사야."

"완전 장삿속이군."

"불만인가?"

"아니, 별로. 너도 취미 삼아 회사를 경영하는 건 아닐 테니."

스스로 생각해도 너무 냉정한 말이었다.

다나베는 "후시미" 하고 부르더니 새삼 후시미를 똑바로 쳐다봤다.

"〈아프리카 람보〉 완성 직전에 뉴스가 나왔었잖아. 봇코
가 죽었다는."

후시미가 추적한, 시인을 자칭한 무기 상인이다.

"그때 난 솔직히 행운이 찾아왔다고 생각했어. 이로써
너도 대박 날 거라고 확신했지."

최대한 서둘러 마지막 컷을 바꾸고 자막을 추가했다. 천
진난만한 봇코의 웃는 얼굴 위에 그가 덧없이 세상을 떴다
는 소식과 약간의 애도 문구를 덮어씌웠다. 훌륭했다. 진
정한 의미에서 작품이 완성된 느낌이었다. 마지막 연출을
떠올린 사람은 후시미였다.

"결국 나도 한통속이라는 거네."

은근히 미소 짓는 다나베에게 후시미는 더는 받아칠 수
없었다.

"미야모토의 행방은 알아냈어?"

후시미는 갑갑함을 떨쳐낼 의도로 화제를 바꿨다. 지금
다나베에게 가장 시급한 임무가 바로 미야모토 유키오를
추적하는 일이고, 탐정까지 고용해 현 소재지를 찾고 있다
고 했다.

"규슈에서 덜미를 잡은 듯하니 곧 소식이 들려오겠지."

"순조롭나 보네. 어차피 돈은 받았으니 이대로 영화가

엎어져도 손해 볼 건 없고 만만세로군."

"맞아. 단순히 일로 보면 이번 QM은 백 점 만점으로도 부족해. 재정난으로 힘든 우리 회사의 구세주야."

"그래도 두렵나?"

그러자 다나베는 쓴웃음을 지었다. 또 그 질문을 던질 줄은 예상치 못했을 것이다.

"너도 그렇지 않아?"

"난 줄곧 느끼고 있어. 왠지 위태로워 보인다는 걸."

"그러니까 조만간 맞닥뜨리고 말 거라니까."

"뭘?"

"말했잖아. 도덕 문제."

후시미는 그 후 오치와 하네가 있는 기재실로 가고 싶지는 않아서 사무실에서 밤을 새웠다.

12

13일의 금요일 오후. 미야모토와 무카이가 졸업한 후 나루카와 제2초등학교에 부임해 정년까지 근무했다는 남자의 촬영이 평소처럼 강당에서 시작됐다.

"전 미야모토의 세 자리 옆에 앉아 있었습니다."

키가 180센티미터가 넘는 우에노 도시유키는 당시 교원들이 앉아 있었다는 곳에 서서 오치를 향해 "이쯤이었지요" 하고 말했다.

"사회를 맡은 미야모토가 가장 끝자리에 앉았고 중간에 교장, 교감 선생님, 그리고 제가 앉았죠. 전 당시 6학년 주임이었습니다."

그 옆에는 5학년 주임, 그 옆에는 보건 선생이 앉았다고 했다.

"반대편 벽 쪽에 반 담임 선생님이 두 명, 학부모석 뒤쪽에도 아마 두 명 있었을 겁니다."

강연에 참가한 교원은 총 열 명. 다른 학년 교사는 도우러 나온 4학년 주임만 있었다고 했다.

"전 6학년 3반 담임이었고 미야모토는 1반 담임이었습니다. 대학을 졸업한 지 얼마 되지도 않았는데 미야모토가 최선을 다해 준 덕에 강연회를 열 수 있었죠."

"일을 아주 열심히 하는 교사였나 보네요."

"네. 마침 5학년을 맡을 예정이었던 선생님이 출산 휴가에 들어가는 타이밍이라 첫해에는 부담임으로 일했죠. 그때부터 평판이 좋았습니다. 학생들에게 인기가 있었고 학부모들도 그를 신뢰했어요. 출산 휴가에 들어간 그 선생님이 추천하고 최종적으로 교장 선생님의 지시로 6학년 1반

담임을 맡게 됐습니다."

"어떤 선생님이었죠?"

"학생들에게 눈높이를 맞춘다고 할까요. 사사로운 이익을 좇기보다 학생들과 같은 위치에 서서 아주 자연스럽게 수업을 끌고 가는 선생님이었습니다. 가르치는 게 아니라 배우게 하는 기술이 뛰어났죠. 이게 말이죠. 말은 쉽지만 의외로 어렵습니다. 의식과 테크닉 문제인데 못하는 사람은 계속 못해요. 가르치는 게 아니라 배우게 한다는 건."

미야모토에 대해 설명하는 우에노는 꼭 제자를 칭찬하는 스승처럼 자랑스레 말했지만 정작 본인은 스승 같은 건 아니라고 했다.

"저는 오로지 그에게 사무적인 일들만 가르쳤습니다. 덧셈을 외우게 하는 걸 교육이라고 하지는 않죠."

현역에서 은퇴한 노교사는 "전 그의 팬이었습니다" 하고 당시를 회고했다.

"젊음, 열정, 재능. 미야모토는 교사에게 필요한 모든 것을 다 갖추고 있었습니다. 교단에 서서 단순히 세월만 보냈을 뿐인 저에게는 없는 재능이었죠. 그러니 당시 나루카와 제2초등학교 교원과 학부모들은 모두 그에게 협조적이었지요."

"마사키 선생님의 강연회를 개최한 데도 그런 영향이 있었겠네요."

"미야모토는 그 강연회를 열 때도 아주 의욕적이었습니다. 잡다한 일은 자기가 맡을 테니 반드시 강연회를 성공시키고 싶다고 했죠. 미야모토가 스승이라고 부를 사람이 있다면 바로 마사키 선생님 아닐까요?"

"우에노 선생님은 그전에도 마사키 선생님을 알고 계셨습니까?"

"잠깐이지만 함께 학생들을 가르치던 시기가 있었습니다. 그분은 저를 제법 아껴 주셨죠. 미야모토처럼 저도 그분께 많은 걸 배웠다고 해야 할지 모르겠네요. 사실 미야모토는 학창 시절 마사키 선생님의 제자였는데 당시 선생님이 쓴 책을 읽고 감명을 받았다고 했습니다."

"마사키 선생님의 교육론은 구체적으로 어땠죠?"

그러자 노교사는 "흐음" 하더니 고개를 갸웃했다.

"커리큘럼과 벌, 보상의 순위 매기기 같은 기술적인 부분이 특히 흥미로웠는데 현장에 있는 사람이 아니면 이해하기 조금 어려울 수도 있겠네요."

"추상적이어도 상관없습니다."

우에노는 "네" 하고 호흡을 한 번 가다듬고 설명을 시작했다.

"일본의 교육사를 얼추 되짚어 보자면 말이죠. 우선 전

전戰前에는 주로 국가에 의한 톱다운 방식의 교육 제도가 주를 이뤘습니다. 그러나 패전으로 그런 조류가 조금씩 물러가 이른바 '히노마루, 기미가요 교육'이 종언을 맞이했죠. 그리고 그때부터 한쪽은 서양 선진국들의 교육 방식을 배우자는 방향, 또 한쪽은 시민들의 자치로 공공 교육을 이루자는 방향이 공존하는 시대로 접어듭니다. 다시 말해 시험 만능주의, 주입식 교육이라고 비난받는 방식과 '수도 방식*' 등으로 대표되는 평등주의, 민주주의적 교육 방식입니다."

카메라를 든 후시미 옆에서 오치가 말을 보탰다.

"후자를 밀고 나간 주체가 일본 교직원 조합이죠?"

"네, 그렇습니다. 한마디로 교육의 목적이 어디에 있는지가 핵심 문제였죠. 주입식 교육은 아이들을 선별해서 나누었습니다. 뛰어난 학생과 그러지 못한 학생을 학력이라는 기준하에 확실히 나누는 겁니다. 반면 공공 교육을 주창한 이들의 목표는 시민의 육성이었습니다."

"시민의 육성 말인가요."

"공공성을 지닌 채 사회 속에서 스스로 움직이는 시민의 육성입니다. 예전의 톱다운 주입식 애국 교육이 아닌 바텀업으로 이뤄지는 민주 교육이었죠. 마사키 선생님도 본인

* 1958년에 일본에서 실시된 필산을 기본으로 하는 산수 교육법.

책에서 이 점을 강조하셨고요."

"마사키 선생님도 일본 교직원 조합에 가입하셨나요?"

"네. 그건 저도 마찬가지였습니다. 도심지 학교 교사들 정도는 아니어도 당시에는 많은 교원이 그분의 방식에 동조하기도 했습니다. 그러나 마사키 선생님은 어느 순간부터 조합과 거리를 두기 시작했습니다. 교직을 그만두기 직전, 그러니까 90년대 끝 무렵일까요."

"무슨 이유로?"

"유토리 교육에 크게 반발하셨기 때문입니다."

1970년대 일본 교직원 조합에 의해 주입식 교육의 안티테제로 제창된 이 교육 방침은 1992년 신 학력관 도입, 2002년 학습 지도 요령의 전면 개정을 거쳐 본격적으로 시행되었다. 주된 정책은 '지식 중시 교육에서 경험 중시 교육으로', '상대 평가가 아닌 절대 평가 도입', '종합 학습 실시' 등이었다.

"처음에는 마사키 선생님도 그 교육 방침에 호의적이었습니다. 특히 경험 중시라는 관점은 선생님의 지론이기도 했죠. 하지만 방식이 구체화할수록 서서히 마음이 멀어져 간 겁니다."

"왜죠?"

"몇 가지 이유가 있었던 것으로 보입니다. 이건 제 상상에 불과하지만, 하나는 현장 교원들의 실력 부족을 걱정해서라고 봅니다."

학교와 교원의 재량이 늘어나자 현장에서는 그런 여건을 효과적으로 활용하는 능력과 창조성이 요구됐다. 말 그대로 학생들이 스스로 배우게 하는 자질을 이제 가르치는 쪽에 묻게 된 것이다.

"교육 당사자들에게 참으로 어려운 문제였죠. 경험주의, 종합 학습. 듣기에는 그럴싸하지만 도대체 뭘 어떻게 가르쳐야 좋을지 저희에게는 노하우나 구체적인 교본 같은 것도 없었습니다. 또 입시 시스템이 완전 소멸된 것도 아니라 학력은 그대로 유지해야 하지만 수업 시간은 점점 줄어들었죠. 결국 될성부른 아이들은 학원에 가고, 싹수가 노란 아이들은 더 노래지는 겁니다. 뭘 어떻게 해야 좋을지 수많은 교사들이 망연자실했습니다. 나침반도 없이 망망대해를 떠도는 것과 같았죠. 그래서 마사키 선생님은 이른 시점부터 교성회를 구상하기 시작하신 겁니다."

"교육자 육성회 말이군요."

"네. 유토리 교육이 실시되기 전에 교사들부터 철저히 교육해야 한다고 주장하셨죠. 합당한 기관에서 최소 1년은 확실히 연수를 받아야 한다고 하셨어요. 물론 주위에서는 엄청난 반발이 쏟아졌습니다. 모처럼 자유로운 재량권을 얻게 됐는데 지도법을 또다시 매뉴얼화하려고 드느냐 같은 비난이었죠. 교육 위원회 입장에서는 예산과 인원이 부족했고, 교직원 조합은 교사 교육이라는 발상 자체에 반발심을 느꼈을 겁니다. 결국 선생님은 공기관을 세우는 것을 단념하고 퇴임해 직접 사교육 기관을 만들기로 하셨습니다."

우에노의 시선이 13년 전 마사키 쇼타로가 쓰러진 곳으로 향했다.

"지금 돌이켜보면 선생님의 걱정이 정확히 들어맞았다고 할 수 있습니다. 이건 어디까지는 제 사견이지만, 선생님은 제도 이전에 일본의 현대 교육 자체에 한계를 느끼신게 아닐까 싶네요."

그렇게 중얼거리는 노교수의 모습에서는 '좌절'이라는 단어가 떠올랐다.

"사건에 대해 말씀해 주실 수 있나요?"

"아, 네. 물론이죠. 쓸데없는 이야기가 길었네요."

이후 우에노는 나루카와 사건 당일 상황에 대해 설명했지만 지금껏 얻은 증언들과 크게 다르지 않았다.

"당시만 해도 범인을 전혀 눈치 못 챘습니다. 뒤쪽이 조금 어수선하다고 느낀 직후에 미야모토가 뛰어가는 모습을 봤죠."

우에노의 눈은 먼저 미야모토를 좇았고 한 박자 늦게 무카이를 알아봤다. 시야에는 미야모토, 마사키, 무카이 세 사람이 들어왔다고 한다.

"범인을 제대로 보지 못하셨군요."

"네. 저와 나란히 앉아 있던 교장, 교감 선생님, 5학년 주임 선생님도 마찬가지였죠. 모두 미야모토가 갑자기 달려가서 놀랐고 그러고 나서야 무슨 일이 일어났는지 깨닫게 된 순서입니다."

주변에 있는 교사들은 멀리서 무카이의 모습을 알아봤지만 몸을 움직이지 못했다고 한다.

"범인이 언제 칼을 손에 쥐었는지도 못 보셨나요?"

"네, 그렇습니다. 찌른 뒤에야 눈치챘으니까요."

"다른 선생님들은?"

"제가 있던 줄에서는 아마도 못 봤을 겁니다. 그쪽 주변에 있던 선생님 중에는 보신 분도 있었을 테지만."

"반대편 벽 쪽에 서 있던 선생님 말이군요."

"네. 저처럼 뒤쪽에 있던 사람들과는 거리가 너무 멀었으니까요."

오치는 "그렇군요" 하고 고개를 끄덕였다.

우에노의 설명은 앞뒤가 맞았다. 실제로 교원들보다 무카이와 가까운 곳에 있던 노인과 주부도 칼을 보지 못한 거나 마찬가지인 증언을 했다. 만약 봤다면 교사석의 반대편에 있던 사람들이 봤을 것이다. 그들은 당시 서 있기도 해서 무카이를 목격하기 쉬운 조건이었다. 그렇지만 그곳은 무카이의 왼쪽이었다. 그가 오른손에 쥐고 있었을 칼을 과연 반대편에서 볼 수 있었을까.

오치는 그 점은 더 언급하지 않고 대화를 이어 갔다.

"미야모토 선생님은 범인보다 먼저 마사키 선생님께 도착했나요? 아니면 그 뒤에?"

그러자 우에노는 의아해하며 대답했다.

"당연히 그 뒤였겠죠? 먼저 도착했다면 마사키 선생님을 보호했을 테니까요. 칼에 찔린 사람이 미야모토였을 수도 있고요."

증언을 통해서 들은 미야모토의 인물상이라면 그럴 수도 있었을 것이다.

"우에노 선생님. 이건 가정해서 하는 말인데, 만약 우에노 선생님이 그때 범인을 먼저 눈치챘다면 어떻게 하셨을 것 같습니까?"

"그건 뭐라고 답변드리기가 어렵네요. 미야모토처럼 행동하면 좋았겠지만 다리가 얼어붙어서 그 자리에서 꼼짝하지 못했을 수도 있을 것 같습니다."

"범인을 눈치채지 못한 건 왜일까요?"

"왜냐고 물으시면?"

우에노가 되물었다.

"선생님은 키가 아주 크십니다. 다른 분들보다 강당 전체를 내려다볼 확률도 높겠죠. 실례되는 질문인 건 알지만 모쪼록 생각나는 대로 부담 없이 말씀해 주셨으면 좋겠습니다."

"그냥 제 주의력이 부족했겠죠."

"마사키 선생님의 강연에 집중하셔서 더 그러지 않았을까요?"

"그 말씀은 맞습니다. 선생님을 만나 뵙는 게 오랜만이었고 강연도 흥미로웠으니까요. 지금에 와서는 변명만 되겠지만요."

"아뇨. 변명은커녕 오히려 당연한 대답이라고 생각합니다. 마사키 선생님의 강연에 집중했으니 범인을 눈치채지 못했다. 거기에는 어떤 이상한 부분도 없습니다. 고작 3초만에 일어난 일이었으니까요."

"그게 무슨 말이죠?"

"무카이가 몸을 일으켜 학부모석에서 빠져나갔을 때만 해도 이상한 점은 없었습니다. 학부모석에 있던 다른 목격자도 그냥 화장실에 가는 것처럼 보였다고 했죠. 이변은 무카이가 학생석 통행로를 지나고 나서 발생했습니다. 그 뒤로 그가 마사키 선생님이 있던 곳에 도착하기까지 3초 정도 걸렸을 것으로 추측하고요. ……그런데도 미야모토 선생님은 어떻게 범인을 알아볼 수 있었을까요?"

우에노가 당황한 듯 "네?" 하고 반응했다. 목소리가 커졌다.

"자신이 직접 초청한 존경하는 선생님이 강연을 하는 상황입니다. 우에노 선생님 이상으로 미야모토 선생님은 마사키 선생님의 강연에 집중하지 않았을까요?"

"……아이들의 모습을 살폈겠죠. 마사키 선생님의 이야기를 아이들이 어떻게 듣고 있는지 그 모습을……."

"그렇군요. 덧붙이자면 여기서부터 당시 마사키 선생님이 있던 곳까지 성인이 뛰어가면 대략 2초 정도 시간이 걸리겠지요. 선생님은 미야모토 선생님이 뛰어갔을 때부터 그 모습을 눈으로 좇았다고 하셨죠? 그리고 미야모토 선생님은 무카이와 거의 동시에 마사키 선생님 옆에 도착했습니다."

우에노가 표출하는 당혹감을 카메라가 냉정히 기록하고 있다.

"고작 1초. 미야모토 선생님은 단 1초 만에 마사키 선생님이 공격당할 거라고 판단했을까요?"

"충동적으로 움직였을 겁니다. 생각해서 움직인 게 아니고요."

"그렇군요."

침착함을 잃은 노교수에게 반론의 기회는 주어지지 않았다.

"감사합니다."

오치는 고개를 꾸벅 숙이고 곧장 대화의 막을 내렸다.

역까지 우에노를 바래다주겠다는 하네를 멈춰 세우고 후시미는 자신이 직접 가겠다고 했다. 오치는 그런 후시미를 왠지 불만스럽게 쳐다봤지만 아이 교육 문제로 할 이야기가 있다고 거짓말을 하고 나루카와 제2초등학교에서 하이에이스의 시동을 걸었다.

룸미러에 비친 우에노 도시유키는 입을 꾹 다문 채 차창 밖을 노려보고 있었다.

"혹시 기분이 상하셨나요?"

최대한 밝게 물었지만 우에노는 눈길도 주지 않았다.

"마지막에 트집을 잡는 것처럼 여쭤봐서 죄송합니다. 저희 감독이 사실 추구라는 것에 이상할 정도로 집착이 심해서요. 이따금 폭주할 때가 있어서 저희도 종종 간담이 서늘해집니다. 다음에 그러지 않도록 말해 놓을 테니 부디 기분 푸시기를 바랍니다."

우에노는 대답하지 않았다.

"실은 제 아들이 현재 나루카와 초등학교에 다니고 있습니다."

"······몇 살이죠?"

"5학년입니다. 공부에는 전혀 관심이 없고 전형적으로 입만 산 녀석이죠."

우에노는 "그런가요" 하고 그제야 표정을 풀었다.

"다 적성이라는 게 있습니다. 공부가 다라고 생각할 필요는 없지요."

인품이 좋은 사람이다. 학생을 최우선으로 생각하는 선생님이었을 거라고 후시미는 짐작했다.

"솔직히 저도 사회에 나와 학교 공부가 도움이 된다고 느낀 적은 없습니다. 그렇게 아등바등해서 대학에 갔는데도 결국 이렇게 프리랜서로 일하고 있으니까요. 정작 필요하다고 느낀 건 인간력이었죠. 그런데 저희 아들을 보면 저도 역시 걱정이 되어서요. 평소 알고 지내는 아이 아버지에게 이런 이야기를 들은 적이 있습니다. 인간력 같은 건 대체 누가 어떻게 기준을 정하는 거냐고요."

"교사들도 마찬가지입니다. 교실 안에서는 공부가 다가 아니라고 설파하는 주제에 정작 자기 아이는 사설 학원에 보내는 동료가 많았죠."

장난스럽게 짓는 미소를 보고 후시미도 입가에 미소를 떠웠다.

간신히 분위기가 화기애애해져서 가슴을 쓸어내리며 물었다.

"마사키 선생님은 어떠셨습니까?"

그러자 우에노의 웃는 얼굴이 갑자기 어두워졌다.

"선생님은 슬하에 자녀가 없었습니다. 사모님이 심장병을 앓아 포기했다고 하셨죠."

마사키 부부는 둘 다 교토 출신인데 아내가 교토에 있는 병원에서 오랫동안 요양 생활을 했다고 한다.

"주말에는 꼭 병문안을 가셨죠. 선생님은 이곳에 셋집을 얻은 탓에 병원을 오가기가 쉽지 않으셨을 겁니다. 그래도 일은 다른 사람보다 더 많이 하셨습니다. 연극부 고문 역할도 맡으셨으니까요. 부모님이 지원해 주셨다고 해도 대단하지요."

우에노는 "아마도 사모님의 별세가 교단을 내려오는 계기가 됐을 겁니다" 하고 덧붙였다.

"훌륭한 선생님이셨군요."

"물론이지요."

우에노는 주저 없이 단언했다.

후시미는 "그나저나" 하고 원래 묻고 싶었던 본론에 들어갔다.

"나루카와 제2초등학교에는 마사키 선생님 외에도 유명한 선생님들이 있다고 하더군요. 미술부의 다키타 선생님이라든지요."

순간 우에노의 표정이 조금 더 어두워진 느낌이 들었다.

"제 아들이 미술부라 그런지 관심이 생겨서요. 혹시 아십니까?"

"오랫동안 함께 교직에 있었습니다."

"다키타 선생님도 마사키 선생님과 같은 시기에 함께 교단에?"

"네. 두 분은 연배도 비슷해서 저보다 오랫동안 교류했을 겁니다."

"어떤 선생님이셨죠?"

"음…… 이례적이었다고 표현하면 좋을까요. 교육자라기보다는 예술 방면이 더 어울리는 분이었죠."

"미야모토 선생님과는 갈등이 있었다고 하더군요."

조금 부드러워진 분위기가 또다시 팽팽해졌다.

"……그분은, 다키타 선생님은 미야모토를 일방적으로 싫어하는 경향이 있었습니다."

"무슨 이유라도?"

"아마도 성격이 맞지 않았겠죠. 그런데 미야모토 외에도 다키타 선생님과는 갈등을 빚는 선생님이 많았습니다. 마사키 선생님과도 견원지간이었고요. 그는 사사건건 마사키 선생님께 반대했는데 대부분 생트집이었습니다. 마사키 선생님이 공교육의 귀감이라면 다키타 선생님은 태생이 아웃사이더인 분이었습니다."

아웃사이더라는 말이 심하게 들렸다.

"꽤나 까다로운 분이셨나 보네요."

"감정적인 분이었죠. 그러니까 그런 일도 벌어졌을 테고……."

"그런 일이요?"

"아뇨, 뭐 이런저런 문제가 있었습니다. 마사키 선생님은 정반대였죠. 논리적인 사고와 감정을 결합해 교육에 활용하고자 하셨습니다. 그 시도 가운데 하나가 바로 연극이고요."

후시미는 말없이 뒷이야기를 재촉했다.

"마사키 선생님은 연극을 통해 얻을 수 있는 교육 기능으로 세 가지를 언급하셨습니다. '집단 활동으로 달성의 기쁨 체득', '표현 행위로 풍부한 정서 육성', 그리고 '간접 체험으로 타인에 대한 상상력 획득'."

"간접 체험 말인가요."

"네. 선생님은 특히 그 세 번째를 강조하셨습니다. 스포

츠나 합창 등으로는 얻을 수 없는 연극 특유의 기능이라고
하시면서요."

"구체적으로 어떤 걸까요?"

"이를테면 집단 괴롭힘을 주제로 한 연극을 공연한 적
이 있습니다. 요즘은 그런 연극을 한다는 것만으로도 화제
가 될 것 같네요. 아무튼 선생님은 우선 괴롭힘을 가하는
사람, 괴롭힘을 당하는 사람, 중립인 사람, 보고도 못 본 척
하는 사람, 말리는 사람까지 각각의 입장을 아이들에게 연
기시켰습니다. 순서대로 하나씩이요. 그런 다음 아이들에
게 어떤 역할을 맡고 싶으냐고 다시 물었습니다. 왜 그 역
할을 하고 싶은지도요. 아이들은 괴롭힘을 당하는 사람을
경험하고, 괴롭히는 사람을 경험하고, 방관자를 경험하고,
용기 내어 말리는 사람을 경험합니다. 그런 유사 체험을
통해 타인에 대한 상상력을 기른다. 이건 단순히 '괴롭힘=
나쁜 것'이라는 도식에 그치지 않고 한발 더 나아간 교육
법이었습니다."

말을 멈춘 우에노가 "분명"하더니 허공을 바라봤다.

"선생님의 가슴속에는 인간은 모두 양심을 지녔다는 확
신이 있었을 겁니다. 그리고 그걸 발굴하는 방법으로 연극
이라는 수단을 찾으셨겠죠."

"말씀만 들으면 훌륭한 연극일 거라는 느낌이 듭니다.

유토리 교육의 종합 학습에 도입해야 한다고 생각될 정도 네요."

"그러나 역시 교육자, 게다가 연극이라면 연출가가 될 교원의 역량이 아주 중요하지요. 아무나 같은 효과를 얻을 수 있는 건 아닙니다. 매뉴얼대로 하는 삼류 연극이라면 아이들도 곧장 알아채니까요."

"그래서 교사 육성 기관을 직접 세우려고 하신 거군요."

"그렇습니다. 평탄한 길은 아니었지만 선생님이라면 해내실 거라고 믿었습니다. 그리고 언젠가 그 유지를 이어 미야모토 같은 젊은 교육자도……."

우에노는 다시 한번 허공을 바라봤다.

"미야모토 선생님도 그 사건 이후 교단을 내려왔죠?"

"네. 책임감을 느꼈겠죠. 여러분이 생각하는 그런 의미는 절대 아니고요."

후시미는 쓴웃음으로 반응했다.

"오해하지 마십시오. 저희도 지금 누군가를 규탄하기 위해 이런 걸 찍는 건 아닙니다."

"압니다. 저널리스트시죠?"

후시미는 "뭐, 일단은 그렇게 소개하고 있습니다" 하고 머뭇거리며 대답했다.

"마사키 선생님의 교육 방침을 계승해 미야모토 선생님

도 연극을 맡았나요?"

"네. 고문은 따로 있었지만 연극부에 자주 드나들었죠. 미야모토는 초등학생 때 마사키 선생님의 연극부에 속해 있었습니다. 그때부터 동경했다고 하더군요. 타인에 대한 상상력을 기르는 연극과 그걸 실현하는 마사키 선생님의 실력을."

"범인도 연극부에 있었다던데요. 심지어 미야모토 선생님과 같은 반에."

"네. 그렇다고 하더군요."

마음이 편치 않은 화제처럼 보이지만 후시미는 애써 물어보기로 했다.

"혹시 당시에 대해 뭐 들으신 건 없는지요?"

"……그가 대본을 썼다고 하더군요."

후시미는 흠칫 놀랐다. 동시에 무카이 관련 신문 기사에 적힌 인물평에 '문학 소년 같았다'라는 내용이 있었던 것을 떠올렸다. 집 안에 남아 있었다는 사전도.

"그가 쓴 대본은 어땠죠? 괜찮았나요?"

"축제 때 공연했다고 하는데 내용까지는 모르겠습니다. 대본을 썼다는 것도 사건을 취재하러 온 기자분께 전해 들은 이야기고요."

우에노는 무카이가 졸업한 이후 나루카와 제2초등학교

에 부임했다. 그는 고개를 갸웃했다.

"그러고 보니 그 기자분도 범인과 다키타 선생님의 관계
에 대해 집요하게 묻더군요."

"다키타 선생님과의 관계요?"

무심코 목소리가 커졌다. 연극부 고문이었던 마사키가
아닌 다키타와의 관계를?

"다키타 선생님은 담임을 맡지 않아서 수업이 아니라면
무대 세트를 만들 때 정도에 만났을 텐데, 미야모토에게
물을 수 있는 상황도 아니라 저는 전혀."

그런 이야기는 기사에서도 본 기억이 없다.

눈앞에 역이 보였다. 후시미는 차를 세우고서 물었다.

"다키타 선생님은 지금 어디에?"

"명부가 있으니 알려드릴 수는 있겠지만, 이미 돌아가셨
습니다. 8년쯤 전에요."

후시미는 대번에 풀이 죽었다. 그럴 가능성을 이미 각오
하기는 했다.

"미야모토 선생님은?"

"안타깝지만 모르겠습니다. 그런데 알고 있다고 해도 알
려드리지 않을 겁니다."

우에노가 차에서 내리려는 순간 후시미는 마지막으로
물었다.

"혹시 마사키 선생님이 말씀하셨다는 '모두 씨'가 뭔지 아십니까?"

"아, 강연 말이군요."

우에노가 역으로 향하려던 발길을 멈추고 대답했다.

"그건 말이죠. '도덕'을 마사키 선생님 방식대로 바꿔 말한 단어입니다."

또다시 도덕이 언급되었다.

후시미를 혼자 남겨 두고 우에노는 역 쪽으로 사라져 버렸다.

후시미는 잠깐 시간 괜찮겠느냐며 오치와 하네를 강당에 불러 모았다.

"이번 영화, 대체 어떡할 작정이야?"

후시미가 노려보자 오치는 침착하게 대답했다.

"어떻게라뇨?"

"난 다큐멘터리 영화의 촬영을 맡기로 했어. 네 멋대로 만드는 픽션을 도울 생각은 없다고."

"지금껏 사실을 하나둘 쌓아 올린 것밖에 한 게 없는 것 같은데요."

"억지를 부려 가며 증언의 신빙성을 뒤집는 게 사실 검증인가?"

"그렇게 보였나요? 그렇다면 애초에 그 증언에는 신빙성이 없다는 뜻 아닐까요?"

"단순히 인상을 조작하고 있을 뿐이 아니고?"

"반복해서 말씀드리지만 사실을 쌓아 올려 가고 있을 뿐이에요."

"그렇게 사실을 쌓아 올린 결과, 무카이의 유죄가 확정됐어."

"고작 그 정도 사실들 때문에, 라고 해야겠죠."

후시미는 오치의 뜨겁지도 차갑지도 않은 눈빛이 거슬렸다.

"무카이가 연극 대본을 썼다는 건 알고 있어?"

그러자 오치가 눈을 살짝 가늘게 떴다.

"네 방식이 오히려 증언자의 입을 닫게 하지 않을까?"

"후시미 씨."

오치가 여전히 무표정한 얼굴로 입을 열었다.

"그 정보, 정말로 필요한가요?"

후시미는 아연실색했다.

"이번 작품에 무카이의 인품이나 평소 행실 같은 건 필요하지 않아요. 전 모든 감상과 감정을 배제한 채 그를 유죄로 이끈 사실만을 평가하고 싶을 뿐이에요. 올바른 저널리즘의 일환으로써요."

"자만하지 마. 자신의 올바름을 의심하지 않는 사람일수록 한번 쓰러지면 다시 일어서지 못하는 법이야."

"경험담인가요?"

"뭐?"

욱하는 마음에 무심코 한 걸음 앞으로 나아가려는 찰나 하네가 끼어들었다.

"후시미 선배님! 일단 감독님이 원하는 방향으로 가죠. 그래서 만약 문제가 생기면 편집을 활용하면 되고, 도가 지나치면 다나베 씨와 스폰서도 개입하지 않을까요?"

후시미는 거칠어진 숨을 가다듬고 다시 한번 오치에게 물었다.

"앞으로도 이런 비뚤어진 방식을 계속 고수할 거면 난 그만두겠어."

간신히 입 밖에 쥐어짜 낸 말은 그런 허세 같은 한마디였다.

"보수는 일당으로 돌려받을 거고. 알겠어?"

"네."

그야말로 후시미의 반응을 예상하고 꿰뚫어 본 것 같은 눈빛이었다.

오치와 함께 오사카에 돌아가고 싶지 않아서 곧장 집에

가겠다고 했다. 내일은 일정의 중간에 해당하는 날이어서 하네가 한잔하자고 권했지만 거절했다. 지금 억지로 즐거운 척해 봐야 역효과만 난다. 스스로 생각해도 꼬인 성격이다.

곧장 집에 가도 이번에는 도모코에게 민폐를 끼칠 것 같았다. 데루마이에 가서 혼자서 술을 한잔할까 생각했지만 내키지 않았다. 잠시 거리를 걷다가 문득 뛰고 싶어졌다. 답답한 마음을 떨쳐내는 데 도움이 될 것이다. 집에 가서 옷을 갈아입고 나오기로 했다.

나루카와 제2초등학교에서 국도 옆을 걷다가 고미네 공원에 접어들 무렵 낯익은 남자와 맞닥뜨렸다.

"안녕하세요."

후시미가 말을 걸자 "아, 네……" 하는 뭔가 얼빠진 반응이 돌아왔다. 고마이 유는 왠지 초췌해 보였다.

그의 얼굴을 엿보며 물었다.

"무슨 일이라도 있었나요?"

"아뇨. 지금 야간 순찰을 하러 가는 참입니다."

"아, 그렇군요. 죄송합니다. 저만 빠져서."

아뇨, 하고 대답하는 목소리에 힘이 없다. 그의 모습에서 불안감이 느껴졌다.

"괜찮으신가요?"

"네?"

"아뇨, 고마이 씨. 왠지 표정이 어두워 보여서요."

고마이는 공허한 눈빛으로 후시미를 보며 억지웃음을 지어 보였다.

"실은 고소를 당할 것 같습니다."

"네? 직장에서 무슨 문제라도?"

"아내에게요."

후시미는 흠칫 놀라 "네?" 하고 물었다.

"다쿠에게 손찌검을 해 버렸습니다."

또다시 "네?" 하고 되물었다.

"다쿠를요? 무슨 일로?"

"아동학대로 고소할 거라더군요. 내일 당장 변호사를 찾아가 상담한다고 합니다. 어젯밤에 그랬는데 12시가 지났으니 이제 오늘이군요."

"그건 좀 너무한 것 같은데요."

"하지만 그럴 거라고 하는데 어쩌겠습니까. 자기를 말릴 권한은 저한테 없다고 합니다."

후시미는 고마이의 사정을 미처 이해하지 못해 머릿속이 혼란스러웠다. 반강제로 그를 공원에 데려가 사양하는 그에게 지난번 빚을 갚는다며 캔 커피를 건넸다. 둘이 함께 벤치에 앉았고 후시미가 먼저 입을 열었다.

"저, 고마이 씨. 다쿠를 심하게 때리신 건가요?"

고마이는 피로에 찌든 얼굴로 대답했다.

"설마요. 그냥 손바닥으로 한 대."

"그리 큰 문제도 아닌 것 같은데요."

아버지가 아들을 손바닥으로 한 대 때렸다. 그걸로 고소라니.

"제가 생각해도 큰 문제로 이어질 것 같지는 않습니다. 저도 지나쳤다고 반성 중이고 만약 경찰이 조사해도 학대 결론이 나오지 않을 거라는 자신은 있지요. 실제로 전 학대 같은 건 하지 않았으니까요. 하지만 아내가 그런 말을 꺼낸 것 자체가……."

고마이는 휘청거리듯 하늘을 올려다보며 "정말 힘드네요" 하고 툭 내뱉었다.

"……뭔가 죄송스럽습니다. 상관도 없는 제삼자가 참견한 것 같아서."

"아뇨. 이렇게 털어놓고 나니 그래도 마음이 조금 편해졌습니다. 오늘은 하루 종일 일도 손에 안 잡혀서 답답했거든요. 괜찮습니다."

"그럼 실례를 무릅쓰고 하나만 더 묻겠습니다만, 다쿠를 왜 때리신 건가요?"

그러자 고마이의 표정이 어두워졌다.

"다쿠가…… 거짓말을 해서요."

"거짓말이요?"

"학원에 간다고 해 놓고 말도 없이 학원을 쉬었더군요."

고작 그런 일 때문에? 그러나 역시 입 밖에 내지는 못하고 후시미는 가볍게 말했다.

"오락실에 가거나 친구들과 군것질 정도는 허락한다고 하지 않으셨나요?"

"그렇죠. 네……."

자신의 행동을 후회하고 있을 것이다. 그리고 그 행동이 부른 사태 때문에 혼란스럽고 힘들어하고 있다.

"저도 함께 갈까요?"

후시미가 그렇게 말하자 고마이는 무슨 뜻인지 몰라 어안이 벙벙해했다. 후시미는 미소 지어 보였다.

"야간 순찰요. 그 젊은이랑 둘만 있으면 따분하시겠죠."

그제야 고마이가 웃어 보였다.

"따분합니다. 대화도 없이 그냥 돌아다니기만 해서요. 그런데 그것도 오늘 밤이 마지막입니다."

"그런가요."

"일단 순찰을 중단한다고 하더군요. 난보 씨 사건 이후 아무 일도 일어나지 않고 있으니까요."

고마이가 몸을 일으켜서 후시미도 엉거주춤 일어섰다.

"저도 같이 가겠습니다."

"아니요, 안 그러셔도 됩니다."

고마이가 고개를 흔들었다.

"후시미 씨 대신 하마구치 씨가 순찰에 참여하고 있는데 별로 달갑지는 않습니다."

하마구치는 자경단 단장을 맡는 인물이다. 어렸을 때 동네 골목대장이던 상태 그대로 성장한 듯한 남자다.

"저희 같은 사람들이 어지간히 마음에 들지 않는가 봐요. '외지인이 어딜' 같은 태도를 노골적으로 비춥니다."

"그럼 구로다는 사랑받고 있겠군요."

함께 순찰을 하는 구로다는 지역에서 가업인 슈퍼마켓을 물려받기로 했다.

그러나 고마이는 "당치도 않습니다" 하고 말하며 강하게 부정했다.

"하마구치 씨가 일부러 금요일 순찰에 들어온 게 바로 구로다를 감시하기 위해서입니다."

"네?"

"모르셨요? 그가 연속 경범죄 사건의 용의자라는 걸."

경찰이 눈여겨보는 두 남자 중 한 명이 대학을 중퇴한 젊은이라고 했다. 아마 이웃집에 살고 어린 여자아이를 좋아한다는 남자일 것이다.

후시미는 짐짓 모르는 체하면서 물었다.

"그런 소문이 도나요?"

"좁은 동네입니다."

고마이가 나직이 말했다.

"야간 순찰을 이번 주에 끝내는 것도 경찰이 자치회에 요청해서겠죠. 아무튼 외지인을 싫어하는 단장과 범죄 용의자 사이에 껴서 순찰을 도니 마음이 편할 리 없고, 그러다 보니 따분함을 느낄 새도 없습니다."

고마이는 갈 곳을 잃은 듯 건조한 미소를 지어 보였다.

"그러니 오늘 갑자기 후시미 씨가 불쑥 나타나면 괜히 이상하게 오해할지도 모릅니다."

"……알겠습니다. 자중하죠."

"후시미 씨."

고마이는 미안해하며 후시미를 보고 말했다.

"도모키에게 다쿠 일을 대신 사과해 주시겠습니까?"

"네? 도모키에게요?"

"다쿠가 가을 축제 때 도모키와 함께 연극을 만들 거라며 큰소리를 쳤는데."

다쿠와 도모키는 학년은 다르지만 자매 학급이다.

"오늘 아침에 갑자기 안 할 거라고 하더군요. 제가 괜히 찬물을 끼얹은 것 같아서 마음이 영 편치 않아서요."

고마이는 마지막으로 "커피 잘 마셨습니다" 하고 터벅터벅 걸어갔다. 후시미는 지쳐 보이는 그의 뒷모습을 말없이 눈으로 좇았다.

달릴 의욕을 잃고 집에 돌아가자 이번에는 후시미에게 청천벽력 같은 소식이 덮쳤다. 도모코가 저녁에 나루카와 초등학교에서 연락이 왔다는 말을 꺼낸 것이다.

방과 후 미술 준비실을 들른 학생이 그것을 처음 발견했다고 한다. 도모키가 그린 그림이 갈가리 찢긴 채 보란 듯이 미술실 한가운데에 놓여 있었다는 것이다. 그리고 그림의 찢어진 부분에 이런 글자가 있었다고 한다.

'미술 시간을 시작합니다'

13

다음 날 부부가 함께 나루카와 초등학교 미술 준비실을 찾아가 찢어진 캔버스를 확인했다. 가슴이 쓰렸다. 무엇을 그렸는지 전혀 알아볼 수 없고 간신히 유화임을 알 수 있는 정도였다.

그림에 새겨진 '미술 시간을 시작합니다'라는 글자만이

뚜렷이 보였다.

"이곳에 이젤이 있었습니다."

담임 여교사와 미술부 고문 선생이 안내를 맡았다. 두 사람은 격주로 쉬는 토요일이라 수업이 없는데도 출근했다. 학교 안은 밖에서 운동부가 내는 소리만 울리고 조용했다.

"경찰에는 아직?"

후시미가 묻자 담임 여교사 시미즈가 머뭇거리면서 답했다.

"네⋯⋯. 두 분께 먼저 말씀드리고 나서 하는 게 좋을 것 같아서⋯⋯."

나이가 느껴지지 않는 호리호리한 몸매와 또박또박한 말투가 인상적이던 여교사가 지금은 완전히 위축돼 있다.

처음 만나는 미술부 고문 선생은 말수가 적은 초로의 남성으로 무슨 생각을 하는지 모를 막연한 표정을 짓고 있었다.

"도모키는 좀 어떤가요?"

걱정하듯 묻는 시미즈에게 후시미는 "괜찮습니다" 하고 대답했다. 실제로 도모키가 우울해하는 기색은 없다. 말수가 줄고 얼굴에서 미소도 사라졌지만 큰 충격을 받은 것 같지는 않았다. 어젯밤 자세한 이야기를 나누지 못하고 자기 방에 들어가 버렸다.

"가을 경연 대회용으로 그린 그림입니다. 도모키는 실력이 뛰어나니까요. 저희 부에서 유화에 도전한 아이는 도모키뿐이었습니다."

고문 선생이 온화하게 말했지만 목소리에서는 당혹스러워하는 기운도 느껴졌다.

"뭘 그렸죠?"

"그네입니다. 공중그네라고 했죠."

"서커스 같은 곳에서 볼 수 있는 그네 말인가요?"

"스케치만 놓고 보면 공원 등지에 있는 평범한 그네입니다. 언덕 위에 있는 그네가 하늘을 향하는 구도였죠. 일상 속의 이공간처럼 보였다고 할까요. 혹시 장 오로네 프라고나르의 그네 그림을 아시나요?"

알 리가 없다.

"양갓집 규슈가 깊은 숲속에 있는 그네에 올라타 있는 그림인데요. 해방감이 느껴진다는 의미에서 비슷한 그림이었습니다. 도모키가 그린 건 사람이 없는 텅 빈 그네 정물화였지만요."

찢긴 캔버스를 보고 원형을 떠올리는 건 무리였다. 군데군데 녹색을 칠한 곳이 숲처럼 보이지만 그 이상은 알아보기 어렵다. 애초에 후시미는 그림에 소양이 없기도 했다.

"언제 일어난 일인지 밝혀졌나요?"

"그제만 해도 괜찮았습니다. 채색을 70퍼센트 정도 마친 걸 보고 조언을 몇 가지 해 주기도 했죠."

"그 뒤에는?"

"작품은 미술 준비실 구석에 있었습니다. 어제는 수업이 두 번 있었는데 미술 준비실을 쓴 건 동아리 활동 시간뿐입니다. 그러니 저도 하루 종일 확인을 못 했죠. 청소도 부원들이 해서 눈치채지 못했을 테고요."

"저지르려고 마음만 먹으면 누구든 할 수 있었다는 뜻인가요?"

"그제 밤부터 어제 방과 후 사이라면요. 문이 잠겨 있던 것도 아니니."

고문 선생이 면목 없다는 듯이 말했다. 경비 시스템이 왜 이 모양이냐며 채근하고 싶지는 않았다. 초등학교 미술실에 엄중한 보안이 필요하다고 생각하지도 않았다.

"외부인이 들어왔을 가능성은?"

그러자 고문 선생은 "그건……" 하고 말하며 시미즈를 쳐다봤다.

"가능성은 있어요."

시미즈는 순순히 인정하고 고개를 툭 떨궜다.

"밤에는 들어올 수 있었을 거예요."

미술실은 학교 건물 1층에 있다.

"다만 가능성은 아주 작아요. 학교 부지 안에 들어올 수는 있어도 건물에는 문단속이 돼 있었으니까요."

"이곳 창문도?"

시미즈는 "아마도……" 하고 자신 없이 대답했다. 나루카와 초등학교에 외부인 침입 경보 시스템은 없다. 문이 닫혀 있어도 뛰어넘으면 침입할 수 있다. 지역을 위해 개방된 학교를 만들려 한 시기의 결과물이다.

"범인은 아직 잡히지 않았죠?"

후시미가 묻자 시미즈는 고문 선생에게 눈짓을 보냈고 그가 자리를 떴다. 고미네마치 경범죄 사건 범인의 소행일 수 있다고 생각해서 물었기에 뜻밖이었다.

"실은…… 가능성이 있어 보이는 아이가 한 명……."

시미즈는 "이 이야기는 비공개로 부탁드려요" 하고 전제하고 입을 열었다.

"요시카와 마코토라는 아이예요."

이름을 듣고 가슴이 철렁했다.

"이유는요?"

"도모키와 마코토 둘 다 저희 반인데…… 마코토는 뭐랄까, 좀 성격이 특이한 아이라서……."

"혹시 마코토가 괴롭힘을 당했습니까?"

"노골적으로 괴롭히는 건 아니었고요. 조금 더 뭐랄까, 그런 분위기가 있었다고 할까요. 마코토 쪽에서 다른 아이들과 어울리지 않기도 했고요."

"설마 도모키도 괴롭힘에 가담한 건가요?"

지금껏 옆에서 가만히 듣고 있던 도모코가 참지 못하고 목소리를 높여 물었다. 후시미는 내심 놀랐다. 아오야기가에서 마코토를 때린 아들의 본심이 의로운 분노가 아닌 볼썽사나운 가학성 때문이라고는 생각해 본 적이 없었기 때문이다.

그러나 시미즈는 세차게 고개를 가로저었다.

"아니요. 반대예요."

"반대?"

"네. 도모키는 마코토를 다른 아이들과 똑같이 대했답니다. 오히려 마코토와는 사이가 좋았어요."

안도하면서도 아직 의심을 떨치지 못한 부모를 보며 시미즈가 말을 이었다.

"도모키는 리더 같은 타입은 아니지만 늘 똑똑하고 자기 의지로 행동하고 있답니다. 또 분위기에 쉽게 휩쓸리지도 않아서 반에서 혼자 조금 붕 떠 보이기도 하죠. 두 분께는 실례되는 말일 수도 있지만."

후시미는 "아뇨" 하고 대답했다. 불쾌하지 않았다.

"도모키 덕분에 다른 아이들도 마코토를 대할 때 도를 넘는 것 같지 않기도 해요. 죄송해요. 학생에게 의지하는 건 완전히 제 역량 부족 때문입니다."

"한마디로 도모키와 마코토는 친구 사이라는 말씀이시죠? 사이가 좋나요?"

"반에서 혼자 겉도는 마코토를 도모키가 감싸 주는 느낌이었죠."

"그런데 마코토는 왜 도모키의 그림을 이렇게 했을까요? 친구 사이에 치는 장난이라고 하기에는 도가 지나치지 않나요?"

시미즈는 "그게 참 뭐라고 대답해 드리기 어려운 부분인데……" 하고 이맛살을 찌푸렸다.

"그 나이대 아이들의 심리는 원래 복잡해서요. 옆에서 보면 도모키는 마코토에게 도움의 손길을 주는 것처럼 보이겠죠. 하지만 그건 어떤 의미에서는 마코토에게 굴욕적이었을지도 몰라요."

"비뚤어진 자존심 같은 걸까요."

"그런 게 아예 없다고는 할 수 없겠죠. 마코토는 종종 도모키의 호의를 거부할 때도 있었으니까요."

후시미는 마코토의 심정을 이해할 수 있었다. 자신이 그랬기 때문이다. 비뚤어진 인간이 비뚤어진 채로 살아가기 위해 필요한 일종의 허세 같은 의지다.

"하지만 그것만으로 마코토를 범인으로 보는 것도……."

"네. 물론이죠. 그 밖에도 요즘 두 아이 사이가 삐걱거렸다는 점도 있어요. 도모키가 전처럼 마코토에게 말을 거는 모습을 잘 보지 못하기도 했고요."

짐작되는 이유는 있었다. 난보의 장례식장에서 일어난 사건 때문이다. 그러나 그때 일을 언급하지는 않았다.

"요즘 마코토의 상태는 어땠죠?"

"평소와 다를 바 없었어요. 다만 지난달 중순에 일주일 정도 학교를 쉰 적이 있습니다. 다쳤다고 하면서요."

후시미는 혼란스러운 심정을 얼굴에 드러내지 않기 위해 애썼다.

"마코토가 학교에 돌아온 뒤로 두 아이는 말을 섞지 않더군요. 마코토는 겉으로 드러내지 않으려는 것처럼 보였지만 본심이 어땠는지 알 수 없죠."

평소에 마음이 들지 않았다고 해도 막상 도모키가 자신에게 다가오지 않자 배신당했다고 느꼈을 것이다. 모든 게 자신이 경험한 대로여서 후시미는 마코토에게 왠지 모를 친근감까지 느꼈다.

"또 하나, 이건 어디까지나 가정해서 하는 이야기인데……. 그, 미술부에는 도모키 외에 부원이 네 명밖에 없답니다. 다른 아이들은 모두 여학생이고 늘 무리 지어 다녔다고 하네요. 그래서 도모키는 미술부 안에서 외로웠다고 해요. 도모키가 그네 그림을 그린 걸 아는 아이도 마코토뿐이었다고 하고요. 실은 미술부 고문 선생님이 도모키와 마코토가 캔버스 앞에서 소곤소곤 대화하는 모습을 보신 적이 있다고……."

"다른 친구들은?"

"아는 아이는 없을 거예요. 안타깝게도 저희 반 아이들은 미술에 별로 관심이 없어서요."

후시미는 자신도 마찬가지라고 생각하며 "그럼?" 하고 물었다. 뭘 묻고 싶은 건지 자신도 알 수 없었다.

"저, 이번 일이 만약 **도모키를 노린 거라면**, 이 그림을 도모키가 그린 걸 아는 사람은 고문 선생님과 미술부 여학생들, 그리고 마코토뿐입니다."

도모코가 입가에 손을 가져갔고 후시미도 서서히 사태를 이해하기 시작했다. 그림을 찢은 게 도모키 개인을 노린 행위였다면 도모키가 그린 그림이라는 것을 알고 있어야만 한다. 그리고 조건을 충족하는 사람 중 동기가 있을 법한 사람은 마코토 한 명뿐이다.

"어떻게 하실 생각인가요?"

시미즈가 조심스레 두 사람에게 물었다. 예전 같았으면

학교에서 일어난 문제는 학교 자체적으로 해결했을 것이다. 그러나 시대는 변했고 고미네마치의 연속 경범죄 사건과의 연관성도 유의 깊게 짚을 수밖에 없다.

"……조금만 더 상황을 지켜봐 주시겠습니까? 만약을 위해 경찰에는 일단 연락해 주시고요."

시미즈는 "알겠습니다" 하고 미안해하며 고개를 끄덕였다. 그녀가 속에서 한숨을 내쉬는 소리가 귀에 들리는 듯했다.

미술실을 나가자 고문 선생이 나타나 두 사람을 바래다주겠다고 했다.

후시미는 그와 나란히 걸으며 물었다.

"도모키와 마코토가 미술실에서 대화를 나눈 게 언제인가요?"

"그건 아마…… 지난주 금요일이었던 것 같군요."

"지난주? 어떤 분위기였죠?"

"그게, 마코토가 저를 보자마자 나가 버려서요."

"그 애는 평소에도 미술실에 자주 왔나요?"

"아뇨. 수업 시간 외에는 한 번도 온 적이 없습니다."

후시미는 이해 못 할 초조함이 가슴에 퍼지는 것을 느꼈다. 도모키가 마코토를 때린 건 5월 둘째 주 토요일이다. 그 뒤 마코토는 돈에 눈이 먼 아버지에게 얻어맞아 크게 다쳐서 학교를 일주일 정도 쉬었다. 이후 도모키와의 관계가 서먹해졌다고 한다.

그러나 지난주에는 둘이 함께 미술실에서 도모키의 그림을 봤고 이후 목요일 밤에서 금요일 방과 후 사이에 그림이 갈가리 찢겼다…….

뭔가 뒤죽박죽했다. 어린아이의 변덕이라는 한마디로 정리할 수도 있겠지만 잘 이해되지 않았다. 아니면 그림을 찢은 건 다른 사람의 소행일까. 우연히 도모키가 당했을 뿐이지 범인은 무작위로 그런 짓을 저지르는 걸까. 메시지는 연속 경범죄 사건과의 관련성을 의심하게 하지만 모방범일 수도 있다. 그러나 연속 경범죄 사건의 범인이 나루카와 초등학교의 학생일 가능성도 있다.

"고미네마치에서 일어난 연속 경범죄 사건에 대한 나루카와 초등학교의 대책은 뭔가요?"

"조회 시간과 방과 후 특별활동 시간에 주의를 주었고 그 밖에 지난주에 설문 조사도 실시했다고 들었습니다. 전담임이 아니라 자세한 건 모르겠습니다."

"설문 조사? 알고 있어?"

도모코에게 묻자 "응, 지난주에 학부모들한테 설문 조사를 한다는 연락이 왔어" 하고 대답했다.

"내용이 뭐야?"

"집에 가면 보여 줄게."

그때 앞장서서 가던 고문 선생이 "그나저나" 하고 입을 열었다.

"참으로 안타깝습니다. 아니, 두 분의 심정에는 반할 수도 있지만 전 그 메시지 같은 것보다 도모키의 작품이 사라져 버린 게 너무 안타깝네요."

"완성도가 높았나요?"

"아주 좋은 작품이 나올 수 있었죠. 물론 처음 그리는 유화라 테크닉이 특출하지는 않았습니다. 그제 제가 조언했을 때도 별로 내키지 않아 하는 것 같았고요. 본인은 납득하지 못했을 수도 있겠네요."

"건방지네요."

"하지만 그런 건 상관없습니다. 그보다 뭐랄까, 도모키의 그림에는 마음을 끌어당기는 뭔가가 있었습니다. 지금은 비록 그렇게 돼 버리기는 했지만 전 똑똑히 기억합니다. 대단한 작품이었어요."

"그렇게까지 말씀하시는 걸 보니 저도 왠지 아까워지네요. 완성된 그림이 어땠을지 궁금합니다."

"네. 저도 기대하고 있었습니다. 이건 빈말이 아니라 도모키에게는 확실히 감각이 있어요."

오늘 들은 말 중에 가장 기분 좋아지는 말이었다.

"어떻게 생각해?"

후시미는 집에 가는 길에 도모코에게 물었다. 도모키와 학교 일에 대해 후시미보다 훨씬 잘 알고 있을 터였다.

그러나 도모코도 이번 일이 당혹스러운 듯했다.

"마코토랑 사이가 좋았던 건 확실한데……."

"집에 놀러 오기도 했어?"

"아니, 밖에서 놀았어. 친구 이야기를 할 때는 늘 마코토랑 다쿠 이름이 자주 나왔고."

후시미의 머릿속에 초조해하는 고마이 유의 모습이 떠올랐다.

"주로 셋이 함께 놀았던 것 같아."

후시미는 왠지 신기한 기분에 사로잡혔다. 마코토와 다쿠. 어울리지 않는다고 느끼는 건 두 아이의 아버지를 전부 알고 있는 탓일 것이다. 고마이와 요시카와가 함께 술잔을 기울일 일은 앞으로도 영원히 없을 것 같았다.

"알고 있었어? 요즘 도모키와 마코토 사이가 서먹해졌다는 건."

"그냥 왠지 그런 것 같았어. 도모키가 마코토 이야기를 잘 안 했거든. 다쿠도."

"다쿠도?"

"그보다 도모키, 요즘 힘이 좀 없어 보여."

"언제부터?"

"난보 선생님 장례식 이후부터."

후시미는 흠칫 놀랐다. 조금도 눈치채지 못했다.

"오소네가 왔을 때는 기분 좋아 보였잖아."

"그렇게 보였어? 난 억지로 그러는 것 같던데. 곧장 자기 방에 들어가 버리기도 했고."

정말로 그랬을까. 도모코의 눈을 의심할 만한 자신은 없었다.

"마코토를 때린 게 계속 신경 쓰이는 건가?"

맞장구 대신 걱정 섞인 중얼거림이 되돌아왔다.

"정말로 도모키 짓일 수도 있을 것 같아."

"뭐가?"

"선생님 집에 적혀 있었다는 그 낙서."

진지한 도모코의 모습을 보고 후시미는 순간 가슴이 철렁했다.

"말도 안 돼. 도모키가 왜 그런 짓을 하겠어."

"왠지 그랬을 수도 있다는 느낌이 들어."

모호한 부분을 얼른 채우고 싶은 욕구를 꾹 참고 천천히 가능성을 검토해 봤다. 미술부에 있는 스프레이, 금요일 알리바이, 어린아이의 소행……. 도모키는 범행을 저지를 수 있었다. 그러나 저지를 수 있었을 뿐이지 저지른 사람이 반드시 도모키여야 하는 것은 아니다.

"도모키한테 직접 물어봤어?"

"넌지시. 난보 선생님 집에 간 적이 있느냐고 물었어."

"그러니까 뭐래?"

후시미는 스스로도 긴장한 게 느껴졌다.

"없대. 어디 있는지 모르고 가본 적도 없다고 곧장 대답했어."

"그럼……."

"근데 왠지 이상했어. 대답이 너무 빨리 나왔거든. 꼭 그 질문을 받을 걸 미리 준비라도 한 것처럼."

듣고 보니 이상했다.

"……하지만 도모키가 정말 그랬다면, 대체 왜?"

동기. 도모키가 충동적으로 그런 짓을 저질렀을 것 같지는 않다. 낙서가 적힌 불단에 가려면 난보가 죽어 있던 거실을 반드시 지나야 한다. 독을 마시고 죽은 시신은 일반인들이 떠올리는 것보다 훨씬 비참하다. 구토물과 오물……. 시신이 없다고 해도 웬만한 담력의 소유자가 아니면 그 옆을 지나칠 수도 없었을 것이다. 범인에게는 분명 강한 의지가 있었다.

"내가 어떻게 알겠어. 그런데 요즘 도모키를 보고 있으면 좀 딱해."

도모코가 엄마의 얼굴로 한숨을 내쉬었다.

"힘들어하는 것 같아."

집에 가서 학교에서 보냈다는 설문 조사지를 확인했다. 조사에 대한 설명에는 나루카와 경찰서가 요청했다는 취지가 적혀 있다. 요즘 아이가 무엇에 관심을 두고 있는지, 자주 놀러 가는 곳은 어디인지 같은 무난한 질문 속에 유독 눈에 띄는 질문이 있었다.

'요즘 아이가 그네를 타며 노는 모습을 본 적이 있습니까? YES/NO'

자연스럽게 도모키가 그렸다는 유화가 떠올랐다. 경찰이 만들었을 설문 조사 항목에 굳이 이런 게 들어 있다는 것은 의심할 수밖에 없다.

"……가서 도모키 좀 불러와 봐."

엄마를 따라 거실에 들어온 도모키는 말없이 고개를 숙이고 있었다. 후시미는 도모키를 지그시 바라봤다. 잠시 침묵이 흘렀다. 도모코는 도모키 바로 옆에서 그를 지켜보고 있다.

"도모키."

후시미가 입을 열었다.

"난보 선생님 댁에 간 적이 있지?"

일부러 단도직입적으로 물었다.

그러자 도모키는 고개를 숙인 채 "없어" 하고 작게 대답했다.

"거짓말하지 마라. 저번 달 금요일 밤에 아빠랑 엄마가 경야 의식에 참석했을 때 자전거를 타고 난보 선생님 댁에 갔잖아. 스프레이를 들고."

도모키는 대답하지 않았다.

"솔직히 말해라."

역시 대답이 없다.

"도모키. 간 적이 없으면 없다고 확실히 말해."

"없어, 없다니까."

도모키가 후시미를 똑바로 보며 말했다. 의연한 태도다. 어제 직접 그림이 찢겼는데도 위로의 말 한마디 듣지 못하고 느닷없이 심문을 당하고 있다. 그런데도 눈물 한 방울 흘리지 않는 것은 정말 초등학교 5학년 아이가 보일 반응으로 맞을까 의심될 정도였다. 그러므로 도모코의 직감이 옳다고도 느꼈다.

도모키는 지금 거짓말을 하고 있다.

"정말이냐?"

"어."

주눅 들지 않고 흔들리지도 않는다. 자신감을 갖고 떳

떳이 자기 의견을 말하고 있다. 원래는 칭찬받아야 마땅할 자질이 지금은 부모 자식 사이를 가로막고 있다.

후시미는 불현듯 눈앞에 있는 낯익은 소년이 자신에게서 멀어져 가는 느낌에 휩싸였다. 도모키의 가면을 쓴 다른 누군가와 대치하고 있는 기분이었다. 가슴속에서 곤혹스러움을 밀어젖히고 분노가 고개를 들었다. 저도 모르게 주먹을 꾹 쥐었고 허리가 들썩였다.

그때 본 고마이 유의 후회에 가득 찬 모습이 떠올랐다. 요시카와의 모습도 그려졌다. 한심한 아버지들의 모습.

아내와 아이 앞에서는 손을 올리지 않는다. 그것은 사회의 규칙이자 내가 정한 규칙이다.

이런 고집스러운 아들에게 나는 대체 무슨 말을 해 줘야 할까.

"……알겠다. 됐어."

후시미는 주먹을 풀고 그렇게 말했다.

아들이 방에 돌아가자 도모코가 후시미를 신경 쓰며 다가왔다.

"저 고집은 대체 누굴 닮은 걸까?"

"당연히 당신이지."

가볍게 내뱉는 도모코의 말 속에 평소의 여유는 없었다.

14

느닷없이 새로 들어온 세컨드 카메라맨의 이름은 후지이라고 했다.

구성원이 세 명뿐이면 불안하기는 하다. 예산도 충분한 상황에 스태프를 추가하지 않는 것도 이상하다. 그러나 애초에 최소 인원으로 촬영하기를 바란 사람은 오치 자신이었다. 오치는 카메라 몇 대가 동시에 움직여서 구멍을 땜질하는 것처럼 찍고 싶지 않고 피사체에 쓸데없이 긴장을 주고 싶지 않다고도 했다. 그런데 이제 와서 대체 무슨 바람이 불어 뒤늦게 방침을 바꾼 걸까.

나에게 신뢰를 잃었나.

전에 그만두겠다고 선언하기도 한 처지라 만약의 상황을 대비해 인원을 추가했다고 해도 불만을 토로할 수는 없다. 그러나 마음에 들지 않는 것은 사실이었다. 도모키 일도 겹치는 바람에 후시미는 계속 속을 태웠다.

나이가 서른 남짓 되는 후지이는 후시미의 지시에 순순히 따랐지만 그런 모습조차 왠지 거슬렸다. QM에 참여 중인 젊은 녀석들은 하나같이 착실해서 더욱더 뭐라고 하기 어렵다. 후시미는 자신의 못된 심보에도 화가 치밀었다.

사건 당시 5학년이었다는 남자는 오전에 학교에 찾아왔

다. 그는 사건이 일어났을 때 출입로 옆에 앉아 있었다고 했다. 평소처럼 질문과 답변이 이어졌지만 새로운 증언은 나오지 않았다. 오후에도 세 명이 찾아왔다. 똑같이 출입로 쪽에 있었다는 당시 5학년 학생 한 명과 6학년 학생 두 명이었다.

5학년이었다는 여자에게서도 이렇다 할 정보는 얻지 못했다. 당시 무카이는 곧장 여자 옆을 지나쳐 눈앞에서 마사키, 미야모토와 몸싸움을 벌였다. 칼은 들고 있었던 것 같고 아마도 무카이가 마사키 선생님을 찔렀을 것이라고 했다.

사건 이후 여자는 대인공포증에 시달렸다고 한다. 사람이 많이 모여 있는 곳이 두려워졌고 지금도 후유증이 약간 남아 있다고 했다.

"왜 촬영에 협조해야겠다고 생각하게 되었나요?"

오치의 질문을 듣고 그녀는 힘들어 보였지만 또박또박 대답했다.

"극복하고 싶어서요."

네 번째 줄에서 사건을 목격한 여자에게 당시 사건은 너무도 생생한 동시에 불가사의한 기억이었다. 처음 보는 남자의 손에 갑작스레 훌륭한 선생님이 살해됐다. 그리고 잘아는 선생님이 두 사람을 말리러 갔다. 단지 남의 일이라고 할 수도 없지만 그렇다고 현실감이 있는 것도 아니었다. 마치 순식간에 세상에 금이 간 느낌이었다. 약한 수준의 분열감이 오랫동안 이어져 왔고, 지금도 가끔 그 사건이 일어나지 않은 세계가 따로 있는 건 아닐까 하는 망상에 사로잡힐 때가 있다고 했다.

"대체 무슨 일이 일어났는지, 왜 일어났는지 알고 싶었어요. 그럼 저도 비로소 그 사건을 받아들일 수 있을 것 같아요."

사건을 가까이서 목격했을수록 트라우마에 시달리는 사람이 많다. 뒤이어 오후에 찾아온 예전 6학년 1반 남학생은 오른쪽 가운데의 가장 앞줄에 앉아 있었다.

"갑자기 유키오 선생님이 눈앞을 뛰어가서 놀랐습니다. 그런데 그때는 이미⋯⋯."

뒷말을 잇지 못했다. 목소리가 희미하게 떨리고 있다.

"그 뒤로는 밥도 제대로 못 먹겠더군요. 봐 버렸으니까요. 돌아가신 선생님의 얼굴을요. 눈이 뒤집힌⋯⋯."

남자에 이어 오늘의 마지막 증언자가 찾아왔다. 그리고 거기서 문제가 발생했다.

"제가 뭐라고 해 줬으면 하는데요?"

사건 당시 6학년 1반이었다는 다니구치 유코는 턱을 치켜들고 으스스한 미소를 지어 보였다. 반팔 티셔츠 아래로 뻗은 담갈색 팔에 근육이 도드라졌다.

"당시에 있었던 일을 있는 그대로 저희에게 말씀해 주셨으면 합니다."

"알아요. 알면서 묻는 거예요."

"……무슨 말씀이신지?"

"그러니까 그쪽이 듣고 싶어 하는 이야기를 해 주겠다는 소리예요. 무슨 뜻인지 모르겠어요?"

"그러니 있는 그대로를 부탁드립니다."

그러자 다니구치가 노골적으로 답답해하며 바닥을 걸어찼다. 침이라도 뱉을 기세다. 반면 오치는 표정에 변화가 없었다.

"됐고, 빨리 시작하죠. 묻고 싶은 걸 물으세요."

본인이 먼저 설명할 마음은 없는 듯하다. 오치가 체념한 듯이 입을 열었다.

"범인이 걸어오는 모습을 보셨나요?"

"네. 봤어요."

"흰색 티셔츠에 청바지를 입은 남자였죠?"

"네. 맞아요."

"그 남자는 손에 칼을 들고 있었나요?"

"……어느 쪽이 좋아요?"

"어느 쪽이라고 하시면?"

"들고 있는 게 좋아요? 없는 게 좋아요?"

오치는 입을 다물고 여자의 웃는 얼굴을 빤히 바라봤다.

"그쪽이 원하는 대로 증언해 줄 테니 나중에 좀 더 챙겨 줘요. 오사카에서 힘들게 여기까지 왔어요. 그 정도는 이해해 줄 수 있죠?"

하마터면 후시미가 먼저 한숨을 내쉴 뻔했다. 오치의 표정에는 아직 변화가 없다.

"그런 건 요구하지 않습니다. 사실만을 말씀해 주시면 돼요."

"아휴, 답답하네."

여자는 그 자리에 책상다리를 하고 앉아 지겹다는 듯이 고개를 홱 돌렸다.

이대로 있다가는 좋은 그림이 나올 리 없다. 후시미가 카메라를 내리려고 하자 오치가 후시미를 날카롭게 쳐다봤다.

계속 찍으라는 뜻이다.

"미야모토 선생님과 범인 중 누가 먼저 마사키 선생님께 도착했죠?"

다니구치는 여전히 딴 곳을 보고 있다.

"다니구치 씨가 있던 곳에서는 보이지 않았나요?"

오치가 허리를 숙여 그녀의 얼굴을 보며 물었다.

"다니구치 씨. 다른 분들은 범인이 미야모토 선생님보다 먼저 도착했다고 하셨어요. 당연히 그럴 것이고 그게 아니면 오히려 이상하다고 하더군요."

"이봐."

후시미는 이야기가 왠지 이상하게 흘러가는 것 같아 참지 못해 입을 열었지만 오치는 돌아보지 않았다.

"어떤가요? 다니구치 씨가 보시기에도 그랬나요?"

부루퉁한 표정의 여자에게 오치의 눈빛이 일직선으로 꽂혔다. 꼭 원하는 대답을 말없이 채근하는 것처럼 보이기도 했다.

"그래요. 제가 있던 곳에서는 그 녀석이 먼저 보였어요."

"그 녀석이 누구죠?"

"오치, 그만해!"

"미야모토요. 미야모토 자식이요."

다니구치가 느닷없이 벌떡 일어서서 팔을 휘두르며 크게 소리쳤다.

"네, 그 자식이요! 그 자식이 죽였어요! 이제 됐죠? 만족해요?"

그 뒤로 그녀는 배 속 깊숙한 곳에서 날카롭게 교성을 질렀다.

"찍지 마!"

후시미가 후지이의 카메라 렌즈를 가로막으며 외쳤다.

"아뇨. 계속하세요."

"적당히 좀 해!"

"이분은 찍지 말라고 하신 적 없어요."

후시미가 오치의 이름을 외치기 전에 날카로운 목소리가 귀에 닿았다.

"맞아요. 전 찍고 싶어요. 그러니 제대로 찍어 주세요. 알겠어요? 그때 사건은 그 자식이 저지른 짓이에요. 그 미야모토 자식이요!"

다니구치는 주저앉아 어깨를 들썩이며 깔깔 웃었다.

역까지 바래다주는 차 안에서 다니구치 유코는 온 힘을 소진했는지 축 늘어져 창밖만을 바라봤다.

지금까지도 여러 번 출연자들을 바래다줬지만 이토록 어색한 분위기는 처음이었다. 택시를 불러도 된다는 오치의 말을 가로막고 억지로 운전석에 앉은 건 그녀와 꼭 대화를 나눠 보고 싶었기 때문이다.

"……정말 돈 때문에 하신 일입니까?"

대답은 돌아오지 않았다.

"오히려 그렇게 마구 폭로하면 돈을 못 받을 수도 있을 텐데요."

대답이 없다.

"아까 다니구치 씨의 모습이 왠지 조금 애처로워 보였습니다."

룸미러로 그녀의 눈빛을 확인했다.

"다들 미야모토 선생님이 좋은 선생님이었다고 하던데 다니구치 씨는 어떻게 생각합니까?"

"……제가 뭐라고 해 주기를 원해요?"

"글쎄요. 뭐든 좋습니다. 어차피 전 뭐가 진실인지 모르니까요."

"그럼 묻지 마세요."

"그래도 묻고 싶은 게 인지상정이죠."

차 안에는 힘이 달려 덜덜거리는 하이에이스의 엔진 소리만 울려 퍼졌다. 교차로를 두 개 지나고 후시미는 말없이 운전대를 오른쪽으로 꺾었다. 일부러 멀리 돌아가는 길을 택했다.

"……전 싫었어요."

붉은 신호등 앞에서 차를 세웠을 때 다니구치가 불쑥 내뱉었다.

"미야모토 선생님은 학생들에게 사랑받지 않았나요? 착한 동네 형 같은 느낌이라 그가 담임을 맡았던 1반뿐만 아니라 다른 반 아이들과도 친하게 지냈다던데요. 다들 유키오, 유키오 하고 그를 이름으로 불렀고 점심시간에는 함께 발야구도 했다더군요."

다니구치가 또다시 입을 다물자 후시미는 질문의 각도를 바꿨다.

"다키타 선생님을 기억하십니까?"

그러자 다니구치가 고개를 돌렸다. 몸짓에서 뭔가 느껴지는 게 있었다.

후시미는 잠자코 기다렸다. 경험상 뭔가를 말하고 싶어 하는 침묵이다. 그러다 신호가 바뀌자 천천히 가속 페달을 밟았다.

"······불쌍한 분이었어요."

생각지도 못한 말이었다.

"그게 무슨 뜻이죠?"

"이 일대에서 일어난 놀이 기구 사고, 아시죠?"

난보가 만든 놀이 기구를 뜻할 것이다.

"네. 문제시돼서 학교와 공원에 있던 놀이 기구들이 철거됐죠."

"그때 철거를 반대한 분이 바로 다키타 선생님이에요."

"반대?"

"네. 이건 부모님께 들었는데, 선생님은 어떤 모임에서

아이들이 놀다가 다친 게 뭐가 문제냐는 식으로 말씀하셨
다고 해요."

"대단하군요."

"그래서 엄청난 비난을 샀고요."

다키타의 인품을 엿볼 수 있는 일화다.

"그런데 그 뒤로 더 심해졌어요. 무려 선생님을 학교에
서 추방하자는 운동이 일어났거든요."

"그게 무슨 말입니까?"

"선생님은 원래 사방이 온통 적이었어요. 조금 특이한
분이셔서."

"고작 그 일 때문에 학교에서 추방한다고요? 무시무시
하네요."

"이곳에는 원래 그런 분위기가 있어요. 일단 한 번 미움
을 사면 그걸로 끝 같은 느낌이랄까."

다니구치의 목소리에 울음기가 섞였고 그녀는 억울한
것처럼 시트를 픽픽 치기 시작했다. 그 건조한 소리를 들
으며 후시미는 침을 꿀꺽 삼켰다.

처음 자치회에 출석했을 때 쏟아진 쌀쌀맞은 눈빛들이
떠올랐다.

"다니구치 씨가 미야모토 선생님을 싫어하는 것도 혹시
다키타 선생님 일 때문에?"

그러자 다니구치의 표정이 어두워졌다. 후시미는 속으로 아차 싶었다.

"다른 이유인가요?"

"……선생님의 추방 운동에 가장 앞장선 사람이 바로 미야모토 자식이에요."

하마터면 운전 중인 것을 잊고 뒤를 돌아볼 뻔했다.

"그게 정말입니까?"

미야모토의 예전 제자는 고개를 연신 끄덕였다. 아이들 앞에서 대놓고 비판하지는 않아서 당시만 해도 알지 못했다. 그러나 지금 돌이켜보면 명백하게 미야모토는 다키타를 적대시했다고 했다.

다키타가 미야모토를 눈엣가시처럼 여겼다는 이야기는 우에노에게서도 들었다. 그러나 그것은 마사키와 관련된, 즉 교육관의 차이가 주된 원인이라고 생각했다. 혹은 단순히 성격상 궁합이 맞지 않았다고 생각했다.

그래도 앞장서서 추방의 깃발을 흔든 것은 너무 심하다. 미야모토에게 다키타는 대선배였고 미야모토가 교사가 된 지도 얼마 안 됐을 시기다. 이야기로만 전해 들은 미야모토의 인물상과 일치하지 않았다.

"혹시 뭔가 사정이 있었습니까? 미야모토 선생님이 다키타 선생님을 싫어할 만한."

"몰라요. 어쨌든 미야모토는 정말 못된 자식이에요. 그리고 전부터 다키타 선생님한테 수없이 듣기도 했어요. '저 사람 옆에는 가지 말라'라고요."

같은 학교를 다닌 니무라도 들었다는 말이다.

"미야모토가 아이들과 친하게 지냈던 건 맞아요. 특히 여학생들과. 하지만 전 수수한 다키타 선생님이 더 좋았어요. 선생님은 제 재능을 믿어 주신 분이고……."

다니구치는 5학년 때 학교에서 공연한 뮤지컬에서 작사에 도전했다고 한다. 단 한 곡의 짧은 노랫말이었지만 가사를 본 다키타는 그녀에게 이렇게 말했다. '넌 언젠가 다른 사람을 감동시킬 수 있을 거야'. 그녀는 그의 말을 믿고 열심히 노력했고 지금은 신인 작사가로 활동하기 시작했다고 했다.

다니구치에게 그날의 사건은 아무래도 상관없는 일이었다. 그녀를 움직이게 한 것은 존경하는 다키타 선생님을 제거하려 한 미야모토와 나루카와 제2초등학교를 향한 이를 데 없는 분노였다.

"이제 만족해요?"

"네. 제가 부자라면 사례금을 더 얹어 주고 싶을 정도입니다."

적어도 좋으니 얹어 주세요. 다부진 몸매의 신인 작사가는 그렇게 말하고 킥킥 웃음을 터뜨렸다.

강당에 돌아가자마자 오치에게 말을 걸었다.

"너무 심했어."

"뭐가요?"

"뭐가요,라니. 설마 오늘 찍은 걸 그대로 쓸 생각은 아니겠지?"

"전체를 보고 종합적으로 판단할 거예요."

"정치인 같은 변명 그만해. 못 쓸 영상이야."

"그 판단은 제 권한이에요."

편집권은 오치 후유나에게 있다. 후시미는 사인한 계약서를 떠올리고 할 말이 없어졌다.

"……미야모토가 다키타 선생을 학교에서 쫓아내려고 했다더군."

"처음 듣는 이야기네요."

"거짓말하지 마."

후시미가 노려봐도 오치의 표정에는 흔들림이 없다.

"왜 관심 없는 척하지?"

후시미는 집요하게 물었다.

"QM은 엔터테인먼트 영화라고 하지 않았나? 아무리 생각해도 이 사건의 핵심은 무카이 하루토의 범행 동기야.

그는 왜 마사키를 죽였나. 그리고 왜 입을 다물었나. 그는 대체 누구인가. 사실 검증은 그런 것들을 돋보이기 위한 양념에 불과해. 그런데 넌 그 양념에만 계속 집착하고 있어. 솔직히 말해 QM에 무카이가 출연한다는 것과 비디오테이프 영상 외에 세상 사람들이 주목할 만한 포인트 같은 건 없지 않나? 사실만을 원한다고? 그럼 마사키의 교육론 같은 거야말로 사실과는 상관없지 않아?"

"아직 소재를 수집하는 단계예요. 후시미 씨라면 그 정도는 아실 것 같았는데."

"그리고 편집을 통해 네 멋대로 만들 생각인가?"

"뭐가 그렇게 불만이시죠?"

"네가 거짓말을 하고 있으니까."

후시미가 거칠게 말하자 오치가 눈을 가늘게 떴다.

"내가 미야모토의 인물상을 파고들면 안 되는 이유를 설명해 봐."

"그의 인물상이 QM에 필요 없기 때문이에요. 무카이나 마사키 선생도 마찬가지예요. 우리가 다뤄야 할 건 사실뿐이지 인간성 같은 양념 따위 필요 없어요."

"그렇게 해서도 엔터테인먼트 영화를 만들 수 있다고?"

"네."

"그렇군. 즉 그렇게 판단을 내릴 만큼 완벽히 조사했다는 뜻이군."

오치는 입을 다물었다.

더는 속고 싶지 않았다. 오치의 표정이 변하지 않는 것은 관심이 없어서가 아니라 이미 알고 있기 때문이다. 그러니 우에노에게서 정보를 캐낼 때도 표정의 변화 없이 들을 수 있었다.

"1년이라는 시간을 들여 작품을 준비해 온 너라면 정보를 수집할 만큼 수집했겠지."

"오해예요."

"아니. 난 네 능력만은 의심하지 않아."

후시미를 바라보는 흔들림 없는 표정이 아주 약간 무너진 기분이 들었다. 속으로 냉소하고 있을지 모른다.

"지금 이 자리에서 모든 걸 털어놓아 줬으면 해. 무카이 하루토와 미야모토 유키오에 대해 알고 있는 모든 걸."

"제가 모든 걸 알고 있다는 말인가요?"

"그럼 나루카와 사건에 주목한 동기만이라도 확실히 설명해 봐."

동기. 오치가 중얼거렸다.

"정말로 그게 알고 싶으세요?"

당연하지, 라는 말이 쉽사리 떨어지지 않았다. 오치의 검은 눈동자가 가슴을 천천히 옥죄었다. 예감이 들었다.

다나베가 조만간 맞닥뜨릴 거라고 한 것과 곧 만나게 되리라는 예감이.

그래도 후시미는 고개를 끄덕였다.

"알겠어요."

오치가 담담히 설명을 시작했다.

"그럼 무카이 하루토에 대한 것부터 시작할게요. 그가 태어나고 자란 곳은 나루카와시 나나지 마을이에요."

나루노카와강을 사이에 두고 후시미가 사는 아파트 맞은편에 있는 동네다.

"그의 가정환경은 몹시 불우했어요. 극빈층이었다고 해도 무방하겠죠. 그의 어머니는 몸을 팔았고, 아버지는 그걸 알선했어요. 아이들은 찢어지게 가난한 생활을 강요당했고요."

"무카이는 대학에 다녔다고 하지 않았나?"

"후시미 씨도 같지 않나요?"

한심한 아버지와 연을 끊고 직접 번 돈으로 대학에 갔다. 무카이 하루토도 비슷한 일을 겪은 걸까.

오치가 평소 들고 다니는 배낭에서 종이 다발을 들고 돌아왔다.

"무카이가 초등학교 6학년 때 가을 축제를 위해서 쓴 대본의 사본이에요."

당시에는 쉽게 구할 수 있었다고 하지만 후시미는 처음 보는 것이었다.

　"드릴게요."

　"이런 걸 감추려고 사건을 조사하지 말라고 한 건가?"

　"딱히 감춰야 할 물건은 아니에요. 읽으면 이게 왜 당시 언론에 널리 보도되지 않았는지 아실 수 있을걸요. 그리고 무카이의 내면을 좇는 게 얼마나 바보 같은 짓인지도."

　후시미가 종이 다발을 주머니에 찔러 넣고 노려보자 오치는 "그럼 계속할게요"라고 했다.

　"무카이에게는 여동생이 있었어요. 이름은 무카이 미유키. 당시 중학생이었는데 입학한 뒤에도 거의 학교에 다니지 못하고 어머니와 같은 일을 하게 되는 지경에 처했죠."

　"미성년자 매춘인가."

　오치의 차가운 눈빛에서 감정이라고는 읽히지 않았다.

　"끔찍한 취급을 당했다고 해요. 부모는 돈 때문에 손님들이 딸을 마음대로 하게 내버려 뒀고 그런 탓에 종종 폭력을 당하기도 했어요. 형사 사건이 될 정도로 크게 다친 적도 있는데 그 뒤로도 그녀의 생활은 달라지지 않았어요. 그리고 나루카와 제2초등학교 사건을 기점으로 결국 그녀는 가족과 나루카와를 등지게 됐어요."

　추적 기사가 나오지 않은 원인일 것이다.

그러기에 더욱 의문스러웠다.

"넌 어떻게 그렇게 자세히 알지?"

"전 특별해요. 미유키 본인을 알고 있으니까요."

저도 모르게 앗, 하는 소리가 새어 나왔다.

"무카이 미유키와의 관계는?"

"어린 시절 친한 친구였다고 하면 되겠네요."

"설마……."

"저도 비슷한 생활을 했거든요."

후시미는 놀란 것과 동시에 이해했다.

"전 미유키를 알고 있어요. 단순히 알기만 할 뿐만이 아니라 미유키가 어떤 사람인지도 알죠. 그러니 이 작품을 찍을 수 있고, 찍어야만 하는 거예요. 저는 그렇게 생각했어요."

무카이 하루토의 협조를 얻은 것도 미유키의 존재 덕분일 것이다.

"무카이의 여동생…… 미유키는 지금 어디 있지?"

"죽었어요. 8년 전에. 오로지 저 한 명만 미유키의 죽음을 옆에서 지켜봤죠. 그 아이는 살아가기 위해 죽을 때까지 매춘을 계속했어요. 그리고 마지막 순간에 미유키는 이렇게 말했답니다. '이제야 마음이 놓인다'라고요. QM은 그날로부터 시작된 거예요."

후시미는 오치의 도발하는 듯한 압력을 느끼면서도 간신히 감정을 제어했다.

"부모가 회사원이라는 건 거짓말이었나. 그건 그렇고 그렇다면 왜 지금껏 무카이 남매와의 관계를 숨겼지?"

"필요 없었으니까요."

"감독은 무카이 여동생의 어린 시절 친구. 엔터테인먼트 영화가 지닐 조건으로는 최고 아닌가?"

"저에게도 사생활이라는 게 있어요."

"네가 그런 이유로 공개를 주저할 위인으로는 보이지 않는데."

오치가 입을 다물었다.

후시미는 오치가 자신과 같은 시선으로 세상을 바라본다고 여겼다. 태어난 세계를 향한 절망과 증오, 그것을 뒤집으려는 의지. 세상을 굽힐지언정 나 자신을 굽히지는 않겠다는 광기와도 비슷한 의지는 한때 후시미도 품었던 열정의 원천이었다.

그러므로 더욱 후시미는 오치의 어정쩡한 태도를 이해할 수 없었다.

"오치. 다니구치 유코의 영상을 쓸 거면 너 자신도 직접 출연할 각오가 돼 있겠지? 무카이 미유키를 공개할 각오도 했겠고?"

후시미는 오치에게 한 걸음 다가갔다.

"무카이 미유키를 아는 너이니 무카이 하루토에게 더 깊숙이 다가가야 하는 것 아닌가?"

대답이 없다. 오치는 후시미를 물끄러미 바라봤다.

"네가 도망칠 거면 내가 하겠어."

평소와 다르지 않은 표정과 침묵.

오치는 그 뒤로 싸늘한 미소를 짓더니 곧 천천히 입을 열었다.

"인간성을 파고들기를 가장 꺼린 사람이 바로 후시미 씨 아닌가요?"

예상한 질문이어서 웃어넘겼다. 틀릴 게 없는 말이다. 만약 최초 단계에서 무카이의 내면을 그릴 거라는 말을 들었다면 참가하지 않았을 것이다.

"불붙인 사람은 너야. 방해될 것 같으면 언제든 잘라도 돼. 내 뒤를 이을 인재도 이미 확보해 뒀으니."

카메라를 옆구리에 낀 채 어색하게 있는 후지이를 배려할 기분은 아니었다.

난 이미 무카이 하루토에 대해 알고 싶어졌다.

후시미는 오늘도 집에 곧장 돌아가겠다고 하고 강당을 뒤로했다.

요즘 아무리 교통망이 발달했다고 해도 중심부와 대도시를 연결하는 수단만 발달했을 뿐이라 나루카와에서는 북쪽으로 가려면 데루마이에 가서 지선으로 갈아타야 한다. 촬영을 마치고 곧장 잔업을 하러 가는 게 고되지만 가지 않을 수 없었다.

오랜만에 감정이 뜨겁게 달아오른 건 오치를 향한 적개심 때문은 아니었다. 머릿속에 무카이 하루토라는 인물의 윤곽이 떠오르고 있었다.

그의 가정환경을 알게 되자 그간 종잡을 수 없던 인물상이 처음으로 인간의 형태를 보인 느낌이 들었다. 오치가 하지 않을 거면 내가 하겠다. 무카이 하루토의 인간상을 고스란히 드러내 보이고 말겠다고 다짐했다.

전철 안에서 무카이가 썼다는 대본을 훑어봤다. 제목은 〈우리의 강아지〉. 작가 이름에 무카이 하루토의 이름이 적혀 있다.

내용은 놀라울 정도로 평범했다. 학교 교실에서 강아지를 기르기 시작하면서 아이들이 우왕좌왕하다가 갈등이 발생한다. 교사의 '모두의 사랑이 바로 이 아이의 행복 아니겠니?'라는 입에 발린 말로 문제가 해결되고, 마지막에는 죽은 강아지를 학교 정원 나무 아래에 묻어 주는 장면으로 끝난다.

어린이를 대상으로 한 각본의 형태는 갖췄지만 십여 년이 지나 기이한 살인을 저지른 작가의 개성 따위는 어디서도 찾아볼 수 없었다. 오치의 말마따나 이런 것으로 그의 인격을 논하기는 어려울 것이다.

역에서 10분 정도 걸어가 낡은 빌라의 계단을 올랐다. 가쓰라가 고민 끝에 알려 준 나루카와 사건의 전속 기자, 이와시로 고헤이가 사는 곳이었다.

문을 두드리자 문 틈새로 나이가 예순 정도 돼 보이는 남자가 고개를 내밀었다. 누런빛을 보이는 아무렇게나 기른 백발이 현재 그의 기구한 삶을 암시했다.

후시미는 갑작스럽게 찾아온 것을 사과하고 자신을 소개했다.

"이와시로 기자님께서 나루카와 제2초등학교 사건을 잘 아신다는 이야기를 가쓰라 씨게 듣고 찾아왔습니다."

날카롭게 노려보는 그의 눈빛에서는 의심과 무기력함이 배어났다.

"무카이 하루토에 대해 여쭙고 싶습니다."

그렇게 말해도 이와시로의 눈빛은 여전히 죽어 있었다.

"이와시로 기자님이 나루카와 사건을 열심히 취재하셨다고 하더군요. 하지만 안타깝게도 취재하신 내용이 지금껏 어둠 속에 묻혀 있는 상황입니다. 이와시로 기자님. 기자님이 속에 품고 있는 진실이 지금이라도 빛을 봐야 하지 않을까요?"

후시미가 그렇게 설득하자 이와시로의 표정이 약간 누그러졌다.

"협조해 주신다면 적지만 사례금도⋯⋯."

"관둬."

"네?"

"그 일과 날 엮지 마."

문이 쾅 닫혔고 편도 40분의 스탠드 플레이가 허무하게 끝났다.

너무 성급했다. 특히 돈 이야기를 꺼낸 건 실수였다.

다시 한번 자신의 어리석음을 통감하면서도 후시미는 묘한 감각을 맛보았다.

은퇴했다고 해도 전직 기자다. 묵혀 둔 비밀 이야기를 쉽게 꺼낼 리 없다. 하지만 기자라면 언젠가는 세상에 공개하고 싶은 욕망이 있기 마련이다.

앞으로도 여러 번 다시 찾아와 보상이라는 구실로 불을 붙이면 그가 나설 수도 있다.

그러나 그런 계획도 고개를 숙일 만큼 이와시로의 태도는 확고했다. 그가 내뱉은 거절의 말에서는 욕심도, 싸구려 의지도 아닌 공포가 느껴졌다.

문득 무카이 하루토의 얼굴 사진이 뇌리를 스쳤다. 잘생긴 얼굴, 오뚝한 콧날. 시원스러운 눈매와 야윈 볼. 그 무표정한 얼굴이 으스스하게 웃고 있다. 자신에 대해 평생 알 수 없을 거라며 조소하고 있다.

불타는 저녁놀이 말을 거는 듯한 환청을 들으며 후시미는 잠시 그 자리에서 움직이지 못했다.

15

다음 날에도 사건 당시 6학년이었다는 남자의 인터뷰를 찍었다. 3반이었다는 그는 세 번째 줄 안쪽에 앉아 있었지만 칼에 대해서는 역시 거의 기억하지 못했다. "들고 있었겠죠?" 하고 되물을 정도이니 신뢰도가 낮았다.

후시미는 카메라로 그 모습을 엉성한 화각 안에 담았다. 어제 솟구치던 의욕은 이와시로에게 찬밥 취급을 당하고 깨끗이 사라져 버렸다.

오후에는 학교를 나가 오사카로 갔다. 무카이를 변호했다는 남자와 만나기로 약속했다.

차 안에서 멍하니 있으니 갑자기 핸드폰이 울렸다.

― 야 이 새끼야! 나랑 장난해?

수화기를 귀에 대자마자 걸걸한 목소리가 귀에 꽂혔다.

"뭐죠?"

— 내가 우습게 보여? 죽고 싶냐?

"……요시카와 씨?"

수화기 너머에서 "야!" 하는 우렁찬 외침이 들렸다. 옆에서 카메라를 만지작거리던 후지이에게도 들렸는지 수상쩍은 듯한 표정을 지었다.

"진정하세요. 무슨 일이죠? 전에 그 일은 이미 끝나지 않았나요?"

— 그건 내가 할 소리다, 이 새끼야! 너 정말 죽여 버린다. 죽일 거야!

술에 취한 걸까. 아무리 그렇다고 해도 너무 심하다.

"여보세요?"

그때 충격음이 들렸다. 전화기를 집어 던진 듯하다. 뒤이어 화를 내는 소리와 날뛰는 소리가 들렸다. 몇 번인가 이름을 불러 봤지만 대답이 없다. 후시미는 포기하고 전화를 끊고 다시 한번 걸었다. 그러나 이번에는 전화를 받지 않았다.

"괜찮으세요?"

옆에서 후지이가 카메라 렌즈를 후시미에게 향했다. 마니아를 공언하며 하루 종일 카메라를 들고 있는 남자의 장난기 어린 말투에서는 걱정하는 마음을 숨기는 기색이 있었다.

"원래 이 일을 오래 하다 보면 다양한 인간 군상을 만나서 지루할 틈이 없는 법이야."

후시미가 적당히 대답하자 후지이는 "정말 그런 것 같네요" 하고 쓴웃음을 짓고는 더 묻지 않았다. 후시미는 속에서 고개를 드는 불길한 예감을 필사적으로 억눌렀다.

요시카와는 왜 또 전화를 걸어 온 걸까.

이케다 마사히로 변호사는 오치 일행을 멋들어진 서재로 불러 "소장실인데 특별히 빌려주겠다고 하십니다" 하고 싱글벙글 웃었다. 소장 자리에 앉은 모습을 카메라로 찍자 분위기가 중후해졌다.

"사실 저는 그 사건에 대해서 별로 언급하고 싶지 않습니다."

얼굴은 젊어 보이는데 면도 자국이 짙어서 묘한 균형을 이룬다.

"이건 딱히 비밀 엄수 의무 때문이 아니라 그저 할 말이 없어서 그런 겁니다. 그 사건에서 저는 별로 한 일이 없거든요. 그런데 세상은 엄청 시끄러웠잖습니까? 변호사가 아무 도움이 못 됐다는 소문이 돌면 제 생계가 곤란해집니다."

이케다는 과연 괜찮을지 걱정될 만큼 솔직하게 털어놓았다.

"그런 사람은 태어나서 처음 봤고 앞으로도 두 번 다시 만나고 싶지 않습니다. 얼마나 고집이 세던지 한 치의 양보도 없더군요. 본인이 한 짓이든 아니든 일단 의사를 표시하지 않으면 변호 방침을 세울 수 없다고 하는데도 끝까지 입을 걸어 잠갔으니까요."

그래도 변호사로서 기본적인 해야 할 일은 한 듯하다.

"구성 요건은 흠잡을 게 없었죠. 목격자가 무려 3백 명이나 됐으니까요. 아무리 발버둥 쳐도 소용없고 위법성 조각도 불가능. 무카이에게서는 심지어 알코올과 약물 반응도 나오지 않았습니다. 그러니 책임 능력 여부와 정상 참작 정도 외에는 쟁점이 없었던 거예요. 유일하게 의지했던 감정 결과도 문제없다고 나왔을 때는 정말 두 손 두 발 다들었죠."

이케다는 말 그대로 두 손을 들어 올리더니 한숨을 내쉬었다.

"검찰은 그가 사건 전에 집을 정리했다는 점, 흉기를 준비했을 것이라는 점에서 계획성을 주장했고, 저는 반론하려고 해도 무카이가 입을 다문 탓에 방도가 없었습니다.

가정환경이 비참했다는 점은 어느 정도 이해를 받기도 했지만, 그때 그의 나이가 이미 스물넷이었잖아요. 직접 돈을 벌어 대학을 다녔다는 점 때문에 그조차 결국 틀어졌습니다. 지나치게 성실하게 살아왔더군요. 그것도 모자라 태도가 그 모양이었으니 심증도 최악. 변호하는 입장에서는 그냥 한숨밖에 안 나오는 의뢰인이었습니다."

"무카이는 대학 학비를 벌려고 어떤 일을 했죠?"

오치가 물었다.

"약물 임상 시험. 한마디로 인체 실험이죠."

이런 상태라면 오늘 찍은 영상은 상당한 편집이 필요할 것이다. 후시미는 탄식을 내쉬고 싶어졌다.

"그리고 즉석 만남 채팅 사이트의 바람잡이 같은 일도 했더군요."

그것들은 이케다가 조사한 게 아닌 모두 검찰이 제공한 정보였다.

"일터에서 무카이의 평판은?"

"합법적인 일이 아니었던 만큼 동료들끼리 교류는 없었습니다. 검찰 말을 들어 보면 다른 사람들과 허물없이 지내는 성격도 아니었다고 하더군요."

"감정 결과는 정확했나요?"

"당시 간사이에서는 유명한 분이 감정을 맡았으니까요.

믿을 수밖에 없겠죠."

무엇 하나 직접 발로 뛰어서 얻은 정보가 없다.

"동기에 관해서는 밝혀진 게 전혀 없나요?"

"전혀요. 검찰도 그걸 밝혀내려고 고생 좀 했죠. 마사키에게 느낀 열등감이 증오로 변했다는 짐작은 나왔지만."

"근거가 있는 짐작이었습니까?"

"같은 강의를 들었던 학생의 증언인데 무카이는 그 무렵 진로를 고민한 것 같더군요. 하지만 또 확실히 정했던 건 아닌 모양입니다. 어차피 그 학생의 추측일 뿐이고 대학교 4학년이면 누구든 고민할 문제이기는 하죠."

이케다 변호사는 "하지만" 하고 말을 이었다.

"전 동기가 그건 아니었을 거라고 봅니다."

"왜죠?"

"왠지 그렇게 느꼈어요. 사람이 얼굴을 계속 마주하다 보면 굳이 말을 섞지 않아도 느껴지는 게 있잖습니까? 무카이라는 사람은 성격이 난폭하기는커녕 정신질환자도 아니었죠. 오히려 지적이라고 느껴질 정도였습니다. 독학으로 대학 입시를 치러서 국립대에 갔으니 머리가 좋지 않은 것도 아니었죠. 그러니 뭐 속내를 깊이 파고들어 가다 보면 나름 합당한 동기가 있었을지도 모릅니다."

그러나 굳이 깊게 파고들지 않았다. 변호하는 입장에서

는 오히려 이성적인 동기가 떠오르는 게 불리하다는 판단 때문이었다. 그리고 검찰 역시 그의 기이한 마음속 어둠을 파고드는 짓은 하지 않았다.

"관계자들의 증언에 부자연스러운 부분은 없었나요?"

"부자연스럽다. 예를 들어?"

"예를 들어 칼. 무카이가 일부러 미술실에 있는 칼을 흉기로 쓴 이유는 뭘까요?"

"글쎄요. 그런 건 본인에게 직접 물어보시죠. 저도 물어봤지만 결국 대답은 얻지 못했습니다. 검찰은 '학교에 있는 물품으로 마사키를 살해하는 게 그의 자존감을 채울 수 있었다' 같은 말을 했었지만 잘 이해가 되지 않는 게 사실이죠."

후시미도 동감이었다. 억지에 불과하다.

"미야모토 유키오 씨도 증언했다죠?"

"무카이와 같은 반이었다는 그 선생 말이군요."

오치가 고개를 끄덕였다.

"네. 무카이의 환경에 대해서는 그 선생이 증언했죠. 결코 유복하다고 할 수 없는 환경이었다고요."

"미야모토는 무카이가 마사키를 찔렀다고 증언했나요?"

그러자 이케다는 흠칫 놀라며 대답했다.

"그야 당연하죠."

그 말을 듣고도 오치의 표정은 한 치의 변화가 없었다.

"당시 그 사람이 가장 가까이 있었으니까요. 무카이를 말리려고 뛰어가기도 했잖습니까? 그분이 다른 말을 꺼냈다면 재판도 뒤집혔을걸요."

"그렇겠죠. 하지만 예컨대…… 미야모토와 무카이가 몸싸움을 벌였고 그때 실수로 손을 헛디뎌 마사키 선생을 찔렀을 가능성도 있지 않을까요?"

이케다 변호사는 할 말을 잃었는지 잠시 침묵하다가 어이가 없다는 듯이 쓴웃음을 지었다.

"그럴 리 없습니다. 그도 그럴 것이 무카이는 뒤쪽에 있는 자리에서 직접 피해자가 있는 곳까지 걸어가지 않았습니까? 살의가 없다면 대체 왜 그런 행동을 하죠?"

"어쩌면 단순한 위협 행위였을 수도 있죠."

"말도 안 됩니다."

변호사의 말이 옳다. 오치의 말은 그저 탁상공론이자 폭론이다.

하지만.

"그럼 그때 무카이가 확실히 칼을 손에 쥐고 있었다고 증언한 사람이 있었나요?"

순간 변호사의 표정이 굳어졌다.

"……당연히 있었죠. 선생님들이 증언해 줬습니다."

"학생들은?"

"그런 증언을 한 학생은 없었던 것 같네요. 아이들은 법정에 서지도 않았으니까요. 하지만 경찰 조서에는 학생들 중 몇 명이 칼을 봤다고 증언했다고 적혀 있었던 것 같습니다."

"그런가요. 그렇지만 결과적으로 무카이가 칼을 들고 있었을 게 명백해 보이니 그렇게 말했을 수도 있겠죠."

오치의 의미심장한 말을 듣고 이케다가 즉시 반응했다.

"아이들은 그럴 수 있었다고 해도 성인은 다릅니다."

"당시 성인들은 무카이의 뒤쪽과 왼쪽에 있었습니다. 오른손에 든 칼을 정말로 볼 수 있었을까요?"

"오른쪽에도 선생님들이 있었습니다. 교장, 교감 선생님이요."

"하지만 그분들은 앉아 있었죠. 학생들 머리 너머로 무카이의 오른손을 볼 수 있었을지 의문이네요."

당시 가장 키가 컸던 우에노조차 그것을 명확히 증언하지 못했다.

이케다는 입을 다물었다. 몇 분 지나 그의 얼굴이 갑자기 창백해졌다.

"어떤가요? 객관적으로, 순수하게 논리적으로 당시 무카이가 칼을 들고 있지 않았을 가능성도 있다고 생각되지 않나요?"

이케다는 대답하지 않았다. 그의 침묵을 카메라가 계속해서 찍었다.

"질문이 하나 더 있습니다."

그의 대답을 듣지도 않고 오치가 말을 이었다.

"재판에서 무카이가 입에 담았다는 말에 대해서예요. '이것은 도덕 문제입니다'. 선생님은 그 말이 무슨 뜻인지 아시나요?"

"제가 알 리 없죠."

변호사는 무뚝뚝하게 내뱉었다.

이런 촬영은 두 번 다시 하고 싶지 않네요. 이케다가 핀마이크를 떼면서 중얼거렸다.

"흥미로운 이야기기는 하지만 무카이는 이미 범행을 인정했습니다."

"자백한 건 아니지 않나요?"

"부정하지 않는다는 건 곧 긍정을 뜻합니다. 그건 상식이에요. 그게 아니면 죄도 없이 감방에서 15년을 산다고요? 그게 말이 된다고 보십니까?"

오치는 희미하게 웃기만 하고 그 이상 추궁하지 않았다.

"무카이는 범행을 왜 인정했을까요?"

후시미가 갑자기 옆에서 끼어들어 묻자 오치가 비난 어린 눈빛을 보였지만 무시했다.

"그야 본인이 직접 범행을 저질러서겠죠. 그 밖에 또 다른 이유가 있을까요?"

"그렇다면 역시 동기가 신경 쓰입니다. 초등학교 시절의 복수 같은 거였을까요?"

그러자 이케다는 "아뇨" 하고 딱 잘라 부정했다.

"그런 느낌은 없었습니다. 오히려 피해자에 대해서는 별 생각이 없지 않았을까요? 원래 복수를 목적으로 할 경우 범행 직후 상대의 악랄함을 폭로하는 법입니다. 자신이 왜 이런 짓을 저질렀는지를 설명해 정당화를 시도하죠. 그래야 목적을 달성했다는 성취감 같은 것도 느낄 수 있고요. 하지만 그 사람은 어느 쪽도 아니었습니다. 피해자는 누구든 상관없었을지도 모릅니다."

"묻지 마 살인이라는 말인가요?"

"흐음. 그것과도 좀 다른 것 같네요. 조금 더 냉정하다고 할까. 그러면서도 정신 이상 때문도 아닌……."

이케다는 정확히 어떻게 표현해야 할지 모르는 듯했다.

"미야모토는 그쪽에 대해서는 뭐라고 증언했습니까?"

"특별히 별말 없던데요. 무카이와는 초등학교와 중학교를 함께 다녔지만 고등학교에서 갈린 뒤로 별로 교류하지 않았던 것 같습니다. 가정환경에 대한 것 외에는 '모르겠습니다', '기억나지 않습니다' 같은 말을 반복했죠. 그런데 무카이에게 왠지 겁을 먹은 것 같기도 했습니다. 눈앞에서 그런 사건을 목격했으니 그럴 만도 하겠지만요."

"후시미 씨. 이제 슬슬."

오치가 옆에서 제지해도 아랑곳하지 않고 이케다가 말을 이었다.

"실은 무카이에게 딱 한 번 물은 적이 있습니다. 이런 짓을 저지르고 앞으로 어떡할 생각이냐고요. 계속 입을 다물고만 있어서 답답하더군요. 그리고 그때도 아무 대답이 없었지만 뭐랄까, 참 희한하게도 무카이는 앞으로 펼쳐질 자신의 미래를 마치 기대하는 것처럼 보였습니다."

이케다는 "잘 이해는 안 되지만요. 아무튼 이런 촬영은 이제 사절입니다" 하고 말을 마쳤다.

후시미는 오늘 영상을 찍어서 다행이라고 생각했다.

스태프들과 헤어지고 후시미는 요시카와의 핸드폰에 전화를 걸었다. 이번에는 전원이 꺼져 있다는 메시지가 나왔다. 어떡해야 할지를 고민하다가 명함을 떠올렸다. 명함 속 상대는 곧장 전화를 받았다.

—네, 야마가타……

"안녕하세요. 후시미입니다."

그러자 그는 "아, 도모키의……" 하더니 놀랍다는 듯이 덧붙였다.

"역시 귀가 밝으시군요."

후시미가 무슨 뜻인지 몰라 "네?" 하고 되묻자 야마가타도 그 반응이 뜻밖이었는지 속을 떠보듯 침묵했다.

후시미는 그에게 "……무슨 일이라도 있었습니까?" 하고 물었다.

— 아뇨. 그건 제가 묻고 싶은데요.

좀처럼 뒷이야기가 나오지 않아서 후시미는 애가 탔다.

"실은 아들 친구 아버지에게서 전화가 걸려 왔는데, 뭔가 이상해서요. 요시카와 순스케라는 사람입니다만."

— 후시미 씨.

"네?"

— 아직 쓰지는 말아 주십시오.

"네?"

— 조금 전 요시카와를 임의 동행했습니다.

"뭐라고요?"

— 연속 경범죄 사건. 정확히 말하면 여자아이에게 상해를 입힌 혐의로요.

"네? 그럼 마코토는요? 요시카와의 아들은 어떻게 됐습니까?"

후시미는 혼란스러워하며 간신히 질문을 입에 담았다.

— 현재 경찰이 보호 중입니다. 일상적으로 학대를 당한 흔적이 있더군요. 그쪽 사정도 곧 들어야겠죠.

걱정이 사라지자 이번에는 곤혹스러움만이 남았다.

"임의라는 건 아직 체포되지는 않았다는 뜻이겠죠?"

— 그렇습니다만 체포는 시간문제겠죠. 본인이 인정했으니까요. 일부 부정하기는 했지만.

"자세한 이야기를 들을 수 있을까요?"

— 지금은 어렵습니다. 그런데 조만간 후시미 씨도 찾아뵙고 여쭤야 할 것 같네요.

백만 엔을 건넨 일 때문일까 추측했지만 아니었다.

— 도모키의 그림이 찢긴 일과 관련해서요.

"잠깐만요. 지금 이번 일에 도모키가 관련되었다는 말인가요?"

— 아뇨. 그 이야기는 다음에 다시. 어쨌든 요시카와를 연행하게 된 건 도모키의 그림이 계기였습니다. 지금은 그정도로만 이해해 주십시오.

야마가타는 "다시 연락드리겠습니다" 하고 말하며 전화를 끊었다.

후시미는 곧장 오소네의 전화번호로 전화를 걸었다. 오

소네는 이미 소식을 알고 있었다.

— 지금 막 가쓰라 씨에게 들었어. 요시카와 슌스케. 경찰이 노리던 두 명 중 한 명이었다더군. 수법을 보면 또 다른 한 명은 범인의 눈을 흐리게 할 위장 전술 아니었을까?

구로다 겐이치를 뜻한다. 경찰은 처음부터 요시카와를 조준하고 있었던 걸까.

"정확히 무슨 일 때문이지?"

— 나루카와 초등학교에서 또 경범죄가 일어났다는 건 알아?

"미술 시간 말이지? 그거, 도모키가 당한 일이야."

— 뭐?

"됐어. 아무튼 결정타가 뭐였는지 알려 줘."

— 자세한 건 나도 몰라. 다만 찢긴 그림이 발견되기 전날 밤에 나루카와 초등학교 앞에 요시카와가 있었던 걸 경찰이 확인했대.

목요일 밤인가. 외부인 범행설을 떠올린 후시미의 예상이 들어맞은 것이다.

— 다른 소식이 들어오면 알려 줄게.

"그래. 부탁해."

후시미는 전화를 끊고 왠지 모를 낯선 느낌을 받았다. 외부인 범행설이 들어맞았다고? 그렇지만 지금 후시미의 직감은 다른 말을 속삭였다.

…… 혹시 이 모든 일이 누군가의 손바닥 위에서 진행되고 있는 게 아닐까.

오소네에게서 자세한 소식이 들어온 건 심야가 훌쩍 지난 시간이었다. 후시미는 프런티어 플래닝 사무실에서 모니터 화면을 보다가 전화를 받았다.

요시카와는 집에 들이닥친 경찰들에게 격렬히 저항하다가 결국 나루카와 경찰서로 연행됐다. 경찰은 그를 체포함과 동시에 아들 마코토를 보호했다. 요시카와의 혐의는 상해. 그리고 일련의 경범죄 사건이 여죄로 추궁됐다.

— 요시카와는 범행을 대부분 인정했다고 해. 하지만 그중 몇 개는 완고히 부인 중인가 봐.

"몇 개라니?"

"난보의 집에 남겨진 낙서와 미술실 사건."

"그 앞의 것들은 전부 인정했고?"

오소네는 "그런 것 같아" 하고 대답했다.

— 자세한 건 이제 슬슬 나오겠지. 느긋하게 안락의자 탐정 흉내를 낼 수 있는 네가 부럽네.

거짓말이다. 기자라는 족속은 원래 돈 한 푼 받지 못해도 정보의 최전선에 서기를 원한다. 신이 나서 밤샘 업무를 즐기는 오소네의 모습이 머릿속에 떠올랐다.

눈을 감았지만 피곤하지는 않았다. 신경이 흥분해 있다. 꼭 오소네의 이야기 때문은 아니다. 후시미는 자기 자신의 이유 때문에 아드레날린이 분비되고 있었다.

암흑 속 희뿌연 빛을 발산하는 직사각형 모니터 속에서 무카이 하루토의 뒷모습이 조금씩 멀어져 간다. 좌우로 나뉜 학생들 사이의 출입로를 유유히 걸어간다. 후시미는 지금 이 장면을 수없이 반복해서 재생하고 있다.

요시카와 슌스케가 연속 경범죄 사건의 범인. 그 사실은 놀랍지 않다. 그러나 그가 난보의 집에 낙서를 남기는 것은 어렵다. 그건 어린아이만 할 수 있었다. 그 사실을 아는지 모르는지는 알 수 없지만 어쨌든 요시카와는 부인하고 있다. 거기에 나루카와 초등학교 미술실에서 일어난 일까지 부인했다?

무카이 하루토의 뒷모습이 멀어져 간다.

요시카와는 철봉에 매달린 여자아이에 대한 상해죄를 인정했다. 이제 와서 미술실에서 그림을 찢은 사실을 숨겨 봐야 경찰의 심증을 안 좋게 만들 뿐 아닐까. 그는 잔챙이 이기는 해도 악당이다. 그 정도 감각은 있을 것이다. 그렇다면 그가 부인하는 이유는 하나밖에 떠오르지 않는다.

정말로 요시카와의 짓이 아니다.

무카이 하루토의 뒷모습이 멀어져 간다.

가슴이 묘하게 두근거렸다. 두 번에 걸친 요시카와의 기이한 행동. 돈을 건넨 이후 한낮에 걸려 온 전화. 그는 겁을 먹고 있었다.

무엇 때문에? 나 때문에? 왜?

후시미는 당연히 짚이는 바가 없었다.

무카이 하루토의 뒷모습이 멀어져 간다.

도모키가 마코토를 때렸고 그것을 이용해 요시카와는 아들을 학대하고 후시미를 겁박했다. 그에게 건넨 돈은 백만 엔. 그 후 도모키의 그림이 갈기갈기 찢겼다.

왜 하필 도모키의 그림이었을까? 이건 우연일까?

그리고 도모키는, 거짓말을 하고 있다.

무카이 하루토의 뒷모습이 멀어져 간다.

거짓말을 할 때 도모키의 표정은 어땠나.

점차 몽롱해지는 머릿속에서 후시미는 무카이 하루토의 얼굴에 아들의 얼굴을 덧씌웠다. 두 얼굴은 명백하게 다른데 왠지 겹치는 느낌이 들었다.

무카이 하루토의 뒷모습이 멀어져 간다.

오른손에 칼을 들고.

도모키의 뒷모습이 난보의 집 쪽을 향하고 있다.

스프레이와 독을 가슴에 안고.

순간 무언가가 이어지는 듯싶더니 순식간에 다시 사라졌다.

젠장. 후시미는 앞에 있는 책상을 내려쳤다. 요란한 소리가 나고 주먹이 욱신거렸다. 그렇게 얕은 수면의 골짜기 속에서 후시미는 아침이 올 때까지 정처 없이 흔들렸다.

16

다음 날 촬영에서 후시미는 메인카메라를 후지이에게 양보했다. 오치는 별말 없이 허락해 주었다. 하네가 "무슨 일인가요?" 하고 묻자 후시미는 "뭐가?"라고 되물었다. 하네는 더 묻지 않고 말없이 다른 곳으로 갔다.

증언은 이제 거의 반복에 가깝다. 사건 당시 5학년 학생 중 마지막 증언자가 평소대로 증언했고 오치가 평소대로 증언의 신빙성을 무너뜨렸다. 후시미는 세컨드 카메라맨답게 변변치도 못한 영상을 군말 없이 찍었다.

오후에 당시 6학년 학생이 찾아왔다. 3반이라 앉았던 곳은 정중앙에서 약간 안쪽. 그러나 여학생이고 왼쪽에서 겁먹어 있었을 테니 칼의 존재를 증언할 가능성은 낮다. 증언한다고 해도 어차피 오치가 가차 없이 깨부술 것이다.

후시미는 불길한 섭리에 이미 익숙해져 있었고 오늘은 반발할 기운도 없었다.

"파란색 칼 말이죠?"

그 말을 듣고 이완됐던 분위기가 순식간에 굳었다.

"파란색?"

오치가 되물었다. 예상 밖의 사태가 일어났다는 것을 목소리가 대변해 주었다.

"네. 제가 자주 쓰던 칼이었거든요."

여자는 당시 미술부 학생이었다고 했다.

"칼자루가 파랬어요. 그거, 다키타 선생님이 저희를 위해서 직접 만들어 주신 건데 선배가 자루를 칠했다고 했었어요."

목공을 좋아했다는 그녀는 그 칼로 작품을 제작했다고도 했다.

"얼마나 파랬죠? 그러니까 군데군데 파란 물감이 묻은 듯한 형태였나요?"

"아뇨. 완전히 새파랬던 것 같아요."

"멀리서 봐도 알 수 있을 만큼?"

"네. 선명했으니까요."

"그 칼이 언제 미술실에서 사라졌는지 아시나요?"

"흐음. 사건 전날에는 이미 없었을 거예요. 그날도 칼을 쓰려고 했는데 안 보여서 다른 걸 쓴 기억이 있어요."

여자는 허물없이 미소 지으며 그렇게 말하고 강당을 나갔다.

"칼자루가 파란색 칼이라. 경찰도 물론 알고 있겠지?"

"네. 증거로 남아 있으니까요."

그러나 그것은 13년 전에 거의 문제시되지 않았다. 그럴 만도 하다. 칼자루가 파랬든 빨갰든 무카이 하루토가 그 칼로 마사키 쇼타로를 죽였다는 사실을 아무도 의심하지 않았으니.

"그렇게 눈에 띄는 색이었다면 기억할 만하지 않나요?"

하네의 말이 맞는다. 지금껏 칼을 봤다고 주장한 모두가 '파란색'이라고는 한마디도 하지 않았다.

칼자루가 파랬다는 사실은 무카이의 범인성을 뒤흔들수 있다. 동시에 또 하나, 칼이 사건 전날 미술실에 이미 없었다는 사실은 범행의 계획성을 암시한다.

"만약 미야모토가 범인이라면 모든 게 뒤죽박죽돼. 이미 몇 달 전부터 범행을 철저히 준비해서 마사키를 불렀고 거기에 미술실에 있는 칼을 굳이 조달해 강연 중 찔러 죽였다는 말이 되니까."

"전 무카이의 범인성을 확인하고 있을 뿐이에요."

"같은 말이잖아. 무카이가 범인이 아니면 미야모토가 범

351

인이라는 뜻이야. 아니면 마사키의 자살설이라도 끌어낼 작정인가?"

그러자 오치는 "설마요"라고만 대답했다.

하네가 옆에서 끼어들었다.

"무카이가 입었던 청바지. 연한 파란색이었죠."

그렇다면 보호색처럼 작용했을 수 있다. 그래서 칼자루의 색을 누구도 눈치채지 못했다?

"여기서 논쟁해 봐야 소용없겠죠. 칼에 대해서는 제가 경찰 쪽에 다시 확인해 볼게요. 자, 그럼 이만 철수하죠."

그렇게 지시하는 오치의 얼굴에는 아름다운 미소가 떠올라 있었다.

교토로 향했다. 무카이가 진로를 고민하는 것 같다고 증언한 대학 시절 동창이 술집에서 후시미를 기다리고 있었다. 현재 학원 강사로 일한다는 남자는 얼굴을 공개하지 않는 조건으로 출연을 허락했다.

"와, 얼마나 놀랐는지 원. 뉴스를 보고 놀라서 펄쩍 뛸 정도였습니다. 아는 사람 얼굴이 TV에 나온 것 자체가 처음이어서요."

"사건을 일으키기 전에 뭔가 징후 같은 게 있었습니까?"

"전혀요. 평소에는 얌전한 녀석이었고 정말로 성실했으

니까요. 그리고 늘 진지했습니다. 너무 진지해서 옆에 있는 사람이 위축될 정도로요. 다른 대학으로 강의를 들으러 다니기도 했는데 저로서는 상상도 못 할 일이었죠."

취미로 대학을 다니는 사람과 직접 돈을 벌며 대학을 다니는 사람 사이에 의식 차이가 있다는 건 후시미도 몸소 경험해 알고 있었다.

"그러니까 좀 뜻밖이었습니다. 사건이 일어나기 몇 달 전이었을까요. 여름방학이 되기 전이었으려나? 한 달? 두 달? 아무튼 그 무렵이었는데 무카이가 대뜸 '교사가 되지 못할 수도 있겠어'라는 말을 꺼내더라고요. 그때 전 '네가 그럴 리 없잖아'라고 대답해 줬는데."

남자는 "자상하죠?" 하고 킥킥 웃었다.

"근데 그도 그럴 게, 당시만 해도 교사 같은 건 누구든 될 수 있었거든요. 공부 조금 하고 실습만 참으면 됐죠. 꼬맹이들을 상대하는 거니 편하기도 하고요. 제 친구 중에도 선생이 아주 많습니다."

마사키가 들으면 통탄할 만한 이야기다.

"무카이가 교사가 못 되겠다고 생각한 이유가 뭘까요?"

"글쎄요. 딱히 녀석과 친했던 건 아니라."

그는 재판 때 증언대에 서기를 거부했다고 한다. 이유는 '바빠서'. 남자에게 무카이 하루토는 '사람을 죽여 유명해진 동창'에 불과했다.

교사가 되지 못할 수도 있겠어.

눈앞에 있는 학원 강사는 그런 보잘것없는 이유가 살해 동기가 되리라고는 조금도 생각하지 않는 듯하지만 교직을 꿈꿨던 자의 좌절을 암시하는 발언은 검찰의 주장을 뒷받침하고 있다. 마사키를 향한 질투. 그것이 이기적인 증오로 발전했다는 주장이다.

하지만……. 후시미는 속으로 의심했다.

무카이의 인생은 내 인생과 수평선을 그리고 있다. 최악의 환경에서 태어나 부모를 버렸다. 혼자 힘으로 살아가겠다고 결심했고 제 발로 발걸음을 뗐다. 무카이는 고등학교도 다니지 않고 대학 입시를 치렀다. 5년 동안 일해서 번 돈으로 대학에 들어갔고 졸업을 바로 눈앞에 두고 있었다. 그때만 해도 그는 열정이 넘쳤다. 나약한 성격도 아니었다. 그런 남자가 과연 목표를 쉽게 포기할까. 꿈을 이루기 위해 죽을힘을 다해 노력했을 것이다. 후시미도 그랬다.

무엇이 무카이를 좌절로 이끌었을까. 살인으로도 이어진 그 계기가 후시미는 몹시 궁금했다.

한편 이케다 변호사가 생각한 그의 인물상과는 거리가 있다는 점도 신경 쓰였다. 이케다 변호사는 무카이가 자포자기해서 범행을 저질렀을 가능성을 부정했다. 무카이는 지적이고 냉정한 인물이라고 했다. 아무래도 앞뒤가 잘 맞지 않았다.

넌 나를 평생 이해 못 해. 또다시 들리기 시작한 그런 환청이 간신히 고개를 든 후시미의 열정에 찬물을 끼얹었다.

"그 밖에 또 무카이의 친구 중에 알 만한 분은 없나요?"

오치의 질문과 대답하는 남자의 목소리를 듣고 정신을 차렸다.

"글쎄요. 그 녀석에 대한 자세한 이야기를 듣고 싶은 거면 그 선생을 찾아가는 게 낫지 않을까요?"

"그 선생?"

"사건이 일어난 초등학교요. 미야모토라고 했나? 그 사람이 무카이의 죽마고우 아닌가요?"

공짜 술을 얻어먹고 말주변이 많아진 학원 강사는 예상치도 못한 이야기를 털어놓았다.

"어떤 계기로 그런 말이 나온 적이 있거든요. 세상에 둘도 없는 친한 친구가 있느냐. 또 한 명의 이름은 잊어버렸는데, 아무튼 무카이는 초등학교 시절부터 친하게 지낸 친구가 두 명 있다고 하더군요."

그중 한 명이 미야모토 유키오였다. 눈앞의 학원 강사는 재판이 끝난 후 사건 당시를 돌아보는 지역 뉴스를 보고 그 사실을 떠올렸지만 잠깐 놀라기만 하고 그 뒤로는 잊고 지냈다고 했다.

기묘했다. 경찰과 언론 모두 두 사람이 동창이고 연극부였다는 사실을 쉽게 밝혀냈을 것이다. 미야모토는 재판에서 무카이의 가정환경을 증언했다. 그럼에도 두 사람이 친구라는 점을 밝힌 기사를 쓰지 않은 것은 피해자 측인 미야모토를 배려해서는 아닐 것이다.

떠오르는 이유는 두 가지다. 미야모토와 친구라는 것이 무카이의 일방적인 믿음이었을 가능성. 또 하나는 미야모토가 고의로 숨겼을 가능성. 만약 고의였다면 미야모토는 무카이와의 관계를 숨겨야만 했다는 뜻이 된다.

"또 다른 친구도 찾아야겠군."

미야모토와 마찬가지로 그 한 명의 존재 역시 세간에 알려지지 않았다. 즉 나타나지 않았다.

그러나 오치의 반응은 시큰둥했다.

"그럴 필요는 없을 것 같아요."

"무카이에 대해 알 수 있는 소중한 증언자야. 하물며 경찰도 아직 존재를 모르는 인물일 수 있는데 당연히 만나야 하지 않겠어?"

"그게 아니라, 후시미 씨는 이미 그를 알고 있어요."

"뭐?"

"기억 못 하세요? 사건 당시 카메라를 맡았던 남자를."

이 자식.

"일부러 또 한 박자 늦게 패를 내미는 건가?"

"상대는 되도록 모습을 드러내지 않으려 하고 있어요."

후시미는 분노를 참으며 물었다.

"그게 누군데?"

"가지무라 신. 나루카와 제2초등학교에서 미야모토, 무카이와 같은 반이었죠."

술집에서 나왔을 때 오소네에게서 충격적인 보고가 들어왔다.

— 다시 체포됐어.

"요시카와가? 혐의는?"

— 살인.

요시카와 슌스케의 집에서 아오야기 난보가 마신 술병에 들어 있던 농약이 발견됐다고 했다.

며칠이 지나 사건 당시 6학년이었다는 남은 증언자의 촬영이 이어졌다. 그들은 파란색 칼에 대해 증언하지 못했고 눈에 띄는 새로운 정보를 제공해 주지도 않았다.

오소네는 가끔 연락해 왔지만 진전은 없었다. 요시카와는 난보 집에 남겨진 낙서와 나루카와 초등학교 미술실 사건을 계속 부인하고 있다고 했다. 난보를 죽인 일에 대해서도 마찬가지다. 자세한 이야기가 전해지지 않고 있다. 오소네는 경찰의 입단속이 철저하다며 투덜거렸다.

— 난보의 집 낙서 문제가 사안을 복잡하게 만드는 모양이야. 멋대로 수사 정보를 누설한 멍청이 때문에 나루카와 경찰서 서장이 격노했다더군.

자치회에 참석했던 니시구치 순경을 뜻할 것이다.

야마가타에게서도 연락이 없었다. 후시미는 상황이 어떻게 돌아가는지 알지 못하고 초조해했다.

도모코는 전화로 도모키가 다가오는 운동회 때문에 힘들어 보인다고 했다. 그러나 전보다는 조금 기운을 차린 듯하다고도 했다. 약간의 안도감과 비슷한 정도의 불안감을 느꼈다.

6월 23일 월요일 이른 아침. 오소네는 후시미에게 연락해 요시카와 마코토가 아동 보호 시설에 들어가기로 정해졌다고 알려 주었다.

17

'인디펜던트 포 올Independent For All', IFA라고 적힌

멋들어진 문패가 걸려 있다. 후시미는 16층의 정갈한 빌딩 안에 있는 사무실을 다나베에게도 보여 주고 싶었다.

사장실에 들어갔다. 그는 오치를 제외하고 카메라맨은 한 명만 와 달라고 요청했다. 되도록 세상에 알려지고 싶지 않다고 했으니 회사 이름과 얼굴도 공개하지 않는 조건이었다.

가지무라 신은 마호가니 책상이 아닌 기능적인 책상 앞에 앉아 있었다. 컴퓨터 모니터가 총 세 대 있다. 심플해 보이지만 돈을 들였다. 위세가 있어 보였다.

사전에 준비된 자리에 앉아 삼각대에 카메라를 세팅했다. 당사자가 화면을 확인할 수 있게 노트북에 영상을 띄웠다. 사장실의 주인은 화면을 확인하고 오치를 돌아봤다.

"오랜만이군."

"오랜만이에요."

두 사람은 담백하게 인사를 나누었다.

무카이와 미야모토의 같은 반 친구이자 사건 당시 비디오테이프 속 영상을 찍은 남자. 상황은 단순하다. 가지무라는 비디오테이프를 숨겨 두고 있었고, 오치는 그에게서 테이프를 건네받았을 뿐이다.

그와의 관계를 캐묻자 오치는 '지인'이라고만 했다. 그러나 후시미는 이미 오치의 말을 신뢰하지 못했고 가지무라에게 묻고 싶은 것이 산더미 같았다. 허용된 시간은 고작 한 시간. 오치가 마땅히 던져야 할 질문을 던질지 의심스러웠다.

"우선 일 이야기부터 시작할까요?"

"쑥스럽군. 너한테 이런 질문을 받게 될 줄이야."

가지무라가 여유롭게 대답했지만 보기 좋지는 않다. 키가 작고 토실토실한 체형이라 젊은 청년 실업가라기보다는 광대 역할이 어울려 보인다.

"우리는 인재 육성과 능력 개발 부문에서 고객의 니즈에 부합하는 프로그램을 개발하고 있어. 사원 교육 매뉴얼, 간부 후보생 연수, 비즈니스 매너부터 언론 대책까지 다양하지."

"나루카와 출신이시죠?"

"그래. 가난한 세무사의 아들로 태어났지. 도통 정을 붙일 수 없는 동네였어. 좁은 데다가 가진 거라고는 아무것도 없었으니."

"나루카와 제2초등학교 시절 5학년 때부터 담임 선생님이 마사키 선생님이었나요?"

"응. 무카이와 미야모토도 그때 같은 반이었어."

미리 합을 맞춘 질의응답처럼 들린다.

"초등학교 시절을 돌이켜보면 어떤가요? 뭐, 추억이라

거나."

"많지. 지금 내 인생의 토대가 나루카와 제2초등학교에
서 보낸 마지막 2년의 경험인 것만은 확실해."

"조금 더 자세히 들려주시겠어요?"

"인복이 있었지. 마사키 선생님과 미야모토, 무카이까
지. 미야모토, 무카이와는 중학교 때까지 함께 어울렸어.
그런데 워낙 착실한 녀석들이어서 같이 못된 짓을 하거나
한 적은 없어. 늘 두 사람이 나를 이끄는 역할이었지. 그 두
사람이 없었으면 난 성공하지도 못했을 거야."

그냥 골목대장 옆에 붙어 다니는 조무래기였다는 말 아
닐까. 적어도 지금 눈앞의 남자에게 수하를 거느린 악당의
관록은 없다.

"마사키 선생님의 영향으로 미야모토와 무카이도 선생
님이 되는 게 꿈이었어. 나도 마찬가지였고. 하지만 무카
이는 집안 사정이 좋지 않아서 고등학교에 진학 못 하고
집을 나가 독립했지. 미야모토와는 고등학교에 올라가면
서 갈렸고. 그 녀석은 머리가 좋아서 나 같은 사람은 도무
지 따라잡을 수 없었지만 그 뒤에도 우리의 관계는 끊기지
않았어. 저마다 상황이 다르긴 해도 우정은 변치 않았지.
거짓말 같지만 그런 인연이 실제로 존재했던 거야."

"대학은 어디로 가셨죠?"

"이름 없는 사립대 교육학부. 삼수를 해서 무카이와 학번은 같아."

미야모토는 두 사람보다 한발 앞서 교원의 길을 걷기 시작했다.

"다음으로 사건에 대해 여쭙고 싶어요. 가지무라 씨는 그날 나루카와 제2초등학교 강당에서 영상을 찍으셨죠?"

"한가하기도 했고 사적으로 관심이 있었거든. 무카이가 강당 안에 있을 줄은 몰랐고 사건 바로 직전에서야 알아챘어. 걸어가는 뒷모습을 보고 깜짝 놀라 카메라를 그쪽으로 확 돌렸지."

"그 뒤에는?"

"놀라서 아무것도 못 했어. 전혀 예상 못 했으니까. 예상할 수 없었어."

"무카이는 사건을 일으키기 전에 교사의 길을 포기해야 할 수도 있겠다고 지인에게 말했다고 해요. 혹시 짚이는 게 있으세요?"

"글쎄. 난 잘 모르겠지만 어쩌면 마사키 선생님의 방식을 의심했을 수도."

"무슨 뜻이죠?"

"마사키 선생님에게는 자신만의 확고한 교육론이 있었거든. 물론 미야모토는 그걸 신봉했지만 무카이는 아니었을 거야."

"구체적으로 여쭤도 될까요?"

"마사키 선생님이 입버릇처럼 말하던 '모두 씨' 알지? 마사키 선생님은 그 개념을 하나의 인격으로 취급했어."

"'모두'를 말인가요?"

질의응답의 형태를 취하고 있기는 하지만 오치의 목소리는 낮고 평온하다. 칼자루가 파란색이었다는 것이 밝혀졌을 때의 혼란스러워하는 기색은 조금도 찾아볼 수 없다.

"그래. 보통 '모두'라는 건 여럿을 뜻하잖아. 하지만 마사키 선생님은 '그게 대체 누굴까'라고 생각하신 거야. 눈앞의 너, 당신, 이 아이, 저 아이. 그것들을 모두 하나로 통튼 '모두'. '모두' 사이좋게 지내자, '모두'를 위해 행동합시다 등등. 그러나 그 '모두' 속에는 당연히 '나'도 포함되잖아? '모두를 위해'는 '나를 위해'와 같은 뜻이라는 것이 바로 마사키 선생님의 지론이었어. 나도 그게 맞는다고 생각해. 그러니 학교에서 배우는 공공심 같은 개념을 아무도 깊이 신경 쓰지 않은 거야. 지금 돌이켜보면 마사키 선생님도 그걸 염려하셨던 것 같아."

"그럼 '모두 씨'라는 건?"

"그건 하나의 인격체이자 '나'의 상위에 존재하는 것. 그리고 '모두'라는 것은 개인의 존재를 두루뭉술하게 희석해 버리니 '모두'는 권력을 지닐 수도 없다. 무슨 말인지 알겠어? 여기서 말하는 권력이라는 건 행동의 강제력을 뜻해. 마사키 선생님은 '모두'가 어디까지나 '여럿'의 개념에 그치는 이상 일본인은 모럴, 즉 도덕을 지닐 수 없다고까지 하셨어. 그러니 '모두 씨'를 개발하신 거야."

가지무라의 설명이 열기를 머금기 시작했다.

"자, 한번 상상해 봐. 가령 담배꽁초를 길거리에 함부로 버리는 행위. 그게 나쁜 짓이라는 건 모두 알고 있어. 하지만 대체 누구한테 나쁜 걸까? 노상 방뇨 같은 행위도 아무도 보지 않고 알아채지도 못한다면 곤란해질 사람도 없겠지. 그럼 대체 뭐가 문제냐고 생각하는 게 평범한 일본인들의 사고방식이잖아? 그런데 만약 그 순간 눈앞에 사랑하는 연인이 있다면 어떨까? 존중하는 친구가 있다면? 과연 그런 사람들 앞에서도 꽁초를 버릴 수 있을까? 오줌을 눌 수 있을까? 노인에게 자리를 양보하지 않고 볼륨 높여 핸드폰 게임을 할 수 있을까? 못 하겠지? 즉 **그 사람** 앞에 서라면 인간은 자신의 욕망을 억제할 수 있다는 뜻이야."

"그게 바로 인격체로서의 '모두 씨'인가요?"

"거의 신과 비슷한 기능을 하지. 예를 들어 서양인들이 말하는 죄 문화. 그들은 항상 신의 눈을 의식해. 아무도 보지 않아도 신의 존재를 의식하며 자신을 규제하지. 그런데 일본에는 그때그때 상황에 따라 필요한 신만 존재하고 벌을 주는 신 같은 건 존재하지 않아. 그리고 종교의 개념으로 들어가면 또 어려워지고 성가신 측면이 있으니까 마사키 선생님은 '모두 씨'를 그 대체재로 활용하려고 하셨어. 즉, '모럴'이라는 이름의 신의 대체제. 그리고 선생님은 아이들에게 그 '모두 씨'를 심어 주기 위해 연극이라는 방법을 활용하셨고."

나루카와 제2초등학교에서는 전통이 된 연극이다.

"간접 체험으로 타인에 대한 상상력 배양. 그로 인한 도덕의 습득. 즉 도덕적인 행동을 강제하는 '모두 씨'의 습득. 마사키 선생님의 연극에 그런 효과가 있었던 건 확실해. 하지만 좀 이상한 점도 있었어."

"뭐죠?"

"연극이라는 유사 체험을 통해 타인에 대한 상상력을 배양할 수는 있었을 거야. 작품 주제에 따라서는 고통과 기쁨, 선과 악도 구분할 수 있겠지. 하지만 그것도 사실 누군가가 떠올린 규칙에 불과하지 않나? 사람을 죽이는 건 나쁜 행동이라는 규칙. 사랑은 아름다운 것이라는 규칙. 작가가 만든 역할과 작가가 만든 이야기로 설명되는 작가가 만든 주제, 규칙, 도덕. 그렇다면 '모두 씨'는 대체 누굴까? ……바로 그걸 쓴 작가 아니겠어?"

가지무라는 의기양양하게 미소 지어 보였다.

"그러니까 난 어떤 의미에서 이건 상냥한 세뇌 같은 거라고 생각해. 마사키 선생님이 그걸 스스로 의식해서 만들었는지는 모르겠지만."

"미야모토는 그 방식을 신봉했지만 무카이는 아니었다. 그렇다면 가지무라 씨는 어떤가요? 마사키 선생님의 방식을 어떻게 평가하시죠?"

"난 그 방식을 오롯이 계승해 내 삶에 활용하고 있어. 내 안에 상위 인격을 만드는 건 나 같은 비즈니스맨들에게도 효과적인 방법이거든. 그렇게 함으로써 스트레스를 줄일 수 있고 활동적으로 될 수도 있지. 그렇지만 내가 생각하기에 이건 '고쳐 쓰기' 테크닉이지, 도덕 교육이라고는 부를 수 없을 것 같아. 이런 건 주로 전쟁터로 향하는 병사들에게 실시하던 교육이었어. 머릿속에 있는 도덕을 없애기 위한 처방전으로써."

가지무라가 웃음을 큭큭 터뜨렸다.

"도덕 같은 건 딱 그 정도 수준이라는 게 내 결론이야. 고쳐 쓰거나 다시 쓰거나 해서 작가가 마음대로 설정한 규칙에 지나지 않아. 마사키 선생님의 최후가 되게 상징적이지 않나? 선생님은 그 자신이 직접 '모두 씨'를 머릿속에 심었을 남자의 손에 살해됐잖아. 그러니까 무카이의 '모두 씨'는 **무카이만의 '모두 씨'**였던 거야. 그게 어떤 모습이었는지는 아무도 모르지. 그 누구도."

말투가 꼭 연기하는 것 같다. 그럼에도 후시미는 무카이 하루토의 '모두 씨'를 자연스레 떠올릴 수밖에 없었다.

"무카이가 마사키 선생님을 살해한 이유에 대해서는 전혀 모르세요?"

"무카이의 '모두 씨'를 알지 못하는 한 모르겠지."

"그가 첫 재판부터 마지막까지 묵비권을 행사한 건 왜일까요?"

"'모두 씨'의 지시."

"재판 중에 판사가 마사키 선생님의 죽음에 대해 묻자 무카이는 '이것은 도덕 문제입니다'라고 대답했다고 해요. 그에 대해서는?"

"똑같이 '모두 씨'의 지시."

아무 대답도 하지 않는 거나 마찬가지다. 결국 무카이의 이해하기 어려운 말과 행동을 강조하는 것처럼만 들렸다.

"가지무라 씨."

오치가 몸을 앞으로 살짝 뻗었다.

"무카이와 미야모토를 바꿀 수 있다고 보세요?"

오치의 질문을 듣고 후시미는 이 장면에서 오치가 무엇을 노리는지를 읽었다.

367

"미야모토가 마사키 선생님을 죽였다고? 정황상 불가능하지 않나."

"아뇨. 행동이 아닌 정신 상태만을 가정했을 때의 이야기예요."

가지무라는 곰곰이 생각하는 것처럼 눈길을 다른 곳으로 돌렸다. 후시미에게는 속내가 훤히 들여다보이는 광대의 연기처럼 보였다.

"……응, 그래. 가능하겠지."

"왜 그렇게 생각하세요?"

"미야모토에게는 마사키 선생님이야말로 '모두 씨'였으니까. 이해하겠어? 행동을 지배하는 상위 인격이야. 미야모토에게 마사키 선생님의 존재는 특별한 동시에 절대적이었던 거야. 지나치게 절대적이었지. 그러니 어느 시점에 녀석의 자아가 속박을 거부하고 대상을 제거하기를 원했다고 해도 이상하지 않아. 그건 다시 말해……."

"다시 말해?"

"존속 살해 같은 거지."

결정적인 명대사의 울림. 커튼 폴.

오치는 바람직한 관객이 되어 말없이 자세를 가다듬었다. 만족스러워하며 당장에라도 박수갈채를 보낼 기세다.

"이제 시간상 슬슬 그만할 때도 되지 않았어?"

"저도 좀 여쭤도 될까요?"

후시미가 옆에서 그렇게 묻자 가지무라가 눈에 띄게 당황했다. 그 모습은 앙코르를 예상 못 했다는 것을 여실히 드러냈다. 오치의 날카로운 눈빛을 느끼며 후시미는 말을 이었다.

"무카이를 찍은 비디오테이프에 대해서입니다. 그건 가지무라 씨의 소유품이었나요?"

"……맞아. 그런데 그게 왜?"

"테이프를 왜 경찰에 넘기지 않으셨죠?"

"그건…… 무카이가 범죄자라는 증거 같은 거였으니까. 난 친구를 고발하는 짓은 할 수 없었어."

"언론은 어떤가요? 제의는 들어왔을 텐데요."

그러자 가지무라가 느닷없이 버럭 외쳤다.

"당신 지금 무슨 소리야! 친구가 사람을 죽인 걸 기록한 테이프라고. 누가 그런 걸 언론 따위에 넘기겠어!"

"하지만 버리지 않고 쭉 가지고 계셨죠."

그러자 가지무라는 숨을 훅 들이마시고 입을 다물었다.

"가지무라 씨가 무카이의 친구였다는 뉴스 기사도 나오지 않았고요."

"……원래 성가신 건 사절이야. 나에 대해서도 이것저것 캐물을 테니……."

"캐물으면 안 될 문제라도 있었던 건가요? 그래서 테이프를 숨기셨습니까?"

"이봐, 적당히 해! 실례라는 걸 모르나?"

거들먹거리는 태도가 볼품없다. 그의 이마에서는 눅눅한 비지땀이 배어나고 있었다.

"무카이가 그런 짓을 저지르는 바람에 나도 충격이 이만저만 아니었어. 난 눈앞에서 그 상황을 직접 목격했다고! 게다가 언론이 시끄럽게 구니까 두려웠어. 그때 내 심정이 어땠는지 당신이 알아? 그리고…… 그리고 난 그 녀석을 중학교 때 이후 거의 만나지도 못했다고."

"그건 무카이가 집을 나가 버려서?"

"그래. 그 녀석은 아침부터 밤까지 일했고 나에게는 또 나만의 삶이 있었어. 그러니 그때는 정말 오랜만에 연락이 왔던 거야."

"그때요?"

그러자 가지무라의 둥근 얼굴에서 핏기가 싹 가셨다.

"그때가 언제입니까?"

"후시미 씨."

옆에서 오치가 끼어들어서 후시미는 "조용히 해"하고 노려봤다.

"……마사키 선생님의 강연을 영상으로 찍어 달라고 부

탁하더군."

"무카이가요?"

"자기는 못 갈 수도 있으니 꼭 좀 부탁한다고 했어."

가지무라가 못마땅하게 말했지만 후시미는 신경 쓰지 않았다.

영상을 촬영해 달라고 한 사람이 무카이였다? 자신의 범행을 굳이 기록으로 남기려고 했다?

"이제 그만해. 이 정도면 충분하지 않나?"

"마지막으로 하나만 더 묻겠습니다. 가지무라 씨는 무카이를 알아보고 카메라를 돌렸다고 하셨죠. 하지만 그 뒤에 카메라는 옆으로 쓰러졌습니다. 왜죠?"

"그건 내가 쓰러뜨린 게 아니야. 아니, 잘 모르겠네. 솔직히 그때는 워낙 경황이 없어서……."

"촬영은 혼자 하셨습니까?"

"당연하지!"

갑작스럽게 화를 벌컥 내서 순간 당황했지만 후시미는 무표정으로 반응했다.

"자, 이제 그만해. 돌아가 줘."

"마지막으로 하나만."

"후시미 씨."

이번에도 끼어들려는 오치를 후시미는 무시했다.

"나루카와 제2초등학교 시절 연극부에 계셨죠?"

그러자 가지무라가 수상쩍어하며 후시미를 봤다.

"그게 왜? 우리는 셋 다 연극부였어. 난 중, 고, 대학교 시절 동안 쭉 연기를 했고."

"6학년 때 무카이가 쓴 대본을 기억하십니까?"

"아……."

가지무라가 얼굴을 찌푸리더니 툭 내뱉었다.

"개를 잡아먹는 그 이야기 말이군."

"네?"

후시미는 놀라서 되물었다. 후시미가 읽은 무카이가 쓴 〈우리의 강아지〉에 그런 내용은 한 줄도 없었기 때문이다.

"볼품없는 대본이었지. 딱 한 번 읽었을 뿐이라 내용이 잘 기억나지는 않지만."

"딱 한 번?"

"축제에 내놓을 것 중에 최악이었거든. 글의 형식이나 내용이 완전 동화 수준이었고 등장인물도 몇 명 안 돼서 결국 퇴짜를 맞았어."

"그래서 〈우리의 강아지〉로 바뀐 겁니까?"

"그래. 그건 그나마 대본 같았으니. 하지만……."

가지무라가 고개를 흔들었다.

"똑같이 재미는 없었어."

그건 후시미도 동감이었다.

"글 쓰는 건 좋아한 것 같지만 그런 수준으로는 답이 없었지. 재능이라는 건 잔혹한 법이니까. 뭐 나도 다른 사람 말할 처지가 아니기는 해. 연기자도 배우도 아닌 사업가가 돼 버렸으니."

가지무라는 여유를 되찾고 술술 말했다.

"난 이쪽 방면이 내 성격에 맞는다고 생각했어. 실제로도 정답 같지?"

"맞습니다. 가지무라 씨는 연기를 잘하는 편이 아니시니까요."

후시미는 몸을 일으키고 당황스러워하는 남자를 내려다봤다.

"감사합니다."

언젠가 오치 후유나가 했었던 행동을 똑같이 따라 해 보았다.

엘리베이터 문이 닫히자마자 후시미는 오치를 벽 쪽으로 몰아붙였다. 오치는 저항하지 않고 눈을 약간 크게 뜨고 후시미를 쳐다봤다.

"적당히 해."

"뭘요?"

"그런 잔꾀에 안 넘어간다고 했지."

"무슨 말씀이시죠?"

"난 이미 20년 이상 다양한 인간을 상대해 왔어. 진짜인지 가짜인지 정도는 분간할 수 있다고."

오치는 대답하지 않았다.

"그 테이프를 어디서 입수했지?"

"그거야 가지무라 씨한테 받았죠. 본인도 그렇게 말하지 않았나요?"

"현장에 있던 카메라는 가지무라 것이었어. 경찰이 테이프가 어디 있느냐며 그를 추궁하지 않았을 리도 없지. 그리고 녀석은 그런 걸 숨길 이유도, 배짱도 없는 인간이야."

"이미지와 편견만으로 재단한 난폭한 추론이네요."

"그럼 한마디 더 해 줄까? 가지무라는 카메라를 옆으로 돌린 걸 기억했어. 하지만 쓰러뜨린 적은 없다고 했지. 이해 못 했나? 비디오테이프 속 영상은 오른쪽으로 한 번 돌아갔지만 이후 다시 왼쪽으로 쓰러졌어. 오른쪽으로 돌아가면 그대로 오른쪽으로 쓰러지는 게 자연스럽지 않아? 반대로 쓰러졌다고. 기억하지 못할 리 없다는 소리야."

오치의 눈빛에는 흔들림이 없었다.

"즉, 당시 가지무라 옆에는 **카메라를 왼쪽으로 쓰러뜨린 누군가가 있었어. 카메라를 사이에 두고 왼쪽에 앉아 있던 누**

군가. 그리고 그 누군가가 **테이프를 빼내기 위해 카메라를** 잡아당기는 바람에 카메라가 **왼쪽으로 쓰러졌어.** 너한테 테이프를 건넨 사람은 가지무라가 아닌 그 사람이야."

"……이제는 추론이라고 부르기도 어려운 완전한 망상이네요."

"가지무라 녀석은 피에로야. 춤추고 노래하는 광대일 뿐이라는 걸 다 알아."

"말도 안 되는 트집이에요. 그리고 전 가지무라 씨가 어떤 사람이든 나루카와 사건의 증언자로서 자격만 있다면 그걸로 만족해요."

"그건 미야모토가 마사키를 죽인 **그럴싸한 이유를** 만들기 위해서인가?"

오치가 사건과는 관련 없어 보이는 마사키의 교육론을 파고든 목적. 그것은 가지무라가 입에 담은 '미야모토의 '모두 씨' 죽이기'라는 그림을 만들어 내기 위한 게 아닐까.

"가지무라는 그저 대본대로 말했을 뿐 아닌가? 시나리오 작가는 누구지? 연출가는? 너인 거 다 알아!"

"……증거는요?"

엘리베이터가 천천히 내려가기 시작했다. 후시미는 꼼짝도 하지 않고 오치의 눈동자를 노려봤지만, 그곳에는 무엇 하나 읽히지 않는 커다란 두 개의 암흑만이 있을 뿐이었다. 오치의 얼굴은 지금껏 세계를 돌아다니며 보아 온 몇 개의 얼굴을 연상하게 했다. 절망을 일상적으로 받아들이고 내일 자신이 죽는 상황을 조금도 두려워하지 않는 얼굴이다.

"너…… 대체 정체가 뭐야?"

후시미가 물어도 오치는 입을 다문 채 후시미를 지그시 바라봤다. 검은 눈동자 안쪽에 자신의 모습이 비친다.

잠시 후 기계음이 1층에 도착했음을 알렸다. 후시미는 오치에게서 떨어져 엘리베이터에서 내렸다.

"어디 가시죠?"

"오늘 일은 끝났잖아. 어딜 가든 무슨 상관이야?"

"사흘 후 촬영에는 도움이 필요해요. 꼭 와 주세요."

"그전까지는 볼일 없다는 뜻인가?"

오치는 대답하지 않았다. 후시미는 카메라를 차에 싣고 역을 향해 걸어갔다.

18

6월 27일 금요일. 나루카와 제2초등학교 강당 안에는 사건의 마지막 목격자가 서 있었다. 이공계 대학원생이라고 자신을 소개한 아리타 고지는 사건 당일 맨 앞줄 가장 안쪽에 앉아서 눈앞에서 마사키가 쓰러지는 모습을 직접 목격했다고 했다.

"제가 앉아 있던 곳이 여기예요."

아리타는 망설임 없이 자리를 지목했다.

"이제는 강연 내용이 기억나지 않지만 재미있었던 것 같네요. 졸지 않고 들었으니까요. 그건 기억해요."

아리타의 말투는 침착했다. 그는 후시미가 손에 든 카메라를 보고도 긴장하지 않고 담담히 설명했다.

"사건 직전 뒤에서 술렁이는 소리가 들려서 고개를 돌렸어요. 그때 웬 남자가 눈앞을 지나쳐 가더군요. 얼굴은 못 봤습니다. 그는 그대로 마사키 선생님께 향했고 옆에서 유키오 선생님이 뛰어갔죠. 그리고 거의 동시에 세 사람의 몸이 한데 겹쳤고, 쓰러졌어요. 그때 마사키 선생님의 얼굴이 눈에 들어왔는데 정말 무서웠습니다."

"범인의 얼굴은 못 보신 건가요?"

오치의 질문을 듣고 아리타는 간략히 대답했다.

"네. 고개를 숙인 상태에서 유키오 선생님한테 떠밀렸거든요."

그 뒤 선생님의 지시로 교실에 돌아갔다.

"범인이 마사키 선생님을 찌르는 순간을 보셨나요?"

"네."

아리타는 딱 잘라 단언했다.

"그런데 거의 동시에 미야모토 선생님이 달려갔다고 하지 않았나요?"

"네. 그렇기는 한데 그 남자가 마사키 선생님을 칼로 찔렀던 건 기억해요. 그 장면만은 머릿속에 고스란히 남아 있어요."

그는 그렇게 말하면서도 조금도 동요하지 않았다.

"사건을 깨닫고 난 이후 만들어진 기억일 수도 있지 않을까요?"

"기억이 조작됐다는 말인가요? 아뇨, 그럴 리는 없을걸요. 하지만 잘 모르겠네요. 어렸을 때라."

그는 강변하지 않고도 설득력 있게 말했다.

"혹시 칼을 기억하세요? 남자가 아리타 씨 옆을 지나갔을 때 남자는 손에 칼을 들고 있었나요?"

"네. 들고 있었던 것 같아요. 오른손에 쥐고 있었죠?"

"칼은 어떤 모양이었나요?"

"자루가 파란 칼 아닌가요? 미술부 친구들에게 들어서 기억합니다."

"실제로 보셨나요?"

"그럴걸요."

"이게 범행에 쓰인 것과 비슷한 칼인데요."

오치가 칼자루가 파란 칼을 아리타에게 보였다.

"어떤가요?"

"생각보다 작네요."

마지막에 와서야 무카이가 실행범임을 단언하는 증인이 나타났다.

"지금 잠깐 실험을 좀 해 보려고 하는데 참여해 주실 수 있나요?"

그러자 아리타는 "그거 재밌겠네요" 하고 미소 지었다.

강당 안에 간이 의자를 놓고 아리타는 13년 전 자신이 앉았던 자리에 앉았다. 마사키가 있던 위치에는 니무라가 섰다.

"자, 시작해 주세요."

오치의 지시로 무카이 하루토 역할을 맡은 하네가 발걸음을 뗐다. 그는 아리타의 등 뒤를 지나 니무라를 향해 간다. 두 사람의 몸이 한데 겹치는 순간 미야모토 역할을 맡은 후지이가 옆에서 나타났고 그 모습을 아리타가 유심히 지켜봤다.

"어떤가요?"

"당시 움직임과 거의 똑같네요. 네. 그때도 이랬습니다."

카메라를 움직이는 후시미도 흠칫 놀랐다. 아마 그 영상을 참조해 후시미가 없던 사흘 동안 리허설을 여러 번 거쳤을 것이다.

"칼이 보이시나요?"

"네."

"그가 칼을 확실히 들고 있었나요?"

"네."

아리타는 조금의 망설임도 없었다.

"이 칼을?"

오치가 자루가 파란 칼을 보이자 아리타가 고개를 끄덕였다.

"당시에도 이것과 똑같은 칼을 보신 거네요."

"비슷한 칼이겠죠."

"어쨌든 자루가 파란 칼 맞죠?"

"네."

"그런가요."

체크 메이트.

오치는 하네를 돌아보고 "보여 주세요"라고 지시했다.

하네가 굳은 얼굴로 손에 든 칼을 들어 올렸다.

"어라?"

불현듯 아리타가 신음을 내뱉었다.

하네의 손에는 자루가 빨간 칼이 들려 있었다.

"감사합니다."

그 순간, 후시미는 QM에서 빠지기로 마음을 굳혔다.

우메다에 위치한 바 안에서는 평소처럼 고요히 시간이 흘렀다. 바텐더가 말없이 잔을 기울이는 손님들을 지켜보는 곳에서 후시미는 바다 깊숙한 곳에서 술을 마시는 듯한 기분을 맛보았다.

이곳에 오는 길에 QM의 프로듀서 다나베와 통화했고 그가 수화기 너머에서 "어휴" 하고 투덜거리는 소리를 들었다.

다나베는 "역시 개랑 원숭이를 한배에 태우면 안 되는 거였어"라고 말했다. 후시미는 지금까지 받은 일당을 돌려주겠다고 했지만 다나베는 나중에 들어오는 돈만 달라고 했다.

후시미는 바에 한 시간가량 혼자 앉아 있었다.

잠시 후 만나기로 한 사람이 나타났다. 약속 같은 건 하지 않았지만 올 거라고 예상했다. 그리고 실제로 오치 후유나는 이곳에 왔다. 당연하다는 듯이.

"수고하셨어요."

후시미는 샌디가프를 한 모금 마셨다.

"뭐라도 먹겠어?"

"괜찮아요."

"넌 그때 새우 전문점과 뒤풀이 자리에서도 안주는 잘 먹지도 않고 술만 마시던데."

"긴장해서겠죠."

웃기는 소리.

"나한테는 누나가 한 명 있는데 지금 외국에 살고 있어. 나보다 더 독립심이 강하고 쓰레기 같은 아버지를 나보다 더 증오했지. 나보다 일찍 집을 나가 곧장 자기 길을 찾아 떠났어. 한때는 날 두고 혼자 가 버렸다며 미워했던 적도 있어. 그런데 지금은 누나가 내 등을 밀어준 덕에 여기까지 왔다는 기분도 들어."

후시미는 쓴웃음을 지었다. 그게 자신이 세계를 돌아다니는 일을 고른 이유 가운데 하나라고 하기에는 왠지 쑥스러웠다.

"그런 누나는 지금도 사람이 많이 모이는 식사 자리 같은 것에 영 서툰 모양이야. 어릴 때부터 그랬는데 그런 자리에서 치근덕거리는 놈들이 꼴 보기 싫었나 보더라고. 옆에서 보기에는 별로 그렇게 보이지 않았는데 불안했나 봐. 여자들은 참 힘들겠구나 하고 동정한 적도 있어."

오치는 대답 없이 아름다운 옆얼굴을 보이며 잔을 입에 가져갔다.

"내가 느낀 게 틀렸나?"

"글쎄요."

어느 쪽으로도 읽히지 않는 무뚝뚝한 대답이었다.

"쓰레기 같은 아버지 때문에 궁핍하게 살아온 우리 남매가 제대로 된 밥을 먹을 수 있었던 건 급식과 장례식 때 정도였지."

오치는 말없이 이야기를 들었다.

"이웃 중에 누가 죽으면 누나랑 함께 기뻐했어. 드디어 밥을 먹을 수 있겠다. 초밥도, 오렌지 주스도 마음껏 먹을 수 있겠다. 그래서 그런지 난 지금도 장례식장 장막만 보면 배가 고파져. 천벌 받을 일이지?"

오치가 희미하게 미소 지었다.

"다나베한테 QM 크레디트에서 내 이름 빼 달라고 부탁했어."

"QM은 후시미 씨가 찍었어요."

"아니, 네가 찍었지. 난 지시에 따랐을 뿐이고."

"도망치실 생각인가요?"

오치가 고개를 돌리는 게 느껴졌다.

후시미는 그대로 앞을 바라본 채로 말했다.

"칼을 두 자루 준비했지?"

대답은 없었다.

"네가 들고 있던 파란색 칼. 하네가 들고 있던 빨간색 칼. 넌 두 개의 칼을 이용해 속임수를 썼어."

"칼은 범행에 쓰인 것과 같은 모양에 같은 크기였어요. 공정한 검증이었죠."

"그 말은 맞아. 하네는 손에 자루가 빨간 칼을 들고 있었어. 아리타가 그걸 볼 기회도 있었고. 자루가 좀 더 길었다면 말이지."

당시 사건에 쓰인 칼이 있던 곳은 초등학교 미술실이다. 다키타가 직접 만들었다고 한 그 칼은 **아동용**이었다. 초등학생이 쓰기 쉽게 일부러 자루를 짧게 만든 것이다. 성인의 한 손에 완전히 들어가는 크기로. 옆을 스쳐 가는 순간 색을 구분하기 어려울 정도의 크기로.

"넌 일부러 실험 전에 칼자루 색을 화제에 올렸고 실물을 보여 주며 아리타에게 파란색 칼에 대한 인상을 심었어. 그리고 하네에게는 일부러 빨간색 칼을 들게 했지. 네 의도대로 아리타는 칼을 파란색이라고 믿어 버렸어. 하네가 파란색 청바지를 입고 있기도 했고."

"무카이와 같은 옷을 입혔을 뿐이에요."

"그래, 그렇겠지. 실제 사건에서도 경찰과 마사키 주변에 모여 있던 성인들 외에 파란색 칼자루를 본 사람은 없었어. 파란색 칼을 봤다고 하는 건 그 이후 만들어진 날조

된 기억이야."

하지만.

"틀린 색을 말한 탓에 아리타의 증언은 신빙성을 잃었어. 칼을 본 건 확실하지만. 아니, 칼의 날 부분을 본 건 확실하지만 말이야. QM을 본 관객들은 분명 칼 자체가 존재하지 않는 환상처럼 느끼겠지. 아리타의 증언은 억측과 날조에 불과한데도. 이게 속임수가 아니고 뭐지?"

후시미는 미지근한 에일 맥주를 마셨다.

"마사키 쇼타로를 죽인 건 무카이 하루토가 맞아."

취기가 온몸에 스며들었지만 조금도 위안되지 않았다.

"넌 결국 모든 걸 처음부터 끝까지 계산해서 외통수를 두는 것처럼 그걸 뒤집었어. 날 조종하고, 스태프들을 조종하고, 출연자들을 조종했지. 심지어 예상도 못한 칼자루 색까지 이용했어. 아주 훌륭해. 솔직히 기가 질릴 정도야."

"그렇게까지 깊이 생각한 건 아니에요."

"대체 무엇이 널 그렇게 움직이게 하지?"

후시미는 오치와 눈이 마주쳤다.

"돈? 명예? 사법 시스템의 약점? 아니면 무카이 하루토의 있지도 않은 결백?"

오치는 대답하지 않았다. 후시미의 시선을 그대로 받고 있다.

"그런 것들을 얻는 대신 네가 잃을 것을 떠올려 보지는 못했나?"

"저널리즘 말인가요."

앞을 돌아본 오치의 얼굴에는 요염한 냉소가 떠올라 있었다. 이 순간만은 오치가 인간임을 알 수 있는 미소다.

"내가 과거에 어떤 실패를 저질렀는지 알지?"

오치는 대답하지 않았다.

"난 어떤 여자를 쫓다가 궁지에 몰렸고 끝내 실패하고 쫓겨났어. 지금은 그 여자가 살았는지 죽었는지도 몰라. 그 여자는 범죄자 같은 사람들과는 달랐어. 남자와 동의하에 혼인 관계를 맺었고, 결과적으로 정당하게 재산을 배분받았지. 그 상대가 비록 다 죽어 가는 노인이었다고 하지만……. 난 그 여자의 방식을 보고 속이 뒤틀리더군. 안전한 곳에서 조용히 사냥감이 죽기만을 기다리는 교활한 모습을 보고 치가 떨리기도 했어. 진정한 악이 아닐까 생각했어. 이 여자를 법률로 벌할 수 없다면 내가 세상에 폭로해 버리겠다. 나는 주제도 모르고 그렇게 결심한 거야."

후시미는 에일을 한 모금 마셨다.

"그런데 그 여자가 사는 아파트 속 남자의 침실을 보고 대번에 머릿속이 혼란스러워지더군. 가만히 누워 있는 노인 주변이 화려한 꽃들로 장식돼 있었어. 셀 수 없이 많은 현란한 꽃들로. 몸을 움직이지 못하고 말도 제대로 못하는 남자 주변이 그렇게 돼 있었던 거야. 심지어 마르거나 시든 꽃은 단 한 송이도 없었지. 대체 무슨 의도일까? 무엇 때문에 이런 짓을? 난 곰곰이 생각하다가 화들짝 놀라고 말았어. 그 꽃들은 눈에 들어온 광경 그대로, 정말로 남자를 위해 놓여 있었던 거야."

그가 언제든 마음 놓고 세상을 떠날 수 있도록. 언제든 마지막으로 보는 광경이 아름다운 꽃송이들일 수 있도록. 그래서 꽃으로 방을 가득 채운 것이 아닐까.

"그 여자가 노인과 혼인 신고를 하고 돈을 손에 넣은 건 맞아. 하지만 **그것과는 관계없이** 그 여자는 죽음을 바란 고독한 남자들에게 진심으로 애정을 품고 있었던 거야."

만약 그것이 여자의 진짜 모습이었다면.

"난 혼자서 정의로운 척하며 내 멋대로 악을 만들어 버렸어."

취기가 강하게 느껴졌지만 말을 멈추지 않았다.

"전 세계를 돌아다니며 잔혹한 현실을 두 눈으로 보고 여기저기서 칭찬을 듣다 보니 우쭐해져서 세상을 다 안다고 판단했어. 사랑이라든지, 선의 같은 걸 무시하며 그 여자를 오직 돈이 목적인 한 악마로 단정 지어 버린 거야."

후시미의 카메라를 집어 던진 우치노 사토미의 눈빛은

침략자에게서 사랑하는 사람을 지키기 위해 싸우는 자의 눈빛이었다. 그렇게 깨달은 순간 후시미는 인간이라는 존재에 대해 알 수 없어졌다. 가슴에 줄곧 품고 있던 자신감이 와르르 무너져 내렸다.

"안전한 곳에서 비겁하게 사냥감을 노린 사람은 다름 아닌 나 자신이었어. 내가 찍던 추악함의 정체는 바로 나 자신의 추악함이었던 거야. 그때 그걸 깨닫고 난 좌절하고 말았지."

봇코를 만나서 진실을 있는 그대로 찍겠다고 다짐했다. 선한 모습 뒤에 감춰진 절망의 단편을 폭로하는 게 나의 임무라고 확신했다.

그러나 어느새 나는 그것을 내 멋대로 날조하고 있었던 게 아닐까.

후시미는 숨을 내쉬며 달아오른 감정을 조절했다.

"내가 무슨 말을 하려는지 알겠어?"

오치는 말없이 정면을 바라보고 있었다.

"카메라를 들이미는 건 폭력이야. 우리는 카메라를 상대에게 들이밀며 상대를 때리는 거나 마찬가지야. 내가 원하는 형태로 만들기 위해 상대를 마구 구타하는 꼴이야. 때리고 또 때려서 언젠가 나 자신의 주먹이 으스러지는 날이 오면 그제야 비로소 깨닫게 되겠지. 내가 담아낸 프레임은 내가 담으려 한 프레임일 뿐이라고."

문득 허무함에 휩싸였다.

"퀘스천 오브 모럴리티. 그걸 물어야 할 사람은 무카이도 사회도 아닌 바로 너 자신이라는 뜻이야."

오치는 오직 앞만을 봤다. 조금의 체온도 느껴지지 않는 철면피를 뒤집어쓴 상태다.

"도박을 하고 싶은 거면 말리지 않겠어. 망가질 각오로 끝까지 움직일 거면 마음대로 해. 난 그만둘래."

후시미는 돈 봉투를 내려놓고 자리에서 일어섰다. 조금 남은 미련을 떨쳐내듯 등을 획 돌렸다. 또다시 꽁무니를 빼는 나는 오직 정면만을 보고 달리는 이 여자와 두 번 다시 말을 섞을 일이 없을 것이다.

그때 오치가 후시미의 손목을 붙들었다.

"조금만 더 저와 함께 있어 주세요."

아래로 보이는 오치의 얼굴에는 으스스한 미소가 지어져 있었다.

"제 각오를 보여 드리죠."

택시를 타고 프런티어 플래닝으로 향했다. 예상 못한 전개 때문에 후시미는 이미 취기가 가셨다.

뒷좌석에 나란히 앉은 오치가 창문을 보며 입을 열었다.

"가지무라 씨에 대해 조금 더 말씀드리는 게 좋겠네요."

"IFA라면 사흘 동안 쉴 때 이미 조사했어. 대표는 가지무라지만 업무 핵심인 매뉴얼과 연구 자료 제작은 외부에 맡기고 있다던데 맞나?"

"역시 후시미 씨시네요. 그럼 어디에 위탁하는지도 아시나요?"

정보를 제공받은 경제 전문지 기자에게 거기까지 묻지는 못했다.

오치가 화제를 바꿨다.

"미유키 이야기를 기억하시죠?"

무카이의 여동생. 부모에게 매춘을 강요당한 소녀.

"무카이는 중학교를 졸업하고 집을 나가 자취를 시작했어요. 미유키는 그때 아직 초등학생이었죠. 혼자 힘으로는 살아갈 수 없는 어린아이였던 거예요. 결국 무카이는 부모를 버린 게 아니라 미유키를 버린 거나 마찬가지였어요."

오치는 담담히 이야기를 이어 갔다.

"미유키는 부모에게 계속 휘둘리며 이용만 당하는 삶을 살았어요. 미유키의 부모는 집 안 깊숙한 곳에 손님을 불러들이고 푼돈을 받아 딸을 팔았죠. 아직 10대였던 소녀는 수많은 남자들을 상대했습니다. 그중에는 당시 고등학생이던 가지무라 신도 있었고요."

"뭐? 친구의 여동생을 그렇게 했다고?"

"네. 친구의 여동생을 돈을 주고 산 건지, 아니면 여동생을 사기 위해 친구가 됐는지는 의심해야겠지만요."

머릿속에 광대 같은 그 남자의 얼굴이 떠올라 순식간에 속이 뒤틀렸다.

"왜 그 당시에 가지무라가 무카이와의 관계를 숨겼는지 이해되시나요?"

"……그 일로 협박해서 영화에 출연시킨 건가?"

"협력만 해 주면 이름과 회사명은 공개하지 않겠다고 약속했어요. 그러자 군말 없이 제가 시키는 대로 따르더군요……. 입으로만 한 약속을 정말로 믿고 있는 걸까요?"

얼굴에 지어진 평소의 냉소가 오치를 인간답게 만드는 느낌이 들었다.

"그것도 다 미유키에게 직접 들은 이야기인가?"

"규슈에 있는 개인 사무소에서 들었어요."

"뭐?"

"IFA가 연구 자료를 위탁하는 곳이죠. 유아사 교육 연구소. 사장은 유아사 유키오. 그는 데릴사위로 들어가 이름을 바꾼 미야모토 유키오랍니다."

"설마. 그럴 리가……."

"다나베 씨께는 미안할 따름이에요. 탐정 사무소를 제가 소개했거든요."

드디어 모든 퍼즐이 맞춰졌다.

"후시미 씨가 말씀하신 대로 전 지금껏 거짓말을 했어요. 미야모토가 어디 있는지 전 알고 있었죠. 가장 먼저 알아냈어요."

오치가 "그리고" 하고 뒷이야기를 이었다.

"그의 촬영은 이미 끝마쳤답니다."

두 사람을 태운 택시가 어스름한 빌딩 앞에 멈춰 섰다.

칠흑 같은 회의실 안에서 후시미는 소파에 앉아 있었다. 오치는 암흑 속에서 TV에 연결한 DVD 플레이어를 만지작거리고 있다.

"아직 편집은 끝내지 않은 거예요."

촬영 때 찍은 영상을 가편집한 영상이었다.

화면에 폐교가 된 나루카와 제2초등학교가 비친다.

오치는 벽에 몸을 기댄 채 팔짱을 끼고 있다.

후시미가 찍은 영상이 나왔다. 니무라의 설명, 당시 학생이었던 증언자들, 성인 중에는 머리가 벗어진 노인과 우에노 도시유키도 보인다.

다니구치 유코가 나타나 후시미는 무심코 화면에 집중했다.

이케다 변호사와 대학 시절 알게 된 학원 강사, 가지무라 신.

아리타가 칼자루의 색을 착각했던, 낮에 촬영한 영상도 있다.

"잘 만들었군. 이걸 보여 주면 관객들은 네 손바닥 위에서 사건의 진상에 의심을 품고 무카이 하루토가 왜 죄를 인정했는지, 왜 끝까지 입을 다물었는지, 그리고 그는 대체 어떤 인간인지 궁금해하겠지."

후시미가 빈정거리며 감상을 전하자 오치가 대답했다.

"저 혼자만 안전한 곳에서 공격 중이라는 뜻인가요?"

"그래. 네가 미유키와의 관계를 숨기는 이상."

그러자 오치는 "그렇다면……" 하고 DVD 플레이어 앞으로 향했다.

"이것도 보여드리죠."

후시미는 이미 촬영을 끝마쳤다고 한 미야모토 유키오와의 대화에 온 신경을 집중했다.

정오 시각 나루카와 제2초등학교의 폐허가 된 강당.

화면 가운데에 한 남자가 비치고 있다. 가운데 가르마를 탄 30대 후반의 마른 남자다. 기름한 얼굴에 안경을 끼고 있다. 불안해 보이는 눈빛이 허공을 맴돈다.

그 밖에는 그저 황량한 강당 안 풍경만 비치고 있었다.

— 미야모토 유키오 씨.

화면 밖에서 들리는 여자의 목소리.

— 마사키 쇼타로 선생님의 강연회를 주최하셨던 게 맞나요?

"……네. 마사키 선생님은 제 은사님이신데 아주 존경하는 분이었죠. 나루카와 초등학교 학생들에게 선생님의 이야기를 꼭 들려주고 싶었습니다."

— 나루카와 제2초등학교 시절 무카이 하루토와 가지무라 신을 만나셨죠?

"네. 다 함께 연극부에 속해 있었죠. 두 사람과는 그 뒤로도 교류했고요."

— 마사키 선생님의 강연회에 무카이도 왔다는 걸 아셨나요?

"아뇨. 전혀 몰랐습니다. 사건이 일어나기 전까지는."

— 한 시간 정도 지났을 무렵 무카이가 몸을 일으켜 마사키 선생님께 다가가기 시작했어요. 무카이는 그때 손에 칼을 들고 있었나요?

"네. 보이더군요. 아주 잠깐이었지만……."

— 정말인가요? 당시 같은 줄에 앉아 있었다는 우에노 선생님은 미야모토 씨보다 키가 큰데도 못 봤다고 하시던

데요.

"……."

— 마사키 선생님을 칼로 찌른 사람이 정말로 무카이였
나요?

"물론이죠. 전 달려갔을 때 그 순간을 직접 목격했습니
다. 하늘에 맹세코 사실입니다."

— 그런가요. 네, 미야모토 씨는 그렇게 말씀하시겠죠.

"……."

— 무카이는 어떤 사람이었죠?

"……성실하고 머리가 아주 좋았습니다. 저도 노력했지
만 중학교 때 격차가 계속 벌어지기만 했죠."

— 공부 외에는?

"뭐든지 다 잘했습니다. 무카이는 누구보다 뛰어난 학생
이었죠. 운동도 잘해서 남자다운 면도 있었어요. 또 소설
같은 걸 쓰는 특기도 있었는데 본인은 돈이 들지 않아서
하는 거라고 했지만 아주 뛰어났어요. 재미있었습니다."

— 그의 가정환경에 대해서도 아시죠?

"네……. 하지만 의식한 적은 없었습니다. 저와 가지무
라 모두요. 그러니 우정도 계속 이어졌죠. 그건 다른 사람
에게 상상력을 품으라는 마사키 선생님의 가르침 덕분일
지 모릅니다. ……혹시 뭐 이상한 점이라도?"

— 아뇨, 실례했습니다. 두 분이 우정을 나눴다고 해도 당시 무카이의 가정은 엉망진창이었습니다. 아버지는 제대로 된 일을 하지 않았고 어머니가 몸을 팔아 가족이 먹고살았죠. 그리고 세 분 중에 오로지 무카이만 고등학교에 진학하지도 못했습니다. 그 점에 대해서는 어떻게 생각하시나요?

"안타깝습니다. 당연히 안타깝죠. 그렇지만 무카이는 언젠가 반드시 대학에 들어가 선생님이 될 거라고 했습니다. 저도 무카이라면 당연히 그럴 수 있을 거라 생각했고요."

— 그가 집을 나가겠다고 한 건?

"그건 무카이가 평소에도 입버릇처럼 하던 말이었습니다. 이대로 그 인간들과 함께 살다가는 언젠가 죽게 될 거라고 하더군요."

— 자취를 시작한 뒤에도 무카이와 자주 만나셨나요?

"아뇨. 그 무렵에는 거의……."

— 재판에서 무카이와의 관계를 밝히시지 않은 이유는 뭐죠?

"그건…… 그런 질문을 받으면 밝히려고 했습니다. 그런데 질문들이 대부분 그의 가정환경과 사실 확인 정도에 그쳐서……."

— 그렇군요. 사건 이후 선생님은 어떻게 지내셨나요?

"뭔가 의욕이 사라지더군요. 전 마사키 선생님의 유지를 잇기 위해 교사가 됐으니까요. 그게 그런 형태로 무너졌고 하물며 제 친구가 범인이었으니……. 그래서 더 이상 일을 이어갈 수는 없다고 판단해 교직을 그만두고 구마모토로 이사했습니다."

— 왜 구마모토로?

"기자들이 자꾸 찾아와서……."

— 가지무라 씨에게 일을 처음 의뢰받은 건 언제죠?

"사건 이후 3년쯤 지났을 때였던 것 같네요. 가지무라는 교원 자격증을 땄지만 결국 교사가 되지는 못하고 극단 생활을 이어 가며 자기 계발 세미나를 듣고 다녔다고 합니다. 그 무렵 제게 매뉴얼을 만들어 보지 않겠느냐고 하더군요."

— 마사키 선생님의 이론을 활용한 건가요?

"네. 전 당시 구마모토에서 학원 강사를 하고 있었는데 의기소침해서 사업에 선뜻 참여할 만한 상태가 아니었습니다. 그러니 IFA는 가지무라에게 맡기고 전 매뉴얼 제작만을 맡은 거죠."

— 아내분과 처음 만난 곳은?

"……학원에 다니던 학생이었습니다."

— 데릴사위로 들어가신 이유는?

"그건 그냥…… 미야모토라는 성에 별로 미련이 없어서……."

— 사업이 순조롭게 풀리자 개인 사무소를 여셨죠?

"네. 가지무라가 의뢰하는 일 말고도 시험과 교재 등을 만들고 있습니다."

— 이제 곧 무카이가 출소할 텐데요. 그에게 한마디 하신다면?

"……."

— 더는 그와 얽히고 싶지 않으신가요?

"……."

— 사건 이야기로 돌아가죠. 미야모토 선생님. 선생님은 꽤 이른 시점에 무대를 향해 걸어가는 무카이를 눈치채신 것 같더군요.

"……그런가요?"

— 네. 당시 미야모토 씨가 앉은 줄에 있던 모든 선생님이 무카이의 모습을 알아챈 건 그가 마사키 선생님께 다가가 몸을 부딪쳤을 때, 즉 미야모토 씨가 달려든 다음이에요. 왜일까요? 무카이가 출입로를 지나 마사키 선생님이 있는 곳에 갈 때까지 걸린 시간은 고작 3초. 미야모토 씨가 달려가 무카이에게 몸을 부딪치기까지는 2초. 단 1초. 그 1초 만에 미야모토 씨는 무카이의 존재를 인식하고 위

험을 감지했어요.

"……어쩌다 보니 그렇게 된 겁니다. 그냥 우연히."

— 존경하는 마사키 쇼타로 선생님의 강연 시간이었는데도요?

"……그때는 학생들을 보고 있었습니다. 아이들이 어떤 얼굴로 선생님의 강연을 듣고 있는지 궁금해서……."

— 그래도 1초라는 사실은 변함없어요. 3초라는 시간은 무카이가 학생들 사이에 있던 시간부터 잰 거니까요.

"……무슨 말을 하고 싶으신 거죠?"

— 단순한 이야기예요. 당시 미야모토 씨는 마사키 선생님 쪽을 보지 않았어요. 학생들을 보지도 않았고요. 미야모토 씨는 조금 더 뒤쪽을 보고 있지 않았나요?

"무카이를 봤다는 말인가요? 아뇨. 무카이가 있는 줄은 몰랐습니다."

— 아니요. 무카이가 아닌 다른 사람이에요. 그 사람은 무카이에게 부탁을 받아 강연 영상을 찍고 있었죠.

"가지무라 말인가요? 설마요. 왜 그 친구를 보고 있었겠습니까?"

— 가지무라 씨가 아니라 그 옆. 그곳에서 미야모토 씨는 낯익은 얼굴을 발견하지 않았나요?

"……."

— 여성이에요. 당시 중학교 3학년이던 소녀였죠. 비디오테이프를 빼내려고 카메라를 쓰러뜨려 버린 소녀. 소녀의 이름은 무카이 미유키. 나루카와에서 미성년자 매춘을 하던 무카이 하루토의 여동생. 미야모토 씨는 예상도 못한 소녀의 존재에 놀랐고, **그리고 그녀를 계속 응시했다.** 그러니 누구보다 빨리 무카이 하루토가 걸어오는 걸 눈치채신 것 아닌가요?

"……."

— 어떻게 미유키인 걸 아셨죠?

"그건, 그러니까…… 무카이의 여동생이었으니……."

— 무카이 하루토와 미유키는 나이가 열 살이나 차이 나요. 조금 전 미야모토 씨는 중학교를 졸업한 뒤로 무카이와 거의 만나지 않았다고 하지 않았나요?

"……."

— 대답하기가 어려우세요? 그럼 대신 말씀드리죠. 미야모토 씨는 무카이 미유키를 돈을 주고 산 경험이 있었던 거예요. 아직 중학생이었던 소녀를.

"그, 그게 무슨 말도 안 되는!"

— 미야모토 유키오 씨와 가지무라 신 씨는 그 아이의 단골손님이었죠.

"아니에요! 아닙니다!"

미야모토가 흐트러진 모습을 보이며 카메라를 향해 달려갔다.

"이봐! 이야기가 다르잖아!"

— 무슨 이야기 말이죠? 카메라 앞에서 확실히 말씀해주시죠.

"……"

— 계속하겠습니다. 당시 두 분은 무카이 미유키에게 돈을 주고 친구의 여동생을 품에 안는 배덕감에 사로잡혀 있었어요. 그뿐만이 아닙니다. 미유키가 저항한 걸 기억하시나요? 미야모토 씨는 그 순간 화를 버럭 내며 미유키에게 손찌검을 했어요. 연신, 여러 번 주먹으로 때리자 미유키는 입에서 피를 쏟았죠. 그리고 미유키는 그런 삶에 지친 나머지 혀를 깨물어 죽으려고 했어요. 그러자 미야모토 씨는 황급히 도망쳤고 두 사람의 관계는 그렇게 끝났답니다.

"아닙니다…… 아니에요…… 그럴 생각은……"

— 당신들이 저지른 행동이 미유키에게 얼마나 모욕적이었는지. 오빠의 친구들에게 연이어 짓밟히던 육체와 자존심. 그걸 보고도 못 본 척하는 부모. 동생을 버린 오빠. 이런 일을 하지 않으면 살아갈 수 없는 자신. 타인에 대한 상상력이 풍부한 미야모토 씨라면 그런 미유키의 심정도 이해하셨겠죠? 그러면서 더욱 욕망을 키운 거 아닌가요?

미야모토가 무너져 내리듯 무릎을 꿇었다.

— 그러니까, 미야모토 씨는 두려웠던 거예요. 미유키를 돈으로 샀다는 사실이 밝혀지는 게 아닐까. 학생과 보호자, 동료들에게서 사랑받는 열혈 교사의 가면 아래에 숨겨진 추악한 민낯이 폭로되는 게 아닐까. 미성년자의 몸으로 성욕을 충족한 죄를 그 여자가 나중에 따지고 드는 건 아닐까……. 네. 당신은 그렇게 두려운 마음에 줄곧 그녀를 지켜봤겠죠.

카메라가 처음으로 질문자에게 향했다. 질문자 자신의 손에 의해.

"바로 저를요."

오치 후유나는 미소 지으며 한 줄의 상처가 남은 혀를 날름 내밀고 있었다.

19

셔츠가 땀으로 흠뻑 젖어 있었다. 숨을 들이마시며 영상이 끊긴 화면에서 눈을 떼자 손목시계가 시야에 들어왔다. 어느새 날짜가 바뀌었다.

캄캄한 방에서 오치가 벽에 몸을 기댄 채 입을 열었다.

"싫었어요. 다른 사람 앞에서 밥을 먹다가는 혀에 난 상처가 보일 수 있으니까요. 이유를 물으면 시치미를 떼기도 귀찮으니까요."

목소리는 그야말로 침착했다.

"미야모토는 끝이에요. 작품이 완성되면 그쪽 집안 부모들에게도 관람시킬 생각이에요. 모자이크 같은 건 하지 않은 채로."

"……복수인가."

그러자 오치는 훗 하고 한숨 같은 웃음을 내뱉었다.

"아뇨. 연출이에요."

"……무카이가 출연을 허락한 편지 같은 건 처음부터 존재하지 않았군. 너라면 그런 것 없이도 만나러 갈 수 있을 테니."

"법률상으로는 가족이니까요."

오치 후유나를 자청하는 무카이 미유키가 그렇게 대답했다.

"미야모토에게 고소당할 거야. 가지무라에게도."

"그럼 더 화제에 오를 수 있겠네요."

그녀는 대수롭지 않다는 듯이 대답했다.

"비디오테이프를 가지고 있던 사람은 가지무라가 아니라 너였군."

"오빠에게 부탁받아 촬영을 도왔어요. 그 자리에 가지무라도 있어서 얼마나 가기 싫었는지요. 강연 도중에도 손을 뻗어 제 허벅지를 만지는 인간이었으니까요."

"가지무라, 미야모토와의 관계를 무카이도 알고 있었나? 아는 상태에서……."

미야모토가 근무하는 학교로 가지무라를 도우라며 여동생을 부른 걸까.

"글쎄요."

오치가 허공을 바라봤다.

"오빠가 중학교를 졸업하고 집을 나간 건 제가 여섯 살 때였죠. 그 뒤로 몸 파는 일을 하게 됐고 오빠한테는 9년 동안 소식 한 통 없었어요. 만나기는커녕 목소리도 듣지 못했죠. 제 안에서 오빠는 느닷없이 소식이 끊겨 버린 환상 같은 존재였답니다. 그건 서로 마찬가지였겠죠."

오치는 "이제는 상관없는 일이지만" 하고 눈을 가늘게 떴다.

"9년 만에 집을 찾아온 오빠는 저에게 마사키 선생님의 강연을 함께 들으러 가자고 했어요. 그때는 제가…… 미유키가 열다섯 살이라 지옥의 밑바닥에서 간신히 빠져나와 혼자 살아갈 수 있는 나이였죠. 어쩌면 오빠가 내 힘이 돼 줄지 모른다. 그런 기대를 품고 향한 나루카와 제2초등학교 강당에서 나루카와 사건을 목격하게 된 거예요."

그리고 그곳에서 비디오테이프를 빼내려다가 카메라를 쓰러뜨렸다.

"그날 입수한 비디오테이프를 들고 미유키는 나루카와를 떠났어요."

가족을 모두 버리고.

"2001년 9월 9일 일요일 나루카와 제2초등학교 강당 오전 11시 5분. 그 순간을 기점으로 미유키의 인생은 끝나 버렸어요. 말도 안 되는 집안에서 태어나 매춘을 강요당했고 오빠는 살인귀가 돼 버린 소녀. 언론은 당연히 미유키의 삶을 추적할 수밖에 없겠죠. 그리고 그건 여자로서 사회적 타살이나 마찬가지예요. 그러니 그녀는 자취를 감췄어요. 나루카와를 떠나 나루카와와 무카이 하루토, 그리고 자신의 과거로부터 도망친 거예요. 하지만 아무리 도망쳐도 그녀의 삶은 그대로 죽은 채였죠. 살아가기 위해 몸까지 팔아 온 삶이었어요. 후시미 씨. 난 절대로 행복해질 수 없다. 그렇게 확신한 소녀의 마음을 이해하시겠나요?"

후시미는 오치를 봤다. 어둠 속에 떠오른 새카만 눈동자 안쪽에 자신이 비치고 있었다.

"미유키는 무카이 하루토에게 두 번 살해된 거예요. 그가 집을 나갔을 때 한 번, 그리고 나루카와 사건 때 한 번.

비디오테이프를 가져간 건 저 나름의 작은 저항이었답니다. 그건 나는 무카이 하루토에게, 즉 친오빠에게 살해됐다는 증거였으니까요."

오치는 담담히 말을 계속했다.

"나루카와를 떠나서도 몸을 팔아 먹고살며 돈을 모았어요. 언론이 두려워서 이곳저곳을 전전하다가 마지막에는 시코쿠 지역에 정착했죠. 그리고 8년 전 저는 그곳에서 미유키를 죽이기로 했어요. 저널리즘 세계로 뛰어든 건 필명을 쓸 수 있다는 이점이 있어서고요."

"대학 이야기는 결국 거짓말이었나?"

"꿈이었죠. 미유키의."

오치가 어깨를 으쓱했다.

"미유키를 죽인 저는 그 아이가 살고 싶어 한 삶을 살기로 결심했어요. 돈, 명예. 그것들을 위해서는 수단과 방법을 가리지 않기로 했죠. 가장 짧은 시간 안에 그 아이의 꿈을 실현하겠다. 그것이 바로 미유키를 줄곧 지켜 온 내가 할 일이다. 그렇게 생각한 저는 무카이 하루토를 이용하기로 했어요. 그를 발판 삼아 모든 것을 내 손아귀에 넣겠다. 오직 살아가기 위해."

후시미는 손으로 입가를 가렸다. 어떻게 반응해야 좋을지 알 수 없었다.

어둠 속에서 후훗 하는 웃음소리가 울렸다.

"우습죠? 저는 후시미 씨와 완전히 똑같다고 생각해 왔는데 말이에요. 저널리즘 같은 풋내 나는 단어를 제가 입에 담으리라고는 상상도 못 했답니다. 게다가 피사체의 선악을 알지 못하게 됐으니 일을 그만두겠다고요? 그런 하찮은 이유로 속을 끓으시다니, 되게 복 받은 인생이네요."

후시미는 오치의 기세에 눌려 아무 말도 할 수 없었다.

"혹시 자신은 인간의 선악을 구분할 수 있다고 생각하시나요? 선이란 무엇이고 악이란 무엇인지 대답할 수 있다고 생각하시나요? 언젠가 제가 들었던 자만하지 말라는 말을 그대로 다시 돌려 드리고 싶네요."

"그게 아니야. 내가 문제 삼은 건 날조라고."

"제가 악을 날조했다는 말인가요. 그러면 왜 안 되죠?"

후시미는 어안이 벙벙해져 눈을 크게 뜨고 오치를 봤다.

"이미지 조작이라고 말씀하고 싶으신가요? 그렇다면 단언할게요. 누가, 어떤 의도로 영상을 찍어도 피사체는 뒤틀리기 마련이에요. 선처럼 찍으려고 한들, 악처럼 찍으려고 한들, 그저 평범하게 찍으려고 한들 모든 것은 연출된 이미지에 불과하죠. 그리고 그걸 본 관객들이 또 새로운 이미지를 만들어 내는 법이에요. 피사체 본인의 의지와는 상관없이."

"아니야! 미디어가 신뢰를 잃으면 우리는 끝이야!"

"아뇨. 끝이 아니에요. 왜냐하면 사람들도 그걸 원하거든요."

오치는 양손을 펼치고 조롱하듯 말했다.

"사람들은 다른 사람의 불행을 보고 싶어 하죠. 기적 같은 드라마를 보고 싶어 해요. 세상을 다 안 것 같은 기분을 느끼고 싶어 해요. 그러니 보여 드리는 거예요. 여러분이 원하는 그 불행을 눈앞에 제공해 드리죠. 약간의 광기를 곁들여서. 자, 불쌍하고 가엾다며 마음껏 한숨지어 주세요. 무시무시하다며 마음껏 몸을 떨어 주세요. 그리고 그 다음 순간에는 오늘 저녁 식사 메뉴를 고민하면 되는 거예요. 새 옷을 입어 보면 되는 거예요."

부드러운 목소리가 점차 무게감을 띠었다.

"네, 그저 그런 거랍니다. 몇 시간을 잘 보낼 수 있게 해 주면 다들 기뻐하고 우리는 먹고살 수 있어요. 거기에 무슨 문제라도 있나요?"

"……그런 건 용납되지 않아."

"사실을 날조한 게 아닌 이상 주관과 사상, 선과 악 등은 모두 표현의 자유 범주에 해당하지 않나요?"

"그건 도덕 문제야!"

후시미는 저도 모르게 그 말을 입에 담고 말았다. 동시에 등줄기에 소름이 돋았다.

"도덕이라……"

오치는 비웃는 것처럼 대답했다.

"참으로 모호하고 그럴싸한 단어. 실상은 무기력한 주제에 마치 규칙처럼 굴리는 단어죠. 대체 누가 그런 걸 정하는 건가요?"

오치는 후훗 하고 웃음 지었다.

"미야모토와 가지무라의 비열한 면모를 마사키 선생의 책임으로 돌릴 생각은 없지만, 실은 전 그의 교육관을 들으면 구역질이 치민답니다. 도덕이 존재한다는 그 사상이요. 생각해 보세요. 그런 게 없었으면 저는 좀 더 편하게 살아갈 수 있었을 거예요. 그렇게 생각하지 않으시나요?"

매춘을 강요당했고 살아가기 위해 스스로 반복해 온 여자의 질문에 후시미는 대답하지 못했다. 어떤 미사여구를 늘어놓아도 세상은 의심스럽게 볼 것이고 여기저기에서 호기심 어린 눈빛을 보낼 것이다.

"지금도 잊지 못한답니다. 미야모토에게 얻어맞아서 병원에 실려 갔을 때 저를 조사하던 형사는 조사 중에 제게 이렇게 말하더군요. '이런 일'을 하고 있으니 위험해지는 거 아니냐'라고요. 후시미 씨의 말을 빌리자면, 그야말로 예상한 그대로의 형태로 날아오는 모럴의 주먹이었죠."

오치는 천진난만하게 보이기까지 하는 미소를 지어 보였다.

"'모두 씨'라는 건 가히 절묘한 단어예요. 그건 결국 어느 **누구도 아니죠**. '이런 일'을 하지 않으면 살아가지 못했던 저로서는 그것은 그야말로 형태 없는 적이었어요. 어떤 험한 일을 당해도 자업자득이라고 잘라 말하는 인간들에게 근거를 선사하는 오만한 지배자였죠. 그렇다면 저는 적어도 제 이런 처지를 이용해야겠다고 마음먹었어요. QM이 성공하면 여러 사람들이 제게 이런저런 말을 던지겠죠. QM이 다루는 건 무카이 하루토도 사회도 아닌 저 자신이라고 말씀하셨죠? 그렇다면 대답은 간단해요. 마음대로 하세요. 그리고 재미있게 즐겨 주시기를 바랍니다."

후시미 씨.

"후시미 씨도 훌륭한 피사체를 만났을 때가 있었을 거예요. **재미있어 보인다**, 라고 느낀."

부정 따위 할 수 없었다.

"찍힌 사람들은 어떻게 되는데?"

후시미는 신음하며 목소리를 쥐어짜 냈다.

"너 때문에 인격을 연출당한 사람들은?"

"싸우면 되죠. 미야모토와 가지무라, 그리고 다른 증언자들도. 불만이면 싸울 수밖에 없는 거예요."

410

오치는 망설임 없이 단언했다.

"제 각오는 보여 드렸어요."

스스로를 피사체로 만든 여자가 후시미를 내려다봤다.

"자, 그럼 속이 후련해질 때까지 열심히 번민해 주세요. 저는 먼저 실례하겠습니다."

오치는 후시미 옆을 지나쳐 가게를 나갔다.

온몸에 쏟아진 독기를 맑히기 위해서는 알코올의 힘을 빌릴 수밖에 없었다. 24시간 영업하는 호프집에서 첫차를 기다릴 생각이었지만 후시미는 첫차 시간이 지나 해가 하늘에 걸릴 때까지 하염없이 앉아 있었다.

오치 후유나에게 패배했다. 과거를 무기 삼아 싸우려 하는 그녀의 과거와 의지에 압도됐다. 알코올은 배 속 깊숙한 곳에 단단하게 굳은 패배감을 녹여 주지 못했다.

드문드문 있던 손님이 완전히 빠져나간 넓은 가게 안 창가 쪽 테이블석에서 흘러들어오는 빛 때문에 눈을 가늘게 뜨며 몇 잔째인지 모를 맥주를 마셨다.

"어휴, 계속 찾았어요."

가게에 들어온 사람은 바로 조금 전 전화를 받은 하네요였다. 촬영 때와 다르지 않은 가벼운 복장의 청년은 다리 옆에 숄더백을 내려놓고 맞은편 자리에 앉았다.

"계속 혼자 마시고 계셨나요?"

"그렇지 뭐."

중간에 잠깐 존 것 같기도 하지만 기억나지 않았다.

"주문은 셀프야."

"마시러 온 건 아니에요."

"그럼 무슨 용건이지? 난 이미 QM을 떠났어."

"이것 참 신기한 우연이네요. 저도 방금 떠나 온 참이거
든요. 슬슬 대학 리포트 준비를 하지 않으면 낙제할 거라
는 이유로."

"대학생의 귀감이군."

"실은 거짓말이에요."

하네가 싱긋 웃었다.

"낙제를 걱정했다면 처음부터 참가하지 않았을 테고 애
초에 그런 이유로 현장을 떠나지도 않아요. 이래 봬도 전
이 업계를 우습게 보지 않거든요."

가혹한 일정에도 불만 한마디 없이 따라와 준 평소 업무
태도를 봐도 알 수 있다.

그렇다면 QM을 떠난 이유는 하나밖에 없을 것이다.

"들었나?"

하네가 눈빛으로 인정했다.

"오늘 아침에 들었어요. 미야모토의 영상도 봤고요."

오치 후유나의 정체도.

"저희는 완전히 이용당했네요."

오치의 복수. 아니, 연출에.

"촬영은 끝난 거나 마찬가지라 그런지 말리지도 않더군요. 당시 수사 관계자나 대학교수 등의 증언을 찍는 건 후지이 씨 혼자 힘으로도 충분하겠죠."

하네가 입 앞에서 손을 깍지 끼고 후시미를 지그시 쳐다봤다.

"이제 어떡하실 생각이에요?"

"돌아가야지. 술도 지긋지긋해. 돈도 없고."

"이대로 물러서실 건가요?"

농담이 통하지 않을 만한 진지한 목소리를 듣고 후시미는 쓴웃음을 지었다.

"마스터 테이프를 없앨 계획에 대한 거면 들어 줄게."

"그런 촌스러운 짓은 안 해요."

촌스럽다. 듣고 보니 분명 그랬다.

"하지만 방도가 있겠어? 예산과 관련 절차 모두 혼자 처리해 온 여자가 그 녀석들의 얼굴을 반드시 드러내 과거를 청산하겠다고 벼르고 있어. 거기에 편집권까지 가져갔으니 말단들은 군말 없이 따르거나 아니면 지켜볼 수밖에 없잖아."

후시미는 잔에 남아 있던 미지근한 에일 맥주를 목에 흘려보내고 한숨을 내쉬었다.

"참 대단한 여자야. 녀석들의 맨얼굴을 목격한 관객이 아연실색하는 모습이 눈에 선하군."

"하지만 그 맨얼굴은 오치 씨에게만 유리한 맨얼굴 아닌가요?"

하네의 시선이 일직선으로 후시미에게 꽂혔다.

"오치 씨 계획의 한 축을 맡아 온 저희에게는 진짜 오치 후유나 씨를 알 권리가 있다고 생각하지 않으세요?"

"……어떻게?"

"찍는 거죠."

"찍는다……."

"네. 무카이 하루토와 무카이 미유키를."

하네가 가방에서 꺼낸 핸디카메라를 테이블 위에 올려놓았다.

"전 이 승부에 꼭 나서고 싶네요."

나는…….

"앞으로 펼쳐질 일들이 궁금해요."

번뜩이는 눈빛은 위험한 기운으로 충만해 있었다.

결국 하네의 제안에 답하지 못하고 오사카를 뒤로했다.

하겠다고 나서지도, 못하겠다고 내빼지도 못하는 자신에게 화가 치밀었다.

진짜 오치 후유나. 그건 대체 누굴까. 만약 그를 찍는다고 해도 영상에 찍힌 사람은 후시미에게 유리한 오치 후유나가 아닐까.

질문에 대한 해답은 없다. 질문 자체가 자신의 비참함을 드러냈다.

얼버무리듯 역 앞에서 캔 맥주를 사서 목에 흘려보냈다. 그러나 얼버무리는 것은 얼버무리는 것일 뿐이었고, 시간이 갈수록 가슴은 더 답답해졌다.

비틀거리며 집 아파트에 도착해 엘리베이터에 몸을 실었다. 구역질이 일었다.

현관을 지나자 동물의 울음소리가 들렸다.

"뭐 해?"

집 안 거실 바닥에 도모코와 도모키가 앉아 있었다. 두 사람은 각각 팔에 강아지와 고양이를 안고 있다.

"뭐 하는 거야?"

다시 한번 물었다. 조금 전까지 웃고 있었을 아내와 아들은 후시미를 보고 몸이 굳었다.

도모코가 시치미를 떼듯 물었다.

"늦었네. 밥은?"

"뭐야, 그건."

후시미는 동물 두 마리를 손으로 가리키며 세 번째 질문을 던졌다.

남편의 반응을 살피면서 도모코가 몸을 일으켰다.

"난보 선생님이 기르던 아이들이야. 기억 안 나?"

"왜 여기 있느냐고 묻는 거야."

"전에 말했잖아. 아오야기 집안에서 누가 대신 좀 맡아 달라고……."

"그러니까 그게 왜 우리냐고!"

대번에 도모코의 얼굴이 창백해졌다. 도모키가 고개를 숙였다.

"당신……."

"시끄러워! 가서 당장 버리고 와!"

후시미는 왜 화를 내는지 자신도 알 수 없었다. 술기운 때문만은 아닌 듯하다. 오치 때문도, 하네 때문도 아니다. 그저 동물 두 마리가 집 안에 있는 모습에 이상하리만큼 화가 치밀었다. 정확한 이유도 알 수 없었다.

"여보, 들어 줘. 아파트 관리인이랑 이미 얘기했어. 집은 안 되지만 안뜰에 작은 개집 정도는 지어 줄 수 있대. 두 마리 다 엄청 얌전해. 그동안 맡고 있던 의사 선생님도 이 멍멍이랑 야옹이는 괜찮을 거라고……."

"다른 주민들이 허락할 것 같아?"

"한 채 한 채 돌면서 부탁할 거야."

"누가 돌보는데?"

"내가 돌볼 거야."

도모키가 후시미를 보며 말했다. 눈빛에 애원이 아닌 결의가 차 있다.

"혼자서 돌볼 수 있어."

"터무니없는 소리 하지 마!"

화를 내는 후시미를 강아지와 고양이가 빤히 쳐다봤다. 마치 연민하듯.

"사료는 어떡할래? 배변 처리는? 다른 사람을 물기라도 하면?"

"꼭 그런 식으로 말하지 않아도 되잖아."

도모코의 목소리에서 당혹감이 배어났다.

"왜 그래? 집에서 기르겠다는 말이 아니잖아. 밖이야. 내가 도모키랑 함께 다른 주민들한테 사정을 설명할게. 그래도 안 된다고 하면 포기할 거고. 문제 될 건 없어."

"난보가 기르던 동물이야. 그 미치광이 영감탱이가!"

그렇게 외쳤을 때 후시미는 온몸에 소름이 돋았다. 두 동물에게 혐오감을 느끼는 이유를 깨달은 듯했다.

난보의 담당 의사가 이 멍멍이와 야옹이는 괜찮을 거라

고 했다고?

멍멍이와 야옹이.

그러고 보니 처음부터, 장례식 날 아오야기가 도착하기 전부터 도모키는 이 두 마리를 그렇게 부르지 않았나.

"……도모키 너, 역시 난보를 알고 있었지?"

도모키의 몸이 굳는 게 느껴졌다. 그 모습을 보고 후시미는 아연실색했다.

다시 한번 아들의 이름을 부르려다가 옆에서 쳐다보는 시선을 느꼈다.

도모코의 시선이었다.

"당신이 선생님에 대해 뭘 알아?"

화를 참는 듯한 목소리에 후시미는 화들짝 놀랐다. 대번에 자신이 던진 폭언이 떠올라 사고가 멈췄다.

도모키가 품에 안고 있는 고양이가 야옹 하고 울었다. 도모키는 가냘픈 팔 안에 강아지도 함께 안은 채 후시미 옆을 지나쳐 뛰어갔다.

"도모키!"

후시미는 소파에 다리가 걸려 몸을 휘청였다. 그 틈을 타 아들은 집밖으로 뛰쳐나갔다. 후시미는 한 박자 늦게 아들을 뒤쫓았다.

엘리베이터는 이미 도모키를 태우고 내려가고 있었다.

계단을 향해 필사적으로 뛰어갔다. 순식간에 허벅지가 천 근만근 무거워졌다. 입구를 지나 아들을 찾았다. 멀어져 가는 뒷모습을 좇아 달려갔다. 어디에 저런 체력이 있었나 싶을 정도로 도모키는 빠르게 달렸다. 필사적으로 뒤쫓았 지만 몸이 마음을 따라잡지 못했다. 스스로 봐도 뛰는 자 세가 엉망진창임을 알 수 있었다.

도모키는 강가를 향해 오른쪽으로 방향을 틀었다. 후시 미가 간신히 도착했을 때 도모키는 이미 나나지 다리 가운 데쯤에 서 있었다.

"도모키! 거기 서!"

그러나 아들은 돌아보지 않았다. 그대로 다시 직선 방향 으로 망설임 없이 뛰어간다.

도모키! 후시미는 목소리가 잘 나오지 않아서 녹초가 된 몸을 재차 채찍질했다. 아들의 뒷모습을 좇아 달리며 물에 빠진 사람처럼 양팔을 앞뒤로 허우적거렸다. 다리가 엉켜 서 발걸음이 꼬였다.

도모키, 도모키…….

알려 주렴. 너는 악이니?

숨이 턱 끝까지 찼다. 의식이 조금씩 몽롱해졌다. 초점 이 맞지 않는 시야 속에서 일그러진 마을 풍경이 무작위하 게 비쳤다.

좁고 구불구불하게 이어진 길. 양옆에 늘어선 허물어져 가는 주택들. 잡초밭에 난잡하게 널린 쓰레기 봉지. 용도를 알 수 없는 나무토막. 기울어진 전봇대. 그 아래에서 꾸벅꾸벅 졸고 있는 반라의 노인. 물컹거리는 감촉. 방금 밟은 것은 진흙탕 아니면 뭔지 모를 동물의 사체다. 미적지근한 바람을 타고 퍼지는 시큼한 오물의 냄새. 앞쪽에 단층집이 한 채 있다. 가족이 사는 집이다. ……아, 이것은 내가 자란 동네의 기억이다. 저곳은 내가 태어난 집이다.

인간쓰레기 같았던 아버지와 얼굴도 모르는 어머니. 나는 이곳을 수도 없이 걸었고 몇 번인가 이곳에서 죽을 뻔했으며 이를 바득바득 갈며 증오한 끝에 이곳을 뛰쳐나갔다. 절망에 익숙해지고 또 익숙해진 곳이다. 이른 아침 햇살처럼 항상 바로 옆에 죽음이 존재하는 곳이었다. 캄보디아 농촌에서처럼 기관총과 지뢰, 수류탄에 목숨을 빼앗기지 않는다고 해도 이곳에서는 늘 손쉽게 사람이 죽었다. 단숨에 마음이 꺾였다.

지금껏 만나 온 수많은 인물들. 봇코와 가정 폭력을 휘두르던 남자 회사원, 그리고 우치노 사토미.

그들 덕에 나는 지금껏 연명해 왔다. 때로는 선을 주장하고 때로는 악을 날조해 가며 먹고살아 왔다.

후시미는 휘청거리다가 쓰러지고 말았다. 꼴사납게 바

닥을 굴렀지만 양손을 땅에 대고 필사적으로 기어갔다. 파란 하늘과 검게 그을린 목욕탕 굴뚝 아래를 지나며 지금 내가 있는 곳이 나나지 다리의 끝부분, 즉 무카이 하루토와 미유키가 자란 곳임을 깨달았다.

캬옹!

날카로운 울음소리가 들려 후시미는 비틀거리며 몸을 일으켰다. 공사 현장과 덤프트럭 주차장 사이 공터 덤불 속에 도모키가 있었다.

도모키는 야단치듯 발밑에 있는 강아지와 고양이의 엉덩이를 때리고 있었다. 두 마리는 줄지어 덤불 속으로 사라졌다.

후시미를 알아챈 도모키가 입을 열었다.

"멍멍이랑 야옹이는 여기에서 태어났어. 그러니 다시 이곳으로 돌아온 거야. 태어난 곳으로 돌아가는 게 좋다고 했어."

누가? 굳이 물을 것도 없다.

"……난보 선생에게 독을 먹인 게 도모키, 너냐?"

"……몰라."

일어서서 후시미를 바라보는 아들의 눈동자 속에 무력하게 서 있는 자신의 모습이 비쳤다. 나는 도모키와도 엇갈리고 마는 걸까.

"난 아무것도 몰라."

멀리서 아이들이 떠드는 소리가 들렸다. 꾸짖는 어머니의 목소리도 들린다. 눈앞에 있는 소년은 지금 도모키의 얼굴을 하고 있다. 그러나 목소리는 지금껏 한 번도 들어본 적 없는, 무카이의 목소리였다.

— 이것은 도덕 문제입니다.

20

"안 그래도 연락드리려고 했습니다."

야마가타와 고미네 공원 옆에서 만났다. 이미 주변은 어둑어둑해졌다. 후시미는 그가 운전하는 차 조수석에 올라탔다.

"……오늘 운동회라도 한 겁니까?"

흙투성이인 후시미에게 던진 야마가타의 농담이 아예 엇나가지는 않았다. 입을 열지 않는 도모키를 집에 데려갔지만 정작 후시미는 집 안에 들어가지 않았다. 도모코와 얼굴을 마주하기가 두려웠다.

"우선 저부터 좀 여쭙고 싶습니다. 요시카와가 난보를 독살했다는 게 사실인가요?"

"후시미 씨."

"이건 취재가 아닙니다. 전 신문 기자가 아니니까요."

야마가타는 차를 갓길에 세우고 평가하는 듯한 눈빛으로 후시미를 봤다.

"꼭 비밀을 지키겠습니다. 약속드리죠."

야마가타가 "한 대 피워도 되겠습니까?"라고 물어서 고개를 끄덕이자 그는 차 옆창을 살짝 내렸다.

"솔직히 말씀드리면 그 부분은 아직 잘 모르겠습니다."

"농약이 요시카와의 집에서 나왔다고 들었습니다."

"현재 성분 분석 중입니다. 그런데 뭐 난보 씨 집에 있던 것과 동일하다는 결과가 나올 거라고 예상합니다."

"역시 살인으로 보시는 겁니까?"

그 질문에 대답은 돌아오지 않았다.

"본인은 부정하죠?"

"전혀 기억에 없다는 걸로 모자라 자신은 덫에 빠졌다고 하더군요. 그런데 누가 친 덫이냐고 물어도 대답이 없었는데 어제 비로소 입을 열었습니다."

"후시미 유다이라고 했겠죠?"

그러자 중년 형사가 연기를 내뿜으며 후시미에게 되물었다.

"후시미 씨는 기억하시나요?"

후시미는 지갑에 넣어 둔 동의서를 꺼내 보였다.

"빌려도 되겠습니까?"

형사가 물어서 후시미는 "그러시죠" 하고 이번에는 그에게 백만 엔을 건넨 경위에 대해서도 설명했다.

"그렇군요. 엄연한 협박이네요. 쉽게 털어놓지 못할 만도 합니다."

"그런데 그 뒤에 일어난 일에 대해서는 저는 전혀 모릅니다."

야마가타는 흠 하고 한숨을 한 번 내쉬고 차 안에 있는 재떨이에 꽁초를 비벼 껐다.

"실은 전에도 조금 말씀드렸는데 요시카와를 체포하게 된 계기는 지지난주 나루카와 초등학교에서 도모키의 그림이 찢긴 사건 때문이었습니다. 그림이 발견되기 전날 밤 요시카와가 나루카와 초등학교 교문 앞에 서 있는 걸 근처에 있던 순경이 발견했거든요."

그전에도 접착제 입수 경로 등을 통해 요시카와 슌스케의 이름은 이미 용의 선상에 올라와 있었다고 한다.

"그런데 난보 씨 집 낙서 때문에 사안이 흐려진 겁니다. 철봉 사건에서 다친 여자아이 증언도 발목을 잡았죠. 아이는 당시 자신과 비슷한 또래의 소년이 다가와 말을 걸었다고 진술했습니다. 또 요시카와의 사진을 보여 줘도 모르겠다고만 했죠. 공세를 이어 갈 기회를 놓치고 만 겁니다. 그러다가 나루카와 초등학교 미술실 사건으로 분위기가 반전돼 단숨에 몰아붙일 수 있게 됐습니다."

"그리고 범행을 인정했다."

"경범죄 사건들에 대해서는요."

"동기는? 왜 그런 쓸데없는 짓을 했답니까?"

"역시나 보잘것없는 동기 때문이었습니다. 남이 놀라거나 괴로워하는 모습을 보면 속이 시원했다고 하네요. 마침 일하던 공장에서 잘리는 바람에 화도 많이 난 상태였다더군요. 사건 때마다 메시지를 남긴 것도 그냥 그러면 왠지 재미있을 것 같아서였다고 합니다."

입에 올릴 가치도 없는 동기다.

"그때 다친 여자아이는 아직 병원에 입원 중입니다. 후유증에서 언제쯤 벗어날지 아무도 모르는 상태고요."

두 사람 사이에 애달픈 침묵이 흘렀고 침묵을 먼저 깬 사람은 야마가타였다.

"그런데 요시카와는 난보의 집 낙서뿐만이 아니라 나루카와 초등학교 미술실 사건 쪽도 부인 중입니다. 녀석은 그날 밤 그곳에 자기가 불려갔다고 주장하고 있습니다."

"불려갔다고요? 전화로 말입니까?"

"네. 그에게 전화가 걸려 왔고 상대는 '경범죄 사건. 오늘

밤 10시에 나루카와 초등학교 앞으로 와라'라고만 했다더
군요. 나이는 물론이고 남자인지 여자인지도 모를 목소리
였다고 합니다."

통화 기록을 조회해 보니 데루마이에 있는 공중전화에
서 걸려 온 전화였다. 그의 진술이 사실로 밝혀진 것이다.

"역 앞에 있는 공중전화였습니다. 이제 와서 주변을 탐
문해 봐야 성과를 건지기는 어렵겠죠."

그리고.

"실은 학교 앞에서 요시카와를 목격했다는 순경도 공중
전화에서 걸려 온 전화를 받았습니다. 이쪽은 동네 안에
있는 공중전화에서 걸려 왔는데 '수상한 남자가 나루카와
초등학교 앞에 있다'라고 했다더군요. 그래서 확인하러 간
거고요."

"덫에 걸린 게 맞군요."

후시미는 요시카와가 왜 그토록 위협하고 분노를 표출
했는지 이해가 됐다.

"전화가 걸려 온 건 맞으니 일단 증언의 앞뒤는 맞습니
다. 다만 요시카와에게 걸려 온 전화가 실제 어떤 내용인
지는 밝혀낼 수 없는 상황입니다. 녀석은 데루마이의 폭력
조직 등과도 연결돼 있었던 것 같으니까요."

"요시카와 씨는 그 전화를 제가 걸었다고 생각하는가 보

네요."

"그렇습니다."

형사의 부드러운 표정 속에서는 상대를 떠보는 듯한 예리한 기운도 느껴졌다.

"저는 그런 짓을 하지 않았습니다. 돈을 이미 주기도 했고요. 도모키가 마코토를 때린 건 사실이니 그에 대한 보상으로 준 겁니다. 만약 제가 녀석에게 복수할 심산이었다면 돈을 주기 전에 먼저 경찰서를 찾아가서 상담했겠죠."

그러자 형사도 "그러셨겠죠" 하고 동의를 표했다.

"집 안에서 발견된 농약에 대해서도 요시카와는 덫에 걸려들었다고 주장하고 있습니다."

작은 병 속에 든 농약이 집 신발장 안에 있었다고 한다.

"솔직히 그 점도 저는 조금 의아합니다. 만약 녀석이 난보 씨를 독살했다고 해도 왜 농약을 다시 집에 가지고 갔을까요?"

"다른 곳에도 쓸 목적이었다든지."

"뭐 그럴 수도 있겠죠. 전리품처럼 생각했을 수도 있고요. 하지만 그럼 그 집에 남은 낙서는 뭐죠?"

"그 낙서는 어린아이만 쓸 수 있다고 하셨죠?"

"만약 요시카와가 난보를 죽였다면 살인을 저지른 겁니다. 그에 비하면 그다음 나루카와 초등학교에 가서 그림을 찢은 건 애들 장난 수준이죠. 두 사건 사이의 온도 차가 너무 큽니다. 피해자 아버지분 앞에서 할 말은 아니지만요."

원래 범죄는 시간이 지날수록 정도가 세지기 마련이다. 만약 요시카와의 단독 범행이라면 살인을 저지른 다음 그림을 찢은 행위는 잘 납득이 되지 않는다.

"난보를 독살한 사람은…… 역시 어린아이다?"

도모키. 머릿속에 그 이름을 떠올리며 후시미는 물었다.

그러나 형사는 한숨을 내쉬고 고개를 가로저었다.

"후시미 씨. 냉정하게 생각해 보십시오. 우울증 환자였던 난보 씨가 집 안에서 술에 농약을 넣어 마셨습니다. 그 낙서를 제외하고는 미심쩍은 점이 하나도 없죠. 꼭 살인으로 봐야 할 이유가 없다는 뜻입니다."

야마가타는 "한 대만 더 피우겠습니다" 하고 담배에 불을 붙였다.

"그건 그렇고, 요시카와란 놈은 해도 너무하더군요. 제가 신이라면 오늘 당장 심장마비로 보내 버렸을 겁니다."

"무시무시한 말씀이군요."

"이 이야기는 비밀로 부탁드립니다. 그런데 정말로 비열한 놈입니다. 요시카와는 후시미 씨 일을 제외하고라도 아들 마코토를 매일 때리고 학대했다고 합니다. 게다가 그 경범죄에까지 가담시켰다더군요."

"네?"

"시점은 토끼 사건 때부터입니다. 요시카와는 나루카와 초등학교에서 기르던 토끼를 아들에게 훔치게 했습니다. 그리고 차에 밟혀 죽게 했죠. 여자아이 일도 마찬가지입니다. 마코토에게 직접 말을 걸게 한 다음 요시카와가 뒤에서부터 아이를 들어 올려 철봉에 매달았다더군요. 그래서 그 여자아이는 요시카와를 기억 못 한 겁니다. 부자가 공범이었던 거죠. 녀석은 자기 아들을 그 더러운 범죄에 가담시켰습니다."

후시미는 암담한 기분에 휩싸였다. 이기적이고 제멋대로인 요시카와의 모습에 자신의 아버지의 모습이 겹쳤다.

"메시지 내용을 떠올린 건 마코토였다고 하네요. 물론 아버지의 지시로요. 초등학생답다고 하면 초등학생답다고 해야겠네요."

토끼 사건 때는 요시카와가, 철봉 사건 때는 마코토가 메시지를 썼다. 그래서 글씨체에 차이가 생긴 것이다.

"요시카와는 나중에 범행을 들키면 전부 마코토에게 책임을 뒤집어씌울 심산으로 그렇게 한 겁니다."

야마가타는 "뒈져 버려야 마땅한 녀석이에요" 하고 담배 연기를 내뱉었다.

후시미도 같은 생각을 하면서 물었다.

"그렇다면 난보의 집에 적혀 있던 낙서도 마코토가 쓴 게……."

"아뇨, 그건 아닌 것 같습니다. 난보 씨 집에 낙서가 적힌 건 경야 의식이 치러진 날 밤으로 추정되는 상황입니다. 정확히 말하면 난보 씨의 집을 감시하던 경찰이 사라진 오후 8시부터 다음 날 아침 7시까지의 시간이죠. 이건 아무래도 확실한 듯합니다. 그런데 그날 밤 마코토에게는 알리바이가 있었습니다."

"알리바이 말인가요?"

"네. 마코토의 집이 난보 씨 집에서 가깝기는 하지만 마코토는 그날 밤 8시가 되기 전 친구와 함께 있었다더군요. 그리고 그대로 그 아이 집에서 하룻밤을 묵었다고 합니다. 고마이 씨라는 분 집에서요."

도모키, 마코토보다 한 살 어린 고마이 다쿠를 뜻할 것이다.

"이번 사건의 거의 유일한 위안이 바로 마코토가 그 쓰레기 같은 아버지에게서 분리된다는 점입니다."

후시미는 형사와 헤어지기 전에 물었다.

"도모키를 의심하신 근거는 뭡니까?"

"후시미 씨……."

"부탁드립니다. 알려 주십시오."

야마가타는 나직이 탄식하고 대답을 들려주었다.

"평소에 도모키와 친구들이 난보 씨 집이 있는 히메산 부근에서 자주 놀았다는 증언이 있었습니다."

집까지 바래다주겠다는 호의를 거절하고 후시미는 집과 반대 방향으로 걸었다. 걷고 싶었다. 그저 정처 없이 계속해서 걷고 싶었다. 아무리 머릿속을 정리하려 해도 엉망진창이었다. 쓰러지기 전까지 걷다 보면 모든 일이 없었던 것이 되지 않을까. 그런 망상에 의지하며 끊임없이 다리를 움직였다. 도망칠 곳을 찾아, 술을 찾아 데루마이까지 걸어갔다가 수중에 돈이 없는 것을 깨닫고 되돌아가기로 했다. 차가 오가는 국도 옆을 터벅터벅 걸어갔다. 온몸이 녹초 상태였다. 몸과 마음 모두 지쳐 있었다. 다 포기하고 이대로 사라지고 싶었다.

진실을 알고 싶어서 야마가타에게 물었다. 그러나 대답 끝에 있는 도모키의 민낯을 알기가 두려웠다.

애초에 나는 도모키에 대해 무엇을 알고 있었을까. 집에서 동물을 키우고 싶다는 바람 하나조차 제대로 들어 주기는커녕 상대해 주지도 않고 어물쩍 넘겼고 술에 취해 화를 벌컥 내기만 했다. 가끔 거들먹거리며 설교나 늘어놓았지 도모키를 제대로 보려고 했는지조차 의심스럽다. 결국 마음속 깊이 경멸하며 이렇게 되지 않겠다고 다짐한 내 아버지의 모습과 똑같지 않나. 거친 유소년기를 겪으며 얻은 비뚤어진 근성과 가슴에 들러붙은 응어리만을 도모키에게 전한 것이 아닐까. 후시미는 지금 자신이 아들에게 해 줄 수 있는 것, 해 줘야 할 것이 무엇인지 도무지 알 수 없었다.

도모키, 이게 네가 본 풍경이니? 이 막다른 골목 같은 풍경을 보고 마음이 꺾여 미래를 포기하고 자기 자신을 내던지듯 그런 범행을 저지른 거니?

왠지 무카이 하루토의 마음속을 엿본 것 같은 기분이 들었지만 곧장 아닐 거라며 고개를 가로저었다.

변호사의 말이 뇌리에 떠올랐다. 그는 무카이가 앞으로 펼쳐질 자기 미래를 기대하는 것 같았다고 했다.

정신을 차려 보니 어느덧 아파트 앞에 와 있었다.

"왜 이리 늦었어?"

도모코는 한 손에 소주를 채운 잔을 들고 부엌 식탁 앞에 앉아 있었다. 어스레한 빛이 발갛게 달아오른 아내의 얼굴을 비추고 있다.

희한하게도 온몸의 긴장이 눈 녹듯 스르르 풀렸다.

그래. 난 이 얼굴에 반했었지.

취재하러 간 회사의 홍보 담당 직원이던 도모코에게 함께 식사하자고 말을 건넬 때부터 마음이 있었다. 내 취향이었다. 술을 마시고 먼저 취한 후시미를 이상한 것처럼 바라보는 발간 얼굴에 완전히 마음을 빼앗겼다. 먼저 사귀자는 말을 꺼낸 것도 후시미였다.

"마실래?"

"……그래."

후시미는 아내의 맞은편에 앉아 술잔을 들었다.

"얼굴이 엉망이네. 싸움에 져서 풀 죽은 꼬맹이 같아."

아내는 그렇게 말하고 다시 입을 다물었다. 소주를 채운 잔 속에서 얼음이 톡 하고 흔들렸다.

후시미는 심호흡을 한 번 하고 입을 열었다.

"미안. 잠깐 정신이 나갔던 것 같아."

"미안하다고? 왜?"

얼굴은 웃고 있지만 눈은 웃고 있지 않다. 도모코는 진심으로 화를 낼 때 이런 표정을 짓는다.

"그것보다는 이렇게 말해야 하지 않아? 난 후시미 유다이야! 난 나라고! 불만 있어?"

"……그래. 난 후시미 유다이가 맞아. 속이 좁고 무기력한 데다가 술에 취해 화만 버럭버럭 내는 빵점 아빠지."

"그래. 그리고 고집불통."

도모코가 후훗 하고 웃었다.

"하지만 마음이 넓고 늘 사리 분별을 잘하며 정당한 의견만 입에 담는 부처님 같은 남자와는 내가 결혼 안 할 테니까."

"…… 취향이 대중적이지 않군."

"사람은 원래 다양한 법이야."

그렇게 말하고 술을 마시는 아내의 모습을 보며 후시미는 가슴속이 뜨거워졌다.

"앞으로 어쩔 생각이야?"

도모코는 하네와 똑같은 질문을 던졌다.

"지금은 아무것도 생각하고 싶지 않아."

진심이었다. 일도, 삶도, 오치도, 무카이도, 요시카와도 떠올리고 싶지 않았다.

도모코……. 후시미는 매달리듯 아내의 이름을 불렀다.

"난보 선생 집에 낙서를 남긴 사람이 아마도 도모키인 것 같아."

그런 말을 들어도 도모코는 표정이 변하지 않았다. 평소의 아들을 보며 이미 눈치채고 있었을까.

"죄를 지었으면 갚으면 돼. 하지만 난 두려워. **도모키가 왜 그런 짓을 저질렀는지를 깨닫게 되는 상황이.**"

후시미는 식탁 위에서 주먹을 꾹 쥐었다.

"난보 선생 집에 들어가 낙서를 남겼다. 그 사실은 이해하겠어. 하지만 대체 무슨 마음으로 그랬는지를 모르겠어. 그냥 충동적으로 했다. 도모키가 만약 그렇게 말한다면 난 그 말을 어떻게 믿어야 좋을까?"

후시미는 천장을 올려다봤다. 그리고 깊숙이 한숨을 내쉬었다.

"난 내 아들의 진실에서 눈을 돌리려 하고 있어. 저널리즘 따위 입에 담을 자격도 없지. 아버지를 자처할 자격도. 차라리 전부 때려치우고 편의점에서 일하는 게 나을지도 모르겠네."

"이런 불친절한 점원이 있으면 난 싫을 것 같아."

아내의 그 말에 후시미는 웃음으로 화답할 수 없었다.

후시미는 도모코를 바라보며 물었다.

"내 탓일까? 내가 조금 더 제대로 된 아빠로서 도모키와 함께 있었다면……."

"지금 나 무시해?"

줄곧 아들을 옆에서 지켜 온 도모코가 어이없다는 듯이 말했다.

"그렇지만 내가 자격 없는 아빠인 건 맞아. 제대로 얼굴도 비추지 않다가 끝내 도망쳐 온 패배자에 불과하니까."

오치에게 패배해 버린 지금은 예전의 자신감 또한 흔적

도 없이 사라졌다.

"도모키의 민낯을 알게 됐을 때 내 눈에 과연 그 녀석이 어떻게 비칠까. 나 자신은 어떻게 비칠까. 그걸 떠올리면 정말 가슴이 답답해져."

후시미는 감정을 억누르듯 어금니를 깨물었다.

"당신은 어때? 도모키의 진짜 모습을 몰라도 당신은 그 아이를 믿을 수 있겠어? 사랑해 줄 수 있겠어?"

도모코는 술잔을 이리저리 기울이며 미소 짓고 있다. 반 년 전 나루카와역에 마중 나왔을 때도, 처음 만났을 때도, 1년이라는 세월을 아프리카에서 보내고 귀국한 공항 안에서도 도모코는 같은 미소를 짓고 있었다. 〈아프리카 람보〉를 완성하고 프러포즈를 했을 때도 마찬가지다.

"실은 말이지."

그렇게 입을 연 도모코는 역시나 미소 짓고 있었다.

"난보 선생님은 도예 기술 같은 건 하나도 가르쳐 주지 않았어. 그저 말없이 전용 녹로를 돌리셨지. 그리고 완성되면 곧장 다시 자기가 만든 걸 부쉈어. 옛날 옛적 예술가 같지 않아?"

도모코는 "그곳에 학생들이 모인 건 그저 훌륭한 도구들 때문이었어" 하고 키득키득 웃었다.

후시미는 갑작스러운 아내의 추억 이야기에 당황했다.

"하지만 난 그런 선생님의 모습이 싫지 않았어. 지금도 좋아하고 있고."

도모코는 상냥하게 웃으며 말했다.

"혼자서도 살아갈 수 있다. 선생님은 그걸 알려 주셨어."

"도모코."

"당신이 저널리스트든, 편의점 직원이든, 어디로 가든, 어떻게 되든, 도모키가 어떤 생각을 하고 무슨 짓을 하든 ……난 괜찮아."

"그건 거짓말이야."

후시미는 참지 못하고 목소리를 높였다. 저도 모르게 나무라는 듯한 투로 말했다.

"정말이야. 그러지 않았다면 갑자기 말도 없이 어디론가 혼자 날아가 버린 누군가와 함께 살 수 있을 것 같아? 난 괜찮아. 혼자가 두렵지 않으니까."

평소의 부엌, 식탁, 술잔. 귀에 익은 목소리와 변하지 않은 몸짓. 그러나 후시미는 도모코가 마치 다른 사람처럼 느껴졌다.

"원래 인간은 다들 혼자 아닌가?"

"아니야!"

감정이 끓어올랐다. 주먹을 꾹 쥐고 할 말을 찾았다. 찾지 않으면 안 된다. 이번에도 도모코와 엇갈리지 않으려면 그래야만 한다.

"난⋯⋯."

후시미는 배 속 깊숙한 곳에서 목소리를 쥐어짜 냈다.

"당신과 도모키의 목소리를 듣지 않으면 살 수 없어."

속으로 제발 이해해 주기를 빌었다. 아내의 넓은 아량이 고독을 각오한 체념의 또 다른 모습이라면 용납할 수 없었다. 혼자서 살아갈 수 있다는 말을 해서는 안 된다.

당신⋯⋯. 도모코가 입을 열었다.

"도모키에게도 그렇게 전해 주면 되지 않을까?"

"어?"

"도모키의 진짜 모습을 몰라도 당신이 당신 생각을 전할 수는 있으니까."

도모코는 후시미를 똑바로 바라보며 말했다.

"도모키는 항상 그곳에 있어. 당신 옆에."

눈을 마주치고 말할 수 있는 거리에. 손을 뻗으면 닿는 거리에.

"떨어져 있어도 난 괜찮아. 혼자서도 두렵지 않아."

하지만⋯⋯.

"항상 이어져 있는 사람이 있다는 건 그보다 더 좋은 일이야."

도모코가 빙그레 미소 지었다.

"그걸 알려 준 사람이 바로 당신이고."

아…… 후시미는 나도 마찬가지라고 생각했다. 나도 도모코와 도모키에게서 그것을 배웠다.

그것을 도모키에게, 전한다.

어떻게?

방법은 스스로 찾으면 된다.

"자."

도모코가 힘차게 몸을 일으켰다.

"고민이 풀렸으면 행동으로 보여야지. 당신이 후시미 유다이인 이상 내가 아무리 말해도 듣지 않을 테니까."

"고집불통이니까."

"끈질기기도 하고."

도모코도 도모코다.

나루카와에서 키우고 싶다. 이 땅이 품은 추한 일면을 도모코가 몰랐을 리 없다. 그래도 뜻을 굽히지 않은 것은 어떤 논리 때문이 아니다. 한마디로 도모코도 고집이 세고 제멋대로인 것이다.

그런 사람이 지금 후시미에게 움직이라며 지시하고 있다. 앞으로도 계속 후시미 유다이로 있어 달라 하고 있다.

"고마워."

"나야말로. 하지만 술은 적당히 마셔. 안 그래도 당신, 허약하니까."

도모코는 일어선 채로 술잔에 남은 술을 비우고 후시미의 머리를 쓰다듬었다.

"도모코 미용실에 어서 오세요. 머리카락 잘라 줄게."

"지금? 취했잖아?"

"당신이랑 달라. 난 강해."

그러자 후시미는 마음속으로 '고마워' 하고 다시 한번 읊조렸다.

마음을 굳혔다.

도모키와 마주하기 위해, 내가 나로 있기 위해 나아갈 수 있는 곳까지 나아갈 것이다.

21

다음 날 개관 시각에 맞춰 하네와 함께 데루마이시 도서관을 찾아가 나루카와 사건을 보도한 기사를 샅샅이 복사했다.

그리고 그길로 다시 나루카와로 돌아와 나나지 다리를 건넜다.

"여기가 무카이 남매가 태어난 동네인가요?"

핸디카메라를 손에 든 하네에게서는 긴장감이 엿보였다. 깨끗이 정비된 도시는 아니지만 그렇다고 옛 정취가 넘치는 마을도 아니다. 웬지 모를 물컹물컹한 분위기가 마을 안에 감돌고 있다.

"혹시 누가 시비라도 걸면 당장 내빼는 게 좋을걸."

"하하, 과장이죠?"

"적어도 내가 태어난 동네는 그랬어. 카메라 같은 걸 갖고 들어가면 생트집을 잡히는 것은 물론이고 눈 깜빡할 사이에 가진 것들을 몽땅 털리는 곳이었지."

하네가 숨을 집어삼켰다. 후시미는 속으로 너무 겁을 줬나 생각하면서 말했다.

"진지하게 받아들이지는 마. 30년도 더 된 이야기니까."

그러나 나나지 마을에 들어가면서 하네에게 한 위협이 완전히 엇나가지는 않았다는 느낌을 받았다. 주변에는 낮은 건물들뿐이고 집 앞에 아름다운 화단은커녕 번쩍거리는 자동차도 없다. 눈에 띄는 6층 높이 아파트는 콘크리트를 때려 부어 지은 건물이고 거무칙칙한 데다가 발코니도 없었다.

"이 근처군."

두 사람은 연립 주택이 밀집한 지역에 발을 들였다. 둘이서 나란히 걸으면 꽉 찰 만한 좁은 길에 세발자전거와

삽, 깨진 화분 등이 굴러다니고 있다. 개 울음소리를 듣고 후시미는 발걸음을 멈췄다.

"왜 그러세요?"

"아니. 그냥."

강아지와 고양이의 모습이 머리를 스쳤다.

"여기인 것 같은데."

나란히 늘어선 집 중 가장 끄트머리에 있는 집이 오래전 무카이 남매가 살던 집이었다. 당연하게도 문패는 다른 것으로 바뀌어 있다.

후시미는 하네에게 핸디카메라를 숨기게 하고 집 안을 향해 외쳤다.

"실례합니다."

반응이 없다.

"집을 비운 걸까요?"

하네가 조용히 속삭였다.

후시미가 다시 한번 "실례합니다" 하고 문을 두드리자 뒤쪽에 있는 집에서 "시끄러워!" 하는 거친 목소리가 들렸다. 돌아보니 잠옷 차림의 노인이 고개를 내밀고 있다. 햇볕에 그을렸는지 얼굴에 붉은 기가 돌았다.

"뭐야?"

"죄송합니다. 여기 사는 분을 좀 만나 뵈려고 하는데요."

"아, 없어."

"언제쯤 돌아오시나요?"

"안 돌아와."

"네?"

"이미 오래전에 사라졌어."

"어디로?"

"모르지."

"……저, 이 집에는 무카이라는 이름의 가족이 살았다고 들었는데요."

"몰라."

노인의 다리 옆에 잡종 대형견이 찰싹 달라붙어 있었다.

"용건 없으면 돌아가."

두 사람은 개의 머리를 쓰다듬으며 집으로 들어가는 노인의 뒷모습을 그저 멍하니 지켜볼 수밖에 없었다.

나나지 마을에서 별다른 수확은 없었다. 이웃집을 몇 군데 더 돌아다녔지만 조롱과 무시만 쏟아져 일찍이 마음을 접었다.

역 앞에 돌아가 찻집에 앉자마자 하네가 한숨을 요란하게 내쉬었다.

"이건 뭐 거의 컬처 쇼크네요."

"욕먹고 얻어맞지 않은 것만 해도 다행인 줄 알아."

"진심으로 하는 말씀인가요?"

"아니, 농담이지."

오래전이면 모를까 요즘 같은 시기에 그렇게까지 거친 사람은 많지 않을 것이다. 그러나 무카이 남매가 초등학생이던 시절은 그보다 더 옛날이다. 그들이 어떤 환경에서 살았을지 상상하기 어렵지 않다.

"우리 옆집에는 손님이 찾아오면 현관 앞에 나와 염불을 달달 외는 영감이 있었지. 그 염불을 다 들어 주면 사탕을 줬는데 난 그 집 단골이었어."

하네가 입꼬리를 올려 웃었다.

두 사람은 잠시 휴식을 취하며 복사해 온 기사를 훑어보기 시작했다. 사건 자체보다 무카이 하루토와 미유키에 관한 정보를 찾았다.

"아쉽다고 해야 할지 예상대로라고 해야 할지 단서는 거의 없네요."

하네가 커피를 홀짝이며 어깨를 움츠렸다.

"평범한 인물평에 보잘것없는 인상론. 유복하지 않은 가정환경이라니, 이런 구체성이라고는 없는 기사에 대체 무슨 의미가 있을까요?"

"기자 생활을 하다 보면 누구든 한 번은 쓰는 표현이야."

하네가 입술 끝을 일그러뜨렸다.

"저희가 직접 증발한 그 부모를 찾을 수는 없을 테고, 차라리 무카이 남매에 대해 알려면 두 사람의 당시 동창들을 찾는 쪽이 빠르지 않을까요?"

후시미는 "글쎄" 하고 고개를 갸웃했다.

"미유키는 학교를 제대로 다니지 못했다고 했잖아. 가지무라와 미야모토의 이야기를 들어 보면 무카이 하루토도 그 밖에 따로 친했던 사람이 있을 것 같지 않아."

"그건 오치 씨의 시나리오 아닌가요?"

"아니, 가지무라와 미야모토 모두 비공개라는 말을 믿고 출연했어. 딱히 무카이와 친했다고 거짓말할 필요가 없고 애초에 오치가 그 말을 인정하지도 않았겠지."

"그럼 우선 그 두 사람에게 다시 접근해 볼까요?"

"이미 했어. 어제저녁에 가지무라의 회사에 전화해 오치의 꿍꿍이를 밝혔어."

"반론의 기회를 달라고 하지 않던가요?"

"아쉽게도 그런 말은 없더군. 가지무라는 한참 동안 무카이와 친구 같은 사이가 아니었다고 부르짖더니 그 뒤에는 이렇게 말했어. 내 무죄를 확실히 증명해 줄 거면 협력하겠다, 라고."

다시 말해 사실을 날조하라는 뜻이다. 후시미는 당연히

거절했다.

"반론하고 싶어도 할 수 없겠지."

"사실이니 그렇겠죠."

미야모토와는 연락 여부를 떠나 옛 주소지에서 아직까지 사는지조차 의심스러운 상황이다.

"오치가 두 사람이 도망치게 그냥 내버려 둘 리 없어. 아마도 최대한 빨리 편집을 마쳐 공개할 계획일 거야. 카운터 펀치를 날리려면 우리도 거기에 맞춰야 해. 그러지 않으면 효과도 반감돼."

"다시 말해 QM 공개에 맞춰서 무카이 남매의 다큐멘터리를 선보이자는 말이죠?"

후시미는 고개를 끄덕였지만 한편으로 불안하기도 했다. 이 다큐멘터리는 과연 어떤 효과를 보일까. 결국 무카이 하루토와 오치 후유나를 흥밋거리로만 소비하는 행위 아닐까.

후시미는 감상에 젖어 눈을 감았다. 어쨌든 지금은 할 수 있는 것을 해야 한다. 시간은 한정돼 있다.

"그렇다고 닥치는 대로 만나고 다닐 수는 없겠죠. 범위를 어떻게 좁혀야 할까요?"

"확실한 건 오치가 캐스팅한 사람들은 안 돼. 오치는 분명 우리 움직임을 다 예상하고 있겠지. 그만두겠다는 널 붙잡지 않은 것도 자신에게 불리한 이들에게 네가 접촉하지 못할 거라는 자신감이 있어서일 거야."

신음을 내뱉는 하네를 보며 후시미는 줄곧 머릿속을 맴돌던 의문이 되살아났다.

"……하필 왜 나였을까."

"네?"

"지시에 잘 따르는 직업 카메라맨을 부르는 게 낫지 않았을까 싶어서."

"작품을 더 잘 만들기 위해서 아닐까요?"

오치의 계획은 QM을 뛰어난 다큐멘터리 영화로 만든다는 전제로 시작했다. 어떤 의미에서 가장 달성하기 어려운 목표이기도 했다.

내 실력을 좋게 봐 준 건 기뻐해야 마땅할 일이지만, 단순한 착각 아닐까.

반드시 나여야 할 이유. 후시미여야 할 이유. 그걸 떠올리는 건 너무 지나친 생각일까.

"후시미 씨."

후시미는 하네의 목소리를 듣고 퍼뜩 정신을 차렸다.

"선생님은 어떨까요? 중학교 담임이라든지."

"아, 그래. 뭐 그쪽도 오치는 이미 오래전에 조사했을 테지만……."

아니. 아직 남았다.

"다키타 선생!"

나루카와 제2초등학교 미술 교사의 이름은 어느 기사에도 실려 있지 않았다.

"흉기가 미술실 칼이었잖아. 젠장. 까맣게 잊고 있었군."

"다키타 선생님은 이미 돌아가시지 않았나요?"

"맞아. 8년 전에."

하네는 잠시 어안이 벙벙해진 표정을 짓더니 얼마 후 "앗!" 하고 목소리를 높였다.

"그래. 오치가 무카이 미유키라는 이름을 버린 것과 비슷한 시기야."

"우연의 일치 아닐까요?"

"당시 미야모토는 다키타 선생의 추방 운동에 앞장섰어. 다키타는 미야모토 옆에 가지 말라며 다니구치 유코에게 충고했지."

"그렇군요……. 다키타 선생님은 미야모토가 미유키를 돈으로 샀다는 걸 알고 있었나 보네요."

"다키타는 그 이야기를 누구한테 들었을까?"

"……미유키 본인?"

"당시 무카이는 연극 대본을 썼고 다키타는 미술 교사로서 무대 세팅에 협력했지."

"사적으로 털어놓을 기회는 있었던 거네요."

그 뒤에 학교에 입학한 미유키를 신경 쓸 만큼 깊은 관계를 쌓았다면.

"당시 연극부 고문은 마사키 선생. 다키타 선생은 그와도 견원지간이었어. 만약 다키타와 무카이가 친했다면 미술실에 있던 칼로 마사키를 찌른 이유가 풀릴지도 몰라."

"복수였던 걸까요? 마사키도 미유키의?"

"아니. 만약 그랬다면 오치도 숨기지 않았을걸. 다른 뭔가가 있었던 거야. 마사키 선생과 다키타 선생, 무카이 사이에."

그것이 10년이 넘는 세월을 거쳐 나루카와 사건으로 이어졌다.

하지만.

그렇다면 무카이는 왜 가지무라에게 영상을 찍으라고 했을까. 그 현장에 왜 미유키를 불렀을까.

오치의 말에 따르면 무카이는 여동생이 강제로 몸을 판다는 사실과 미야모토와 가지무라가 그 손님이었다는 것을 몰랐다고 한다. 그 말이 사실이라면 가지무라를 부를 미끼로 미유키를 활용할 수도 없다.

애초에 그 정도 촬영에 조수 같은 건 필요하지도 않았을 것이다.

"잠깐만."

후시미는 양손으로 머리를 감싼 채 기억을 더듬었다. 몇
번이나 반복해서 본 비디오테이프 영상을 떠올렸다. 나루
카와 제2초등학교 강당. 미묘한 높이와 각도, 침착하지 못
한 화면 흔들림. 화면 절반을 채운 학부모들의 검은 머리,
또 머리. 그 너머에 있는 아이들, 마사키 쇼타로. 화면 왼쪽
에서 일어서는 무카이. 천천히 발걸음을 떼고 거침없이 앞
으로 나아가는 무카이.

위화감의 정체를 깨닫고 후시미는 몸을 벌떡 일으켰다.

역시 이상하다. 그 영상에는 찍혀 있어야 할 것이 찍혀
있지 않다.

"가자."

'어디로?' 하는 표정을 짓는 하네에게 말했다.

"오치가 우리에게 숨겼던 관계자가 한 명 더 있어."

전직 신문기자, 이와시로 고헤이다.

조어장 안에서 백발 머리가 보였다. 낚싯대 아래로 뻗은
낚싯줄을 멍하니 바라보는 남자 옆에 앉아 인사를 건넸지
만 무시당했다.

"현장에 비디오카메라가 있었던 걸 기억하시나요?"

이와시로는 축 늘어진 낚싯줄처럼 꿈쩍도 하지 않았다.

"그게 정확히 어디 있었죠?"

그렇게 묻자 이와시로가 반응했다. 그는 의아한 듯이 후시미를 보더니 등 뒤에서 핸디카메라를 들고 있는 하네에게 짜증 섞인 눈빛을 보냈다.

"현장에서 취재한 이와시로 씨라면 아시지 않나요? 저희는 당시 비디오카메라가 어디에 놓여 있었는지 알 도리가 없었습니다. 그런 건 어느 기사에도 적혀 있지 않았으니까요. 그도 그럴 만한 게 딱히 중요한 사안도 아니죠. 그렇지만 이와시로 씨는 필히 작성하셨을 겁니다. 그 사건을 열심히 취재한 신문 기자라면, 이 학부모석의 좌석표를."

후시미가 앞으로 내민 종이에는 강당의 구조도가 그려져 있었다.

이와시로는 종이를 힐끗 보고 초조한 것처럼 낚싯대를 흔들었다.

"전 그 영상을 봤습니다. 지금도 가지고 있죠. 즉 무카이 미유키를 만났다는 말입니다."

그러자 이와시로가 놀라워하는 기색을 보였다.

"지금껏 저는 비디오카메라가 제일 뒷줄에 있었다고만 생각했습니다. 기록 영상은 대부분 그렇게 찍으니까요. 아니면 학부모석 제일 앞쪽. 그러나 당시에는 그렇지 않았습니다."

하네가 가지고 있던 영상으로 다시 한번 확인했다. 화면에 비친 성인들의 머리는 모두 검었다. 무카이 뒤쪽에 앉아 있었다고 하는 그 노인. 아들의 선생이었던 마사키와 사적으로 술잔을 기울인 적도 있다는 노인의 벗어진 머리는 비치지 않았다. 강당 가운데 뒤쪽에 있었을 그가 영상에 찍히지 않은 이유는 하나밖에 없다.

"카메라는 당시 학부모석 안에 있었습니다."

노인이 찍히지 않는 동시에 다른 학부모들은 비치는 위치에.

"그것도 삼각대가 아닌 일각대를 써서 불안정하게 찍은 영상입니다. 왜 가장 뒤쪽에서 당당히 촬영하지 않았을까요? 당시 카메라를 움직인 사람은 무카이의 친구인 가지무라라는 남자였습니다. 그에게 촬영을 부탁한 사람은 무카이 본인이었고요. 무카이는 자신의 범행을 기록하기 위해 느닷없이 가지무라에게 연락한 셈입니다. 하지만 이상하지 않나요? 무카이는 왜 **똑같이 친구였던 미야모토에게는 부탁하지 않았을까요?**"

이와시로가 눈을 부릅떴다.

"나루카와 제2초등학교 강당에서 이뤄지는 강연입니다. 그곳에서 교사로 근무하던 미야모토에게 촬영을 부탁하는 게 가장 빠르고 자연스럽겠죠. 미야모토라면 카메라를 준비할 수 있었을 테고 카메라맨도 대신 수배해 줬을지 모릅니다. 그런데 왜 무카이는 그렇게 하지 않았을까요? ……이와시로 기자님. 미야모토와 가지무라의 결정적인 차이가 뭔지 아십니까?"

후시미를 돌아보는 두 개의 눈동자는 뒷이야기를 원하고 있었다.

"간단합니다. 미야모토는 반드시 그곳에 있을 테지만 가지무라는 그렇지 않죠. 즉, 가지무라는 굳이 부르지 않으면 그곳에 오지도 않았을 거라는 말입니다. 촬영을 위해 가지무라에게 부탁한 게 아니라, 가지무라를 부를 구실로 촬영 이야기를 꺼낸 겁니다. 가지무라를 확실히 부르려면 오히려 미야모토의 협력은 방해가 되죠. 미야모토는 그날 촬영을 하는지 몰랐습니다. 미야모토에게는 비밀이라며 무카이가 미리 언질을 줬으니 가지무라는 그런 곳에서 영상을 몰래 찍었을 테고요. 결국 모든 것은 무카이가 그 두 사람을 사건의 목격자로 만들기 위한 계획이었던 겁니다."

"왜……."

이와시로가 처음으로 입을 열었다.

"그 남자는 왜 그런 짓을?"

"목적은 모르겠습니다. 하지만 그렇게 생각하면 앞뒤가 맞죠. 그리고 녀석은 가지무라뿐만 아니라 여동생인 미유키에게도 말을 걸었습니다. 9년 만에, 굳이 만나러 가기까지 해서요."

"가지무라와 함께 있었던 사람이 미유키였나?"

놀라움과 납득, 회한이 동시에 묻어나는 목소리였다.

"네, 미야모토와 가지무라는 한때 미유키의 손님이었습니다."

이와시로가 조용히 숨을 들이마시는 것을 확인하고 후시미는 말을 이었다.

"이와시로 기자님. 전 알고 싶습니다. 이와시로 기자님이 조사한 내용을. 이와시로 기자님이 회사를 박차고 나오면서까지 원했던 무카이 남매의 진실, 그들의 목소리를요. 아니, 이와시로 기자님의 목소리를 들려주십시오. 나루카와 사건에 왜 관심을 두게 되었으며 왜 결국 포기하게 되었는지. 전 알고 싶습니다."

후시미는 이와시로를 지그시 바라봤다. 이와시로도 후시미를 마주 봤다.

잠시 후 이와시로가 후시미가 손에 들고 있던 좌석표를 빼앗아 갔다.

"당시 카메라를 담당한 커플이 있었던 곳은."

그는 가운데 왼쪽 자리를 가리키고 독기 빠진 목소리로 말했다.

"여기일세."

이와시로는 무카이 하루토의 부모가 어디서 왔는지 믿을 만한 정보는 없다는 것을 깨달았다고 한다.

"외지에서 이주해 왔다는 소문은 돌았지만 그전에 어디서 살았는지는 알 수 없었네. 그 남매의 아버지는 건달, 어머니는 매춘부였어. 주변에서는 가족을 눈엣가시처럼 봤고 그들이 마을 안에서 속을 터놓은 지인은 단 한 명도 없었네."

두 사람이 나나지 마을에 살기 시작했을 때 이미 무카이 하루토는 태어나 있었다. 그리고 어머니의 배가 점점 불러왔다고 한다.

"나이가 아홉 살이나 차이 나는 남매라 그런지 이상한 소문이 돌았지."

부모가 다른 게 아니냐는 소문이었다.

"어디를 가도 임신부에게 친절한 사람이 한 명은 있기 마련이네. 처음에는 이웃집 노파가 그 어머니를 물심양면 도왔다더군. 하지만 그것도 오래가지 못했네. 남편이 워낙에 쓰레기였던 탓에."

무카이 하루토의 아버지는 기분이 안 좋아지면 가족뿐 아니라 이웃들에게도 시비를 걸었다. 아내를 도운 노파를 주먹으로 때린 적도 있다고 한다.

"평소에도 어깨에 힘깨나 주고 다니는 녀석이었지. 확실히 밝혀진 건 아니지만 약을 한다는 소문도 있었네."

아내 역시 마찬가지였을 거라고 이와시로는 말했다.

미유키가 태어난 지 얼마 안 됐을 무렵 남매의 어머니는 데루마이에 있는 유흥업소에서 일했다고 한다. 저녁 때쯤 남편의 차를 타고 두 사람이 집을 나가면 아직 갓난아이였던 미유키와 무카이 하루토는 캄캄한 방 안에서 밤을 지새웠다.

"그 부모는 나갈 때는 꼭 집 안 차단기를 내리고 갔다더군. 전기 요금을 아끼려고. 그 집은 여름에는 찌는 듯이 덥고 겨울에는 극한의 추위가 덮치는 곳이었어. 심지어 장난감은 고사하고 밥도 제대로 주지 않아서 무카이 하루토는 이웃집 문 앞을 자주 서성였다고 하네. 그러면 딱하게 여긴 누군가가 어쩔 수 없이 먹을 걸 던져 주고는 했거든. 그런데 그 이야기는 아버지 귀에도 들어간 모양이야. 몇 번인가 미유키가 죽을 뻔해서 구급차가 온 적이 있는데 그때 아이 아버지가 무카이 하루토를 마구 때렸다더군. 더 이상 우리 집안을 부끄럽게 만들지 말라면서 흠씬 두들겨 팼다고 하네."

아내는 이미 오래전에 남편에게 반항할 힘을 잃은 상태

였다.

"경찰과 구청 직원들도 성가신 일은 피하려고 한 것 같아. 뭐 솔직히 그 일대에는 그런 가정이 적지 않았으니까. 어쨌든 두 아이는 살아남는 것에만 집중해도 힘든 삶을 살았네."

남매는 무카이 하루토가 학교에서 가져온 남은 급식으로 간신히 연명했다고 한다.

그러던 어느 날 두 아이는 길에서 강아지를 주워 왔다. 무카이 하루토가 열두 살 여름방학 때였고 미유키가 세 살 무렵이었다.

"두 아이는 아버지에게 비밀로 하고 공터에서 강아지를 키웠네. 그러다가 부모가 집을 나가면 집에 데려와 놀았다고 이웃들이 증언하더군."

그러다가 부모는 어느 날 집을 나가서 영영 돌아오지 않았다. 하루, 이틀, 사흘, 일주일. 전기도 들어오지 않는 연립 주택 안에서 남매는 어떤 심정으로 하루를 버텼을까.

"그리고 어느 순간부터 개 짖는 소리가 들리지 않게 됐다고 하네."

강아지를 잡아먹은 이야기. 가지무라에게 들은 무카이 하루토의 대본이 떠올라 후시미는 얼굴을 찌푸렸다.

정확한 날짜는 알 수 없지만 뒤늦게 집에 돌아온 부모는 얼마 안 돼 집에서 손님을 받게 되었다.

"그게 이웃들과 일체 연이 끊기는 계기가 됐지. 아무리 안쪽에 있는 침실이라고 해도 소리가 고스란히 옆집에도 들렸거든. 두 아이의 상태도 그때부터 완전히 심각해졌다고 하네. 아마 부모가 오랫동안 집을 비운 게 원인이었겠지. 정확한 건 상상에 의지할 수밖에 없지만."

그러나 그런 상황 속에서도 남매를 돌봐 주는 사람은 있었다.

"오래전 사고로 몸을 다쳐 집에서 책만 읽는 영감님이었지. 근처에 있는 단층집에서 사는 영감이었는데 그 영감이 무카이 하루토와 미유키에게 이런저런 것들을 가르쳐 준 모양이야."

이와시로는 하늘을 올려다보며 깊이 한숨을 내쉬었다.

"그 영감이 바로 미유키의 첫 번째 손님이었네."

후시미는 저도 모르게 고개를 세차게 흔들었다.

미유키가 아직 열두 살 때였다. 무카이 하루토는 이미 집을 나가고 없었다.

"이후 삶은 그야말로 지옥이었지. 인간쓰레기들만 득시글거리는 집. 그때부터는 이웃들도 포기하고 그 집을 보고도 못 본 척했다는군."

그리고 2001년에 나루카와 제2초등학교 사건이 일어

났다.

　이와시로는 법원을 드나들며 재판을 방청했고 문제의 발언을 직접 들었다. 그리고 그것이 그의 기자 혼에 불을 붙인 원점이기도 했다. 그는 "하지만……" 하고 기억을 더듬으며 말했다.

　"그 일은 지금도 잘 이해가 안 되네. 전혀 이해가 안 돼. 그래도 난 뭐랄까, 단순히 쾌락 살인이라고 잘라 말할 수 없는 뭔가가 있다는 걸 느꼈지. 이 녀석에게는 뭔가 우리에게 전하고 싶은 메시지가 있는 게 아닐까. 그렇게 추측했네."

　그래서 교도소 안에 있는 무카이에게 여러 번 편지를 썼지만 답장은 한 번도 오지 않았다고 한다.

　"나루카와 시절의 미유키를 아는 사람은 있었습니까?"

　"어떤 의미에서 유명인이었으니까. 그러나 대다수가 그녀에게 손님으로 간 남자들이었지. 그때 이야기를 별로 하고 싶지 않아 했고 당시 비슷한 또래 아이들은 미유키를 멀리했네. 아마 친구 같은 건 한 명도 없었을 거야."

　지금은 책을 좋아했다는 그 노인을 포함해 이웃집에 살던 이들은 대부분 어디론가 떠나거나 사망했다. 그리고 손님으로 갔던 남자들은 애초에 정체를 알 길이 없었다.

　"손님 중에는 어린 학생도 있었다는 이야기를 언뜻 들은 기억이 있네. 하지만 그게 미야모토나 가지무라인 것까지는 밝혀내지 못했지. 그뿐만이 아닐세. 난 결국 무카이 하루토가 어떤 사람인지도, 무카이 미유키가 그 이후 어디서 뭘 했는지도 알아내지 못했어. 이제 와서 다시 미유키를 만나고 싶지는 않네."

"이와시로 기자님."

후시미는 이와시로의 눈을 지그시 바라봤다.

"거짓말이죠?"

그러자 이와시로가 눈을 크게 떴다.

"이와시로 기자님 정도 되는 분이 그 정도로 포기했을 것 같지 않은데요. 이와시로 기자님은 혹시 뭔가를 어렴풋이 깨달으신 게 아닌가요? 무카이가 그런 범행을 저지른 동기를. 확신은 없어도 어떤 예감 같은 걸 품고 있지 않습니까?"

시치미를 떼듯 낚싯대를 흔드는 이와시로에게 후시미는 다시 물었다.

"이와시로 기자님은 당시 나루카와 제2초등학교 교사에게 무카이와 다키타 선생의 관계를 캐물으셨죠?"

우에노 도시유키를 뜻한다.

"제가 떠올린 바는 이렇습니다. 다키타 선생님과 마사키 선생님, 그리고 무카이 하루토 사이에는 뭔가가 있었다.

그리고 이와시로 기자님은 그걸 알고 있다."

굳게 다문 이와시로의 입에서는 잠시 후 탄식이 새어 나왔다.

"당신, 꽤나 끈질기군."

돌아본 이와시로의 얼굴에는 쓸쓸해 보이는 미소가 떠올라 있었다.

"미리 말해 두는데 그런 호들갑스러운 건 없네. 난 정말지쳤을 뿐이야. 하지만 뭐, 그래. 분명 두려웠는지도 모르겠군. 무카이 하루토, 그 녀석이 입에 담은 '도덕 문제'라는것에서 눈을 돌리고 싶었겠지."

이와시로는 그렇게 말하고 느릿느릿 담배를 꺼냈다. 불을 붙이고 연기를 한 번 빨아들인 다음 천천히 내뱉는다. 마음을 진정시키는 듯한, 결심을 굳히는 듯한 몸짓으로 보였다.

그리고 그는 갑작스럽게 중얼거렸다.

"늙은 현자는 물었습니다. '왜 개를 잡아먹었느냐?'."

억양 없는 내레이션처럼 들렸다.

"소년은 대답했습니다. '배가 고팠으니까요'."

후시미는 나이 든 전직 신문 기자의 이야기에 가만히 귀를 기울였다.

"늙은 현자는 꾸짖었습니다. '그건 옳지 못한 행동이다.

그런 행동을 해서는 안 된다'. 소년은 대답했습니다. '그럼 빵을 주세요. 이불을 주세요. 빛을 주세요. 사랑을, 아주 조금만 주세요. 그럴 수 없다면 아무쪼록 저를 웃게 해 주세요'."

후시미 옆에서 카메라를 든 하네가 침을 꿀꺽 삼키는 소리가 들렸다.

"무슨 이야기죠?"

후시미의 질문에 그는 대답했다.

"초등학교 6학년 때 무카이가 쓴 대본일세."

"〈우리의 강아지〉가 아닌 다른 대본입니까?"

"비슷한 부분도 있지만 글을 쓴 방식과 내용이 전혀 다르지. 이쪽은 주인공 소년이 어느 노인이 기르던 개를 잡아먹는 부분부터 시작하니까."

소년은 일정한 거주지도 없이 홀로 살아갔다. 남은 밥이나 눈에 보이는 음식물 쓰레기를 주워 먹으며 허기를 채웠다. 늙은 현자는 개를 잡아먹은 것에 대한 속죄로 소년에게 자신의 집에서 일하라고 했고, 두 사람은 함께 살기 시작했다. 매일매일 궂은일을 하는 힘든 일상이었지만 집이 있고 밥이 있어 소년은 처음으로 안식을 느꼈다. 새로 기르기 시작한 강아지에게도 애정을 쏟았다. 그러던 어느 날 늙은 현자가 갑자기 세상을 떠 버린다.

"어느 날 아침 현자는 침대에서 몸이 싸늘히 식은 채로 발견됐네. 소년은 화들짝 놀라서 몸이 굳어 버렸지. 아무리 말을 걸어도 현자는 꿈쩍도 하지 않았네. 당시 마을에서 사는 사람들은 소년을 멀리했고 늘 차가운 시선을 보내는 상황이었어. 현자의 죽음을 전하면 분명 내가 범인 취급을 당할 것이다. 그렇게 믿은 소년은 그 누구에게도 의지하지 못하고 그저 멍하니 집 안에 있었고, 먹을 것이 점차 사라지자 집 안에 있던 지푸라기를 집어먹었고, 그것조차 사라지자 마침내 기르던 강아지를 데리고 집을 뛰쳐나갔네. 그리고 어느 눈 내리는 광장에서 굶주림을 견디지 못하고 결국 아끼던 강아지를 잡아먹고 말았지……."

후시미는 온몸에 소름이 쫙 돋았다. 불현듯 머릿속이 번뜩였고 숨이 잠시 멎었다.

"난 그걸 읽고 그만두자고 생각했네. 옮겨 적은 대본을 여러 번 읽는 동안 모든 의욕이 사라지더군. 8년 정도 전 이야기일세."

이와시로의 뒷모습이 한순간에 작아진 듯한 느낌이 들었다.

"그리고 그 사본도 전부 버렸네. 두 번 다시 읽고 싶지 않아."

그러나 기억만은 이 남자의 인생에 아로새겨져 있다.

"······ 그 대본을 어디서 입수하셨습니까?"

"다키타 선생의 집."

"더는 할 이야기가 없네. 열심히 해 보게"라고 말하고 이와시로는 물고기 없는 양동이에 피우던 담배를 던졌다.

22

그 아담한 집은 나나지 다리 옆에 있었다. 문패에는 '다키타'라는 글자가 보였다.

"어서 오세요."

다키타의 아내 미호는 친절하게 후시미와 하네를 맞아 주었다. 두 사람은 먼저 불단 앞으로 가 향을 피웠다.

"남편 성격이 워낙 특이해서 주변에 사람이 없었죠. 이제는 찾아올 사람도 없을 거라고 생각했는데."

미호는 우아하게 미소 지었다.

"제자들은 다들 선생님 이야기가 나오면 좋아한다고 하던데요."

"후훗. 아이들에게만은 사랑받는 선생님이었죠. 그런데 어른들끼리 있을 때는 영 인기가 없었어요. 규칙이라는 것에 정말 약한 사람이었거든요."

애정이 느껴지는 불만이었다.

"무카이 하루토가 쓴 대본이 이 집에 있다고 듣고 왔습니다."

"아, 무카이 말이군요."

미호의 얼굴이 순간 어두워졌지만 말투에서는 친근감이 느껴졌다.

"사건 이후 이런저런 사람들이 찾아왔는데 남편이 살아 있을 때는 몽땅 돌려보냈어요. 심지어 경찰들에게까지 버럭버럭 화를 냈죠. 기자분들께 양동이에 든 물을 끼얹을 때는 고소할 거라는 말까지 들었답니다."

후시미는 우스운 듯이 미소 짓는 부인의 모습을 보며 오로지 이 여자만이 다키타의 아내 역할을 맡을 수 있었을 거라고 짐작했다.

"여쭙기 송구스럽지만, 왜 이 집에 그 대본이 있죠?"

"팬이었으니까요."

"팬?"

"네. 무카이가 쓴 대본을 읽고 남편은 연신 대단하다며 흥분했답니다. 전 읽지 않아서 잘 모르겠지만 남편은 평소에 책을 자주 읽었어요. 어울리지도 않게 시나 하이쿠* 같은 것도 좋아했죠. 무카이가 쓴 대본을 읽고 반해서 직접

* 17자로 쓰는 일본 특유의 짧은 시.

제본까지 했을 정도예요."

미호는 그때를 회상하며 말을 이었다.

"심지어 필명까지 정해 줬죠. 아마 그때부터였던 것 같
네요. 무카이가 저희 집에 자주 드나들게 된 것도."

아무렇지 않게 털어놓는 말을 듣고 후시미는 하마터면
앞으로 고꾸라질 뻔했다.

"초등학교를 졸업하고 나서도 무카이가 선생님과 교류
했던 건가요?"

"네. 설에는 인사를 하러 찾아왔고 남편이 자주 부르기
도 했어요. 그때마다 남편은 넌 교사 말고 소설가가 되라
고 조언했죠."

"소설가 말인가요?"

나루카와 제2초등학교에서 뮤지컬을 썼다는 다니구치
유코를 작사가의 길로 이끈 것처럼 말일까.

"무카이도 새 글을 썼을 때는 꼭 남편에게 가져와 보여
줬죠. 사이가 아주 좋았답니다. 남편이 무카이에게 사전을
사 주기도 했고."

모든 살림살이를 처분한 무카이의 집 안에 유일하게 남
아 있던 물건이다.

"하지만 집안 환경 때문이었을까요. 진정으로 작가의 길
을 걸으려면 적어도 10년은 열심히 노력해야 하는데 그

뒤로도 잘나가는 작가가 될 보장은 없다더군요. 그래서 그런지 어디까지나 취미로 즐기는 것 같았답니다."

비슷한 환경에 있던 후시미도 무카이의 당시 심정을 이해할 수 있었다.

"남편은 무카이에게 고등학교에 보내 주겠다고 할 정도였으니 아무래도 그를 친아들처럼 생각했던 것 같아요."

그러나 무카이는 제안을 거절했다. 아마도 자존심 때문이었을 것이다.

"저희에게는 아이가 없었고 남편도 사회생활을 잘하는 사람이 아니어서 겹치는 부분이 많다고 생각했을지 모르죠. 무카이가 대학에 들어가 왕래가 뜸해질 무렵에는 무카이의 여동생도 신경 써 줬답니다. 어떻게든 그 아이를 우리가 거둬 보려고 애쓰기도 했는데 이런저런 사정 때문에 그러지 못하게 됐죠."

미호는 "일이 잘 풀리지 않았답니다" 하고 잠시 먼 곳을 바라봤다.

무카이가 또래보다 2년 늦게 대학생이 됐을 무렵, 즉 미유키가 매춘을 강요당했을 시기다.

"놀이 기구 철거에 반대하면서 이런저런 힘든 일을 겪으셨다고 들었습니다."

"네. 정말로 힘들었어요. 남편은 입이 험해서 금세 적을

만드는 사람이었거든요. 주변에서 남편을 괴롭히는 사람
도 많았죠."

미호는 "어쩜 그렇게 사회생활이 서툴던지" 하고 한숨을
내쉬었다. 놀이 기구 문제는 미야모토에 의해 다키타 추방
운동으로까지 이어졌다. 도저히 미유키에게 손을 뻗칠 상
황이 아니었던 것이다.

"그 일도 그것 때문이었답니다."

"그 일?"

"무카이가 사건을 일으키기 얼마 전 오랜만에 이 집을
찾아온 적이 있거든요. 그때는 마침 놀이 기구 문제 때문
에 남편은 매일 가시방석에 앉아 있듯 예민한 시기였습니
다. 집 현관문도 상태가 심각했죠. 문 앞에 쓰레기를 집어
던지고 낙서도 돼 있었으니까요. 아무래도 무카이는 그걸
보고 충격을 받았던 것 같아요. 하물며 남편 역시 몸 상태
가 좋지 않아서 방 안에 드러누워 있었으니 무카이의 눈에
는 정말 비참하게 보였겠죠."

그리고 다키타는 무카이에게 이렇게 말했다고 한다.

— 지금까지 선생 일을 해 온 결과가 바로 이거다.

슬픈 고백이었다. 다키타를 놀이 기구 문제로 학교에서
쫓아내려 한 사람은 비단 미야모토 유키오만이 아니다. 그
의견에 찬동하고 함께 규탄하러 나선 주민 중에는 나루카

와 제2초등학교에서 수십 년간 근무해 온 다키타의 예전 제자도 있었다. 전에는 자유분방한 미술 교사와 친하게 지내며 천진난만했던 아이들이 세월이 지나 성인이 되자 은사에게 날카로운 엄니를 드러낸 것이다.

"본인은 그냥 평소처럼 별생각 없이 하소연처럼 한 말이었어요. 남편은 무카이가 소설가가 되기를 바라기도 했으니까요. 그러나 역시 무카이가 되고 싶었던 건 선생님이었나 봐요. 남편처럼 아이들 가슴속에 남을 수 있는 선생님. 그래서 그 말을 더욱 진지하게 받아들여 버린 거죠. 남편은 무카이가 집에 돌아갈 때 현관에서 '역시 진심이란 건 전해지지 않나 보다'라고 하더군요. 전 그때 무카이가 교사를 포기할 것 같다는 예감이 들었답니다. 정말로 바보 같은 말을 해 버린 거죠."

"……다키타 선생님은 사건 소식을 듣고 뭐라고 하시던가요?"

"심하게 동요하더군요. 다 내 탓이다, 내 탓이다, 라면서 어쩔 줄 몰라 했어요."

병상에 누워 있던 노인의 고뇌가 훤히 보이는 듯했다.

"이게 다 자기가 소설가가 되라고 권한 탓이라고……."

"자, 잠깐만요."

후시미는 무심코 목소리가 커졌다.

"선생님이 스스로를 책망한 심정은 이해하겠습니다. 하지만 소설가가 되라고 권한 탓이라는 건 무슨 뜻이죠? 교사라는 직업에 절망한 무카이가 마사키 쇼타로 선생님을 죽이려고 마음먹었다는 이유와는 도무지 연결되지 않는데요."

미호는 고개를 살짝 갸웃했다.

"저도 그렇게 생각했어요. 그런데 어쩌면 남편은 나름대로 무카이를 이해했을지 모르죠. 같은 예술가로서."

뭔가를 붙잡은 듯한 기분이 들었다. 아직 가늘디가는 실이지만 잡아당길수록 조금씩 그림이 만들어지는 듯한 기분이 들었다.

"무카이는 어렵게 자란 것으로 알아요. 남편의 이야기를 듣고 엄혹한 현실을 직면했을지도 모르죠. 하지만 그 아이가 절대 자포자기해서 다른 사람을 죽일 아이는 아닐 거라고 믿어요. 분명 마땅한 이유가 있었을 거예요."

"마사키 선생님을 살해 대상으로 택한 것도 말입니까?"

미호의 표정이 굳어졌다. 입가에 언뜻 망설임이 엿보인다. 후시미는 조용히 기다렸다.

잠시 후 미호는 "이건 남편에게 들은 이야기인데" 하고 조심스럽게 운을 뗐다.

"인간이 그려져 있지 않다."

"네?"

"실제 인간은 조금 더 상냥하고, 세상에는 조금 더 구원 같은 것이 존재한다. 그걸 일부러 다루지 않은 이 이야기는……."

"도덕적이지 않다?"

말을 마치기도 전에 끼어든 후시미를 보며 미호가 가볍게 고개를 끄덕였다.

"그런 말을 마사키 선생님께 들었다고 해요. 그러자 무카이는 '왜지?' 하고 의아해하는 모습이었다더군요. 왜지? 난 실제 이야기를 썼는데."

실제 이야기. 자신의 체험.

"그렇다고 선생님을 증오하거나 하지는 않았을 거예요. 그러니 마사키 선생님을 택한 데는 분명 뭔가 다른 사정이 있겠죠."

"사정?"

"무카이는 합리적인 아이였답니다."

"그런데 아무리 봐도 그날의 사건은 무카이에게 아무 영향을 끼치지 않은 것으로 보입니다. 무카이는 곧장 체포돼 13년이나 교도소 안에 있는 상태고요."

그러자 미호는 "그렇죠" 하고 동의했다.

"전 잘 모르겠네요. 마사키 선생님도 딱해요. 무카이가 저지른 짓이 용서받을 행동이 아닌 것도 알아요. 그렇지만 전 무카이를 기다리고 있답니다. 건강한 모습으로 다시 이곳에 찾아오기 전까지는 죽지 않을 거예요."

미호는 온화하게 미소 지으며 "아무래도 저도 제가 무카이의 엄마인 것처럼 느끼는 것 같네요"라고 말했다.

"무카이가 쓴 소설은 이곳에 남아 있지 않습니까?"

후시미의 질문에 미호는 한 박자 늦게 대답했다.

"여기에는 없어요. 전부 넘겼으니."

"……무카이 미유키에게?"

대답 대신 쓸쓸해 보이는 미소만 돌아왔다. 그걸로 충분했다. 다키타의 죽음이 바로 무카이 미유키라는 이름을 버린 계기였던 것이다.

"가장 먼저 쓴 대본도?"

"아뇨. 그것만은 주지 못했어요. 때마침 그때 기자님께 빌려 드리고 없어서."

이와시로다.

"이후 남편이 수집한 책을 정리할 때 같이 섞여 버린 것 같아요."

"처분하셨나요?"

미호가 고개를 가로젓더니 대답했다.

"기부했답니다."

후시미는 할 말을 잃었다.

다키타의 집을 나서자 조급한 마음 때문인지 저절로 다리가 움직였다. 뒤에서 숨을 헐떡이며 쫓아오는 하네의 목소리가 들렸다.

"대체 뭐가 어떻게 된 거죠?"

후시미는 돌아보지 않고 대답했다.

"무카이의 범행 동기가 뭔지 알 것 같아."

"마사키 선생에 대한 복수인가요? 대본을 악평해서?"

"아니. 그게 아니야."

확신이 생겼다. 교직에 대한 좌절. 대본, 소설. 흩어져 있던 조각이 머릿속에서 하나로 맞춰지고 있다.

"죽이는 대상은 누구든 상관없었어. 마사키를 선택한 건 과거 인연이 있던 교육계의 권위자라는 기준이 그의 조건을 충족했기 때문이야."

"조건이요?"

"이야기의 조건."

하네의 질문이 끊겼다.

"박해받는 다키타의 모습을 보며 교사 일의 무력함을 통감한 무카이는 더 많은 사람들에게, 더 직접적으로 말을 거는 길을 택한 거야."

"……소설가?"

후시미는 끊임없이 다리를 움직이며 고개를 끄덕였다.

"3백 명 앞에서 은사를 살해하고 끝까지 침묵을 지킨 채 13년간 교도소에 수감돼 있던 남자. 소설가가 되기로 결심한 무카이가 추구한 건 바로 그 '직함'이었어."

이유는 단순하다.

"**소설가로서 반드시 유명해지기 위해.** 무카이는 단지 그 목적 때문에 사건을 계획한 거야. 일부러 많은 이들의 눈앞에서 범행을 저지르고 자극적인 영상을 남겼지. 그리고 다키타와 인연이 있는 흉기로 은사이자 세상의 권위자이기도 한 마사키를 찔렀어. 끝까지 묵비권을 행사한 것도, 친구와 여동생을 목격자로 그 안에 둔 것도 결국 모조리 연출이었던 거야. 그리고 도덕 문제까지. 무카이는 처음부터 끝까지 다 계산해서 그 장면을 만들어 냈어."

"……말도 안 돼요."

"그래. 말도 안 되지. 그렇지만 난 알 수 있어. 녀석이 복수하려고 한 건 마사키가 아니라 바로 자신의 운명이었다는 것을."

오치는 물었다. 앞으로도 절대 행복해질 수 없다고 깨달은 인간의 심정을 이해하느냐고.

오래전 후시미도 자신이 태어난 환경을 저주해 스스로

몸을 내던지듯 위험 지대로 날아갔다.

"교사가 되거나 회사를 창업해서 성공해도 과거는 지울 수 없지. 허기를 채우기 위해 기르던 강아지를 잡아먹은 과거와 여동생이 매춘을 한 과거도. 녀석은 결국 깨닫고 말았어. 그런 인간을 발견했을 때 사람들이 어떤 방식을 취하는지를."

다키타의 모습이 깨닫는 계기가 됐다.

"그러니 그것을 이용하는 길을 선택한 거야. 더욱 비참하고 잔혹한 자신을 만들어서 '자, 실컷 즐기시기를 바랍니다'라고 선보이는 길을."

그리고 그것으로 먹고살 수 있게 해 달라고 하는 길을.

이와시로는 무카이의 진의를 깨닫고 물러났다. 그의 뒤틀린 이야기에 가담하기가 두려웠기 때문이다.

"그가 미처 계산하지 못한 걸 꼽자면 비디오테이프가 사라진 것. 그리고 미유키는 물론이고 미야모토와 가지무라도 그에게서 도망쳤다는 거겠지. 무엇보다 사건 직후 일어난 미국 동시다발 테러 때문에 무카이가 일으킨 사건은 그자신이 예상한 것보다 주목받지 못했어. 그러니 녀석은 가만히 기다린 거야. 감옥 안에서 소설을 집필하며 나루카와 사건을 다시 한번 세상에 알리기 위한 파트너가 찾아오기만을."

그 여자는 QM과 무카이의 이름을 얹은 '프로젝트 M'을 들고 나타났다.

"스폰서는 QM보다 무카이 남매를 전면에 내세울 심산이겠지. 무카이가 쓰는 소설, 그곳에서 파생된 영화와 드라마. 비난을 각오한 노이즈 마케팅을 녀석은 자기 자신을 매물로 앞세워 납득시켰어."

오치의 차가운 미소가 머릿속에 떠올랐다.

아아…….

그런 거였나.

오치가 후시미를 필요로 한 이유. 그것은 무카이 하루토가 나루카와 제2초등학교 사건에 마사키와 미야모토, 그리고 미유키를 필요로 한 이유와 같았다.

이야기, 그리고 **연출**.

후시미는 고미네마치 공원을 가로지른 뒤에도 계속해서 걸었다.

"후시미 씨. 지금 어디 가시는 거예요?"

"대본이 있는 곳."

"〈우리의 강아지〉 말인가요?"

"아니. 실제로 공연된 대본은 마사키가 첨삭하면서 내용이 크게 바뀌었어. 내가 지금 읽고 싶은 건 수정하기 전, 그러니까 다키타가 들고 있었다는 무카이 하루토의 첫 작품이야."

후시미는 다키타가 세상을 뜬 8년 전 학교 두 곳을 통합해 설립된 나루카와 초등학교 앞에 섰다.

도서실 구석 서가의 연극 관련 책이 놓인 곳에 그 붉은 책자가 꽂혀 있었다. 한눈에 봐도 직접 만들었다는 걸 알 수 있는 장정이지만 정중하고 모던한 분위기에서 다키타의 감각이 느껴졌다. 하네 몫까지 총 두 부를 복사했다.

그리고 그날을 기점으로 하네는 자취를 감추었다.

다음 날 퀵서비스로 우편물이 도착했다. 후시미는 운동회 준비로 바쁜 나루카와 초등학교를 다시 한번 찾아갔고, 그리고 고마이에게 전화했다.

오치가 후시미를 부른 것은 일요일이었다.

23

오사카 도지마에 있는 다리 위에서 만났다. 7월도 절반이나 지났는데 그날 밤만은 여름을 잊게 할 만큼 날씨가 제법 쌀쌀했다. 낮 기온이 오르지 않았으니 다행히 무더위 속에서 운동회를 치르지는 않았을 것이다. 후시미는 내심 도모코와 도모키에게 미안함을 느끼면서도 그날 온종일 집 안에서 작업에 몰두했다.

작업을 다 마치고 지금 다리 위에 서 보니 무카이 남매를 추적하면서 비로소 자신도 도모키에게 도달했다는 기분이 들었다.

오치를 향한 적개심도 사라졌다. 동정심도 없다. 그녀의 각오와 책략에 진심으로 탄복했다.

"오래 기다리셨죠?"

잠시 후 다가온 오치는 지금부터 촬영 시작이라는 말을 꺼내도 이상하지 않을 만큼 평소 입는 티셔츠에 바지 차림이었다.

"다나베에게 들었어. 오늘부로 촬영이 끝났다던데."

"네. 내일 도쿄로 떠나요."

"하네는 잘 지내나?"

"예상했던 것보다 일찍 돌아와 줘서 도움이 됐죠."

오치는 새침하게 인정했다. 그 흔들림 없는 모습에 탄식이 절로 새어 나왔다.

"내가 QM을 그만둔 바로 다음 날 절묘한 타이밍에 녀석이 나타났을 때부터 눈치채야 했어. 네가 보냈지?"

나를 부추기기 위해.

"하네가 보내 준 영상의 복사본을 대충 편집한 거야. 연출 지시서도 안에 들어 있어."

후시미는 손에 든 갈색 봉투를 치켜들며 말했다.

"설마. 이게 날 선택한 이유였을 줄이야."

밤 10시가 지나도 오사카 중심부로 이어지는 길목에는 아직 수많은 차들이 오가고 있다. 전조등 불빛을 등 뒤로 받으며 후시미는 강을 내려다봤다.

"곰곰이 생각해 보니 QM에는 결정적으로 부족한 게 있었지. 감독이 무카이 미유키임을 밝혀서 관객들을 놀라게 하는 마지막 복선이."

나루카와 제2초등학교 사건의 사실만을 다룬 작품 속에 미유키와 오치의 존재감은 없었다.

"엔터테인먼트 작품으로 마지막 반전을 효과적으로 선보이려면 오치 후유나와 무카이 미유키에 대한 내용이 반드시 필요했어. 그러니 직업 카메라맨이 아니라 호기심 많은 영상 저널리스트인 나를 선택한 거 아닌가? 넌 일부러 무카이 남매를 깊이 다루지 않으면서 내 취재 욕구를 부채질한 거야."

"후시미 씨 작품을 보고서 확신했답니다."

다리 난간에 등을 기댄 오치가 시원스럽게 인정했다.

"이 사람이라면 반드시 날 찍고 싶어 할 거라고."

QM을 엔터테인먼트 작품으로 만들려면 오치 자신이

등장인물이어야만 했다.

"제가 스스로 저를 찍는 것보다 저와 반대편에 선 후시미 씨가 찍어야 더 재밌는 구도가 나오겠죠?"

"그래서 후지이를 부른 건가. **우리를 찍게 하려고.**"

세컨드 카메라맨에게 주어진 임무는 현장에서 사사건건 맞부딪히는 후시미와 오치를 자연스럽게 기록하는 일이었다.

"넌 처음부터 날 등장인물로 집어넣은 거야."

"애초에……."

오치는 입을 열면서 주머니에서 길쭉한 통 모양의 은빛 물체를 꺼냈다. 후시미에게는 눈에 익은 휴대용 녹음기다.

"후시미 씨와의 대화는 처음 만났을 때부터 전부 녹음했답니다. 후지이 씨를 부른 건 예상했던 것보다 더 후시미 씨가 흥미로운 인물이었기 때문이에요. 음성뿐만 아니라 그림도 필요하겠구나 싶어서."

목소리에 빈정거리는 느낌은 없었다.

나루카와 사건에 집착하는 젊은 여자 감독과 그 방식에 의문을 품은 프리랜서 영상 저널리스트. 두 사람은 뒤틀린 검증 과정 속에서 여러 번 부딪히다가 결국 갈라섰고, 영상 저널리스트는 자기 손으로 직접 그녀의 비밀을 추적한다……. 한 편의 다큐멘터리를 둘러싼 또 다른 다큐멘터

리, 극영화의 줄거리를 지닌 일련의 이야기가 바로 오치가
계획한 QM의 전모인 것이다.

"QM의 주인공은 나루카와 사건이 아닌 너 자신이었어.
난 조연으로 발탁됐고. 참 대단해. 네 계획대로 모두 네 손
바닥 위에서 놀아난 거야."

"당치도 않아요. 예상 밖으로 순진해서 초조할 때도 있
었고 익숙하지 않은 연기를 억지로 하기도 했지요."

오치의 입가에 심술궂은 미소가 떠올랐다. 신기하게도
화는 나지 않았다. QM에서 빠지려는 후시미를 만류하기
위해 오치 나름대로 필사적이었다고 생각하니 우습기도
했다.

"그만할까요?"

오치가 휴대용 녹음기를 바라보며 물었다.

"적어도 이 안에 담긴 음성은 허락받지 않은 도청이에
요. 고소하면 승소하실 수도 있어요."

"하네가 찍은 영상도 마찬가지지."

"하네 씨는 저희 팀이니 영상의 권리는 제게 있어요. 후
시미 씨 얼굴에만 모자이크 처리를 해도 되고요."

후시미는 진심으로 웃었다. 참 대단하다고 생각했다.

"언젠가 너도 픽션을 찍게 될 날이 오겠지. 무카이 하루
토의 소설을 원작으로."

자동차들이 도로를 오간다. 빛이 교차한다. 그러나 후시미와 오치의 시선은 교차하지 않았다.

"그리고 사람들은 눈살을 찌푸리며 너와 무카이 하루토의 기구한 삶을 보고 동전을 던져 줄 테고."

"괜찮지 않나요?"

예상된 말이었다. 오치라면 그렇게 말할 것이다. 뒤에 이어질 말도 후시미는 이미 알고 있었다.

"무카이 하루토는 사람을 죽였어요. 그는 저항하지 않았고 범행을 부인하지도 않았죠. 그리고 주어진 벌을 전부 받았어요. 규칙에 따른 죄와 벌. 벌을 다 받은 무카이가 소설을 쓴다 한들, 과거를 이용해서 유명해진다 한들 비난은 살 수 있겠지만 그게 죄는 아니에요. 사람들이 그런 그를 흥미로워하는 것도."

"그건 도덕 문제 아닌가?"

어깨를 으쓱하는 후시미를 보지 않고 오치는 대답했다.

"그때 후시미 씨 앞에서 한 말은 진심이에요."

미야모토와 대화를 나누는 영상을 보고 오치 후유나가 무카이 미유키임을 알게 된 날 밤, 도덕에 미래를 빼앗겼다는 것을 깨달은 그녀의 말을 뜻한다.

"살아가기 위해 싸우는 것⋯⋯. 그것 말고 명확한 의미의 도덕 같은 건 존재하지 않는답니다."

"여기 있어."

그러자 오치가 검은 눈동자로 후시미 쪽을 돌아봤다.

"나와 너 사이에. 우리는 가끔 이렇게 얼굴을 마주하고 이러니저러니 지껄이고 있어. 그러니 무의미해도 지켜야 하는 게 바로 도덕 아닌가?"

빛이 끊이지 않는 다리 위에서 두 사람은 서로를 마주 봤다.

오치는 왜 영상의 복사본을 보냈을까. 나는 왜 오치를 불렀을까. 소재는 서로의 손에 있으니 각자 내키는 대로 작품을 만들고 멋대로 발표하면 됐는데.

그래도 후시미는 오치를 불렀고, 그녀는 오늘 밤 이곳에 나왔다.

후시미는 봉투를 앞으로 내밀었다.

"기대에 부응하는 내용물인지는 모르겠군."

오치가 손을 뻗었다.

"편집 권한은 제게 있으니 제가 알아서 할게요."

"그럼 나도 비난하러 갈 거야. 그땐 바닷가재를 사 줘."

오치가 고개를 숙였다. 입가에 미소가 서려 있다. 그녀는 천진난만하게 웃고 있었다.

고개를 들고 "가 볼게요" 하고 말하는 얼굴에는 평소대로 표정이 없었다.

"오치."

어떤 감상도 느껴지지 않는 뒷모습을 향해 후시미는 말을 걸었다.

"다음에 또 봐."

오치는 멈춰 서서 후시미를 향해 아주 약간 고개를 기울였다.

"후시미 씨. 당신을 만나서 다행이에요."

무엇이든 계산하는 여자의 계산됐을 그 말을, 후시미는 믿고 싶었다.

24

다음 날 도모키에게 산책을 하러 가자고 했다. 운동회 때문에 피곤할 도모키는 잠시 망설이다가 말없이 걷는 아버지 뒤를 졸졸 따라왔다.

나루노카와강을 서쪽으로 걷다가 다리 두 개를 건너고 세 번째 도카 다리를 지나 그대로 북쪽으로 걸어갔다. 북구에 지어진 커다란 집채들을 지나쳐 목적지에 도착하자 도모키는 안절부절못했다. 옆얼굴을 힐끔거리는 시선을 무시하고 후시미는 계속 걸어갔다. 히메산 중턱에 도착하자 흙으로 만들어진 경사로가 나왔다. 산짐승들이 오가는 숲에 둘러싸인 길이다.

"두 달 만인가?"

도모키는 대답하지 않았다.

"덥네."

그렇게 말하고 후시미는 다시 발걸음을 뗐다. 한 박자 늦게 아들도 뒤따라왔다. 나무로 지은 천막도 강렬한 햇빛을 막아 주지 못했다. 땀이 줄줄 흘러내렸다.

"아빠는 말이지. 늘 어영부영하지만 이번만큼은 지고 싶지 않은 상대를 찾았어. 그리고 언젠가 그 자식에게 뭔가를 전하고 싶어. 그게 뭔지는 아직 모르겠지만 어쨌든 전하고 싶어. 그러려면 앞으로 나아가야 해."

그러니…….

"그전에 네게도 꼭 해 주고 싶은 이야기가 있다."

길은 울퉁불퉁한 데다가 중간에 큰 돌덩이와 나무토막들이 있어 차가 지날 수 있는지조차 의심스럽다. 아오야기 난보의 삶이 상상됐다.

터벅, 터벅 하고 두 사람의 발소리가 끝없이 이어졌다.

"얼마 전 나루카와 초등학교 미술부 선생님을 만나고 왔어. 부탁할 게 있었거든. 그리고 다쿠의 아버지와도. 그날 밤 이야기를 들으러."

난보의 경야 의식 날을 뜻한다.

"그날 밤 다쿠는 마코토를 데리고 집에 돌아갔다더라. 밖에서 만났으니 집에서 하룻밤 재워 달라고 마코토가 부탁했다고 해."

어머니가 다쿠 편을 들어 준 덕에 아버지인 고마이 유는 어쩔 수 없이 허락했다.

"다음 날은 격주로 쉬는 토요일이었으니까. 두 사람은 다쿠의 방에서 놀았대. 다쿠가 마코토를 집에 데려간 시간은 10시쯤. 되게 늦은 시간이지? 그러니 고마이 씨는 아들이 학원에 다녀왔다고만 생각했나 봐. 주말 이틀간 매주 데루마이에 있는 학원에 다니는 다쿠는 늘 그 시간대에 집에 돌아왔다고 하니까. 그런데 얼마 후 그게 다쿠의 거짓말이었음을 알게 됐지. 학원에서 집에 연락이 왔거든. 이번 주는 다쿠가 학원에 오는 거냐고."

전화를 받은 사람은 어머니였다. 어머니는 다쿠를 꾸짖었고 그때는 그 정도로 끝났지만 학교에서 한 설문 조사 때문에 상황이 바뀌었다. 거짓말을 하고 놀았던 날이 하필 난보의 시신이 발견된 날임이 밝혀졌기 때문이다.

그 소식을 들은 고마이 유는 거짓말을 한 아들에게 손찌검을 했다.

"두 사람은 그날 밤에 대체 뭘 했을까? 아니, 혹시 두 사람이 아니라 세 사람 아니었을까?"

도모키는 당장에라도 울음을 터뜨릴 것 같은 표정이다. 속으로 이제는 체념했을지도 모른다.

"난보 선생이 죽은 걸 알고 있던 사람은 그 나머지 한 명이었겠지. 다쿠는 학교가 끝나자마자 학원에 갔고, 마코토에게는 알려 줄 사람이 없었으니. 그 다른 한 명이 연락해서 비로소 세 사람은 모이게 된 거야. 난보 선생의 자살을 연속 경범죄 사건 범인의 소행으로 연출하기 위해."

도모키와 다쿠는 핸드폰을 가지고 있다. 분명 둘이 함께 마코토의 집에 갔을 것이다.

"세 사람은 난보 선생의 집에 몰래 들어갔고, 미술부였던 아이가 불단에 스프레이로 메시지를 적었어. '도덕 시간을 시작합니다'. 그런데 그걸로는 부족하지 않겠느냐는 말을 꺼낸 누군가가 그 옆에 '죽인 사람은 누구?'라고 덧붙여 썼지. 스프레이로 쓰지 않은 건 공간이 부족해서였을 테고."

붓펜은 분명 다쿠의 필통 안에 있었을 것이다.

"세 아이는 아주 영리했어. 특히 거실에 메시지를 남기면 안 된다고 깨달은 아이는 아주 대단해. 하지만 그에 못지않게 부족한 부분도 있었어. 불단에는 어린아이만 들어갈 수 있다는 사실을 떠올리지 못한 거야. 근데 그럴 만도 하지. 아이들이 어른들의 사정까지 이해할 수는 없으니."

난보가 죽은 자택에서 메시지가 나왔다는 소식을 듣고 요시카와는 간담이 서늘해졌을 것이다. 그는 모방범이 남긴 낙서를 연속 경범죄 사건의 진범을 향한 메시지로 착각했다. 자신이 위협한 후시미가 복수를 했다고 여겼다.

"이로써 모든 게 잘 풀릴 것이다. 세 아이는 그렇게 생각했어. 하지만 세상이 그리 호락호락하지는 않아. 아이들은 이내 설문 조사 때문에 자신들이 의심받고 있다는 것을 깨닫게 되었고 또다시 어떤 계획을 떠올렸지."

도모키가 그린 그림에 칼로 메시지를 남긴 것이다.

"목요일 동아리 활동이 있었던 날이야. 두 아이는 장기를 두면서 논의했어. 다쿠는 학원에 가려고 데루마이에 갔고. 공중전화에서 범인 역할을 한 것도 다쿠일 거야."

그리고 도모키와 마코토, 둘 중 누군가가 동네에 있는 공중전화로 경찰에 신고했다. 아니면 둘 다 공중전화 박스 안에 있었을지 모른다.

"거기까지는 나도 의외로 쉽게 눈치챘어. 그러나 확증이 없었고 도대체 왜 그런 행동을 했는지 이해되지 않았지. 마코토의 아버지를 살인범으로 내세우려는 동기 말이야."

마코토가 집에 들고 돌아왔을 농약이 든 병은 집 안에 숨겨져 있었는데도 요시카와의 지문이 검출되지 않았고 그로써 요시카와의 살인 혐의도 사라졌다.

"아빠는 네가 악마라고 생각하지는 않아. 아무리 그렇게 보려고 해도 안 되더라. 그리고 그 일로 계속 고민하다가 요즘 들어서야 간신히 조금 널 이해한 기분이 들었어."

눈앞에 펼쳐진 길 너머에 허물어진 가옥이 있었다. 두 사람은 나란히 집을 바라봤다.

"어떤 남자가 있었어. 그는 못된 짓을 저질렀지. 그리고 죄를 숨기지 않고 순순히 벌을 받았어. 직접 나서서, 정해진 규칙대로 말이야. 하지만 모든 것은 실은 그의 이기적인 의지 때문에 벌어진 일이었어. 아빠는…… 아빠는 이해해. 그 남자가 살아가기 위해, 자신이 태어난 변변치 못한 세계에서 발버둥 치며 벗어나기 위해 그런 행동을 저지른 이유를."

도모키는 후시미의 목소리에 가만히 귀를 기울였다.

"그리고 그 남자는 오래전 자기 생각을 한 권의 대본으로 만들었어."

강아지를 잡아먹은 이야기.

"너희도 읽었지? 적어도 다쿠는 축제 연극 때 참고하려고 도서실에서 그걸 봤을 거야."

다쿠가 연극을 관두겠다는 말을 꺼낸 건 도모키의 그림을 칼로 찢은 것과 같은 이유일 것이다.

"가족에게 버림받은 한 소년이 살기 위해 강아지를 잡아먹는 이야기. 작가인 그 남자는 소년이 사로잡힌 운명의 비극으로 썼을 거야. 하지만 너희는 내용을 전혀 다르게 읽었어. 소년의 비극이 아닌, 소년에게 잡아먹힌 강아지의 이야기로 읽은 거지. 강아지를 지키려면 어떡해야 좋을까. **마코토에게서 못된 아버지를 떨어뜨리려면 어떡해야 좋을까.** 늙은 현자를 소년이 죽인 것으로 하면 소년은 체포될 거고 강아지가 잡아먹힐 일도 없지 않을까. 그런 생각이 어딘가에 있었고, 그러니 세 아이는 난보 선생이 죽었다는 소식을 들었을 때 살인범을 만들어 낼 계획을 세운 거야."

일상적인 아버지의 폭력과 경범죄 사건에 억지로 가담한 이야기를 마코토의 입에서 전해 듣고 마음에 두고 있었을 때 난보의 죽음 소식이 들려왔다. 아버지가 수집한 미스터리 소설을 전철에서 즐겨 읽던 다쿠는 즉석에서 계획을 떠올렸고, 세 아이는 한밤중에 자전거를 타고 히메산으로 향했다.

"너희가 저지른 짓은 교활하고 비열한 데다가 규칙 위반이야. 그러나 동기만은 그러지 않았지. 친구를 구하고 싶다는 사랑이 있었으니……. 작가인 그 남자는 웃고 있을 거야. 이 세상에는 오직 절망만이 평등하다며 큰소리를 칠지도 몰라. 아빠도 한때는 그렇게 생각했고. 하지만 지금은 이런 생각도 하게 됐어. 절망만큼 사랑이라는 것도 평등하다고."

부조리한 절망 때문에 마음이 쉽게 죽어 버리는 것만큼 사소한 애정으로 되살아나는 것도 어렵지 않다는 것을 지금은 믿을 수 있다. 도모코와 도모키가 있는 지금은.

"도모키."

후시미는 아들을 바라봤다. 아버지를 올려다보는 진지한 눈빛이 보였다.

순간 오른손 손바닥에 얼얼한 통증이 스쳤다. 도모키의 고개가 옆으로 향했고 뺨이 발갛게 물들었다.

"······아프냐?"

"······응."

후시미는 "그렇구나" 하고 도모키의 머리를 쓰다듬었다.

더 이상 무슨 말을 할 생각은 없었다. 있는 그대로를 경찰에 전하고 그 뒤에는 모든 것을 그들에게 맡긴다. 도모코도 분명 이해해 줄 것이다.

고마이는 어떡해야 할까. 남이 참견할 문제는 아니다. 부모와 자식이 정면으로 서로를 마주 보고 해결해야 하는 문제다.

마코토. 그때 난보의 장례식에서 도모키에게 얻어맞은 소년은 후시미를 향해 미소 지어 보였다. 강아지와 고양이를 교미시키려고 한 소년의 사악한 면모를 엿본 기분이 들었다. 그러나 정말로 그랬을까. 아버지를 덫에 빠뜨리려고 한 소년의 심정은 대체 어떤 것일까. 아이는 어떤 마음으로 그 아버지와 함께 장례식장을 찾았을까. 자포자기해버린 친구의 행동에 진지하게 화를 내는 도모키의 주먹을, 생각을, 아이는 어떻게 받아들였을까.

내 눈은 편견에 사로잡혀 있지 않았나. 우치노 사토미를 오해했을 때처럼. 붉은색 칼과 파란색 칼을 잘못 봤을 때처럼.

후시미는 아들의 손을 잡고 숲으로 향했다. 오소네가 알려 준 난보의 집에 있는 '반가운 것'들이 마을이 내려다보이는 곳에 있었다. 더러운 철골과 볼품없는 쇠사슬에 매달려 하늘을 향해 노를 젓듯 놓인 공중그네. 미술부 고문이 재현한 모습 그대로다. 도모키가 그린 그림 속 풍경이다.

이곳을 놀이터 삼아 놀던 세 아이가 도모키의 그림을 찢은 건 그 사실을 숨기기 위해서였다.

난보가 눈치채지 못했을 리 없다. 그는 자기 집 정원에서 노는 세 아이를 어떤 심정으로 바라봤을까. 천진난만하게 노는 아이들에게 애정을 느끼지는 않았을까. 놀이 기구에 심은 악의를 후회하지는 않았을까. 그것이 자살의 계기였다고 생각하는 건 나만의 망상일까.

알 수 없었다. 알 수 있을 리도 없다.

요시카와 슌스케는 돈을 위해 자기 아들을 때렸을 때 어떤 심정이었을까. 경범죄에 아들을 가담시킬 때는? 그리고 '도덕 시간을 시작합니다'……. 그 메시지가 아들의 선전포고였을 가능성을 꿈에나 상상이나 했을까.

미야모토와 가지무라는 자신들의 행위를 어떻게 생각하고 있을까. 그들은 그저 역겨운 성욕의 노예였던 걸까. 아니면 그들에게도 그들 나름의 사연이 있을까.

마사키 쇼타로가 주장한 교육이 전부 잘못됐다고는 생각하지 않는다. 연극을 통해 공감 능력과 도덕을 심으려한 행동에는 성공의 길이 있었을지 모른다. 그러나 무카이의 대본을 부정한 순간, 불운한 소년의 마지막 외침과도 같은 작품을 도덕의 주먹으로 비틀어 버린 순간, 마사키 쇼타로가 눈앞에 있는 무카이 하루토라는 이름의 '너'를 보지 못했다면 그가 느꼈을 좌절은 필연 아니었을까.

무카이 하루토. 너의 필사적인 계략은 분명 성공할 것이다. 사람들은 비난과 호기심으로 눈을 번득이며 네 작품을 집어 들 것이다. 이런 나조차 너의 말과 글로 적힌 대본을 읽고 싶다. 그리고 너는 분명 돈뿐만이 아니라 네 목소리를 많은 이들에게 전달하고 싶어 결단했을 것이다.

그러나 무카이. 넌 마사키를 칼로 찌른 감촉을 단순한

신체적 현상으로 잊어버렸나? 자신만의 이기적인 사정으로 타인의 목숨을 앗아 간 행위에 일말의 후회도 느끼지 않는가? 범행의 목격자가 된 아이들의 트라우마 등은 그저 남의 일처럼 생각하고 있는가? 너는 어떤 얼굴로 다키타 미호를 만나러 갈 것인가? 사건이 다키타 선생에게 주었을 실의를 상상하지 못했나?

오빠에게 버림받고 불우한 삶을 강요당한 무카이 미유키가 어느 날 갑자기 시키는 대로 순순히 강당에 온 이유를, 정말로 단 한 번이라도 떠올려 본 적이 없나? 그녀의 절절한 심정을 배신할 때는 정말로 털끝만큼도 망설이지 않았나?

교도소 면회실에서 얼굴을 마주한 무카이 하루토와 오치 후유나. 무카이 미유키의 미래를 죽인 남자와, 그것을 이용하려는 여자는 서로의 눈동자에 어떻게 비쳤을까.

이것은 도덕 문제입니다. 그 말의 해답을, 아니, 도덕을 필요로 하는 동기를 원하는 사람은 다름 아닌 무카이 하루토 자신이라고 후시미는 생각했다.

그네를 손가락으로 가리키고 아들에게 물었다.

"탈래?"

"타도 돼?"

"왜?"

"할아버지가 늘 위험하니 타지 말라고 했거든."

순간 후시미는 등 뒤에서 증오와 애정 사이에서 흔들린 예술가, 한 명의 남편이고 아버지였던 어느 고독한 노인의 숨소리를 느꼈다. 사랑하는 사람을 잃고, 갈 곳 없는 증오를 짊어진 채 일어서지 못하고 제 손으로 막을 내려 버린 인생을 향해 후시미는 건넬 말을 찾지 못했다.

그렇다면 나는 영상을 찍을 것이다. 다른 사람에게 전달할 것이다. '모두 씨'가 아닌 단지 '당신'이라는 존재를 확인하기 위해.

"괜찮아. 하지만 너무 세게 타지는 마라."

도모키는 "웅!" 하더니 신이 나서 그네에 올라탔다.

언젠가 이곳에서 도모키와 다쿠, 마코토가 다시 만날 것이다. 후시미는 속으로 그런 날이 오면 좋겠다고 바랐다.

있는 힘껏 공중을 향해 그네를 타는 아들. 어쩌면 이 그네에도 악의가 숨어 있어서 도모키가 다칠 수 있다. 그러나 그때는 달려가서 꼭 안아 주면 된다.

크게 보이는 희고 검은 점.

카메라가 서서히 줌 아웃하자 알아보기 어려운 그림이 점차 형태를 띤다.

그 영상에 여자의 내레이션이 흐른다.

소년은 광장에서 강아지를 잡아먹었습니다.

정신없이 먹고, 또 먹었습니다.

눈이 펄펄 내리는 하늘을 향해 소년은 말했습니다.

"이렇게 슬픈데도 점점 배는 불러."

소년은 울음을 터뜨리고 이따금 웃기도 하면서 자기 얼굴과 비슷한 크기의 엉망진창이 된 강아지의 시신을 향해 묻습니다.

"죽인 사람은 누구?"

잠시 후 광장에 구경꾼이 하나둘 모이더니 입을 모아 이런저런 말을 떠들자 축제처럼 아주 시끌벅적해집니다.

흰색과 검은색으로 그려진 남자의 얼굴 사진이 비친다.

미소 짓는 초상화의 왼쪽 구석에는 '극본 〈도그푸드〉에서 인용'이라는 자막.

※

나가노현. 교도소 앞.

남자가 문밖에 나온다. 수수한 옷. 보통 키, 마른 몸, 짧은 머리.

남자는 걷기 시작한다. 카메라를 향해 단풍이 비치는 길을 천천히, 서두르거나 망설이지 않는 걸음걸이로.

　당신은 그의 이야기를 듣고 싶어 한다.

　속삭임이 들리는 거리에서 어느새 역광이 상을 희미하게 퍼뜨리고 잠시 후 음악이 울려 퍼진다. 엔딩 크레디트.

미명의 칼끝을
서로에게 겨눈 사람들

　1955년 일본 미스터리의 아버지 에도가와 란포의 환갑을 기념해 만든 에도가와 란포상은 현대 일본 추리 문학계의 가장 권위 있는 상이자 능력 있는 신인 미스터리 작가의 등용문으로 알려져 있습니다. 2019년 기준으로 수상 작가에게는 천만 엔의 상금이 수여되며 거대 출판 그룹인 고단샤의 지원을 받아 데뷔, 후속작 출간은 물론 작품이 드라마, 영화화되는 기회도 주어지게 됩니다. 따라서 매해 응모작 수가 3백 편을 넘어서는 치열한 경쟁률을 보이지만 상황에 따라 '수상작 없음'을 발표하기도 하는 등 깐깐하고도 높은 심사 기준으로도 유명합니다. 에도가와 란포상 출신 유명 작가로는 국내에도 널리 알려진 히가시노 게이고, 이케이도 준, 기리노 나쓰오 등이 있으며 이들은 이후 심사위원으로 활동하면서 에도가와 란포상의 명성을 유지해 오는 데 기여하고 있습니다. 제28회 에도가와 란포상을 수상한 콤비 작가 오카지마 후타리는 "나오키상을 받고 사라진 작가는 있어도 에도가와 란포상을 받고 사라진 작가는 없다"라는 말을 남기기도 했습니다.

2015년 발표된 제61회 에도가와 란포상은 후보작 선정부터 심사, 수상작 발표, 작품 출간에 이르기까지 화제의 연속이었습니다. 316대 1이라는 높은 경쟁률도 경쟁률이었거니와 총 다섯 편의 작품이 최종 후보작으로 선정되었는데 수상작을 선정할 때 심사위원들 사이에 그 어느 때보다 치열한 토론이 펼쳐진 것입니다. 아리스가와 아리스, 이케이도 준, 이시다 이라, 곤노 빈, 츠지무라 미즈키로 이뤄진 다섯 명의 쟁쟁한 심사위원들은 각자의 기준에 맞춰 수상작 선정에 심혈을 기울였고 장시간의 토론과 최종 다수결 투표를 거친 결과 제 61회 에도가와 란포상 수상작으로 재일 교포 오승호(일본명 고 가쓰히로) 작가의 『도덕의 시간』을 선정했습니다. 일본 제일의 권위 있는 추리 문학

신인상을 사상 처음 재일 교포 작가가 거머쥐었다는 반가운 소식은 국내에도 알려져 2015년 당시 국내 여러 언론에 보도되기도 했습니다. 수상작 선정 당시 유례없는 치열한 심사와 토론을 거친 만큼 이후 작품은 심사위원들의 평가를 반영해 가필, 수정을 거쳐 2015년 8월 일본에서 정식 출간됐으며, 2017년에 문장과 설정을 다듬어 완성도를 한층 더 높인 문고본이 출간되었습니다. 여러분이 지금 손에 들고 있는 『도덕의 시간』은 문고본 판본을 번역해 출간한 작품의 결정판입니다.

『도덕의 시간』의 가장 큰 장점으로 꼽힌 것은 바로 작품이 지닌 '미스터리의 힘'입니다. 13년 전 어느 초등학교 강당에서 3백 명의 학생, 학부모, 학교 관계자가 지켜보는 와중에 교육계의 권위자가 칼에 찔려 살해당하는 사건이 발생합니다. 현장에서 체포된 범인은 체포 당시부터 15년형이라는 최종 판결이 내려질 때까지 끝까지 묵비권만을 행사하다가 마지막으로 자신의 범행 동기에 대해 "이것은 도덕 문제입니다"라는 수수께끼투성이의 말만 남기고 복역 생활을 시작합니다. 그로부터 13년이 지나 당시 사건의 무대가 된 폐쇄적인 분위기의 T현 나루카와시에서 악질적인 연속 경범죄 사건이 발생하고 그 옆에서는 '생물 시간을 시작합니다', '체육 시간을 시작합니다'라는 낙서가 발견됩니다. 이후 마을의 유명 도예가가 시신으로 발견되고 '도덕 시간을 시작합니다. 죽인 사람은 누구?'라는 메시지가 발견되자 사람들의 위기의식이 정점을 찍게 되고, 주인공 후시미 유다이는 정체불명의 영화감독 오치 후유나와 함께 다큐멘터리 영화를 찍으며 13년 전 초등학교 사건과 현재 사건들과의 관련성을 조금씩 짚어 나가게 됩니다.

에도가와 란포상 심사 당시 1세대 본격 미스터리 작가로 국내에서도 유명한 아리스가와 아리스는 "『도덕의 시간』은 독자에게 '도대체 무슨 일이 일어난 건지 해답을 알고 싶다'라는 욕구를 강하게 불러일으키는 작품이다. 주축이 되는 미스터리의 재미와 사건의 진상을 향해 가는 힘을 동시에 갖췄다"라는 심사평을 남겼고, 『거울 속 외딴 성』, 『파란 하늘과 도망치다』 등을 쓴 츠지무라 미즈키는 "심사위원이라는 사실을 잊고 밤새 책을 읽었다. 독자의 관심을 단숨에 끄는 미스터리한 설정, 손에서 책을 뗄 수 없게 하는 전개, 연이어 밝혀지는 새로운 진실, 끝까지 독자를 힘 있게 끌고 가는 작가에게서 역량과 가능성을 보았다"라는 극찬을 남긴 바 있습니다. 작품 출간 후 일본 독자들의 반응을 훑어보면 역시나 작품의 주축이 되는 설정과 미스터리의 힘에 이끌려 저도 모르게 끝까지 책장을 넘기게 됐다는 평가가 주를 이룹니다. 오늘날 미스터리 소설의 범람 속에서 왠지 다른 작품에서 본 듯한 흔한 설정과 트릭이 문제

미명의 칼끝을
서로에게 겨눈 사람들

점으로 지적되고는 하는데 『도덕의 시간』은 매력적인 수수께끼를 제공하는 면에 있어서 미스터리 소설의 기본과 근간을 철저하게 추구하고 따른 작품입니다.

　『도덕의 시간』은 도덕이라는 미명美名의 칼끝을 서로에게 겨눈 사람들의 이야기입니다. 법률로 엄격히 정해진 규칙과 달리 개개인의 가치관과 신념, 양심에 좌우되는 도덕은 우리가 살아가는 이 사회가 매끄럽게 돌아가도록 하는 윤활제 역할을 하지만, 타인에게 그 잣대를 어떻게 제공하고 들이미느냐에 따라서는 가장 강력한 무기가 되어 남을 공격하거나 통제하는 데 쓰일 수도 있습니다. 작품 속에서는 후시미의 도덕, 마사키의 도덕, 무카이의 도덕, 오치의 도덕, 미야모토와 가지무라의 도덕, 도모키, 마코토, 다쿠의 도덕이 저마다의 위치에서 끊임없이 맞물리고 부딪히는 모습을 보이며 지금 우리 사회에서 일컬어지는 도덕의 문제와 그 개념을 독자로 하여금 다시 한번 곱씹어 보게 합니다. 우리 안에 존재하는 도덕의 위치를 각자 가늠해 보고 그것이 다른 사람, 즉 '당신'과 함께 살아가는 데 있어 어떤 영향을 미치는지, 또 어디까지가 '정의'이고 어디서부터가 '비도덕적'인지를 곰곰이 떠올리고 자문하게 되는 계기를 제공합니다. 작품은 어려운 주제를 다루고 있지만 교조적으로 문제를 그리려 하지 않고 미스터리 특유의 재미와 복선 회수, 반전, 범인의 충격적인 범행 동기 등을 활용해 독자가 자연스럽게 '도덕이란 무엇인가'를 생각하게끔 합니다. 그런 면에 있어서 『도덕의 시간』은 수준 높은 사회파 미스터리 소설이라고도 할 수 있습니다.

1981년생인 오승호 작가는 초등학교 4학년 때 아리스가와 아리스의 『월광 게임』으로 처음 미스터리 소설을 접했고 애거사 크리스티 여사의 『애크로이드 살인 사건』으로 미스터리의 진정한 재미를 깨닫게 되었다고 합니다. 오사카예술대학 영상학과에 진학해 한때는 영화감독을 꿈꾸다가 소설가로 진로를 바꿔서 집필 활동을 시작했습니다. 작가는 대학을 졸업하기 전부터 다른 친구들과 달리 취업 활동을 일절 하지 않고 '난 할 수 있다'라는 도전 정신만을 품은 채 여러 아르바이트를 전전하며 열심히 소설을 써 왔다고 합니다. 한때는 이런 도전 정신이 젊은이의 상징처럼 여겨졌지만 요즘 같은 시대에는 근거 없는 자신감에 자칫 무모하다는 소리를 들을 법도 한데, 오승호 작가는 어려운 현실 속에서도 꾸준히 소설을 써서 여러 신인 작가상에 응모했으며 에도가와 란포상에도 무려 4번이나 응모해 끝내 상을 거머쥐는 의지와 저력을 선보였습니다. 그렇게 화려하게 데뷔한 이후 2020년 1월 현재까지 작가는 총 아홉 작품을 발표했는데 그중 무려 일곱 작품이 일본 내 권위 있는 문학상 후보에 노미네이트되는 쾌거를 올렸습니다. '범죄자와의 공생은 가능한가'라는 무거운 주제를 다룬 『하얀 충동』은 2017년 발표돼 작가에게 오야부 하루히코상을 안겼고, 제목부터 톡톡 튀는 2018년 출간작 『히나구치 요리코의 최악의 낙하와 자포자기 캐논볼』은 데뷔 5년 차 작가로는 이례적으로 일본 추리작가 협회상 장편 부문 후보에 올라 화제를 불러 모으기도 했습니다. 매 작품마다 점점 더 성장하는 모습을 보인다는 평가를 받는 오승호 작가는 현재 일본에서 가장 주목받으며 활발하게 활동하는 젊은 작가입니다. 이번 『도덕의 시간』을 기점으로 앞으로 국내에도 그의 작품이 꾸준히 소개되어 재능 넘치는 작가의 미래를 독자 여러분과 함께 목도할 수 있게 되기를 기원합니다.

2020년 1월

이연승

도덕의 시간

초판 1쇄 발행 2020년 1월 30일
초판 3쇄 발행 2023년 2월 28일

지은이 오승호   **옮긴이** 이연승

책임편집 민현주   **디자인** 디자인비따   **제작** 송승욱   **발행인** 송호준

발행처 블루홀식스   **출판등록** 2016년 4월 5일 제 2016-000100호
주소 경기도 파주시 회동길 483-1   **전화** 031-955-9777   **팩스** 031-955-9779
이메일 blueholesix@naver.com

ISBN 979-11-89571-16-0 03830